Mary Wollstonecraft Shelley

Frankenstein
oder
Der neue Prometheus

Roman

Mit einem Nachwort
von Hermann Ebeling

Carl Hanser Verlag

Titel der Originalausgabe
Frankenstein or The Modern Prometheus, 1818
Vollständige Übersetzung

Aus dem Englischen von Friedrich Polakovics

2 3 4 5   97 96 95 94 93
ISBN 3-446-17579-2
Alle Rechte vorbehalten
© 1970/1993 Carl Hanser Verlag München Wien
Druck und Bindung: Clausen & Bosse, Leck
Printed in Germany

Vorrede

Die Begebenheit, auf welche der vorliegende Roman sich gründet, trägt nach dem Dafürhalten des Dr. Darwin sowie etlicher deutscher Physiologen nicht im eigentlichen Sinne den Anstrich des Unmöglichen. Dennoch möchte die Schreiberin dieser Zeilen sich gegen jede Unterstellung verwahren, sie hege auch nur im entferntesten den ernstlichen Glauben an solche Ausgeburt menschlicher Imagination. Überdies habe ich, da ich dergleichen nun einmal zum Objekt eines Werkes der Fabulierkunst gewählt, mich durchaus nicht bloß in der Rolle desjenigen gesehen, der da lediglich eine Anzahl übernatürlicher Schrecknisse miteinander verflicht. Der Gegenstand, mit welchem unsere Handlung steht und fällt, hat ja so gut wie nichts mit den Ungereimtheiten zu schaffen, die all den herkömmlichen Geschichten über Zauberei oder Gespenster von Haus aus anhaften. Vielmehr empfahl er sich schon durch das Unerhörte der Situationen, die durch ihn selbst heraufbeschworen werden. Mag er im Faktischen, Körperlichen sich immerhin als ein Ding der Unmöglichkeit erweisen, so setzt er durch die Gewährung eines neuen Blickpunktes unsere Phantasie doch in den Stand, ein umfassenderes, eindrücklicheres Tableau der menschlichen Leidenschaften zu entwerfen, als dies irgendeine der Alltäglichkeiten, welche im hergebrachten Rahmen sich abspielen, je erlauben könnte.

Zwar bin ich bestrebt gewesen, die Richtigkeit der Grundprinzipien, in denen das Wesen der Menschen beruht, nach Kräften zu respektieren, bekenne aber frei, daß ich nicht gezögert habe, alles auf neuartige Weise miteinander zu verknüpfen. Die *Ilias*, dies tragische Poem der Alten Griechen, Shakespeare im *Sturm* und im *Sommernachtstraum*, und vornehmlich

Milton im *Verlorenen Paradies* sind dieser Regel nicht minder unterworfen. So mag denn auch der bescheidene Romanschreiber, welcher nur bestrebt ist, durch seine Arbeit einem lesenden Publikum nicht weniger Kurzweil zu vermitteln als sich selbst, ganz ohne Anmaßung auch für ein Werk der erzählenden Prosa von jener Freiheit Gebrauch machen, die schon eher eine Regel ist, und deren Anwendung in den erhabensten Bereichen der Poesie schon so viele Beispiele des Edelmuts und der Hochherzigkeit hervorgebracht hat.

Der eigentliche Umstand, auf welchem meine Geschichte beruht, verdankt sich der Anregung durch eine zwanglose Konversation. Die Erzählung selbst wurde zum Teil aus Gründen des Zeitvertreibs begonnen, zum Teil aber auch, um an ihr einige bislang ungenutzt gebliebene Fähigkeiten des Geistes zu erproben. Das Fortschreiten des Werkes förderte noch einige weitere Beweggründe zutage, welche sich mit den erstgenannten verflochten. Obschon es mir keineswegs gleichgültig ist, auf welche Art und Weise die den Charakteren oder Sentiments dieses Buches innewohnenden moralischen Tendenzen auf den Leser wirken mögen, hat sich in dieser Hinsicht mein Hauptaugenmerk doch darauf beschränkt, den enervierenden Effekten der zeitgenössischen Romane aus dem Wege zu gehen, hingegen das Liebenswerte verwandtschaftlicher Zuneigung sowie die Vortrefflichkeit der Tugend im allgemeinen nach Gebühr ins Licht zu rücken. Die Meinungen, welche gegebenermaßen dem Charakter und der Situation des Haupthelden entspringen, mögen indes auf keine Weise mit meiner eigenen Überzeugung gleichgesetzt werden. Ebensowenig wäre es gerechtfertigt, aus den folgenden Seiten irgendwelche präjudizierende Schlußfolgerungen auf diese oder jene philosophische Doktrin ableiten zu wollen.

Soweit es den Autor betrifft, wäre noch von einigem Interesse, daß die im folgenden gebotene Geschichte in eben jener majestätischen Region begonnen wurde, darin die Handlung der Hauptsache nach spielt, und in der Gesellschaft von Freunden, deren Abwesenheit zu bedauern ich nicht aufhören kann. Ich verbrachte nämlich den Sommer 1816 in der Nähe von Genf. Das Wetter war von einer so anhaltenden Kälte und Nässe, daß wir uns allabendlich um das im Kamine lodernde Holzfeuer scharten und uns hin und wieder an deutschen Gespenstergeschichten delektierten, wie sie der Zufall uns in die Hände gespielt. Jene Geschichten erweckten in uns das vergnügliche Begehren, Ähnliches hervorzubringen. So ergab sich's, daß zwei meiner Freunde (deren einer die Feder so meisterlich zu führen versteht, daß eine einzige Erzählung von seiner Hand das Publikum wohl bei weitem stärker anzusprechen vermöchte, als ich selber dies mit allen meinen künftigen Arbeiten hoffen darf) mit mir übereinkamen, jeder für sich eine Geschichte zu schreiben, der eine übernatürliche Begebenheit zugrunde liegen sollte.

Indes, über Nacht bekamen wir besseres Wetter. Meine beiden Freunde brachen ohne mich zu einer Reise ins Hochgebirge auf und vergaßen über den großartigen Szenerien, welche dasselbe dem Auge des Wanderers zu bieten hat, vollständig der alten Gespenstervisionen. So ist denn die nachstehende Erzählung die einzige, welche bis zu ihrem Abschlusse gediehen ist.

MARLOW,
September 1817

Erster Brief

An Mrs. Saville, England

St. Petersburg, 11. Dez. 17– –
Es mag Dich erfreuen, zu hören, daß die ersten Schritte jenes Unterfangens, welches Du mit so unheilvollen Vorgefühlen betrachtet, sich bisher unter einem günstigen Sterne vollzogen haben. Ich bin hierorts am gestrigen Tage angelangt und erachte es für meine vordringlichste Pflicht, Dich, teuerste Schwester, meines Wohlergehens zu versichern, sowie meiner wachsenden Zuversicht in den schließlichen Erfolg meines Vorhabens.

Ich befinde mich hier auf einem viel nördlicher gelegenen Breitengrade denn London, und sobald ich durch die Straßen von Petersburg wandle, umfächelt meine Wangen eine kalte, von Norden kommende Brise, welche die Nerven erfrischt und mich mit Entzücken erfüllt. Kannst Du dies Gefühl mir nachempfinden? Solcher Anhauch, welcher aus den Regionen kommt, nach denen ich unterwegs bin, vermittelt mir ja einen Vorgeschmack jener eisigen Klimaten. Befeuert vom Winde der Verheißung, nehmen meine Tagträume fortwährend an glutvoller Lebendigkeit zu. Vergebens, mir einreden zu wollen, der Nordpol sei ein Wohnsitz der Eiseskälte und der Verlassenheit. Beständig zeigt er sich meinem inneren Auge als eine Stätte der Schönheit und Entzückung. Dort oben, teuerste Margaret, geht ja die Sonne niemals unter: vielmehr scheint ihr feuriger Ball den Horizont entlangzurollen, wobei er alles und jedes in seinen nimmer verlöschenden, sanften Glanz taucht. In jenen Regionen – und in dem Punkte will ich mit Deiner Erlaubnis, teuerste Schwester, dem Zeugnis der Seefahrer vergangener Tage ein wenig vertrauen –, in jenen Regionen gibt's ja nicht Schnee noch Frost, und so mag sich's ereignen, daß wir, segelnd über ein ruhevolles Meer, unversehens an Gestade treiben, welche an Wunder und Schönheit all das Neuland übertreffen, welches der nimmermüde Forschergeist bis zur Stunde auf unserm bewohnten Erdball zu entdecken vermocht. Die Hervorbringungen jener Zonen, ja ihr ganzes Wesen, sie mögen ebensowenig ihresgleichen haben, wie die Himmelserscheinungen über so unentdeckten Einsamkeiten. Was mag nicht alles zu erwarten sein von einem Lande, darin es nimmer Nacht wird? Vielleicht, daß es mir gelingt, jene ans Wunderbare grenzende Kraft zu ergründen, welche unsere Kompaßnadel auf sich zieht? Daß mir vergönnt ist, die scheinbare Exzentrizität der tausend Himmelsbeobachtungen in jene Gesetzmäßigkeit zu überführen, deren Entdeckung nur noch dieser meiner Reise bedarf? Löschen will ich meinen brennenden Wissensdurst mit dem Anblick eines noch nie zuvor erblickten Teils der Welt, meinen Fuß auf ein Gestade setzen, das noch nie zuvor von eines Menschen Fuß betreten worden! Solcherart sind die Verlockungen, denen ich erliege, und sie sind stark genug, all die Ängste vor Fährnis und Tod zu überwinden und mich zu vermögen, die mühevolle Reise anzutreten mit eben der erwartungsvollen Freude, die da ein Knabe empfinden mag, sobald er sich mit seinen Spielgefährten in dem kleinen Kahne einschifft, die unbekannten Quellen des heimatlichen Flüßchens zu ergründen. Und setzten wir den Fall, meine Erwartungen erfüllten sich nicht, so bliebe doch der unschätzbare Dienst, welchen ich der gesamten Menschheit bis zu deren spätesten Nachfahren erwiesen hätte durch die Entdeckung einer über den Nordpol zu jenen Ländern führenden Passage, welche zu erreichen beim gegenwärtigen Stand der Dinge so viele Monate erfordert, oder aber durch die Ergründung des Geheimnisses der Magnetnadel, das, wenn überhaupt, nur durch ein Unternehmen wie das meine aufgedeckt werden kann.

Diese Überlegungen haben das Gefühl der Unruhe

zerstreut, mit welchem ich diesen Brief begonnen, und so fühle ich jetzt mein Herz entbrennen in einer Begeisterung, welche mich himmelwärts hebt. Nichts vermag ja das Gemüt wirksamer zu sänftigen denn ein feststehendes Ziel – ein Punkt, auf welchen die Seele ihr inneres Auge richten kann. Die bevorstehende Expedition ist der Lieblingstraum meiner Jünglingsjahre gewesen. Mit vor Begeisterung brennenden Wangen habe ich die Berichte über sämtliche Reisen verschlungen, welche jemals in der Absicht unternommen worden, den Pazifischen Ozean über die den Pol umgebenden Gewässer zu erreichen. Du wirst Dich ja noch entsinnen, daß die Bibliothek unseres guten Oheims Thomas fast zur Gänze aus Geschichtswerken bestand, welche das Schicksal der Entdecker zum Gegenstand hatten. Zwar ist meine Erziehung arg vernachlässigt worden, doch bin ich schon damals ein leidenschaftlicher Leser gewesen. Tag und Nacht saß ich über jenen Bänden, und je vertrauter mir ihr Inhalt wurde, desto mehr vertiefte sich der Schmerz, den ich schon als Kind empfunden, da ich erfahren gemußt, mein Vater habe noch auf seinem Sterbelager dem Oheim aufs dringlichste eingeschärft, mich nur ja nicht zur See gehen zu lassen.

Derlei Luftschlösser zerrannen, sobald ich zum erstenmal mit dem Werke jener Poeten Bekanntschaft schloß, deren Ergießungen mir die Seele durchdrangen, ja zum Himmel erhoben. Auch ich ward zum Poeten und lebte ein volles Jahr lang in einem selbstgeschaffnen Paradiese. Ja, ich sah mich schon als ein Standbild in einer Nische jenes Ruhmestempels, darin auch die Namen eines Homer, eines Shakespeare verzeichnet stehen. Du weißt nur zu gut um mein Versagen, und wie schwer ich an der Enttäuschung getragen habe. Doch war's just zu jenem Zeitpunkt, daß ich meines Vetters Vermögen überkommen, so daß mein Denken wieder in die Bahnen seines früheren Trachtens gelenkt ward.

Nun sind schon sechs Jahre ins Land gezogen, seit ich den Entschluß für mein gegenwärtiges Unternehmen gefaßt. Noch heute entsinne ich mich der genauen Stunde, darin ich mich dem großen Vorhaben weihte. Das erste war, daß ich meinen Körper an Härte und Entbehrung zu gewöhnen begann. Ich begleitete die Waljäger auf mehreren ihrer Expeditionen in das Nordmeer. Aus freien Stücken erduldete ich die Kälte, den Hunger, den Durst und den Mangel an Schlaf. So manchen Tag lang leistete ich härtere Arbeit denn der gemeine Mann vor dem Mast, und verbrachte doch meine Nächte über dem Studium mathematischer und medizinischer Bücher, sowie jener Zweige der Naturwissenschaft, von denen ein abenteuernder Seefahrer den größten praktischen Nutzen ziehen mag. Ja wahrhaftig, zu zweien Malen nahm ich Heuer als Zweiter Steuermann auf einem nach Grönland gehenden Walfänger und entledigte mich meiner Aufgabe zur allgemeinen Bewunderung. Und ich kann nicht umhin, hier zu bekennen, daß ich ein klein wenig stolz war, als der Kapitän mir die Stelle eines Ersten Steuermanns auf seinem Schiffe anbot und mich in allem Ernste dazu bewegen wollte, auf demselben zu verbleiben. So hoch hatte er meine Dienste eingeschätzt.

Sag selbst, teuerste Margaret: steht's mir nach allem nicht zu, Großes zu vollbringen? Dabei hätte mein Leben in Nichtstun und Schlemmerei versanden können! Ich aber achtete nicht der Verlockungen, welche der Wohlstand mir in den Weg gelegt, und zog ihnen jederzeit den Strahlenkranz des Ruhmes vor. Oh, daß mir eine Stimme in der Bekräftigung solcher Wahl auch Mut zuspräche! Wohl sind dieser mein Mut und meine Entschlossenheit noch ungebrochen. Allein, meine Hoffnungen sind einem ewigen Auf und Ab unterworfen, und mein Gemüt unterliegt nur zu oft den Anwandlungen der Trübsal. Und dies eben jetzt, da ich im Begriffe stehe, mich zu einer langwierigen und gefahrvollen Expedition einzuschiffen, deren Wechselfälle all meine Seelenstärke erfordern: von mir wird ja nicht nur verlangt, den Mut der andern hochzuhalten, sondern auch den eigenen, sobald erst die andern versagen.

Wir haben hier in Rußland jetzt die günstigste Reisezeit. Die Einheimischen fliegen in ihren Pferdeschlitten nur so über den Schnee. Diese Art der Fortbewegung ist äußerst vergnüglich und, nach meinem Dafürhalten, bei weitem angenehmer denn diejenige mittels der englischen Postkutschen. Selbst die Kälte ist zu ertragen, sobald Du Dich genugsam in Pelze hüllst – zu welcher Gewandung ich mich allbereits habe bekehren lassen. Denn auf Deck umherzugehen ist bei weitem ein ander Ding, als Stunde um Stunde regungslos in den Reiseschlitten gepfercht zu sein, aller Möglichkeit beraubt, durch ein wenig Bewegung das Blut in deinen Adern vor dem Einfrieren zu bewahren. Und nichts liegt mir ferner, als mein Leben schon auf der Poststrecke zwischen St. Petersburg und Archangelsk auszuhauchen.

Nach dem letztgenannten Orte werde ich in vierzehn Tagen bis drei Wochen von hier aufbrechen. Meine Absicht ist es nämlich, dortselbst ein Schiff zu mieten, was sich unschwer ins Werk setzen läßt, wenn man dem Reeder die geforderte Sicherstellung bezahlt. Ferner will ich unter den erfahrenen Walfängern so viele Seeleute anheuern, wie mir nötig erscheint. Indes gedenke ich nicht, schon vor Juni in See zu stechen. Und wann ich zurückkehren werde? Ach, teuerste Schwester, wie sollt' ich diese Frage beantworten können! Ist meine Ausfahrt von Erfolg begleitet, so werden viele, viele Monate, ja vielleicht Jahre vergehen, ehe wir einander wieder in die Arme schließen. Läßt sich mein Wagnis aber schlecht an, so wirst du mich nur zu bald wiedersehen – oder nimmermehr.

So leb denn wohl, meine teure, unvergleichliche Margaret! Möge der Himmel Dich mit seinem Segen überschütten und auch mir eine sichere Fahrt gewähren, auf daß es mir vergönnt sei, Dir wieder und wieder meine tiefe Dankbarkeit für all Deine mir erwiesene Liebe und Güte zu bekunden! – Dein Dich liebender Bruder R. WALTON

Zweiter Brief

An Mrs. Saville, England

Archangelsk, 28. März 17– –
Wie langsam doch die Zeit vergeht, hier, wo nur Schnee und Kälte mich umgeben! Und dennoch bin ich in Verfolgung meines Zieles um einen weiteren Schritt vorangekommen: es ist mir gelungen, ein Schiff zu mieten, und nun hab' ich alle Hände voll zu tun, die Deckmannschaft zusammenzutrommeln. Jene Leute, die ich schon angeheuert, erwecken mir den Anschein, als könnte ich mich auf sie verlassen, und sind sämtlich vom unerschrockensten Mute beseelt.

Allein, ich habe einen Herzenswunsch, den erfüllt zu sehen mir bislang noch nie vergönnt gewesen, und so empfinde ich diesen Mangel nachgerade als ein rechtes Übel. Nämlich, mir gebricht's an einem Freunde, Margaret! Niemand ist da, meine Freude zu teilen, sobald ich in der ersten Begeisterung des Erfolges erglühe. Überwältigt mich aber die Verzweiflung, so wird keiner es auf sich nehmen, mich aus meiner Niedergeschlagenheit aufzurichten. Gewiß, ich kann meine Gedanken dem Papier anvertrauen, allein, wie armselig ist doch dies Mittel, Empfindungen auszudrücken! So verlangt's mich mehr und mehr nach der Gesellschaft eines mitfühlenden Menschen, dessen Blick dem meinen Antwort gäbe. Du magst mich immerhin einen Schwärmer schelten, teuerste Schwester, ich aber empfinde das Fehlen eines Freundes als einen drückenden Mangel. Niemand steht mir zur Seite, der zartfühlend und doch beherzt genug wäre – von einem sowohl kultivierten als auch fähigen Geiste durchdrungen und von den nämlichen Neigungen beseelt wie ich –, um meinen Plänen zustimmen oder dieselben ergänzen zu können. Wie wohltätig vermöchte doch solch ein Freund die Schwächen Deines armen Bruders auszugleichen! Ich bin ja viel zu hitzig in meinen Handlungen, viel zu ungeduldig, sobald Schwierigkeiten sich mir in den Weg legen. Und solches Übel, es wird noch verschlimmert durch den Umstand, daß ich meine Bildung nur mir selbst verdanke: während der ersten vierzehn Jahre meines Lebens entriet ich ja nahezu völlig der leitenden Hand und las nichts anderes denn die Reisebeschreibungen aus des Oheims Besitz. Mit vierzehn lernte ich die berühmten Poeten unseres Landes kennen, und erst, als es nicht mehr in meiner Macht lag, den bestmöglichen Nutzen aus ihr zu ziehen, erwachte in mir die Erkenntnis, wie notwendig es sei, nicht nur mit der Muttersprache, sondern auch mit fremdländischen Zungen vertraut zu sein. Nun bin ich achtundzwanzig und doch in Wahrheit unwissender als so mancher Schulbube von fünfzehn Jahren. Gewiß, ich hab' mir über mehr Dinge den Kopf zerbrochen, und meine Tagträume reichen weiter und gelten größeren Zielen. Aber es gebricht ihnen an dem, was die Maler den *harmonischen Vortrag* nennen. So ist ein Freund mir dringend vonnöten, der verständig genug wäre, mich nicht als einen Schwärmer abzutun, und liebevoll genug, sich der Zügelung meines Geistes anzunehmen.

Aber was hilft alles Klagen! Mir ist's ja gewißlich bestimmt, auf dem ganzen weiten Ozean keinen Freund zu finden, und schon gar nicht hier in Archangelsk, unter nichts als Krämerseelen und Wasserratten. Und dennoch, auch in rauhem Busen schlägt so manches Herz, das von Gefühlen beseelt ist, welche dem Abschaume dieser Menschheit fremd sind! So ist zum Beispiel mein Erster Steuermann ein Mensch von bewundernswertem Mute und Unternehmungsgeist, ja erfüllt von einer nahezu aberwitzigen Begierde nach Ruhm. Oder besser, er ist davon durchdrungen, es in seinem Berufe möglichst weit zu bringen. Er stammt aus England und hat sich unerachtet aller nationalen und professionellen Engstirnigkeit, welche durch keinerlei Gesittung gemildert ist, doch einen Rest edelsten Menschentumes bewahrt. Ich machte die Bekanntschaft dieses Mannes an Bord eines Walfängers, und sobald ich erst erfahren hatte, daß er hier in Archangelsk keine Heuer finden kann, war's mir ein leichtes, ihn für meine Sache zu gewinnen.

Der Kapitän ist ein Mann von trefflichem Charakter und wird von der Mannschaft einhellig ob seiner vornehmen Gesinnung und der Milde seiner Disziplin hochgeschätzt. Besonders der letztere Umstand, zuzüglich der wohlbekannten Integrität und Unerschrockenheit dieses Mannes, machte mich begierig, ihn in meine Dienste zu nehmen. Meine in Einsamkeit hingebrachte Kindheit, meine von Deiner sanften, fraulichen Hand geleiteten Jünglingsjahre, sie haben ja mein ganzes Wesen so durch und durch verfeinert, daß ich mich angesichts der Brutalität, welche auf den Seeschiffen zu herrschen pflegt, eines profunden Abscheus nicht zu erwehren vermag: niemals mochte ich daran glauben, daß dergleichen wirklich notwendig sei. Sobald ich also von einem Seemanne hörte, dem seine Herzensgüte nicht minder nachgerühmt wird als der respektvolle Gehorsam, welchen das Schiffsvolk ihm entgegenbringt, schätzte ich mich ganz besonders glücklich, mich seiner Dienste versichern zu können. Ich hatte erstmals auf eher romantische Weise von ihm reden hören und zwar von einer Dame, welche ihm das Glück ihres Lebens dankt. Hier in aller Kürze seine Geschichte: Vor einigen Jahren verliebte er sich in eine junge russische Dame von mäßiger Mitgift. In

Anbetracht des Umstandes, daß der Bewerber Prisengelder in beträchtlicher Höhe sein eigen nannte, stimmte der Vater des Mädchens einer Verbindung zu. Der Verlobte bekam indes seine Braut nur noch ein einziges Mal vor dem festgesetzten Trauungstermin zu Gesicht und fand eine Tränenüberströmte vor, welche sich ihm zu Füßen warf und ihn anflehte, ihrer zu schonen, wobei sie bekannte, daß sie einen anderen liebe, jener aber so unbemittelt sei, daß ihr Vater nimmermehr in eine Heirat einwilligen werde. Mein großherziger Freund sprach der Bittenden Trost zu und stand, sobald er den Namen ihres Liebhabers erfahren, augenblicks von seinem Vorhaben ab. Zwar hatte er schon einen Teil seiner Mittel an den Erwerb eines Landgutes gewendet, woselbst er sich zur Ruhe setzen gewollt, doch vermachte er nunmehr den gesamten Besitz seinem Rivalen, zusammen mit dem Reste der Prisengelder, auf daß der andere auch noch den gehörigen Viehbestand erwürbe. Sodann machte er sich in eigener Person zum Brautwerber und drang in den Vater des jungen Weibes, derselbe möge doch zustimmen, daß seine Tochter ihren Geliebten zum Manne nähme. Der Alte aber wies dies Ansinnen in aller Entschiedenheit von sich, da er sich meinem Freunde auf Ehre und Gewissen verpflichtet fühlte. Dieser aber, sobald er den Vater unerbittlich gefunden, verließ dessen Land und kehrte nicht eher zurück, als bis er vernommen hatte, daß seine frühere Verlobte ihrer Neigung entsprechend verheiratet war! »Welch edelmütiger Mensch!« wirst Du nun ausrufen. Und in der Tat, das ist er. Doch ermangelt er jeglicher guten Erziehung: er ist so stumm als ein Türke, und es haftet ihm eine Art nachlässiger Ignoranz an, welche, obschon sie seine Handlungsweise in ein um so erstaunlicheres Licht rückt, all die Teilnahme und Sympathie, die ihm sonst gewiß wäre, recht sehr beeinträchtigt.

Doch sei es ferne von Dir, zu glauben, daß ich,

bloß weil ich mich hier ein wenig beklage oder vielmehr in all der Müh und Plage einen Zuspruch gebrauchen könnte, der mir ja doch nie zuteil wird, in meinen Entschlüssen auch nur im geringsten wankend geworden bin! Die sind so unumstößlich wie das Schicksal, und ich habe meine Reise nur noch so lange hinausgeschoben, bis das Wetter meiner Einschiffung nicht mehr im Wege steht. Der Winter ist von einer fürchterlichen Strenge gewesen, aber nun steht ja der Frühling vor der Tür, und zwar, wie hier allgemein geglaubt wird, zu einem bemerkenswert frühen Zeitpunkt, so daß wir möglicherweise eher als erwartet in See stechen werden. Doch will ich nichts überstürzen. Du kennst mich zur Genüge, um auf meine Klugheit und Umsicht zu vertrauen, wann immer das Wohl und Wehe fremder Menschenleben in meine Hand gelegt ist.

Ach, ich vermag's nicht, Dir meine Gefühle angesichts der so nahe bevorstehenden Abfahrt zu schildern! Unmöglich, Dir die Natur jener bebenden Empfindungen deutlich zu machen, welche ebensosehr der Freude wie der Angst entspringen, jener Gefühle, mit denen ich die Zurüstungen zu unserer endgültigen Ausfahrt betreibe. Nun bin ich im Begriff, mich in unerforschte Regionen zu begeben, hinein in »das Land der Nebelschwaden und des ewigen Schnees«! Doch will ich keinem Albatros etwas zuleide tun, und Du magst deshalb unbesorgt sein um meine Sicherheit und brauchst nicht zu fürchten, daß ich eines Tages so abgekämpft und bejammernswert vor Deiner Tür stehen könnte wie jener Seemann in der »Ballade vom Alten Matrosen«! Lächle immerhin ob solcher Anspielung – doch will ich Dir ein Geheimnis enthüllen: nämlich, ich führe so manches Mal die unwiderstehliche Neigung, den leidenschaftlichen Enthusiasmus, welche mich mit den Gefahren des unerforschlichen Ozeans verbinden, zurück auf jenes Werk aus der Feder des phantasiebegabtesten unsrer modernen

Poeten! Beständig ist ja in meiner Seele etwas mir Unbegreifliches am Werke. Im praktischen Leben bin ich ein arbeitsamer, ein gewissenhafter Mensch – einer, der mit Ausdauer und Beharrlichkeit seinen Pflichten obliegt. Und doch ist da trotz allem eine Vorliebe fürs Wunderbare, ja ein Glaube daran, welcher sich jedem meiner Projekte mitteilt und mich dazu treibt, auszubrechen aus dem Alltagstrott der Menschen, und gälte es gleich, mich aufs wilde Meer hinauszuwagen, in jene nie gesehenen Regionen, welche zu erforschen ich mich nunmehr anschicke.

Doch zurück zu freundlicheren Erwägungen: werde ich Dich, teuerste Schwester, nach dem Durchpflügen grenzenloser Meere in die Arme schließen und Dir berichten können, daß mein Weg zu Dir mich um das südlichste Kap von Afrika oder Amerika geführt hat? Ich wag' es nicht, an solchen Erfolg zu denken – und ertrag' es nicht, die Kehrseite der Medaille auch nur anzusehen! So fahr Du denn fürs erste fort, mir mit jeder sich bietenden Gelegenheit zu schreiben: mag sein, daß Deine Botschaft mich in eben jener Stunde erreicht, da ich ihres Zuspruchs am dringendsten bedürftig bin. Du weißt ja, mit welcher Liebe ich Dir anhänge. Bewahr auch Du mir Deine Geneigtheit, im Falle Du nie wieder von mir hören solltest! –
Dein Dich liebender Bruder   R. WALTON

Dritter Brief

An Mrs. Saville, England

7. Juli 17– –
TEUERSTE SCHWESTER – in Eile diese Zeilen, Dir zu sagen, daß ich wohlauf und bisher auf meiner Fahrt gut vorangekommen bin. Dies Lebenszeichen geht mit

einem Handelsmanne nach England, dessen Schiff uns auf hoher See begegnet ist, und der nun von Archangelsk aus in die Heimat zurückkehrt: glücklicher als ich, der ich vielleicht mein Heimatland auf Jahre hinaus nicht wiedersehen werde! Doch bin ich guter Dinge, dieweil meine Mannen ja kühn genug und ganz augenscheinlich von grimmiger Entschlossenheit beseelt sind. Auch scheint das Treibeis, dessen Schollen beständig an uns vorüberziehen und von den Gefahren künden, zu denen wir nun unterwegs sind, sie nicht sonderlich zu schrecken. Wir befinden uns schon in recht nördlichen Breiten, doch da wir Hochsommer haben – wenngleich nicht so warm wie in England –, bringen uns die Südwinde, welche uns mit hoher Fahrt gegen jene Gestade tragen, die ich so sehnlich zu erreichen wünsche, eine ganz unerwartet belebende Wärme.

Bisher ist uns nichts Erwähnenswertes zugestoßen. Ein-, zweimal ein steiferer Wind, sowie ein kleineres Leck, das sind so Dinge, welche dem erfahrenen Seemanne kein weiteres Wort abnötigen. Wenn uns nichts Ärgeres auf unsrer Fahrt bevorsteht, will ich's zufrieden sein!

So leb denn wohl, meine teure Margaret! Und sei versichert, daß ich mich sowohl um meinet- als auch um deinetwillen nicht unbesonnen der Gefahr in die Arme stürzen werde. Kaltblütig, beharrlich und mit aller Umsicht will ich mein Ziel ins Auge fassen.

Denn der Erfolg – er *muß* mein Unternehmen krönen! Wie denn auch nicht? Nun bin ich so weit schon vorgedrungen, hab' mir in Sicherheit den Weg gebahnt auf dem pfadlosen Ozean – und die Sterne da droben sind Zeugen meines Triumphes! Warum also nicht weiter fortschreiten über dies ungezähmte und doch so botmäßige Element? Was könnte dem entschlossenen Herzen, dem festen Willen eines Mannes widerstehen?

Nun hat mein übervolles Herz sich doch noch Luft

gemacht in solcher Ergießung! Indes, ich muß schließen. Der Himmel sei mit Dir, geliebte Schwester!

R. W.

Vierter Brief

An Mrs. Saville, England

5. August 17– –

Nun hat ein so merkwürdiger Vorfall sich ereignet, daß ich nicht umhin kann, Dir von ihm zu berichten, wiewohl es nur zu wahrscheinlich ist, daß ich Dir von Angesicht gegenübertrete, noch ehe diese Blätter in Deinen Händen sind.

Vergangenen Montag (den 31. Juli) waren wir vom Treibeis nahezu eingeschlossen – es rückte uns so nahe auf den Leib, daß wir kaum noch Fahrt machen konnten. Unsere Lage fing an, nachgerade bedenklich zu werden, und dies um so mehr, als ein undurchdringlicher Nebel uns jeder Sicht beraubt hatte. So blieb uns nichts übrig als beizudrehen, in der Hoffnung, das Wetter werde schon noch umschlagen.

Gegen zwei Uhr nachmittags hob sich denn auch der Nebel, und wir erblickten eine ringsum und nach allen Seiten sich erstreckende, ungeheure Eiswüste aus aufgeworfnen und übereinandergeschobenen Schollen, welche kein Ende zu nehmen schien. Schon begannen einige meiner Gefährten zu murren, und auch mein angespannter Geist ward von Angst und Sorge überkommen, als ein über die Maßen sonderbarer Anblick unser Augenmerk auf sich zog und damit unsre Besorgnis von der eigenen Lage ablenkte. Etwa eine halbe Meile entfernt erblickten wir nämlich ein niedriges, auf einem Hundeschlitten festgebundenes Gestell in rascher Fahrt gegen Norden. In dem Schlitten saß ein Lenker, der zwar menschliche Formen aufwies, aber ganz augenscheinlich von riesenhafter Statur war. Wir sahen dem mit großer Geschwindigkeit dahineilenden Reisenden durch unsre Teleskope nach, bis er uns hinter den in der Ferne aufragenden Eisschollen aus den Augen kam.

Solche Erscheinung rief in uns eine maßlose Verwunderung hervor. Uns trennten ja – so glaubten wir zumindest – schon viele hundert Meilen von jeglichem Festlande, doch schien, was wir eben gesehen, darauf hinzudeuten, daß wir der Küste noch viel näher waren als vermutet! Indes, vom Eise eingeschlossen, war's uns nicht möglich, dem von uns mit der größten Aufmerksamkeit beobachteten Kurse zu folgen.

Etwa zwei Stunden nach jenem Ereignis vernahmen wir das Getöse der Grundsee, und noch vor Einbruch der Nacht zerbarst die Eisdecke und gab unser Schiff wieder frei. Wir blieben aber bis zum Morgen liegen, da wir befürchteten, in der Dunkelheit von einer der mächtigen Schollen gerammt zu werden, wie sie nach dem Aufbrechen des Packeises auf dem Meere treiben. Ich benutzte diese Wartefrist, mich für ein paar Stunden aufs Ohr zu legen.

Am Morgen aber, sobald es wieder hell war, kam ich an Deck und fand die gesamte Mannschaft an der einen Schiffsseite über die Reling gebeugt. Offensichtlich redeten die Männer auf jemanden ein, der sich unten auf dem Wasser befand. Und in der Tat, während der Nacht war auf einer der riesigen Eisschollen ein Schlitten an uns herangetrieben, welcher aufs Haar jenem anderen glich, den wir am Vortage gesehen hatten. Von den Hunden war nur noch einer am Leben, doch in dem Schlitten befand sich ein Mensch, den die Matrosen zu überreden suchten, er möge doch an Bord kommen. Der Mann war, anders als der Reisende vom Vortage, welcher ja den Anschein eines Ureinwohners irgendwelchen unentdeckten Eilandes erweckt hatte, ein Europäer. Sobald ich auf Deck erschienen war, sagte der Kapitän: »Da kommt unser Patron! Er wird nicht zulassen, daß Ihr da unten auf offener See absauft wie eine Ratte!«

Sobald der Fremdling meiner ansichtig geworden, wandte er sich in englischer Sprache, wenngleich mit einem fremdländischen Akzente, an mich. »Ehe ich an Bord Eures Schiffes komme«, sagte er, »seid bitte so freundlich, mir zu sagen, wohin es bestimmt ist!«

Du magst die Größe meines Staunens ermessen, als ich solche Frage aus dem Munde eines Menschen hören mußte, der schon mit einem Fuß im nassen Grabe stand, und von dem ich eigentlich erwartet hatte, er sehe in meinem Schiffe einen Zufluchtsort, den er gegen alle Schätze der Welt nimmer eingetauscht hätte. Doch stand ich dem Fremdling Rede und Antwort, indem ich ihm eröffnete, wir befänden uns auf einer Entdeckungsfahrt zum Nordpole.

Dies vernommen, schien er völlig zufrieden und hatte nichts mehr dagegen, daß wir ihn an Bord nähmen. Du lieber Himmel! Hättest Du, teuerste Margaret, diesen Menschen gesehen, der sich um seiner Errettung willen erst so lange hatte bitten lassen, Deine Verwunderung wär' eine grenzenlose gewesen! Seine Gliedmaßen waren ja nahezu erstarrt, und sein Körper war durch Übermüdung und Leiden bis auf die Knochen abgezehrt. Nie zuvor hab' ich einen Menschen in so jammervollem Zustande gesehen. Wir versuchten, den Erschöpften in die Kajüte zu schaffen, doch fiel er in eine Ohnmacht, sobald er nicht mehr an der frischen Luft war. Demzufolge schleppten wir ihn wieder an Deck und riefen ihn ins Leben zurück, indem wir ihn mit Cognac einrieben und ihn auch zwangen, ein wenig davon zu schlucken. Sobald der Besinnungslose wieder Spuren von Leben verriet, wickelten wir ihn in Decken und betteten ihn neben den Rauchfang des Küchenherdes. Nur nach und nach kam er wieder zu Sinnen, doch nahm er sogar ein wenig Suppe zu sich, was ganz vortrefflich zu seiner Wiederherstellung beitrug.

Zwei Tage gingen auf diese Weise hin, ehe er wieder fähig war, Worte hervorzubringen. Ich aber befürchtete immer wieder, er sei vor Qual von Sinnen gekommen. Sobald er ein wenig bei Kräften war, ließ ich den Bedauernswerten in meine eigene Kabine schaffen, woselbst ich mich, soweit meine Pflicht mir dies verstattete, nach Kräften um ihn bemühte. Noch nie zuvor ist mir ein bemerkenswerter Mensch untergekommen: seine Augen haben für gewöhnlich einen wilden, ja sogar irren Ausdruck, doch sobald ihm jemand eine Freundlichkeit, ja den geringfügigsten Dienst erweist, beginnt sein ganzes Gesicht vor Wohlwollen und Güte zu strahlen, in einer Art, wie ich sie noch nie gesehen habe. Im allgemeinen jedoch ergibt er sich der Schwermut und Verzweiflung, knirscht sogar bisweilen mit den Zähnen, als wollt' er gegen die Last eines ihn bedrückenden Schmerzes aufbegehren.

Kaum hatte mein Pflegebefohlener sich ein wenig erholt, bekam ich alle Hände voll zu tun, ihm die Männer vom Leibe zu halten, welche ihn am liebsten mit tausenderlei Fragen bestürmt hätten. Ich aber mochte es nicht leiden, daß er in einem körperlichen und seelischen Zustande, dessen Besserung so augenscheinlich von der Wahrung absoluter Ruhe abhing, durch solch eitle Neugierde gequält würde. Dessen unerachtet richtete aber der Erste Steuermann einmal die Frage an ihn, aus welchem Grunde er sich in solch seltsamem Fahrzeuge so weit auf das Eis hinausgewagt?

Augenblicks nahmen die Züge des Gefragten den Ausdruck der tiefsten Verdüsterung an. Er antwortete: »Um jemanden zu suchen, der vor mir auf der Flucht ist.«

»Und ist der Mann, welchen Ihr verfolgt habt, auf die nämliche Weise gereist wie Ihr?«

»Ja.«

»Dann halt' ich dafür, daß wir ihn gesehen haben. Am Tage bevor wir Euch aufnahmen, haben wir nämlich einen Mann im Hundeschlitten übers Eis fahren sehen.«

Diese Worte erweckten des Fremden Aufmerksamkeit, und er war sogleich mit einer Unmenge Fragen in Ansehung der Route zur Hand, welche der Dämon, wie er ihn nannte, genommen. Und nicht lange danach, sobald er wieder mit mir allein war, sagte er: »Ohne Zweifel hab' ich Eure Wißbegier nicht minder angestachelt denn jene dieser guten Leute. Nur seid Ihr viel zu rücksichtsvoll, als daß Ihr weiter in mich dringen wolltet.«

»Gewiß. Es wäre in der Tat recht ungehörig, ja unmenschlich von mir, wollte ich Euch mit Neugierde zusetzen.«

»Und dennoch habt Ihr mich aus einer ungewöhnlichen und gefahrvollen Lage gerettet – waret so wohlwollend darauf bedacht, mich dem Leben wiederzugewinnen!«

Und bald nachdem er dies gesagt, frug er mich, ob denn wohl das Bersten des Packeises jenen andern Schlitten vernichtet haben mochte? Darauf konnte ich nur sagen, ich wüßte dies auf keine Weise zu beantworten, weil ja die Eisdecke erst gegen Mitternacht geborsten sei, und der Reisende schon vorher einen sicheren Ort erreicht haben könne. Doch war's mir schlechterdings nicht möglich, darüber ein Urteil abzugeben.

Von da an beseelte neue Lebensenergie den entkräfteten Körper des Fremden, und er legte den begierigsten Eifer an den Tag, an Deck zu gehen, um nach jenem ersten Schlitten Ausschau zu halten. Ich aber habe ihn überredet, in der Kabine zu verbleiben, dieweil er ja noch viel zu schwach ist, als daß er dies rauhe Klima ertragen könnte. Doch hab' ich ihm versprochen, jemand werde an seiner Statt Ausschau halten und ihn sogleich benachrichtigen, falls irgendein Objekt in Sicht kommen sollte.

Soweit mein Bericht in Ansehung dessen, was seit jenem sonderbaren Vorfall sich bis heute ereignet hat. Der Gesundheitszustand des Fremden hat sich allmählich gebessert, doch verhält der Genesende sich recht schweigsam und scheint Unbehagen zu verspüren, wenn ein anderer als ich die Kabine betritt. Doch legt unser Gast ein so gewinnendes und vornehmes Wesen an den Tag, daß die gesamte Mannschaft recht sehr von ihm eingenommen ist, wiewohl sie mit ihm kaum in Berührung kommt. Ich für meinen Teil fange nachgerade an, ihn wie einen Bruder zu lieben. Sein beständiger und tiefer Kummer erfüllt mich mit Sympathie und Mitgefühl. Er muß in seinen besseren Tagen ein vornehmer Mensch gewesen sein, da er sogar noch jetzt, in solch jammervollem Zustande, so anziehend und liebenswert ist.

In einem meiner Briefe, teuerste Margaret, habe ich gesagt, es werde mir gewiß nicht beschieden sein, auf dem ganzen weiten Ozean einen Freund zu finden. Nun aber hab' ich einen Menschen gefunden, den ich, bevor noch sein Geist vom Elend verstört worden, mit Freuden als einen Bruder an mein Herz gedrückt hätte.

Ich werde meinen Bericht über diesen Fremdling ergänzen, sobald ich Neues über ihn zu vermelden habe.

13. August 17--

Die Zuneigung, welche ich für meinen Gast empfinde, wächst von Tag zu Tag. Er ruft meine Bewunderung in ebenso erstaunlichem Maße hervor wie mein Mitgefühl. Wie auch sollte ich nicht den nagendsten Kummer empfinden angesichts solcher durch das Elend zerstörten Vornehmheit? Er ist ja so gefühlvoll und dabei so weise, verfügt über eine ungemeine Kultur sowie über eine Sprache, deren rascher Fluß bei aller

Wohlgesetztheit der Worte von unvergleichlicher Beredsamkeit ist.

Jetzt, da er von seiner Krankheit nahezu genesen, kann man ihn beständig an Deck sehen, wo er ganz offensichtlich nach jenem ersten Schlitten Ausschau hält. Und wiewohl er genugsam an seinem eigenen Unglück zu tragen hat, ist er davon doch nicht so sehr besessen, als daß er sich nicht auch aufs lebhafteste für die Projekte seiner Mitmenschen interessieren würde. So hat er sich mit mir des öftern über mein Vorhaben unterhalten, welches ich ihm rückhaltlos offenbarte. In aller Aufmerksamkeit hat er sich mit den sämtlichen Argumenten beschäftigt, welche mir für meinen schließlichen Erfolg zu sprechen scheinen, sowie bis ins kleinste mit den Maßnahmen, die ich zu dessen Sicherung ergriffen habe. Die Bekundung solcher Anteilnahme machte es mir leicht, ihm mein Herz zu eröffnen, der in meiner Seele schwelenden Sehnsucht Ausdruck zu verleihen und mit all meiner glühenden Leidenschaft auszusprechen, wie ich doch mit tausend Freuden mein Vermögen, meine Existenz, ja meine sämtlichen Hoffnungen dahingäbe für einen günstigen Verlauf meines Unternehmens. Was bedeuten schon, so sagte ich, Leben oder Tod eines Menschen angesichts der Erwerbung jenes Wissens, nach welchem ich strebe – jener Herrschaft, welche ich über die uns Menschen so feindlich gesinnten Elemente zu erringen hoffe, um solche Macht an spätere Generationen weiterzugeben? Aber während ich so sprach, verdüsterte sich meines Zuhörers Antlitz mehr und mehr. Zunächst vermeinte ich, er suche bloß, seiner Bewegung Herr zu werden, denn er schlug ja die Hände vors Gesicht. Doch ward meine Stimme schwankend und versagte mir den Dienst, als ich gewahrte, daß Tränen zwischen seinen Fingern hervorquollen, und ein Stöhnen sich dem schweratmenden Busen entrang. Ich verstummte. Doch erst nach geraumer Zeit hub der Fremde an, in abgerissenen Sätzen zu sprechen.

»Unseliger!« sagte er. »So teilst auch du mein aberwitziges Begehren! Hast gleich mir von jenem Giftbecher gekostet? So hör mich denn, hör meine Geschichte, und du wirst dies Getränk voll Abscheu von deinen Lippen stoßen!«

Solche Worte, wie Du Dir unschwer denken kannst, stachelten meine Neugierde aufs höchste an. Doch jener Paroxysmus der Verzweiflung, welcher den Fremdling befallen, war zuviel für dessen geschwächte Kräfte gewesen, und es bedurfte vieler Stunden der Ruhe und des beschaulichen Gesprächs, um des Verstörten Seelenfrieden wiederherzustellen.

Nachdem er seiner heftigen Gemütsbewegung Herr geworden, schien er sich dafür zu verachten, daß er sich zum Sklaven seiner Leidenschaften hatte machen lassen, und brachte mich, indem er der Düsternis seiner Verzweiflung Einhalt gebot, aufs neue dazu, von mir selbst zu sprechen. Zunächst wollte er alles über meine Jugendjahre erfahren. Da gab's zwar nicht viel zu erzählen, doch auch dies wenige bot Anlaß genug zu den mannigfachsten Reflexionen. Ich sprach von meinem Wunsche, einen Freund zu finden – von meinem Begehr nach einem gleichgestimmten Geist, nach einer engeren Bindung als sie mir bislang vergönnt gewesen, und gab meiner Überzeugung Ausdruck, daß ein Mann sich so lange zu Unrecht seines Glückes rühme, als ihm solche Segnung nicht zuteil geworden.

»Dies ist nur zu wahr!« versetzte der Fremde. »Wir alle sind nichts als ungeformte Geschöpfe und zählen nur halb, solange nicht ein Klügerer, Besserer, Wertvollerer als wir selbst – eben ein Freund wie er sein soll –, uns hilfreich zur Seite steht, um unsere schwache und anfällige Natur zu vervollkommnen. Ich durfte einst solch einen Freund mein eigen nennen, er war der nobelste von allen Menschen, drum weiß ich gut, was wahre Freundschaft sein kann. Ihr habt noch Hoffnung, vor Euch liegt die Welt, und so seh' ich nicht, weshalb Ihr verzweifeln solltet. Ich jedoch

– ich habe alles verloren und kann mein Leben nicht aufs neue leben.«

Während er dies sagte, nahm seine Miene den Ausdruck einer so stillen, ernsten Bekümmernis an, daß sich mir das Herz zusammenkrampfte. Indes, er sagte kein weiteres Wort, sondern zog sich unverweilt in seine Kabine zurück.

Wie gebrochen im Geiste er immer sein mag – keiner übertrifft ihn an Empfindungskraft im Angesicht aller Schönheit der Natur. Der bestirnte Himmel über unsern Häupten, das grenzenlose Meer zu unsern Füßen, ja jeder andere Anblick, den diese wunderbaren Breiten uns gewähren, dies alles scheint ihm die Seele noch immer himmelwärts zu entrücken. Solch ein Mensch, er lebt ja ein zwiefaches Leben: mag er auch vom Elend niedergedrückt, von Enttäuschungen überwältigt sein – hat er nur wieder zu sich selbst gefunden, so wird er einem Himmelswesen gleich, umhüllt von einer Glorie aus Licht, in deren Strahlenkranz kein Platz mehr ist für Kummer oder Narrheit!

Kommt Dich ein Lächeln an ob der stürmischen Begeisterung, welche mir die Zunge löst im Angesicht so göttlichen Erdengastes? Ach – könntest Du ihn von Angesicht sehen, es erstürbe Dir! Unterrichtet wie Du bist durch Deine Lektüre, verfeinert im Geschmacke durch Deine zurückgezogene Lebensweise, bist Du ein wenig wählerisch geworden. Doch gerade dieser Umstand müßte Dich nur um so empfänglicher machen für die außerordentlichen Gaben dieses wunderbaren Menschen. Bisweilen habe ich zu ergründen versucht, was es nur sein mag, das ihn so himmelhoch über alle emporhebt, die ich je kennengelernt. Ich glaube, es ist ein angeborener Sinn, das Echte vom Unechten zu sondern; eine rasche, doch unfehlbare Urteilskraft; ein Vermögen, den Dingen auf den Grund zu gehen mit einer Gedankenschärfe, die nicht ihresgleichen hat. Zu alldem magst Du Dir noch eine unglaubliche Leichtigkeit des Ausdrucks vorstellen, sowie eine Stimme, die so variabel in ihrem Tonfalle ist, daß sie schon mehr einer sinnbetörenden Musik gleichkommt.

19. August 17– –
Gestern redete der Fremde mich mit den folgenden Worten an: »Ihr mögt, Captain Walton, leichtlich wahrgenommen haben, daß mir großes Unglück widerfahren ist, welches nicht seinesgleichen hat. Und ich bin eigentlich entschlossen gewesen, die Erinnerung an all das Übel mit mir begraben zu lassen. Ihr aber habt mich dazu gebracht, meinen Entschluß umzustoßen. Ihr sucht ja ebenso wie einstmals ich nach Erkenntnis und nach Weisheit, und ich hoffe mit brennendem Herzen, daß die Erfüllung Eurer Wünsche sich nicht zur Schlange wandeln möge, welche nach Eurer Ferse sticht, wie's mir geschehen ist. Zwar weiß ich nicht, ob die Geschichte meines Unheils Euch von Nutzen sein wird, indes, wenn ich mir vor Augen führe, daß Ihr den nämlichen Kurs steuert, Euch den nämlichen Gefahren aussetzt, welche mich zu dem gemacht haben, was ich heute bin, so will's mich bedünken, daß Ihr aus meiner Erzählung schon die entsprechende Lehre ziehen könntet – eine Lehre, die Euch, im Falle Ihr erfolgreich seid, als ein Leitstern voranleuchten mag, im Falle des Mißerfolges aber ein rechter Trost sein kann. So macht Euch denn gefaßt, von Begebenheiten zu hören, welche man gemeiniglich in den Bereich des Wunderbaren verweist. Befänden wir uns in gemäßigteren Breiten, so würd' ich vielleicht fürchten, auf Unglauben zu stoßen, wenn nicht sogar auf Hohngelächter. In diesen ungebärdigen und geheimnisvollen Regionen aber erscheint so manches möglich, was das Lachen jener herausfordern würde, die da unvertraut sind mit den stets wandelbaren Kräften der Natur. Doch zweifle ich nicht, daß meine Erzählung, je weiter sie fortschreitet, Euch

die innere Wahrhaftigkeit jener Ereignisse, aus denen sie besteht, vor Augen führen wird.«

Du magst Dir unschwer vorstellen, wie angetan ich von dem in Aussicht gestellten Gespräche war. Dennoch mochte ich nicht dulden, daß mein Gast seinen Kummer durch das Aufzählen seiner Mißgeschicke erneuerte. Dabei war ich äußerst begierig, die angekündigte Erzählung zu vernehmen, teils aus Neugierde, teils aber auch aus dem echten Bedürfnis, ihm sein Los nach Kräften erleichtern zu helfen. Dies gab ich ihm denn auch in meiner Antwort zu verstehen.

»Ich danke Euch«, versetzte er, »für Eure Anteilnahme, allein, sie kommt für mich zu spät. Mein Erdenschicksal hat sich ja nahezu erfüllt. Nur noch eines bleibt mir zu tun – dann kann ich in Frieden die Augen schließen. Ich verstehe Eure Gefühle«, fuhr er fort, sehend, daß ich ihm ins Wort fallen wollte. »Indes, Ihr seid im Irrtum, mein Freund – falls Ihr mir erlauben mögt, Euch so zu nennen. Mein Schicksal ist mir unabänderlich vorgezeichnet. So vernehmt denn meine Geschichte, und Ihr werdet begreifen, wie unwiderruflich es festgelegt ist.«

Er fügte noch hinzu, daß er mit seiner Erzählung am nächstfolgenden Tage beginnen wolle, sobald ich genug Muße hätte, ihr zu lauschen. Solche Versprechung erfüllte mich mit den wärmsten Dankgefühlen, und ich habe mir vorgenommen, jede Nacht, wenn meine Pflichten mich nicht allzu gebieterisch in Anspruch nehmen, darauf zu verwenden, möglichst wortgetreu aufzuzeichnen, was der Fremde mir tagsüber berichtet hat. Sollte ich ab und zu verhindert sein, so will ich mir zumindest Notizen machen. Dir, teuerste Schwester, werden diese Aufzeichnungen unzweifelhaft das größte Vergnügen bereiten. Mit welcher Anteilnahme werde aber erst *ich,* der ich all das von des Erzählers Lippen vernehme, eines fernen Tages in diesen Blättern lesen! Eben jetzt, da ich mich an meine Aufgabe mache, klingt mir des Freundes volltönende Stimme ans Ohr. Die strahlenden Augen ruhen mit all ihrem melancholischen Zauber auf mir. Ich sehe die abgezehrte Hand im Feuer des Erzählens sich heben, dieweil ein Abglanz der Seele sich über des Redenden Antlitz breitet. Wie seltsam und quälend mag doch dies Bekenntnis sein! Wie furchtbar muß der Sturm gewütet haben, den dies tapfere Schifflein auf seiner Fahrt zu bestehen gehabt – um nun wrack zu sein auf solche Weise!

Erstes Kapitel

Gebürtig bin ich aus Genf, und zwar entstamme ich einem der vornehmsten Geschlechter dieser calvinistischen Republik. Meine Vorfahren sind viele Jahre hindurch Ratsherren und Gemeindevorsteher gewesen. Noch mein Vater hat mehrere öffentliche Ämter bekleidet und stand ob seiner Untadeligkeit in hohem Ansehen. Wer ihn kannte, brachte ihm um seiner Rechtschaffenheit und unermüdlichen Hingabe im Dienste des öffentlichen Wohlergehens halber die respektvollste Ehrerbietung entgegen. Seine frühen Mannesjahre waren ausgefüllt mit den Angelegenheiten seines Landes, und so hatte die Verknüpfung der Umstände es mit sich gebracht, daß er nicht Gelegenheit gefunden, zur rechten Zeit ein Eheweib zu freien. Erst als er den Zenith seines Lebens schon überschritten hatte, war's ihm vergönnt, Oberhaupt und Vater einer Familie zu werden.

Die Umstände, welche zu solcher Heirat führten, werfen ein bezeichnendes Licht auf seinen Charakter, und so kann ich wohl nicht davon absehen, sie Euch mitzuteilen. Einer seiner Busenfreunde war ein Handelsmann, welcher infolge der widrigsten Zufälle sein blühendes Unternehmen verlor und in Armut fiel.

Dieser Mann, ein gewisser Beaufort, war von stolzer, unbeugsamer Wesensart und konnte es nicht ertragen, in dem nämlichen Lande in Armut und Vergessenheit zu leben, wo er zuvor durch Rang und Würden hervorgeragt hatte. Aus diesem Grunde zog er, nachdem er seine Schulden aufs ehrenhafteste beglichen, mit seiner Tochter in die Fremde nach Luzern und lebte daselbst unerkannt und in den dürftigsten Umständen. Meinen Vater aber, welcher jenem Beaufort in aufrichtiger Freundschaft zugetan war, erfüllte dessen unter den unglücklichsten Bedingungen vor sich gegangener Abzug mit tiefem Kummer, und er beklagte aufs bitterste den falschen Stolz, welcher seinen Freund zu einer Lebensweise veranlaßt hatte, die des Freundschaftsbandes zwischen den beiden so unwürdig war. Er verlor keine Zeit, nach des Freundes Aufenthalt zu forschen, beseelt von der Hoffnung, er werde denselben schon überreden, von ihm Kredit und Hilfe anzunehmen, um dergestalt ein neues Leben zu beginnen.

Beaufort jedoch hatte es aufs wirksamste verstanden, sich zu verbergen, und so verstrichen zehn Monate, ehe mein Vater des Freundes Unterschlupf ausfindig gemacht. Überglücklich ob solcher Entdeckung suchte er unverzüglich das betreffende Haus auf, welches in einem der armseligen Gäßchen nächst der Reuß gelegen war. Da er aber eintrat, boten ihm bloß Elend und Verzweiflung ihren düsteren Willkomm. Beaufort hatte ja nur eine ganz unbedeutende Summe Geldes aus dem Zusammenbruch seiner Geschäfte retten können, welche nur notdürftig hinreichte, für einige Monate das Leben zu fristen. In der Zwischenzeit, so hoffte er, würde er schon die oder jene ehrenhafte Beschäftigung in einem Handelshause finden. Die Wartezeit verstrich – wie denn auch nicht! – in Untätigkeit, und so wurde, da er nun Muße genug zu grüblerischem Nachsinnen hatte, des Wartenden Bekümmernis nur noch tiefer, ja begann gleich einem Geschwür in ihm zu fressen. Mit der Zeit bemächtigte sie sich seines Gemütes so ganz und gar, daß er nach Ablauf von drei Monaten aufs Krankenlager gestreckt ward, nicht länger fähig, auch nur das geringste zu unternehmen.

Seine Tochter pflegte ihn mit der größten Zärtlichkeit, doch sah sie voll Verzweiflung, daß die bescheidenen Ersparnisse unaufhaltsam im Schwinden begriffen waren, und daß keinerlei Aussicht auf Unterstützung bestand. Doch Caroline Beaufort war aus besonderem Holze geschnitzt, und so stachelte alle Widrigkeit ihren Mut nur noch stärker an. Sie übernahm die niedrigsten Arbeiten, verdingte sich als Strohflechterin und verdiente auf die verschiedenste Weise einen Hungerlohn, der kaum hinreichte, das nackte Leben zu fristen.

Auf diese Weise vergingen mehrere Monate, und um den Vater ward es schlechter und schlechter bestellt. Immer mehr der kostbaren Arbeitszeit ging für die Krankenpflege auf, bis auch der letzte Notgroschen verbraucht war. Und als der Dahinsiechende nach Ablauf von zehn Monaten in den Armen der Tochter sein Leben aushauchte, ließ er ein Waisen- und Bettelkind zurück. Dieser letzte Schicksalsschlag überstieg Carolinens Kräfte, und sie kniete an Beauforts Sarge nieder und weinte bitterlich. In dem nämlichen Momente aber öffnete sich die Tür, und herein trat niemand anderer als mein Vater! Gleich einem freundlichen Schutzgeist trat er auf die Bedauernswerte zu, welche sich seiner Obsorge sogleich anvertraute. Nachdem er seinen Freund begraben hatte, geleitete er das Mädchen nach Genf und brachte es bei einer Verwandten unter. Zwei Jahre später aber nahm er Caroline zum Weibe.

Der Altersunterschied zwischen meinen Eltern war ein beträchtlicher, doch scheint dieser Umstand sie in nur noch liebevollerer Hingabe aneinander gebunden zu haben. Meines Vaters aufrechtem Sinn wohnte ja ein Gefühl für Gerechtigkeit inne, das ihn nur dort wahrhaft lieben ließ, wo solche Liebe an keinen Unwürdigen verschwendet ward. Mag sein, daß er in früheren Jahren eine diesbezügliche Enttäuschung erlitten, daß er den Unwert einer geliebten Person zu spät erkannt hatte, und nun eben deshalb ganz besonderes Gewicht auf erprobte Tugend legte. So bezeigte er in aller Hinneigung zu meiner Mutter ein Maß an Dankbarkeit und Hochschätzung, das in nichts an die kindische Verliebtheit des Alters gemahnte, da es der Verehrung von meiner Mutter Tugendhaftigkeit sowie dem Wunsche entsprang, die Ehegattin gewissermaßen für all die Not und Sorge zu entschädigen, welche sie in ihren Mädchenjahren zu erdulden gehabt. Demzufolge war das Verhalten, welches er ihr gegenüber an den Tag legte, verklärt von einer unaussprechlichen Güte. Jeden Wunsch sah er ihr von den Augen ab, und ihr Wohlbefinden ging ihm über alles. Sein ganzes Streben war darauf gerichtet, sie vor allen Widrigkeiten, welche das Leben mit sich bringen mag, zu behüten, gleichwie der Gärtner ein schönes, fremdländisches Gewächs vor jedem rauheren Lufthauche zu schützen versucht. So umgab er sie mit allem, was dazu angetan schien, ihr sanftes und wohlmeinendes Gemüt zu erfreuen. Nicht nur ihre Gesundheit, sondern auch ihre ehedem so lange bewahrte Seelenruhe war ja ernsthaft erschüttert worden durch das schwere Los, dem die Ärmste unterworfen gewesen. Nun hatte mein Vater schon während der zwei Jahre, welche der Eheschließung voraufgegangen, seine öffentlichen Ämter eins um das andere zurückgelegt. Deshalb fuhr das jungvermählte Paar sogleich nach vollzogener Vereinigung in die angenehmeren Klimaten Italiens und suchte mit solchem Ortswechsel und den mit einer Reise durch dies wundersame Land verbundenen Abwechslungen die angegriffene Gesundheit der zarten Frau wiederherzustellen.

Von Italien führte der Weg nach Deutschland und

nach Frankreich. Ich, als der Erstgeborene, erblickte zu Neapel das Licht dieser Welt und ward als ein Säugling auf all die ausgedehnten Reisen mitgenommen. Jahre hindurch blieb ich meiner Eltern einziges Kind. Sie waren einander so sehr zugetan, daß sie über eine wahre Fundgrube der Liebe zu verfügen schienen, aus welcher sie einen unversieglichen Vorrat an Zuneigung schöpften, um denselben an mich zu verschwenden. Die zärtlichen Liebkosungen meiner Mutter sowie das glückstrahlende Lächeln, mit welchem der Vater mich zu betrachten pflegte, sind denn auch meine frühesten Erinnerungen. Ich war meiner Eltern Spielpuppe, ihr Abgott und, weit mehr als das, ihr Kind – das unschuldige und hilflose Geschöpf, ihnen vom Himmel anvertraut, auf daß sie es heranzögen zum Guten, dieweil es ja in ihren Händen lag, mein künftiges Los mir zum Glücke oder zum Unglück ausschlagen zu lassen, je nach dem, auf welche Weise sie ihre elterlichen Pflichten an mir erfüllten. Angesichts so tiefen Wissens um all das, was Eltern einem Wesen schulden, dem sie das Leben geschenkt, angesichts auch jener immerwachen Zärtlichkeit, welche die beiden beseelte, ist es nicht schwer, sich vorzustellen, daß ich in jeder Stunde meines kindlichen Lebens umhegt war von Geduld, Fürsorge und Ordnungssinn, gleichsam geführt an einem seidnen Bande, so daß mir mein Leben als eine Kette von aneinandergereihten Freuden erschien.

Lange Zeit hindurch war ich der einzige Gegenstand der elterlichen Fürsorge. Zwar hatte meine Mutter sich von Herzen auch ein Töchterchen gewünscht, doch blieb ich das alleinige Unterpfand ihrer Liebe. Während meines fünften Lebensjahres unternahmen die Eltern eine Reise über die Grenzen Italiens und verbrachten eine Woche am Gestade des Comersees. Ihr Hang zur Wohltätigkeit ließ sie häufig die Behausungen der Armen aufsuchen. Dies bedeutete für meine Mutter mehr denn eine Herzenspflicht: in

Ansehung des überstandenen, eigenen Leids sowie der Art und Weise, wie sie daraus erlöst worden, war's ihr ein Bedürfnis, ja eine Leidenschaft, nunmehr den Schutzengel der Mühseligen und Beladenen zu spielen. Im Verlaufe solchen Streifzugs der Barmherzigkeit fiel meinen Eltern eine in der Abgeschiedenheit eines Tales versteckte, ärmliche Hütte auf, deren Trostlosigkeit einzigartig zu sein schien, dieweil ja die Schar der um solche Behausung herumschwärmenden, zerlumpten Kinder nur zu deutlich auf Armut in ihrer ärgsten Erscheinungsform hinwies. Eines Tages nun, als mein Vater allein nach Mailand gefahren war, stattete die Mutter, welche mich auf ihren Gang mitgenommen, jener Hütte einen Besuch ab. Sie fand daselbst einen Häusler zusamt seinem Weibe vor, gebeugt von Sorge und harter Arbeit, wie sie eben dabei waren, das kärgliche Mahl unter ihren fünf hungrigen Kleinen zu verteilen. Eines davon zog die Aufmerksamkeit meiner Mutter vor allen anderen auf sich: es war ein Mägdlein, das nicht zur Familie zu gehören schien, denn die übrigen vier waren schwarzäugige, verwegen aussehende, kleine Strolche. Dies Mädchen aber wirkte gegen sie zerbrechlich und war überdies von großer Schönheit. Ihr Haar war vom strahlendsten, lebendigsten Golde, welches unerachtet aller Ärmlichkeit der Kleidung dem Kinde den Stempel der Vornehmheit auf die Stirn zu drücken schien. Dieselbe war rein und hoch, die strahlend blauen Augen blickten ohne Arg, und die anmutig geschwungenen Lippen sowie das sanfte Rund des Antlitzes waren von so ausdrucksvoller Empfindsamkeit und Süße, daß wohl keiner etwas anderes in dem Kinde hätte erblicken können denn ein auserlesnes, vom Himmel herabgestiegenes Geschöpf, dessen Miene von einem Hauch des Überirdischen verklärt war.

Die Häuslerin, gewahr werdend, daß meiner Mutter Blick so gebannt und bewundernd an jenem lieblichen Wesen hing, beeilte sich, dessen Lebensgeschichte zu berichten. Die Kleine, so sagte sie, sei nicht ihr Kind, sondern die Tochter eines Mailänder Edelmannes. Die Mutter, eine Deutsche, sei schon im Wochenbette gestorben. So war der Säugling in die Obhut dieser einfachen Leute gelangt, welche über das Kostgeld nur zu glücklich waren: sie hatten ja erst vor kurzem geheiratet und eben ihr erstes Kind bekommen. Der Vater ihres Mündels war einer jener italienischen Patrioten, welche schon mit der Muttermilch das Gedenken an Italiens vergangene Größe in sich gesogen haben – einer jener *schiavi ognor frementi*, welche Leib und Leben darangesetzt, ihrem Vaterlande zu Freiheit und Einigung zu verhelfen. Allein, er war seiner Leidenschaft zum Opfer gefallen. Ob er den Tod gefunden hatte oder noch in Österreichs Kerkern schmachtete, wußte niemand zu sagen. Jedenfalls war mit der Konfiskation seiner Güter das verwaiste Töchterchen auch noch zum Bettelkinde geworden. Sie verblieb bei ihren Pflegeeltern und erblühte unter deren ärmlichem Obdach zu größerer Schönheit denn die Rose des Gartens unter dem dunkelblättrigen Dornicht erblüht.

Als mein Vater aus Mailand zurückkehrte, traf er mich im Vestibül unserer Villa mit einer Gespielin an, welche schöner war denn ein gemalter Engel – mit einem Geschöpfe, dessen Augen erstrahlten und dessen Formen und Bewegungen graziöser waren als jene der Alpengemse. Der Grund solch unverhofften Besuches war bald aufgeklärt, und so drang meine Mutter, nachdem der Vater seine Zustimmung gegeben, in die bäuerlichen Pflegeeltern, sie mögen das Mündel doch ihr überlassen. Jene beiden aber hatten die anmutige Waise, deren Gegenwart ihnen als eine Segnung des Himmels erschien, recht sehr ins Herz geschlossen. Da es jedoch unbillig gewesen wäre, das Kind in Armut und Not aufwachsen zu lassen, wo durch die Göttliche Vorsehung sich ihm plötzlich so mächtiger Schutz und Schirm bot, beratschlagten die guten

Leute sich mit ihrem Dorfpfarrer, und das Ergebnis solcher Unterredung war, daß Elisabeth Lavenza in unsere Familie aufgenommen und – mir teurer denn jede leibliche Schwester – zur schönen und angebeteten Gefährtin all meines Tuns und meiner Freuden ward.

Jedermann begegnete dem holden Kinde mit Liebe. Die leidenschaftliche, ja nahezu ehrfurchtsvolle Zuneigung, welche man ihr von allen Seiten entgegenbrachte, wurde, da sie ja auch mir zugute kam, mein Stolz und mein Entzücken. An dem Abend, der Elisabeths Aufnahme in unser Haus vorangegangen war, hatte meine Mutter scherzhaft zu mir gesagt: »Ich habe ein hübsches Geschenk für meinen kleinen Viktor – gleich morgen früh soll er es bekommen!« Und als sie mir am folgenden Morgen Elisabeth als die verheißne Gabe vorstellte, nahm ich die Worte der Mutter in allem kindlichen Ernste für buchstäbliche Wahrheit und betrachtete das Mädchen fortan als mein Eigentum – als meinen alleinigen Besitz, den nur ich zu schützen, zu lieben und zu hegen berechtigt war. Alle Lobesworte, die man ihr zollte, nahm ich als ein Lob entgegen, welches einem meiner Besitztümer galt. Untereinander redeten wir uns mit Cousin und Cousine an, aber es gab einfach kein Wort, welches der Beziehung hätte gerecht werden können, in der dies Mädchen zu mir stand: bei weitem mehr denn eine Schwester, sollte sie mir zugehören bis daß der Tod sie von mir nahm.

Zweites Kapitel

Wir wurden gemeinsam aufgezogen, denn es trennte uns ja kaum ein Jahr voneinander. Müßig zu sagen, daß uns jede Form von Uneinigkeit oder gar Zank

»39«

fremd war. Harmonie der Seelen regierte unsere Zweisamkeit, und die in unserm Wesen bestehenden Verschiedenheiten oder Gegensätze trugen nur dazu bei, uns noch inniger aneinander zu binden. Elisabeth war von ruhigerer, gesammelterer Wesensart. Ich in meiner hitzigen Veranlagung hingegen besaß die Fähigkeit, mich in die Dinge zu verbeißen, ja war geschlagen mit meinem Wissensdurst. Das Mädchen befaßte sich damit, den Luftgebilden der Poeten nachzuspüren, und fand in den majestätischen und wundersamen Szenerien, welche unseren Schweizer Wohnsitz umgaben – in der Erhabenheit und Größe der Gebirgszüge, dem Wechsel der Jahreszeiten, der Aufeinanderfolge von Sturm und Stille, dem winterlichen Schweigen und dem bewegten Leben und Treiben des Alpensommers –, ein überreiches Feld für ihre bewundernde und entzückte Anteilnahme. Dieweil also meine Gefährtin sich mit der ernsthaftesten Überzeugung dem großartigen Erscheinungsbilde der Dinge widmete, fand ich meine Freude in der Ergründung der inneren Zusammenhänge und Ursachen. Die Welt war mir ein Geheimnis, welches ich zu entschlüsseln begehrte. Wissensdurst, ernsthaftes Streben nach Erkenntnis der verborgenen Naturgesetze, ein an Entzückenstaumel grenzendes Glücksgefühl, sobald solch eine Gesetzlichkeit sich mir aufgetan – all dies gehört zu den frühesten Empfindungen, derer ich mich entsinnen kann.

Nach der Geburt eines zweiten Sohnes – er kam sieben Jahre nach mir zur Welt – gaben meine Eltern ihr unstetes Reiseleben endgültig auf und setzten sich in ihrem Heimatlande zur Ruhe. Wir besaßen ein Haus in Genf und eine *campagne* auf Belrive, dem Ostufer des Sees, die eine gute Meile Weges von der Stadt entfernt lag. Der Hauptsache nach hatten wir unser Domizil in jenem Landhause aufgeschlagen, und so verlief das Leben meiner Eltern in beträchtlicher Abgeschiedenheit. Auch ich ging der lauten

Menge lieber aus dem Wege und schloß mich um so leidenschaftlicher den wenigen an. Deshalb bedeuteten mir meine Schulkameraden im allgemeinen nicht viel. Nur einem einzigen von ihnen fühlte ich mich in engster Freundschaft verbunden. Er hieß Henri Clerval und war der Sohn eines Genfer Handelsmanns, ein Knabe von einzigartiger Begabung und Phantasie, der das wagemutige Handeln, die Entbehrung, ja sogar die Gefahr um ihrer selbst willen liebte und in den alten Romanzen und Ritterromanen wie zu Hause war. Er dichtete Heldengesänge und versuchte sich in der Abfassung so mancher Geschichte über Zauberei und ritterliche Abenteuer. Ja er wollte uns sogar dazu bewegen, bei Aufführungen und Maskeraden mitzuwirken, deren Figuren den Helden von Roncesvalles nachgebildet waren, der Tafelrunde des Königs Artus, oder den Kreuzfahrern, welche ihr Blut dafür hingegeben, das Heilige Grab den Klauen der Ungläubigen zu entreißen.

Es gibt wohl keinen Menschen, der auf eine glücklichere Kindheit zurückblicken kann als ich. Meine Eltern waren ja durchdrungen vom echtesten Geiste der Güte und Nachsicht. Für uns hatten sie nichts von jenen Tyrannen an sich, die da nach Laune über das Los ihrer Kinder bestimmen, sondern waren vielmehr die Urheber und Schöpfer all der zahllosen Freuden, welche uns beständig zuteil wurden. Jede Einladung in eine andere Familie führte mir aufs deutlichste vor Augen, wie glücklich ich mich doch schätzen durfte, und so ward die Liebe, welche ich meinen Eltern entgegenbrachte, noch befestigt durch die Dankbarkeit.

Bisweilen war ich freilich von heftiger Gemütsart, ja unterlag ich den hitzigsten Leidenschaften. Doch mein besseres Ich bewirkte, daß derlei Ausbrüche nicht in kindischen Bahnen verliefen, sondern mich zum begierigsten Lernen anspornten, zu einem Lernen freilich, dem die Gegenstände durchaus nicht von gleichem Werte waren. Ich bekenne, daß weder der innere Aufbau der Sprachen, noch die Angelegenheiten des Rechtes und schon gar nicht die Politik der Staaten mich zu fesseln vermochten. Vielmehr waren es die Mysterien des Himmels und der Erde, welchen all mein Streben galt. Und ob nun die äußere Gestalt der Dinge, das innerste Wesen der Natur oder das Rätselvolle der Menschenseele mich beschäftigten, stets war mein Forscherdrang auf das Metaphysische gerichtet, oder auf die physikalischen Geheimnisse in ihrem höchsten Sinn.

Clerval indes widmete sich gewissermaßen den moralischen Zusammenhängen zwischen den Dingen. Das geschäftige Treiben auf der Bühne des Lebens, die Tugenden der Helden und die Taten der Menschen, all dies beschäftigte ihn, und sein Hoffen und Träumen war darauf gerichtet, einer von jenen zu werden, deren Namen im Buch der Geschichte verzeichnet stehen als diejenigen der furchtlosen und wagemutigen Wohltäter der Menschheit. Elisabeths argloses Wesen aber erhellte gleich einem Altarlämpchen den Frieden unseres Hauses. Ihre ganze Liebe war ja auf uns gerichtet: ihr Lächeln, ihre sanfte Stimme, der berückende Glanz ihrer himmlischen Augen, stets waren sie gegenwärtig, uns zu beglücken und anzuspornen. In ihr war jener Geist der Liebe wirksam, welcher die Seele sänftigt, indem er sie zu sich emporhebt. Wäre Elisabeth nicht dagewesen, ich hätte ohne dies sanfte Vorbild über all dem Studieren sauertöpfisch und zufolge meiner hitzigen Veranlagung nachgerade zum Grobiane werden müssen. Und sogar Clerval – was hätte seiner Makellosigkeit je Eintrag tun können? –, sogar er hätte vielleicht nicht so untadelig menschlich, so einsichtsvoll und großherzig, so zartfühlend und gütig sein können inmitten seiner leidenschaftlichen Hingabe an wagemutige Taten, wären ihm nicht durch Elisabeth die Augen aufgetan worden für das wahre Glück des Wohltuns, so daß am Ende die Guttat um ihrer selbst willen ihm Ziel und Zweck seines brennenden Ehrgeizes ward.

Wie gern verweile ich doch beim Gedenken an jene Zeit der Kindheit, da noch nichts Unheilvolles mir die Seele befleckt, noch nichts ihre strahlenden Visionen späteren, segensreichen Wirkens gewandelt hatte in die düsteren und bedrückenden Reflexionen über das eigene Ich! Und überdies nehmen in dem Entwurfe des Gemäldes meiner frühen Tage ja auch schon jene unmerklichen Schritte ihren Anfang, welche zu meinem späteren Unglück geführt haben. Denn wenn ich mich aufrichtig prüfe, wo denn die unselige Leidenschaft, welche späterhin all mein Geschick regiert hat, ihren Anfang genommen, so muß ich bekennen, daß sie schon sehr früh entsprungen ist, zunächst freilich nur dem Gebirgsbächlein gleich und aus trüben, fast vergessenen Quellen. Doch aus dem Bache ward ein Fluß, und aus dem Flusse ein Strom, welcher, sich voranwälzend, all meine Hoffnungen und Freuden mit sich gerissen hat.

Die Naturwissenschaft ist der Leitstern gewesen, unter welchem mein Geschick sich vollzog. Deshalb möchte ich in meiner Erzählung auch all die Fakten nicht unerwähnt lassen, welche meine Vorliebe für jene Disziplinen befördert haben. Ich war dreizehn Jahre alt, als wir eines Tages allesamt einen Ausflug nach den Bädern bei Thonon unternahmen. Ein ungnädiger Wettergott zwang uns, einen ganzen Tag in dem dortigen Gasthofe zu verbringen. Im Verlaufe unserer unfreiwilligen Gefangenschaft geriet mir zufällig ein Band der Werke des Cornelius Agrippa in die Hände, den ich zunächst ohne sonderliches Interesse aufschlug. Indes, durch die Theorien, welche dieser gelehrte Autor zu erhärten versucht, sowie durch die Tatsachen, welche er berichtet, ward meine Gleichgültigkeit alsbald in helle Begeisterung umgewandelt. Plötzlich war's mir, als stiege eine neue Sonne in meinem Denken herauf, und mit einem Freudensprunge war ich bei meinem Vater, um diesem meinen Fund zu zeigen. Er aber warf nur einen flüchtigen Blick auf die Titelseite meines Buches und sagte: »Ach – der Cornelius Agrippa! Mein lieber Viktor, verschwende erst gar nicht deine Zeit an dergleichen! Das alles ist nichts als ein trostloses Gewäsch.«

Hätte mein Vater, anstatt diese Bemerkung zu machen, sich die Mühe genommen, mir darzulegen, daß die Prinzipien des Agrippa samt und sonders längst verworfen seien, und daß man seither eine neue Wissenschaft aufgebaut habe, die eine bei weitem stärkere Überzeugungskraft besitze denn jene alte, deren Argumentation bloß eine chimärische gewesen, wogegen die neue sich auf Realität und praktische Erfahrung gründe –, hätte mein Vater so zu mir gesprochen, wäre ich gewißlich unter Hinwegwerfung jenes Agrippa zu meinen bisherigen Studien zurückgekehrt und hätte meine Einbildungskraft, befeuert wie sie nun schon war, durch einen noch heißeren Lerneifer zu befriedigen gesucht. Ja es ist sogar möglich, daß in solchem Falle mein Denken niemals in jene fatalen Bahnen gelenkt worden wäre, welche schließlich zu meinem Verderben geführt haben. Aber der flüchtige Blick, mit dem der Vater mein Buch gestreift hatte, ließ mich auf keine Weise erkennen, daß er mit dessen Inhalt auch wirklich vertraut war. So setzte ich meine Lektüre mit der größten Wißbegierde fort.

Wieder daheim, galt meine erste Sorge der Herbeischaffung einer Ausgabe der sämtlichen Werke dieses Autors, sowie späterhin auch jener des Paracelsus und des Albertus Magnus. Ich verschlang die aberwitzigen Phantastereien dieser gelehrten Schriftsteller mit dem größten Genusse. Ich war da auf einen Schatz gestoßen, welcher, so wollte mir scheinen, außer mir nur ganz wenigen Menschen bekannt war. Allzeit war ich ja, wie ich schon gesagt habe, erfüllt von einem brennenden Verlangen, in die Geheimnisse der Natur einzudringen. Unerachtet der intensiven Bemühungen und wunderbaren Erkenntnisse unserer modernen

Männer der Wissenschaft erhob ich mich jedesmal unzufrieden und ohne zu einem Ergebnis gelangt zu sein von meinem Studierpulte. Man sagt ja, daß sogar Sir Isaac Newton einbekannt habe, er komme sich vor wie ein muschelsammelndes Kind am Rande des gewaltigen und unerforschten Ozeans der Wahrheit. Und seine Nachfolger auf den sämtlichen Gebieten der Naturwissenschaft, zumindest soweit sie mir bekannt waren, schienen sogar meinem kindlichen Begriffsvermögen die reinen Anfänger in Verfolgung der nämlichen Ziele zu sein.

Der unwissende Landmann erblickt die Elemente rings um sich und weiß sich ihrer zu bedienen. Aber auch der bedeutendste Wissenschaftler, so wollte mir scheinen, wußte nicht viel mehr. Er hatte den Schleier, welcher das Antlitz der Natur verhüllt, ein wenig gehoben, doch ihre unsterblichen Züge waren ihm noch immer wunderbar und geheimnisvoll. Mochte er auch nach Herzenslust zerpflücken, zergliedern und Namen erfinden, so war er doch noch nicht einmal zu den vordergründigsten Ursachen durchgestoßen, gar nicht zu reden von den letzten Dingen. Ich hatte einen Blick auf die Fortifikationen und Verhaue geworfen, mit denen die Natur ihre Zitadelle gegen das Eindringen menschlichen Geistes zu schützen scheint, und mich vorschnell und murrend in all meiner Ungewißheit davon abgewandt.

Hier aber war ich auf Bücher gestoßen, und durch sie auf Männer, welche tiefer vorgedrungen waren und über größeres Wissen verfügten. Was sie als Wahrheit vor mich hinstellten, nahm ich für bare Münze und wurde dergestalt ihr Schüler. Es mag sonderbar klingen, daß solches in unserem aufgeklärten achtzehnten Jahrhundert sich ereignen kann, doch darf man nicht außer acht lassen, daß ich ja, während mir in der Genfer Schulstube das übliche Schulwissen eingebleut ward –, daß ich ja in Ansehung meiner Lieblingsstudien ganz auf mich selbst gestellt blieb.

Mein Vater war alles andere denn ein Wissenschaftler, und so konnte ich in Verfolgung des selbstgesteckten Zieles lediglich meine kindliche Verblendung mit der Wißbegier des Studiosus vereinen. Unter der Führung meiner neuen Präzeptoren warf ich mich mit dem eifervollsten Fleiße auf die Suche nach dem Stein der Weisen und nach dem Arcanum des Lebens. Doch nicht lange, und meine ungeteilte Aufmerksamkeit galt nur noch diesem letzteren. Geld und Gut bedeuteten mir nicht viel, aber welchen Ruhm würde es mir eintragen, wenn ich den menschlichen Körper von Krankheit und Siechtum befreien, wenn ich die Menschheit, bis auf das gewaltsame Umkommen, vom Tode erlösen könnte!

Doch dies waren nicht meine einzigen Träume. Die Heraufrufung von Geistern oder Teufeln war der Gegenstand meines heißesten Bemühens, denn dergleichen war mir von meinen Lieblingsautoren aufs freizügigste verheißen worden. Und den beständigen Mißerfolg meiner Beschwörungen schrieb ich nur zu bereitwillig der eigenen Unerfahrenheit, den eigenen Fehlern zu, ohne jemals meinen Lehrmeistern mangelndes Geschick oder gar Unglaubwürdigkeit vorzuwerfen. So war ich eine Zeitlang völlig in Anspruch genommen von allerlei längst verworfnen Denksystemen, vermengte als ein verkehrter Adept ein ganzes Tausend widersprüchlicher Theorien, und mühte mich verzweifelt, in einem veritablen Sumpf aus Fragmenten der mannigfaltigsten Wissensgebiete voranzukommen, geführt von der brennenden Einbildungskraft einer kindischen Vernunft, – bis ein weiterer Vorfall mein Denken abermals in neue Bahnen lenkte.

Es war in meinem fünfzehnten Lebensjahre – wir hatten uns eben wieder in unser Landhaus auf Belrive zurückgezogen –, als ein ganz besonders heftiges Unwetter sich über jener Gegend entlud. Heraufgestiegen war es hinter den Bergen des Jura und wälzte sich nun heran, wobei das Donnergetöse mit entsetzlichem

Krachen aus allen Himmelsrichtungen gleichzeitig zu kommen schien. Ich harrte während der vollen Dauer solch elementaren Aufruhrs unterm Tore aus und beobachtete das Fortschreiten des Tobens mit wißbegierigem Entzücken. Wie ich nun so in der Einfahrt stand, ward ich urplötzlich geblendet von einem Feuerstrahl, welcher von einem alten Eichenbaume auszugehen schien, der keine zwanzig Schritte von unserm Hause entfernt stand. Sobald aber dies blendende Licht erloschen war, hatte jener Eichbaum sich buchstäblich in nichts aufgelöst, bestand er nur mehr aus einem verbrannten Strunke! Als wir uns am nächsten Morgen näher überzeugten, entdeckten wir, daß der Baum auf einzigartige Weise zerschmettert worden war: der Blitz hatte ihn nicht nur zu Stücken geschlagen, sondern zu hauchdünnen, hobelspanähnlichen Fragmenten zerfetzt! Noch nie zuvor hatte ich etwas gesehen, das so restlos vernichtet gewesen wäre.

Schon vor jenem Ereignis waren mir die allgemeinen Gesetze der Elektrizität durchaus geläufig gewesen. Diesmal aber befand sich ein in den Naturwissenschaften aufs beste bewanderter Gast in unserer Gesellschaft, welcher angesichts so katastrophaler Blitzwirkung in höchste Erregung geriet und uns eine Theorie zu erläutern begann, welche er in Ansehung der Elektrizität und des Galvanismus entwickelt hatte. Diese Darlegungen waren für mich so neu wie erstaunlich und warfen so ziemlich alles über den Haufen, was ich bei Cornelius Agrippa, Albertus Magnus und Paracelsus, meinen vergötterten Lehrmeistern, gefunden zu haben vermeinte. Man könnte an das Eingreifen des Schicksals denken, wenn man in Betracht zieht, daß der Sturz jener Männer mir jede Freude benahm, mich dem Studium ihrer Werke noch weiterhin zu widmen. Mir schien es ja plötzlich, als wär' es uns Menschen unmöglich, jemals zur wahren Erkenntnis vorzudringen. Was so lange meinen Lerneifer gefesselt hatte, nun war's mit einem Male verächtliches Zeug!

Einer jener plötzlichen, launenhaften Gemütsregungen nachgebend, wie wir ihnen wohl am häufigsten in der Jugend unterworfen sind, wandte ich mich mit einem Schlage von meinen früheren Beschäftigungen ab, verwarf die Naturwissenschaften zusamt all ihren faulen Früchten als Mißbildungen und Totgeburten des Menschengeistes, ja ward erfüllt vom größten Abscheu gegen eine Pseudowissenschaft, die es nicht einmal verstand, auch nur an die Schwelle der wahren Erkenntnis vorzudringen. In solcher Geistesverfassung warf ich mich auf die Mathematik und alle mit ihr zusammenhängenden Disziplinen, da mir diese Wissenschaft auf einem hinlänglich soliden Fundamente zu ruhen und dergestalt meiner näheren Beachtung wert zu sein schien.

Wie sonderbar ist doch die Menschenseele beschaffen, wie hauchfein sind doch die Bande, welche uns dem Wohlergehen oder dem Untergange verbinden! Rückschauend will's mich bedünken, als wäre jener fast ans Wunderbare grenzende Wandel all meines Wollens und Strebens die unmittelbare Folge von meines Schutzengels Eingreifen gewesen – des letzten Versuchs, den jener rettende Geist unternommen, das dräuende Unwetter abzuwenden, welches schon damals über meinem Haupte hing, bereit, in jedem Momente über mich hereinzubrechen. Und der Sieg so himmlischer Mächte, er ward ja angekündigt durch ein ganz neues Glücksgefühl, durch einen Frieden der Seele, welcher der Verwerfung meiner bisherigen, letztlich beinahe zur Qual gewordenen Studien auf dem Fuße folgte. Ja ich ward sogar dazu gebracht, in der Fortsetzung jener Studien das Böse an sich, in ihrer Verachtung hingegen das Heil zu erblicken.

Wahrhaftig, mein guter Engel hatte eine gewaltige Anstrengung unternommen – doch die Wirkung blieb aus. Allzu stark waren ja des Geschickes Mächte, und in ihrem unabänderlichen Rate war meine fürchterliche, meine restlose Vernichtung beschlossen.

Drittes Kapitel

Nach Vollendung meines siebzehnten Lebensjahres beschlossen meine Eltern, ich solle mein Studium an der Universität von Ingolstadt fortsetzen. Ich hatte bisher zwar die Schulen von Genf besucht, doch erachtete mein Vater um der Vervollkommnung meiner Erziehung willen es für unerläßlich, mich in die weite Welt zu schicken, auf daß ich auch mit den Sitten und Gebräuchen fremdländischer Völkerschaften vertraut würde. So ward denn meine Abreise auf einen recht frühen Zeitpunkt festgesetzt. Indes, noch bevor der anberaumte Tag herangekommen, verschattete das erste Unglück meines Daseins mir den Lebenspfad – und ward mir zum Omen meines künftigen Unheils.

Elisabeth nämlich war von einem hitzigen Scharlachfieber aufs Krankenbett geworfen worden. Die Krankheit nahm einen ernsten Verlauf, und das Mädchen schwebte in der größten Gefahr. Man hatte auf die verschiedenste Weise versucht, meine Mutter zu überreden, sie möge sich hüten, der Kranken auch nur in die Nähe zu gehen, und zunächst hatte sie unseren flehentlichen Bitten nachgegeben. Sobald ihr jedoch zu Ohren gekommen, das Leben der über alles geliebten Pflegetochter sei ernsthaft bedroht, vermochte sie ihre Angst nicht länger zu bemeistern. Unverzüglich eilte sie ans Krankenlager – überwand mit nimmermüder Sorgfalt dies heimtückische Leiden – und rettete Elisabeth das Leben. Doch die Folgen solcher Unbesonnenheit fielen schwer auf das Haupt der Retterin zurück: schon am dritten Tage begann sie zu kränkeln, die hitzige Affektion war von den bedenklichsten Symptomen begleitet, und die Blicke, welche die behandelnden Ärzte einander zuwarfen, ließen das Schlimmste befürchten. Allein, auch auf dem Sterbelager ward dies beste aller Mutterherzen nicht von seiner Standhaftigkeit und gütigen Milde verlassen. Die Todkranke ergriff unser beider Hände und legte Elisabeths Rechte in die meine: »Geliebte Kinder«, so sprach sie, »meine zuversichtlichsten Hoffnungen auf das Glück der Zukunft haben in der Aussicht auf eure spätere Vereinigung beruht. Mag solche Verheißung hinfort eurem Vater zum Troste gereichen! Du, geliebte Elisabeth, wirst ja nun an meinen Kleinen Mutterstelle vertreten müssen. Ach! Wie schmerzt mich's, daß ich nun dahinscheiden und euch verlassen soll! Dies Los, ist es nicht um so härter, da ich doch so glücklich und geliebt in eurer Mitte geweilt? Doch still – dies ziemt sich nicht in solcher Stunde. So will ich denn versuchen, mich freudig in den Tod zu schicken, und will mich in der Hoffnung wiegen, daß wir einander wiedersehn in jener besseren Welt.«

Sie schied in Frieden dahin. Noch im Tode erstrahlten ihre Züge von der liebevollsten Zuneigung. Muß ich die Gefühle denn beschreiben, von welchen diejenigen befallen sind, deren teuerste Herzensbande durch dies unwiderruflichste aller Übel zerrissen worden? Die trostlose Leere, der die Seele sich so plötzlich gegenübersieht? Ist's wirklich nötig, die Verzweiflung zu schildern, welche sich auf den Zügen der Hinterbliebenen malt? Wieviel Zeit ist doch vonnöten, bevor unser Herz so recht erfassen kann, daß diejenige, welche wir tagtäglich gesehen, deren gesamtes Leben so untrennbar mit dem unsern verknüpft gewesen, nun für immer von uns gegangen ist –, daß der Glanz eines geliebten Auges erloschen, und der Klang einer vertrauten, dem Ohre so teuren Stimme verstummt sein kann, um nimmermehr vernommen zu werden! So oder ähnlich denken wir wohl während der ersten Tage. Allein, wenn über dem Hingang der Zeit uns das Unwiderrufliche solchen Verlustes erst so recht ins Bewußtsein dringt – dann erst hebt die ganze Bitterkeit unseres Jammers an. Doch wem ist's noch nicht widerfahren, daß jene grausame Hand ihm einen teuren Menschen entrissen hätte? Wozu also eine Betrübnis beschreiben, welche schon jeder von uns empfunden hat, ja empfinden muß? Und unaufhaltsam rückt die Zeit heran, da wir uns mit dem Kummer befreunden, und er uns nicht mehr als ein unabwendbarer Zwang erscheint. Nicht länger verbannt er ja das Lächeln von unseren Lippen, wie sehr uns dasselbe auch als eine Entweihung erscheinen mag. Freilich, die Mutter war uns gestorben, doch der Pflichten gab's übergenug, welche erfüllt sein wollten. An uns ist's, mit dem, was uns verblieben, weiterzuleben und uns glücklich zu schätzen, daß überhaupt noch einer da ist, den der große Allverderber verschont hat.

Meine Abreise nach Ingolstadt, welche durch die geschilderten Ereignisse verzögert worden war, mußte nun aufs neue festgesetzt werden, doch erreichte ich bei meinem Vater einen Aufschub von mehreren Wochen. Mir schien es ja einem Sakrilege gleichzukommen, mich aus der Totenstille dieses Trauerhauses stehenden Fußes hineinzustürzen in das wogende Leben da draußen! Zwar war ich damals im Leiden noch unerfahren, doch keineswegs unempfänglich für seinen Schmerz. So mochte ich durchaus nicht des Anblickes jener entraten, welche mir verblieben waren. Vor allem aber verlangte es mich, meine süße Elisabeth wenigstens einigermaßen getröstet zu sehen.

Sie tat ja ihr möglichstes, uns ihren Kummer nicht merken zu lassen, und mühte sich verzweifelt, allen ein tröstender Engel zu sein. Beständig hielt sie den Blick auf die Pflichten des Alltags geheftet und oblag ihnen mit eifervollem Mute. Nach Kräften widmete sie sich denen, die mit Oheim und Cousin anzureden man sie gelehrt hatte. Nie zuvor war sie so bezaubernd gewesen denn in jenen Tagen, da sie den Sonnenschein ihres früheren Lächelns wieder heraufrief und über uns erstrahlen ließ. Sogar des eigenen Kummers vergaß sie über dem Versuch, uns den unsern vergessen zu machen.

Inzwischen war der Tag meiner Abreise immer näher herangerückt. Der treue Clerval verbrachte den letzten Abend unter unserm Dache. Er hatte zwar versucht, seinem Vater das Zugeständnis abzuringen, mich auf meiner Reise begleiten und mit mir in Ingolstadt studieren zu dürfen, doch hatte er kein Gehör gefunden. Sein Vater war eine engstirnige Krämerseele, welche hinter des Sohnes ehrgeizigem Streben nichts als kommenden Müßiggang und den schließlichen Ruin argwöhnte. Henri aber empfand es als ein tiefes Ungemach, von aller freien Unterweisung und Erziehung ausgeschlossen zu sein. Zwar sprach er kaum darüber, doch wenn er etwas sagte, so war seinem flammenden Blicke und dem beseelten Glanze seiner Augen der verdeckte, jedoch unbeugsame Entschluß anzusehen, sich von den kleinen Verächtlichkeiten des Krämertumes keinerlei Ketten anlegen zu lassen.

Wir saßen noch lange beisammen. Keiner vermochte sich vom anderen loszureißen, keiner, als erster das Wort »Leb wohl!« auszusprechen. Und doch, es ward gesprochen. Und ein jeder von uns zog sich zurück unter dem Vorwande, er bedürfe der Ruhe, glaubend, damit den andern getäuscht zu haben. Als ich mich jedoch bei Morgengrauen zu dem Wagen hinabstahl, welcher schon bereitstand, mich in die ferne Fremde zu entführen, da waren sie alle um ihn versammelt: der Vater, mich ein letztes Mal zu segnen, Clerval, mit innigem Händedruck seinen Abschied zu erneuern, und meine Elisabeth, um mich abermals anzuflehen, nur ja recht oft zu schreiben, und um dem Freunde und Gespielen ihrer Jugend die letzten fraulichen Handreichungen zu erweisen.

Dann warf ich mich in den Reisewagen, welcher mich mit sich forttragen sollte, und überließ mich den schwermütigsten Betrachtungen. Nun war es soweit: ich, der an jedem Tage seines Lebens von den liebenswertesten Gefährten umgeben gewesen, beständig damit befaßt, dem anderen Freude zu spenden – nun war ich allein. Auf jener Universität, nach welcher ich da unterwegs war, mußte ich mein eigener Beschützer sein. Mein Leben, es war ja bis zur Stunde ein außergewöhnlich abgeschlossenes und häusliches gewesen, und dies hatte mir einen unüberwindlichen Widerwillen gegen neue Gesichter eingeflößt. Ich liebte ja nur meine Brüder, Elisabeth und Clerval: ihre Gesichter waren mir vertraut. Doch hielt ich mich nicht für fähig, die Gegenwart fremder Menschen zu ertragen. Solche und ähnliche Gedanken zogen mir zu Beginn meiner Reise durch den Sinn. Doch je mehr wir uns von der Heimat entfernten, desto stärker belebten sich meine Hoffnungen, desto größer ward meine Zuversicht. Brannte ich denn nicht geradezu nach der Erwerbung neuen Wissens? Hatte ich's denn daheim nicht oft genug für hart empfunden, meine ganze Jugend zwischen den nämlichen vier Wänden verbringen zu sollen – hatte ich mich nicht danach gesehnt, in die große, weite Welt hinauszuziehen und mich unter meinen Mitmenschen nach Herzenslust umzutun? Mein Begehren, war's nicht eben jetzt im Begriffe, erfüllt zu werden? Wär' es nicht töricht gewesen, sich's im letzten Momente noch gereuen zu lassen?

Ich hatte genug der Muße, mich solchen und vielen anderen Erwägungen zu überlassen, denn diese Reise nach Ingolstadt war lang und beschwerlich. Aber schließlich und endlich zeigte sich meinem Blick doch noch der hohe, weiße Kirchturm am Horizonte, und nur Stunden später entstieg ich dem Gefährt und ward in meine einsame Behausung geleitet, darin ich den Rest des Tages nach Belieben verbringen mochte.

Schon den nächsten Morgen überreichte ich meine Empfehlungsschreiben und machte einigen der wichtigsten Professoren meine Aufwartung. Durch Zufall – oder vielmehr zufolge der üblen Einflüsterung jenes Engels der Finsternis, der die düstere Allmacht seines Fittichs über mir schwang, seit ich widerstrebenden Fußes von meines Vaterhauses Schwelle geschritten – geriet ich zu allererst an einen gewissen Monsieur Krempe, Professor der Naturwissenschaften. Er war ein Mensch von ungeschlachtem Äußeren, doch zutiefst durchdrungen von den Geheimnissen seiner Wissenschaft. Er stellte mir mehrere Fragen in Ansehung meiner bisherigen Fortschritte auf den verschiedenen Gebieten, welche mit der Naturwissenschaft verknüpft sind. Ich antwortete ohne viel zu überlegen und nannte ein wenig abschätzig auch die Namen der mir vertrauten Alchemisten als jene meiner bevorzugten Lehrmeister. Der Professor schien verblüfft. »Habt Ihr«, so frug er, »wirklich und wahrhaftig Eure Zeit über solchem widersinnigen Zeug vergeudet?«

Ich antwortete zustimmend. »Jede Minute«, setzte Monsieur Krempe voll Eifer hinzu, »ja jede Sekunde, die Ihr an jene Bücher verschwendet habt, ist unwiderbringlich und für alle Zeit verloren. Ihr habt Euer Gedächtnis befrachtet mit abgetanen Systemen und wertlosen Namen. Allmächtiger! Welch eine Wüstenei muß das sein, darin niemand so freundlich war, Euch zu sagen, daß jene Phantastereien, welche Ihr so begierig in Euch aufgenommen, schon ein Jahrtausend alt und dementsprechend modrig sind? Ich hätte eigentlich nicht erwartet, in unserem erleuchteten, wissenschaftlichen Zeitalter auf einen Schüler der Paracelsus und Albertus Magnus zu stoßen! Mein lieber junger Freund, Ihr müßt mit Euren Studien wohl ganz von vorne anfangen!«

Dies gesagt, trat er zur Seite und fertigte mir eine Liste jener naturwissenschaftlichen Bücher, welche ich mir beschaffen sollte. Danach entließ er mich, nicht ohne erwähnt zu haben, daß er beabsichtige, mit Anfang der folgenden Woche eine Vorlesungsreihe über die Naturwissenschaften im allgemeinen zu beginnen, und daß sein Kollege, Monsieur Waldmann, an den alternativen Tagen über Chemie lesen werde.

Ich machte mich auf den Heimweg, nicht eigentlich enttäuscht durch solchen Empfang, denn ich habe ja schon erwähnt, daß ich die von dem Professor verdammten Autoren schon seit langem für unnütz gehalten. Ebensowenig aber war ich sonderlich ermuntert, mich wieder in irgendeiner Form den modernen Naturwissenschaften zu widmen. Monsieur Krempe war ein kleiner, gedrungener Mann von sauertöpfischer Redeweise und abstoßendem Gehaben. Was wunder, daß solch ein Lehrer für mich von vornherein nichts an sich hatte, was mich für seine Bestrebungen hätte einnehmen können! Ich habe ja schon, vielleicht in etwas zu gedrängter und philosophierender Art, darzulegen versucht, zu welchen Schlußfolgerungen betreffs jener Wissenschaft ich in meinen Knabenjahren gekommen war. Da ich ein Kind gewesen, hatten die Ergebnisse, welche die modernen Lehrer der Naturwissenschaft verhießen, mich nicht zu befriedigen vermocht, und so war ich in einer Gedankenverwirrung, welche man einzig mit meiner allzu großen Jugend und dem Fehlen eines geeigneten Mentors entschuldigen kann, den Pfad der Erkenntnis durch die Zeiten zurückgeschritten und hatte auf diese Weise die Entdeckungen der Forscher unserer Tage hingegeben für die Träume längst vergessner Alchemisten. Überdies war ich voll der Verachtung ob der modernen Naturwissenschaften gewesen: wie kläglich nahmen sie sich aus gegen die Großartigkeit, mit welcher die Alten Meister nach Unsterblichkeit und Macht gestrebt hatten, mochten ihre Gesichtspunkte auch irrig gewesen sein! Wie sehr hatten die Zeiten sich gewandelt! Aller Ehrgeiz der Forscher schien sich nunmehr auf die Annullierung jener Visionen zu beschränken, denen mein Interesse an der Wissenschaft sich recht eigentlich verdankte! Und nun sollte ich meine grenzenlosen, großartigen Träume eintauschen gegen das Kleingeld einer armseligen Wirklichkeit?

Dies etwa waren die Gedanken, denen ich mich während der ersten paar Tage in Ingolstadt hingab, jener Tage, die ich im übrigen hauptsächlich darauf verwendete, mich ein wenig in der Stadt umzutun und mit den wichtigsten Hausgenossen meiner neuen Unterkunft Bekanntschaft zu schließen. Zu Anfang der darauffolgenden Woche aber gedachte ich der Hinweise, welche Monsieur Krempe mir betreffs der Vorlesungen gegeben. Und obschon ich's nicht über mich brachte, den kleinen, aufgeblasenen Wicht seine Sentenzen vom Katheder herab verkünden zu hören, entsann ich mich dennoch der Worte, welche er über Monsieur Waldmann fallengelassen. Ich hatte denselben, da er auswärts weilte, bislang noch nicht zu Gesicht bekommen.

Teils aus Neugierde, teils aus müßiger Langeweile betrat ich den Hörsaal. Nicht lange danach erschien auch Monsieur Waldmann, welcher in nichts seinem Kollegen glich. Er mochte etwa fünfzig Jahre zählen, strahlte aber von Wohlwollen. Sein Haar war an den Schläfen leicht ergraut, wirkte aber am Hinterhaupte noch nahezu schwarz. Von Statur war er klein, doch hielt er sich bemerkenswert gerade. Seine Stimme aber war die angenehmste, welche ich je zu Gehör bekommen. Er begann seine Vorlesung mit einem zusammenfassenden, historischen Abrisse der Chemie, sowie mit einem Überblick über die Vielzahl der Fortschritte, welche durch die verschiedensten Gelehrten erzielt worden, wobei er der hervorragendsten Entdeckernamen mit besonderem Feuer Erwähnung tat. Danach gab er eine kursorische Zusammenfassung des gegenwärtigen Standes seiner Wissenschaft und machte sich dann an die Erläuterung der vielen Grundbegriffe. Nachdem er uns mehrere einleitende Versuche demonstriert hatte, schloß er mit einer begeisterten Lobrede auf die moderne Chemie, deren Wortlaut ich wohl nimmer vergessen werde:

»Die Lehrmeister früherer Epochen«, so rief er, »haben, indem sie das Unmögliche gewollt und versprochen, im Grunde nichts erreicht. Demgegenüber verheißen uns die Gelehrten der heutigen Zeit sehr wenig. Sie wissen ja, daß die Transmutation der unedlen in Edelmetalle ein Ding der Unmöglichkeit, daß das Arcanum des Lebens eine Chimäre ist! Die Naturforscher von heute, deren Hände lediglich vom Schmutze befleckt scheinen, und deren Augen nichts anderes kennen denn das Mikroskop und den Schmelztiegel – *sie* haben die wahren Wunder vollbracht! Sie spüren der Natur bis in ihre verborgensten Tiefen nach und legen uns deren innere Vorgänge dar. Sie schwingen sich empor zu den Höhen des Himmels, und sie haben das Geheimnis unseres Blutkreislaufes entschleiert. Sie haben die Beschaffenheit unserer Atemluft entdeckt und sich neue, nahezu unbegrenzte Kräfte dienstbar gemacht. Sie gebieten den Donnerschlägen des Himmels, vermögen es, die Erde erbeben zu lassen, und spotten der Welt des Unsichtbaren mit deren eigenen Phantomen!«

Dies waren die Worte des Professors – oder laßt mich sie lieber die Worte des Schicksals nennen, gesprochen zum Zwecke meiner Vernichtung! Und dieweil er in seiner Rede fortfuhr, schien's mir, als wäre ich innerlich handgmein geworden mit einem greifbaren Feinde. Eins um das andere fühlte ich die Register meines Seins gezogen: Saite um Saite ward angeschlagen, mehr und mehr erfüllte nur noch *ein* Gedanke, *ein* Begriff, *ein* Wille meinen Sinn. So vieles also ist schon errungen worden, rief Frankensteins Seele –, ich aber will noch mehr, noch weit mehr erreichen: voranschreitend auf dem schon vorgezeichneten Pfade, will ich der Menschheit bislang unbekannte Wege erschließen, will annoch unentdeckte Kräfte entdecken und der Welt das tiefste Geheimnis der Schöpfung offenbaren!

In jener Nacht tat ich kein Auge zu. Mein ganzes Innre war ein einziger Aufruhr, befand sich im Zustande der tumultuarischsten Verwirrung. Wohl fühlte ich, daß aus solchem Chaos neue Ordnung erstehen werde, doch hatt' ich nicht die Kraft, es aus eigenem zu ordnen. Erst gegen Morgengrauen schlief ich ein. Da ich aber erwachte, waren mir die Gedanken der vergangenen Nacht nur mehr ein Traum. Geblieben war lediglich der Entschluß, zu meinen alten Studien zurückzukehren und mich einer Wissenschaft zu widmen, für welche ich eine natürliche Begabung zu haben glaubte. Noch am selben Tag machte ich Monsieur Waldmann meine Aufwartung. Er war im häuslichen Umkreise von noch freundlicherem, noch anziehenderem Gehaben denn im Hörsaale. Dort trug er ja während seiner Vorlesungen eine würdige Miene zur Schau, welche in den eigenen vier Wänden alsbald ersetzt ward durch die größte Leutseligkeit und Güte. Ich schilderte ihm meinen Werdegang nahezu mit den nämlichen Worten, mit denen ich dies bei seinem Kollegen getan. Er lauschte aufmerksam der kurzen Herzählung meiner Studien und lächelte bei der Erwähnung von Cornelius Agrippa und Paracelsus, doch tat er's ohne die Verachtung, welche Monsieur Krempe an den Tag gelegt. Vielmehr sprach er von ihnen als von jenen Männern, »deren unermüdlichem Eifer die Wissenschaft von heute das Fundament ihres Wissens zu danken hat. Wir haben von ihnen ja bloß die viel leichtere Aufgabe überkommen, neue Benennungen zu finden und all die Fakten, welche zum großen Teil von jenen Gelehrten ans Licht gebracht worden, in den gehörigen Zusammenhang zu bringen. Selten verfehlen ja die Bemühungen genialer Geister, in wie irrigen Bahnen sie immer verlaufen mögen, dieser Menschheit am Ende doch noch zum Vorteile auszuschlagen.« Ich lauschte solcher Konstatierung, welche mir ohne jede Heuchelei oder Anmaßung zuteil ward, und versetzte, daß sein Vortrag all mein Mißtrauen gegen die modernen Chemiker beseitigt habe. Doch drückte ich mich in wohlgesetzter Rede aus, unter Wahrung all der Bescheidenheit und Ehrerbietung, welche dem Jüngling im Angesichte seines Unterweisers geziemt, ließ indes (da die Bekundung solcher Lebensfremdheit mich schamrot hätte werden lassen) kein Sterbenswort von jener Begeisterung verlauten, durch welche ich mich zu meinen künftigen Studien angestachelt fühlte, sondern erbat lediglich des Professors Rat betreffs der Bücher, die ich mir beschaffen sollte.

»Es freut mich«, sagte Monsieur Waldmann, »einen neuen Schüler gewonnen zu haben. Wenn Euer Eifer und Euer Fleiß nicht geringer sind denn Eure Fähigkeiten, so zweifle ich nicht, daß Ihr Euren Weg schon machen werdet. Innerhalb der Naturwissenschaften sind ja gerade auf dem Gebiete der Chemie die größten Fortschritte erzielt worden, und ähnlich mag sich's auch in Zukunft verhalten. Aus diesem Grunde hab' auch ich mich auf diese Wissenschaft geworfen. Doch habe ich darum die anderen Disziplinen um nichts vernachlässigt. Wie armselig wär's doch um einen Chemiker bestellt, wollte er sich nur um sein spezielles Wissensgebiet kümmern! So Ihr aber begehrt, ein wahrer Mann der Wissenschaft zu werden und nicht bloß ein schäbiger Handlanger und Experimentator, so beherzigt meinen Rat und befaßt Euch mit den sämtlichen Zweigen der Naturwissenschaft, einschließlich jenes der Mathematik!«

Danach ließ er mich einen Blick in sein privates Laboratorium tun, erläuterte mir den Sinn und Zweck der verschiedenen Apparate und Vorrichtungen, schärfte mir ein, was alles ich mir noch zu beschaffen hätte und versprach mir, er werde mir auch die eigenen Apparaturen zur Verfügung stellen, sobald ich erst soweit wäre, ihren Mechanismus nicht mehr zu beschädigen. Auch händigte er mir die Bücherliste aus, welche ich von ihm erbeten hatte. Dies geschehen, nahm ich Urlaub von ihm.

Dergestalt endete jener Tag. Ich werde ihn nimmer vergessen: er hat ja über meinen künftigen Lebensweg entschieden.

Viertes Kapitel

Von da an widmete ich mich nahezu ausschließlich den Naturwissenschaften, und unter ihnen ganz besonders der Chemie in ihrem umfassendsten Sinne. Mit brennendem Eifer verschlang ich all die geistreichen und differenzierten Bücher, welche unsere zeitgenössischen Forscher zu den einschlägigen Fragen verfaßt haben. Ich nahm regelmäßig an den Vorlesungen teil und ließ mir die Bekanntschaft aller Männer der Wissenschaft an unserer Universität angelegen sein. Sogar Monsieur Krempe erwies sich als ein Born des gesunden Menschenverstandes und der echten Belehrung, welche Eigenschaften freilich getrübt waren durch das Abstoßende in Physiognomie und Gehaben, indes dadurch nicht im Werte geschmälert wurden. In Monsieur Waldmann hingegen fand ich einen wahren Freund. Seine Hilfsbereitschaft ward in keinem Augenblicke vom Dogmatismus überschattet, und seine Unterweisungen erfolgten mit einem Freimute und einer Herzlichkeit, welche alle Pedanterie von vornherein ausschlossen. Auf tausenderlei Arten ebnete er mir den Pfad der Erkenntnis und verstand es, mir auch die dunkelsten, abstrusesten Fragen und Probleme mundgerecht zu machen. Zunächst war ja mein Fleiß nicht der beständigste gewesen, doch nahm er mit meinen Fortschritten zu und ward alsbald zu solch brennendem Eifer entfacht, daß oft genug das

Licht der Sterne im Dämmer des Morgens verblaßte, während ich noch in meiner Studierstube wach saß.

Ihr mögt Euch unschwer ausmalen, wie rasch meine Fortschritte bei solcher Arbeitswut gewesen sind. Mein Eifer erregte denn auch die Verwunderung der Studenten, meine Tüchtigkeit das Erstaunen meiner Lehrmeister. So manches Mal frug Monsieur Krempe mich mit anzüglichem Lächeln, wie ich denn mit dem Cornelius Agrippa vorankäme? Monsieur Waldmann hingegen erging sich in den aufrichtigsten Lobsprüchen ob der von mir erzielten Fortschritte. So gingen zwei volle Jahre ins Land, ohne daß ich meiner Heimatstadt Genf einen Besuch abgestattet hätte, da ich ja mit Leib und Seele einigen Entdeckungen auf der Spur war, welche ich doch noch zu machen hoffte. Nur derjenige, welcher die Verlockungen der forschenden Wissenschaft an sich selbst verspürt hat, wird mir dieselben nachfühlen können. Auf den anderen Studiengebieten mögt Ihr so weit kommen, wie vor Euch auch andere schon gekommen sind – es gibt nichts mehr, das Ihr lernen könntet. Doch in der wissenschaftlichen Forschungsarbeit hören die Entdeckungen und Wunder nimmer auf. Schon ein Geist von bescheidenen Fähigkeiten wird es, sobald er sich nur eingehend genug einem bestimmten Studium widmet, unweigerlich zu beträchtlicher Meisterschaft auf seinem Fachgebiete bringen. Ich aber, der ich so unausgesetzt auf die Erreichung eines ganz bestimmten Zieles bedacht war, der ich so restlos in meinem Streben aufging, machte so gewaltige Fortschritte, daß ich zu Ende meines zweiten Universitätsjahres durch mehrere Erfindungen zur Verbesserung der chemischen Apparaturen beitrug, was mir im ganzen Haus zu beträchtlicher Wertschätzung, ja Bewunderung verhalf. Da ich nun an einem Punkte angelangt war, an welchem ich sowohl mit der Theorie als auch der Praxis so weit vertraut geworden, daß mir keiner meiner Ingolstädter Professoren noch weiteres Wissen hätte vermitteln können, ein zusätzlicher Aufenthalt in dieser Stadt also keinerlei Fortschritte mehr für mich bedeutet hätte, dachte ich schon daran, wieder zu den Freunden in meine Heimatstadt zurückzukehren. Doch gerade da ereignete sich etwas, das mich bewog, zu bleiben.

Ein Gebiet, dem mein ganz besonderes Interesse gegolten, war die Zusammensetzung des menschlichen Körpers, ja darüber hinaus diejenige aller mit Leben begabten Kreatur. Was mag es wohl sein, so hatte ich mich unzählige Male gefragt, das jenes Etwas in uns hervorruft, welches wir Leben nennen? Es war eine vermessene Frage, die überdies schon seit je als unlösbar gegolten. Allein, wie vieles stünde nicht schon am Vorabende seiner Entdeckung, hätten uns nicht Feigheit oder Lässigkeit vorzeitig in unserem forschenden Bemühen erlahmen lassen! Wieder und wieder hatte ich dies im Geiste überschlagen und war dabei zu dem Entschlusse gekommen, mich in Hinkunft stärker mit jenen Zweigen der Naturwissenschaft zu befassen, welche mit den Fragen der Physiologie zusammenhängen. Wär' ich von meinem Vorhaben nicht so sehr besessen gewesen, daß es schon ans Unnatürliche grenzte, so hätte mich diese neue Beschäftigung wohl nur zu bald bis zur Unerträglichkeit verdrossen. Um nämlich den Ursachen des Lebens auf die Spur zu kommen, müssen wir zuerst Umgang mit dem Tode pflegen. So nahm ich's denn auf mich, auch noch mit der Anatomie bekannt zu werden. Doch auch diese Wissenschaft reichte nicht hin: ich mußte ja nicht minder mit dem natürlichen Verfalle, ja mit dem Verwesungsprozesse vertraut werden, welchem der menschliche Körper unterworfen ist! Nun war bei meiner Erziehung von seiten des Vaters die größte Sorgfalt darauf gelegt worden, daß mein kindliches Gemüt nicht durch Gespenstergeschichten oder sonstige Erwähnungen übernatürlicher

Schrecknisse verstört werde, und ich weiß mich in der Tat nicht zu entsinnen, jemals in Anhörung irgendwelcher abergläubischen Erzählungen gezittert oder mich gar vor Geistererscheinungen geängstigt zu haben. Die Finsternis barg für meine Einbildungskraft keinerlei Schrecknisse, und ein Kirchhof war für mich nichts anderes denn die Ruhestätte der ihres Lebens beraubten Leiber, welche ehedem ein Domizil der Schönheit und der Kraft gewesen, nun aber den Würmern zum Fraße dienten. Da ich mich nunmehr gezwungen sah, die Ursache und das Voranschreiten solchen Fäulnisprozesses zu ergründen, mußte ich meine Tage und Nächte in den Grabgewölben und Beinhäusern verbringen. Von Stund' an galt meine Aufmerksamkeit allem und jedem, das dem menschlichen Feingefühle entsetzlich und ekelhaft ist. Ich war Zeuge, auf welche Weise die Menschengestalt in all ihrer Schönheit herabgewürdigt, verwüstet und zu einem Haufen Unrat gemacht wird. Ich sah zu, wie die Verwesung des Todes mehr und mehr nach des Lebens blühendem Antlitz griff, und gewahrte, wie das Gewürm sich in Aug' und Hirn einnistete, um nach Gebühr dies fleischerne Erbe anzutreten. Und ich verweilte so lange über der Prüfung und dem Zergliedern all dieser minuziösen Kausalität, darin das Überwechseln des Lebens zum Tode schon Hand in Hand geht mit des letzteren Wandlung zu neuen Formen des Lebens, bis inmitten aller Finsternis ein plötzliches Licht mich durchzuckte – ein Feuerschein, welcher so strahlend, so wunderbar und doch von so klarer Folgerichtigkeit war, daß ich mich noch im Augenblicke meiner Blendung angesichts der ungeheuerlichen Schau, welche sich vor mir breitete, voll Überraschung fragte, weshalb es denn von all der Vielzahl jener geniebegabten Männer, die ihre Forschungen zu dem nämlichen Zwecke wie ich betrieben hatten, einzig mir vorbehalten geblieben, solch bestürzendem Geheimnis auf die Spur zu kommen!

Ihr müßt Euch, teuerster Sir, stets vor Augen halten, daß es nicht die Memoiren eines Irrsinnigen sind, die ich Euch da erzähle. Dies alles, seid versichert, ist so wahr, als die Sonne am Himmel steht! Es mag ja sein, daß irgendein Wunder meine Erkenntnis befördert hat, doch liegen all ihre Stadien offen und klar unterscheidbar vor mir: ich hatte nach Tagen und Nächten der unglaublichsten, mühevollsten Anstrengung das Geheimnis gelöst, die Ursache aller Zeugung und allen Lebens entdeckt! Ja, mehr noch: es war mir nun möglich, dem toten Stoffe Leben einzuhauchen!

Das Staunen, welches ich im Angesichte solcher Entdeckung zunächst empfunden, wich nur zu bald einem wahren Taumel des Entzückens. Nach so langen, in peinvoller Mühe zugebrachten Jahren der Arbeit mich mit einem Mal auf dem Gipfel meiner Wünsche zu sehen, das war wohl der schönste Lohn all meiner Plagen! Doch war dies Ergebnis ein so großes und überwältigendes, daß die sämtlichen Schritte, welche mich einer um den anderen zu ihm hingeführt, nun ausgelöscht waren, da ja mein Blick einzig von solchem Resultate gefesselt ward. All das, worauf seit Erschaffung der Welt das Sinnen und Trachten der größten Weisen gerichtet gewesen, nun hatte ich es im Griff! Nicht daß, wie in einem Zauberstücke, sich mir alles auf einmal offenbart hätte: vielmehr waren ja die Hinweise, welche mir zuteil geworden, eher dazu angetan gewesen, erst dann meine Bemühungen in die richtigen Bahnen zu lenken, sobald ich selbst sie auf den Gegenstand meiner Forschungen gerichtet hatte, nicht aber, mir diesen Gegenstand selbst als einen nahezu vollendeten vor Augen zu führen. Ich glich jenem Araber, welchen man zusammen mit den Toten begraben, der aber dennoch einen Ausweg ins Leben gefunden hatte, und dies einzig und allein mit Hilfe eines flackernden, augenscheinlich völlig unzureichenden Lichtchens.

Ich ersehe aus Eurer eifervollen Begier und aus dem hoffnungsvollen Staunen, welches aus Euren Augen spricht, daß Ihr, mein Freund, nun erwartet, von mir in jenes Geheimnis, mit welchem ich vertraut bin, eingeweiht zu werden. Allein, dies kann nimmer geschehen: so hört mich denn geduldig an, bis ich mit meiner Geschichte zu Rande bin, und Ihr werdet leichtlich begreifen, weshalb ich in diesem Punkte verschwiegen sein muß. Ich will ja Euch, der Ihr heute genau so schutzlos und von brennendem Wissensdurste erfüllt seid, wie ich es in Eurem Alter gewesen, nicht in Euer Verderben und den unvermeidlich daraus erfolgenden Untergang führen. So lernet denn von mir! Und sind's nicht meine Worte, denen Ihr vertrauen mögt, so sei es doch mein Beispiel: lernet, wie gefährlich die Erwerbung von Wissen sein kann, und um wie vieles glücklicher derjenige sich schätzen darf, dem die Welt nicht größer ist als der Marktflecken, darin er geboren ward, und dessen Horizont nur bis zu jenem Punkte reicht, wo der Schlagbaum seines Heimatstädtchens sich senkt. Um wieviel glücklicher ist nicht solch ein Mensch zu schätzen denn einer, der da strebte, größer zu sein, als seine Natur es ihm erlaubt!

Da ich nun eine so erstaunliche Macht in meine Hand gegeben sah, zögerte ich lange Zeit in Ansehung der Art und Weise, wie ich mich ihrer bedienen sollte. Zwar sah ich mich nun in den Stand gesetzt, das Unbelebte zu beseelen, doch war die Schwierigkeit und Mühe, den Körper zu verfertigen, welcher mit all seinen verwickelten Nervenbahnen, Muskeln und Adern dies Leben empfangen sollte, eine schier unüberwindliche. Zunächst blieb ich freilich noch im Zweifel, ob ich mich gleich an die Erschaffung eines Wesens wagen sollte, welches mir gliche, oder aber bloß an diejenige eines einfacheren Organismus. Doch war meine Einbildungskraft durch den bereits errungenen Erfolg schon zu sehr angestachelt, als daß es für mich noch irgendeinen Zweifel an meiner Fähigkeit hätte geben können, ein Lebewesen von der wunderbaren Zusammensetzung des menschlichen Körpers zu schaffen. Zwar schien das Zubehör, welches mir gegenwärtig zur Hand war, für solch schwieriges Unterfangen kaum geeignet, doch stand es für mich außer Frage, daß mein Werk von Erfolg gekrönt sein werde. Zunächst machte ich mich freilich auf eine Vielzahl von Rückschlägen gefaßt. Meine Arbeit mochte ja so manche Verzögerung erfahren, ja schließlich bloßes Stückwerk bleiben. Und trotzdem: wenn ich mir die Fortschritte vor Augen führte, welche tagtäglich in den Wissenschaften und in der Technik erzielt werden, schöpfte ich neue Hoffnung, daß meine gegenwärtigen Anstrengungen zumindest das Fundament für einen künftigen Erfolg legen würden. Auch vermochte ich nicht, in der Größe und Kompliziertheit meines Vorhabens ein Argument gegen dessen Durchführbarkeit zu sehen. Dies etwa waren die Empfindungen, mit denen ich an die Erschaffung eines Menschen schritt. Da nun die Winzigkeit der einzelnen Bestandteile sich meiner Eile als ein beträchtliches Hindernis in den Weg zu legen drohte, beschloß ich, ganz gegen meine ursprüngliche Absicht, diesem Wesen eine riesenhafte Statur zu geben, will sagen eine Höhe von etwa acht Fuß, sowie die dementsprechende Breite. Nachdem ich diesen Entschluß gefaßt und mehrere Monate auf das erfolgreiche Zusammentragen und Zurichten meiner Bausteine verwendet hatte, machte ich mich ans Werk.

Wer vermöchte wohl, mir die Verschiedenheit jener Empfindungen nachzufühlen, durch die ich in der ersten Begeisterung des Erfolges wie von einem Sturmwinde vorangetrieben ward! Das Leben wie der Tod, sie schienen mir nur noch eingebildete Schranken zu sein, welche ich als erster durchbrechen würde, um danach wahre Kaskaden des Lichtes über unsere Welt der Finsternis auszugießen! Eine neue Rasse würde mich als ihren Schöpfer, als den Ursprung ihres Daseins segnen. Zahllose glückliche und vortreffliche Geschöpfe würden mir ihr Leben verdanken. Kein leiblicher Vater konnte so gewißlich und so absolut auf den Dank seiner Kinder rechnen, wie ich des Dankes jener Wesen gewiß sein durfte! Indem ich solchen Betrachtungen nachhing, erwog ich sogar, ob ich nicht, sobald ich erst fähig wäre, dem toten Stoffe Leben einzuhauchen, mit dem Fortschreiten der Zeit (obschon es mich damals noch eine Unmöglichkeit dünkte) auch dort noch neues Leben wecken könnte, wo der Tod den Körper schon endgültig zur Verwesung verdammt hatte. Derlei Gedanken befeuerten mich, während ich mein Ziel mit unermüdlichem Eifer verfolgte. Schon waren meine Wangen fahl vom vielen Studieren, schon war mein Körper abgezehrt von der allzu langen, mir selbst auferlegten Haft. So manches Mal glaubte ich mich schon an der Schwelle der Gewißheit – und scheiterte! Dennoch hing ich mich weiter an jene Hoffnung, welche schon der nächste Tag, ja die nächste Stunde verwirklichen mochte. Denn zur Hoffnung, der ich mich ganz geweiht hatte, war mir dies Geheimnis, dem ich als einziger Mensch auf die Spur gekommen, ja geworden. Und nur der Mond war Zeuge meiner Mühen, wenn ich um Mitternacht mit atemlosem, angespanntem Eifer die Natur noch in ihre geheimsten Tiefen verfolgte. Wer könnte jene Schrecken je ermessen, die ich bei meinem geheimen Tun empfand, da ich mich befleckte inmitten der unheiligen Verwesungsdünste des Grabes, oder die lebende Kreatur zu Tode marterte, um dereinst den toten Lehm beleben zu können! Noch heute zittern mir die Glieder und schwimmen mir die Augen, wenn ich daran denke. Damals aber zwang ein unwiderstehlicher und nahezu wahnwitziger Impuls mich vorwärts. Alle körperliche und seelische Empfindung schien ich in Verfolgung meines Zieles verloren zu haben. Indes, es war dies nur ein vorübergehender

Trancezustand, der mich, sobald erst jener unnatürliche Antrieb zu wirken aufgehört, mit erneuter Deutlichkeit fühlen ließ, daß ich ja bloß zu meinen alten Gewohnheiten zurückgekehrt war: ich trug aus den Beinhäusern Knochen zusammen und profanierte das gewaltige Mysterium der Menschengestalt. In einer abgelegenen Kammer, die schon mehr einer Zelle glich, ganz oben unterm Dach des Hauses und von allen anderen Gemächern durch eine Hintertreppe und einen Korridor geschieden, hatte ich meine Werkstatt aufgeschlagen, um Leben zu schaffen aus dem Unflat: oft genug wollten mir über den scheußlichen Einzelheiten meiner Arbeit die Augen aus den Höhlen treten. Vieles von dem, was ich benötigte, mußte ich mir ja aus dem Sezierraume und dem Schlachthause beschaffen, und so manches Mal wandte sich mein besseres Teil voll Abscheu von meiner Beschäftigung ab, während ich, noch immer von ständig zunehmender Besessenheit gehetzt, mein Werk vorantrieb, bis es kurz vor seiner Vollendung stand.

Dieweil ich nun auf solche Weise mit Leib und Seele nur diesem einen Ziele verschrieben blieb, ging der Sommer hin. Er war in jenem Jahr besonders schön gewesen: seit Menschengedenken war das Korn nicht so hoch auf den Feldern gestanden, hatten die Rebenhänge keine reichere Lese versprochen. Ich aber war blind geworden für die Schönheiten der Natur, und die nämliche Gleichgültigkeit, welche mich der Landschaft rings um mich nicht achten ließ, machte mich auch all der Freunde vergessen, die so viele Meilen von mir getrennt waren und die ich schon seit so langer Zeit nicht mehr gesehen. Dabei wußte ich, daß mein Schweigen ihnen Unruhe bereiten mußte und entsann mich sehr wohl der Worte meines Vaters: »Ich bin gewiß, daß du, solange du mit dir selbst im Einklang lebst, auch unser in Liebe gedenken wirst, so daß wir regelmäßig von dir hören werden. Du wirst mir aber vergeben, wenn ich jede Unterbrechung deiner Korrespondenz für einen Beweis erachte, daß du deine anderen Pflichten nicht minder vernachlässigst.«

So konnte ich mir recht gut ausmalen, welches die Gefühle meines Vaters waren. Allein, ich mochte mein Sinnen und Trachten nicht von einer Arbeit losreißen, die, an sich ekelhaft genug, unwiderstehlich von meiner Phantasie Besitz ergriffen hatte. Ja es verhielt sich so, daß ich wünschte, alles hinauszuschieben, was mich an meine menschlichen Bindungen erinnerte, bis das große Vorhaben, welches meine sämtlichen bisherigen Gewohnheiten aufgezehrt hatte, zu seinem endgültigen Abschlusse gediehen wäre.

Ich neigte damals zu der Ansicht, es wäre unbillig von meinem Vater, mein Schweigen bloß der Lasterhaftigkeit oder irgendwelchen Schuldgefühlen meiner Person zuzuschreiben. Heute freilich bin ich der Meinung, daß er mich nicht zu Unrecht einer gewissen Schuld bezichtigte. Ein untadeliger Mensch sollte ja allzeit einen ruhigen und friedvollen Sinn bewahren und weder einer Leidenschaft noch einer flüchtigen Begierde erlauben, ihm die Seelenruhe zu verstören. Und ich glaube keineswegs, daß das Streben nach Erkenntnis eine Ausnahme dieser Regel bildet. Sobald den Studien, welchen Ihr Euch widmet, die Tendenz innewohnt, Eurem menschlichen Fühlen Eintrag zu tun, ja Euch den Geschmack zu verderben an all den einfachen Freuden, welche keinerlei üble Beimischung vertragen, sind solche Studien gewißlich ungehörig, will sagen, dem menschlichen Seelenleben abträglich. Hätten die Menschen so weise Lehre allzeit befolgt – hätte kein Sterblicher jemals einem wie immer gearteten Bestreben verstattet, sich als ein Störenfried in die Gefühle verwandtschaftlicher Zuneigung einzudrängen, so wäre Griechenland nimmer unterworfen worden, so hätte Cäsar seines Reiches geschont, Amerika wäre nicht so gewaltsam erobert worden, und die Reiche der Azteken und Inkas hätten nicht untergehen müssen.

Doch vergebt, ich ertappe mich darüber, mitten in dem interessantesten Part meiner Erzählung Moralpauken zu halten, und Euer Blick mahnt mich mit Recht, in meinem Berichte fortzuschreiten.

Mein Vater ließ in seinen Briefen keinerlei Vorwurf laut werden und beantwortete mein Schweigen lediglich mit eingehenderen Erkundigungen nach meinem Tun und Treiben. So gingen über meinen Bemühungen Winter, Frühling und Sommer hin. Ich aber hatte nicht acht der Blüten, noch der sich entfaltenden Blätter – lauter Dinge, welche vordem niemals verfehlt hatten, mein höchstes Entzücken zu erregen –, so tief war ich von meiner Arbeit in Anspruch genommen. Und ehe dieselbe sich ihrem Ende zu nähern begann, waren auch die Blätter des Herbstes verwelkt und verdorben. Aber mit jedem Tage zeigte sich nun deutlicher, wie erfolgreich ich in meinen Bemühungen gewesen. Indes, mein Enthusiasmus stand jetzt mehr und mehr im Schatten der Angst, und so war ich viel eher einem Menschen zu vergleichen, welcher gezwungen ist, im Bergwerke Sklavendienste oder sonst eine verderbliche Arbeit zu verrichten, nicht aber einem Künstler, der da seinem liebsten Geschäfte nachgeht. Nacht für Nacht ward ich von einem schleichenden Fieber heimgesucht, und meine Nerven befanden sich nachgerade im peinvollsten Zustand. Schon der Fall eines Blattes machte mich aufschrecken, und meinen Mitmenschen ging ich aus dem Wege, als hätte ich mich eines Verbrechens schuldig gemacht. Bisweilen entsetzte ich mich schon vor der bloßen Erkenntnis, zu welch menschlichem Wrack ich geworden war! Einzig der Wille zu meinem Werke hielt mich noch aufrecht: bald würden ja meine Mühen zu Ende sein, und überdies hegte ich den festen Glauben, daß Bewegung und Zerstreuung jeglichem beginnenden Übel schon Einhalt gebieten würden. Deshalb gelobte ich, mir beides in ausgiebigstem Maße zu verstatten, sobald erst meine Schöpfung vollendet wäre.

Fünftes Kapitel

In einer düsteren Novembernacht war es soweit: vor meinen Augen lag das Ergebnis all meiner Müh und Plage. Mit einer angstvollen Erwartung, welche um nichts der Todesfurcht nachstand, baute ich das Instrumentarium des Lebens rings um mich auf, um dem reglosen Körper, welcher da zu meinen Füßen lag, den lebenspendenden Funken einzuhauchen. Schon wies der Zeiger der Uhr auf die erste Stunde des Morgens. Der Regen klopfte in trostlosem Gleichmaß gegen die Scheiben, und meine Kerze war schon zu einem Stümpfchen heruntergebrannt, als ich in dem Geflakker der schon erlöschenden Flamme das ausdruckslose, gelbliche Auge der Kreatur sich auftun sah. Ein schwerer Atemzug hob ihre Brust, und ein krampfhaftes Zucken durchlief ihre Glieder.

Wie fang' ich's an, Euch die Empfindungen zu beschreiben, welche mich in dem schicksalhaften Augenblicke durchbebten, da das Verhängnis seinen Anfang nahm? Wie geb' ich Euch ein treuliches Abbild der Spottgeburt, welche ich mit so unendlicher Mühe und Sorgfalt zu formen versucht? Wohl waren die Gliedmaßen in der rechten Proportion, und auch die Züge hatte ich dem Kanon der Schönheit nachgebildet. Schönheit! – Allmächtiger! Die gelbliche Haut verdeckte nur notdürftig das Spiel der Muskeln und das Pulsieren der Adern. Das Haupthaar war freilich von schimmernder Schwärze und wallte überreich herab. Auch die Zähne erglänzten so weiß wie die Perlen. Doch standen solche Vortrefflichkeiten im schaurigsten Kontraste zu den wäßrigen Augen, welche nahezu von derselben Farbe schienen wie die schmutzigweißen Höhlen, darein sie gebettet waren, sowie zu dem runzligen Antlitz und den schwarzen, aller Modellierung entbehrenden Lippen.

Wie wandelbar ist doch das Menschenherz! Nicht

einmal die Wechselfälle des Lebens reichen an seine Widersprüchlichkeit heran! Da hatte ich nun nahezu zwei Jahre lang die größte Mühe und Arbeit einzig darauf verwendet, einem unbeseelten Körper Leben einzuhauchen. Solches zu erreichen, hatte ich mich aller Ruhe, ja noch der Gesundheit beraubt. Mein Begehren war ein so brennendes gewesen, daß es jegliches Maß überschritten hatte. Jetzt aber, da ich mich am Ziel meiner Wünsche sah, war die Schönheit des Traumes verflogen, und atemloser Schrecken und Ekel füllten mir das Herz. Nicht fähig, den Anblick des Wesens, welches ich da geschaffen, noch länger zu ertragen, stürzte ich aus der Kammer und hastete in mein Schlafgemach, wo ich noch lange Zeit auf und nieder schritt, da ich viel zu aufgewühlt war, als daß ich ein Auge hätte zutun können. Doch ward solch innerer Aufruhr nach und nach abgelöst durch die Müdigkeit, und ich warf mich aufs Bett, angekleidet wie ich war, um wenigstens ein paar Atemzüge lang Vergessen zu finden. Doch vergebens: zwar schlief ich tatsächlich ein, aber nur, um von den ärgsten Träumen heimgesucht zu werden. Ich bildete mir ein, Elisabeth zu sehen, wie sie in blühender Gesundheit durch die Gassen von Ingolstadt wandelte. Voll entzückter Überraschung schloß ich sie in die Arme. Da ich aber den ersten Kuß auf ihre Lippen drückte, ward sie totenbleich, mit ihren Zügen ging ein Wandel vor sich, und mir schien's, als hielte ich jetzt den toten Körper meiner Mutter in den Armen! Ein Leichentuch verhüllte die Gestalt, und in den Falten des Flanells wimmelte es von dem Gewürm der Verwesung! Zutiefst entsetzt schrak ich aus meinem Schlummer – der kalte Angstschweiß brach mir aus der Stirn – der ganze Körper zog sich mir zusammen – und zähneklappernd blickte ich um mich: in dem schwachen, gelblichen Mondlichte, welches durch die Fensterläden in die Kammer quoll, stand jenes erbärmliche Monstrum vor mir – der fürchterliche Popanz, welchen ich erschaffen! Er hielt den Bettvorhang zur Seite und heftete seine Augen – sofern sie diesen Namen überhaupt verdienten –, auf mich. Seine Kinnladen klappten auf, und aus der klaffenden Öffnung ertönten irgendwelche unartikulierten Laute, dieweil ein Grinsen ihm die Wangen furchte. Mag sein, er sagte etwas, doch ich vernahm es nicht. Die eine Hand war nach mir ausgestreckt, als hätt' er vor, mich aufzuhalten: ich aber stürzte davon und die Treppen hinunter, um Zuflucht zu suchen in dem Hinterhofe meines Wohnhauses! Dort verblieb ich für den Rest dieser schrecklichen Nacht, schritt in der größten Erregung auf und nieder und lauschte angespannt auf jeden Laut, begierig und dennoch voll Angst, er könnte das Herannahen dieser totenhaften, dämonischen Ausgeburt ankündigen, welcher ich auf so erbärmliche Weise zum Leben verholfen.

Nein! Kein Sterblicher konnte das Entsetzen ertragen, welches von solchen Zügen ausging! Nicht einmal eine zu neuem Leben erweckte Mumie hätte so gräßlich aussehen können. Oft genug hatte ich in dies Antlitz gestarrt, solange es noch nicht vollendet gewesen, und schon damals war es mir häßlich genug erschienen. Als aber seine Muskeln und Scharniere sich zu bewegen begonnen, war ein Etwas aus ihnen geworden, wie es nicht einmal ein Dante hätte aussinnen können.

Ich verbrachte eine fürchterliche Nacht. Zuweilen ging mein Puls so rasch und schwer, daß ich jede einzelne Ader zu spüren vermeinte. Dann wieder war's mir, als müßt' ich jetzt und jetzt zu Boden sinken vor Abgespanntheit und äußerster Erschöpfung. Und in all das Entsetzliche mischte sich auch noch die Bitternis meiner Enttäuschung: jene Träume, welche so lange Zeit mein täglich Brot, ja meine Freude und Zuflucht gewesen, nun waren sie mir zur Höllenqual geworden! Und solcher Wechsel war so rasch erfolgt, daß mein Absturz ein vollkommener zu nennen war!

Nach und nach dämmerte ein trübseliger, nasser Morgen herauf und ließ vor meinen übernächtigen und schmerzenden Augen den weißen Turm der Ingolstädter Pfarrkirche zusamt seinem Zifferblatte erstehen: der Zeiger wies die sechste Tagesstunde. Der Pförtner schloß die Torflügel des Hofes auf, welcher mir zum nächtlichen Asyle gedient, und ich trat auf das Pflaster hinaus und verlor mich im Gewirr der Gassen, welche ich eilenden Fußes durchschritt, als fürchtete ich, hinter jeder Ecke jenes entsetzliche Wesen erblicken zu müssen. Ich wagte mich nicht nach meiner Behausung zurück, sondern hastete unter einem inneren Zwange voran, durchweicht von dem Regen, welcher aus einem schwarzen und trostlosen Himmel herniederrauschte.

So schritt ich geraume Zeit fürbaß und suchte durch körperliche Bewegung jener Bürde ledig zu werden, welche sich mir so schwer auf die Seele gelegt. Ich durchmaß die Straßen, ohne recht zu gewahren, wo ich mich denn befand und was ich hier tat. Mir war nahezu übel vor Angst, und das Herz schlug mir bis zum Halse herauf. Unsteten Schrittes hastete ich voran, nicht wagend, mich auch nur umzublicken:

> Dem Wand'rer gleich, wenn er, vor Angst
> Und Schrecken fast verzagt,
> Nach seinem ersten Blick zurück
> Den zweiten nimmer wagt.
> Nun weiß er ja: der Satan ist's,
> Der Schritt auf Tritt ihn jagt.*

Auf diese Weise fand ich mich schließlich jenem Gasthofe gegenüber, vor welchem die Postkutschen und anderwärtigen Reisewagen Station machen. Ich weiß nicht, was mich veranlaßte, hier stehenzubleiben, doch verharrte ich mehrere Minuten wie festgebannt und heftete den Blick auf eine Kutsche, wel-

---

* Coleridge, *Ballade vom Alten Matrosen*

che vom fernen Ende der Straße sich mir näherte. Bald konnte ich erkennen, daß es die Schweizer Postkutsche war! Sie ward gerade auf meiner Höhe zum Halten gebracht. Sobald aber der Wagenschlag sich auftat, erblickte ich Henri Clerval, welcher, da er meiner ansichtig wurde, mit einem Freudensprung auf dem Pflaster landete: »Mein teuerster Frankenstein«, rief er aus, »wie freu' ich mich, dich wiederzusehen! Welches Glück, dich im Augenblicke meines Aussteigens hier anzutreffen!«

Mein Entzücken, Clerval wiederzusehen, war ohnegleichen. Sein Anblick zauberte mir ja meinen Vater, Elisabeth, sowie alle meinem Gedächtnisse so teuren, häuslichen Szenen vors innere Auge! Ich haschte mit Begier nach seiner Hand und hatte im Augenblick all meinen Schrecken und mein Ungemach vergessen. Urplötzlich und zum ersten Male seit vielen Monaten fühlte ich mich wieder ruhig und von der schönsten Freude durchdrungen. Dies war auch der Grund, weshalb ich meinen Busenfreund aufs herzlichste willkommen hieß, wonach wir uns unverzüglich auf den Weg nach meinem Domizile machten. Clerval wurde nicht müde, von unseren gemeinsamen Freunden zu erzählen, sowie von den günstigen Umständen, welche es ihm ermöglicht, doch noch nach Ingolstadt reisen zu können. »Du magst es mir glauben«, so sprach er, »es war schwer genug, meinen Vater davon zu überzeugen, daß die Quintessenz allen Wissens durchaus nicht in der edlen Kunst der Buchführung beschlossen liege. Und in der Tat, ich möchte meinen, daß er bis zum letzten ungläubig geblieben, dieweil seine beständige Antwort auf mein unermüdliches Drängen jene des holländischen Schulmeisters aus dem *Vikar von Wakefield* gewesen: ›Ich hab' zehntausend Gulden jährlich, ganz ohne Griechisch zu können, und auch das Essen schmeckt mir ohne diese Fähigkeit nicht minder vortrefflich!‹ Doch siegte auf die Dauer seine Liebe zu mir über die Abneigung, die er gegen das

Studieren hegt, und so hat er mir verstattet, diese Entdeckungsreise ins Land der Erkenntnis zu unternehmen.«

»Nichts könnte mir lieber sein, als dich zu sehen! Doch sag mir jetzt nur eines: wie geht es meinem Vater, meinen Brüdern und Elisabeth?«

»Sie alle sind wohlauf und guter Dinge, bloß machen sie sich ein wenig Sorgen, weil sie so selten von dir hören. Nun, nach und nach will ich dir in ihrem Namen schon die Leviten lesen! – Allein, mein teuerster Frankenstein«, so setzte er fort, nachdem er ein wenig innegehalten und mir aufmerksam ins Gesicht geblickt, »ich bemerke ja erst jetzt, wie schlecht du aussiehst! Wie mager und bleich du doch geworden bist! Man möchte ja glauben, du habest nächtelang kein Auge zugetan!«

»Dies ist nur zu wahr! In letzter Zeit war ich von einer Arbeit so sehr in Anspruch genommen, daß ich mir bei weitem nicht die nötige Ruhe gegönnt! Du siehst es ja selbst. Allein, ich hoffe ernsthaft, daß ich nun über den Berg bin und endlich wieder frei aufatmen kann!«

Dabei zitterte ich über die Maßen. Ich wagte ja nicht, an die Ereignisse der letzten Nacht auch nur zu denken, geschweige denn, darauf anzuspielen. So beschleunigte ich meine Schritte, und alsbald waren wir vor meiner Behausung angelangt. Jetzt erst kam's mir in den Sinn – und der Gedanke machte mich schaudern –, daß jenes Ungetüm, welches ich in meinen Räumlichkeiten zurückgelassen, sich noch immer darin aufhalten und in aller Lebendigkeit umherwandeln könnte! Wie fürchtete ich mich vor dem Anblick solchen Monstrums! Aber noch mehr fürchtete ich mich vor der Möglichkeit, daß Freund Henri seiner ansichtig werden könnte. Deshalb drang ich in ihn, er möge doch ein wenig am Fuße der Treppe warten, und eilte pfeilgeschwind hinauf zu meiner Kammer. Erst, als ich die Hand schon auf der Klinke hatte, kam mir alles wieder in den Sinn. So verharrte ich auf der Stelle, während ein eisiger Schauder mich überrann. Dann aber stieß ich die Tür mit aller Gewalt auf, ganz wie die Kinder es tun, wenn sie glauben, daß drinnen ein Gespenst auf sie lauere: doch nichts geschah. Angstvoll trat ich ein: die Wohnung war leer! Auch im Schlafraum war nichts mehr von jenem gräßlichen Gaste zu sehen. Ich vermochte kaum zu fassen, daß mir ein so großes Glück zuteil geworden! Als ich mich aber vergewissert hatte, daß mein Widersacher in der Tat die Flucht ergriffen, schlug ich vor Freude die Hände zusammen und eilte hinunter zu meinem Freunde Clerval.

Wir stiegen zu meiner Kammer hinauf, und alsbald brachte der Hausknecht uns das Frühstück. Allein, ich war nicht fähig, an mich zu halten: es war nicht nur die Freude, welche mich da überkommen hatte! Alles in mir prickelte vor äußerster Erregung, und meine Pulse hämmerten. Ich brachte es einfach nicht fertig, auch nur für einen Augenblick stillzusitzen, sondern sprang über die Stühle, schlug die Hände zusammen und lachte überlaut. Zunächst schrieb Clerval meine exaltierte Gemütsverfassung der Freude über seine Ankunft zu. Sobald er mich aber aufmerksamer beobachtete, gewahrte er eine wilde Ausgelassenheit in meinem Blick, die er sich nicht zu erklären vermochte. Auch versetzte ihn mein lautes, ungehemmtes und herzloses Gelächter in staunenden Schrecken.

»Mein lieber Viktor«, so rief er, »was um Himmels willen ist in dich gefahren? So lach doch nicht so fürchterlich! Wie verstört du doch bist! Woher kommt dies alles nur?«

»Frag nicht *mich*!« so schrie ich, indem ich die Hände vors Gesicht schlug, da ich im nämlichen Momente glaubte, das Gespenst ins Zimmer gleiten zu sehen. »Frag lieber *ihn*! – Oh, rette mich! Rette mich!« Schon fühlte ich mich ja von jenem Ungetüm gepackt, und so schlug ich aus Leibeskräften um mich, bis jener Anfall mich zu Boden warf.

Der arme Clerval! Wie muß es ihm da ums Herz gewesen sein! So sehr hatte er sich auf dies Wiedersehen gefreut, und nun schlug's ihm zu solcher Bitternis aus! Doch war ich nicht mehr Zeuge seines Kummers, denn ich lag ja leblos auf den Boden hingestreckt und blieb für lange, lange Zeit meiner Sinne beraubt.

Es war dies der Ausbruch eines Nervenfiebers, welches mich monatelang ans Krankenlager gefesselt hielt. Und die ganze Zeit über war Henri meine einzige Pflege. Erst hinterher erfuhr ich, daß er in Ansehung von meines Vaters vorgerücktem Alter, das demselben verbot, eine so lange Reise zu tun, sowie in Anbetracht des Umstandes, welche Niedergeschlagenheit die Kunde von meiner Krankheit bei Elisabeth auslösen würde, es auf sich genommen, ihnen das Ausmaß meines Leidens zu verschweigen. Seine Hoffnung auf meine schließliche Wiederherstellung war ja eine so große, daß er überzeugt war, meinen Angehörigen durch dies Verschweigen nicht nur nicht zu schaden, sondern ihnen damit den größten Freundschaftsdienst zu erweisen.

Meine Erkrankung aber war tatsächlich eine überaus ernste. Daß ich dem Leben wiedergegeben ward, verdanke ich, des bin ich gewiß, einzig der grenzenlosen und nimmermüden Sorgfalt meines Freundes. Beständig geisterte mir ja die Gestalt jenes Monstrums, welchem ich zum Dasein verholfen, vor den Augen, und unaufhörlich phantasierte ich von ihm. Zweifellos versetzten meine im Fieberwahn hervorgestoßenen Worte Henri in Erstaunen, doch hielt er sie zunächst für die Ausgeburt einer verstörten Einbildungskraft. Die Hartnäckigkeit indes, mit der ich immer wieder zu dem nämlichen Gegenstand zurückkehrte, brachte ihn schließlich zur Überzeugung, daß meine Verstörung ihren Ursprung doch in irgendeinem außergewöhnlichen und schrecklichen Ereignis haben müsse.

Meine Genesung vollzog sich nur langsam und zögernd, immer wieder von Rückfällen unterbrochen, welche meinen Freund zutiefst erschreckten und bekümmerten. Ich erinnere mich, daß ich, sobald ich wieder fähig war, meine Umwelt mit einiger Freude wahrzunehmen, die schattenden Bäume vor meinem Fenster vom welken Laube befreit und dafür von knospendem Grün bedeckt fand. Es war ein himmlischer Frühling, und die Jahreszeit trug ganz erklecklich zu meiner Wiederherstellung bei. Auch fühlte ich, daß etwas wie Freude und Zuneigung wieder in meinem Busen Einzug hielt. Alle Düsternis war von mir gewichen, und innerhalb kurzer Zeit war ich so fröhlich und guter Dinge wie einstmals, noch ehe jene fatale Leidenschaft von mir Besitz ergriffen.

»Clerval, du Guter«, so rief ich, »wie freundlich, wie besorgt bist du doch um mich! Den ganzen Winter hast du an meinem Krankenlager hingebracht, anstatt ihn, wie du dir geschworen, an dein Studium zu wenden! Wie kann ich dir dies jemals vergelten? Ach, mein Gewissen plagt mich um der Enttäuschung willen, deren Ursache ich gewesen! Doch ich weiß ja, daß du mir vergibst.«

»Mein schönster Lohn soll es sein, dich nimmer so aufgelöst, sondern auf raschestem Wege wiederhergestellt zu sehen! Da ich dich aber bei so guter Laune finde, darf ich wohl einer besonderen Sache Erwähnung tun – oder nicht?«

Ich erbebte. Einer besonderen Sache? Was mochte das nur sein? War's möglich, daß der Freund auf etwas anspielte, woran ich nicht einmal zu denken wagte?

»Fasse dich«, sprach Clerval, welcher sehr wohl meine plötzliche Blässe wahrgenommen. »Ich will kein weiteres Wort verlieren, wenn es dich dermaßen in Unruhe versetzt. Es ist ja nur, daß dein Vater und deine Cousine sich über einen Brief von deiner Hand unendlich freuen würden. Sie haben ja keine Ahnung, wie krank du gewesen bist, und machen sich Sorgen ob deines langen Schweigens.«

»Wenn's weiter nichts ist, bester Henri! Wie konntest du nur glauben, daß mein erstes Gedenken *nicht* jenen mir so teuren Freunden gelten könnte, denen meine ganze Liebe gehört, und die solcher Liebe so würdig sind!«

»Nun, wenn's auf diese Weise um dich bestellt ist, mein Freund, so mag dich dieser Brief erfreuen, welcher schon seit mehreren Tagen für dich bereitliegt. Ich glaube gar, er ist von deiner Cousine.«

Sechstes Kapitel

Dies gesagt, händige Clerval mir jenes Schreiben aus. Es war von meiner Elisabeth Hand und hatte den folgenden Wortlaut:

»Teuerster Cousin! – Nun bist Du krank gewesen, ernstlich krank, und nicht einmal die regelmäßigen Nachrichten des lieben, guten Henri haben es vermocht, mich in Ansehung Deines Befindens zu beruhigen. Man hat Dir ja untersagt, zu schreiben – ja sogar, eine Feder zur Hand zu nehmen. Dennoch, teuerster Viktor, bedürfen wir recht sehr eines Wortes von Dir, unsere Besorgnisse zu lindern. Schon seit langem habe ich mit jeder einlangenden Post gehofft, *sie* würde uns dies Lebenszeichen bescheren, und ich habe all meine Überredungskunst aufbieten müssen, um den Oheim von einer Reise nach Ingolstadt abzuhalten. Doch hab' ich ihn daran zu hindern gewußt, sich den Unzukömmlichkeiten, ja vielleicht sogar Gefahren solcher langen Reise auszusetzen. Allein, wie oft hab' ich nicht zutiefst bedauert, daran gehindert zu sein, diese Reise in eigener Person zu unternehmen! Beständig male ich mir ja aus, wie da irgendeine raffgierige Vettel mit Deiner Pflege betraut worden, – eine Person, welche keine Ahnung davon hat, wessen Du bedarfst, noch auch geeignet ist, solche Wünsche mit der Obsorge und Zuneigung Deiner armen Cousine zu erfüllen. Indes, dies alles hat ja ein Ende, seit der gute Clerval geschrieben, daß Du Dich wirklich und wahrhaftig auf dem Wege der Besserung befindest! Und es ist meine innige Hoffnung, daß Du solche Freudenbotschaft alsbald mit eigener Hand wirst bestätigen können.

Sei auf Deine Genesung bedacht und kehr bald zu uns zurück. Du wirst ein zufriednes, frohgemutes Heim vorfinden, voll von Freunden, welche Dir von Herzen zugetan sind. Dein Vater erfreut sich einer ungebrochnen Gesundheit, und sein einziger Wunsch ist es, Dich wiederzusehen – sich Deines Wohlbefindens vergewissern zu können. Erst dann wird keine Wolke mehr sein gütiges Antlitz verschatten. Wie wird es Dich freuen, zu sehen, welch stattlicher junger Mann unser Ernest geworden ist! Nun zählt er schon sechzehn Lenze und ist erfüllt von Tatendrang wie jugendlichem Feuer. Stets darauf bedacht, ein echter Schweizer zu sein, brennt er danach, sich in der Welt umzutun und im Auslande Kriegsdienste zu nehmen. Wir aber können ihn nicht ziehen lassen, zumindest nicht, solange sein älterer Bruder noch in der Ferne weilt. Mein Oheim ist ja recht wenig angetan von solchen Ideen einer martialischen Laufbahn in irgendeinem fernen Lande, doch verhält es sich so, daß Ernest ja von Anfang an Deiner beharrlichen Lernbegier ermangelt hat und auch heute im Studieren nichts denn eine verhaßte Fessel erblickt. Seine Freude ist's, sich in der frischen Luft zu tummeln, auf die Berge zu steigen, oder aber auf dem See sich dem Rudervergnügen hinzugeben. So fürchte ich ernsthaft, er könnte dem Müßiggange verfallen, gäben wir seinem Drängen nicht nach und erlaubten wir ihm nicht, den Beruf seiner Wahl zu ergreifen.

Im übrigen hat sich – abgesehen von dem Heranwachsen unsrer lieben Kleinen – nicht viel bei uns verändert. Nimmermehr wandeln sich ja die blauenden Gewässer des Sees, nicht die firnbedeckten Gebirge – und auch unsre friedvolle Heimstatt, so will mir scheinen, unterliegt, ganz wie die Genügsamkeit unserer Herzen, den nämlichen unabänderlichen Gesetzen. Meine kleine Alltagsbeschäftigung füllt mich zur Gänze aus und bereitet mir Freude, und für alle Mühe im häuslichen Kreise werde ich ja aufs reichste entschädigt durch nichts als zufriedene und freundliche Mienen. Seit Du uns verlassen, hat sich eigentlich nur ein einziger Wandel in unsrer bescheidenen Haushaltung begeben. Ist Dir noch gegenwärtig, unter welchen Umständen die kleine Justine Moritz in unser Haus aufgenommen ward? Du magst es vergessen haben. Deshalb will ich hier in wenigen Worten ihre Lebensgeschichte erzählen. Die Mutter, Madame Moritz, war eine Witwe mit vier Kindern, von denen Justine das drittgeborene ist. Stets war die Kleine ihres Vater Liebling gewesen, allein, zufolge einer sonderbaren Verkehrung mochte die Mutter das Kind nicht ausstehen und behandelte es nach Monsieur Moritzens Tode als ein wahres Aschenbrödel. Meine Tante bemerkte dies recht wohl. Da nun Justine ihr zwölftes Lebensjahr erreicht hatte, vermochte die Tante deren Mutter zu überreden, das Kind hinfort unter unserem Dache leben zu lassen. Die republikanischen Einrichtungen unseres Landes haben ja einfachere und glücklichere Sitten gezeitigt denn jene, welche in den großen Kaiser- und Königreichen gelten, von denen unser kleines Gemeinwesen umgeben ist. Daher kömmt's, daß die Unterschiede zwischen den einzelnen Schichten seiner Bewohner nicht gar so groß sind. Auch finden wir bei den gemeinen Ständen, die weder so verarmt noch auch so verachtet sind, eine feinere und sittenstrengere Lebensführung denn anderswo. In unserem Genf den dienenden Ständen anzugehören, ist wohl ein ander Ding denn im großen Frankreich oder im allmächtigen England. Justine, dergestalt in unsre Familie aufgenommen, ward also vertraut gemacht mit den Obliegenheiten eines Dienstmädchens, was indes in unserm gesegneten Ländchen durchaus nicht bedeutet, daß solch ein Menschenkind der Unwissenheit ausgeliefert ist oder gar seine Menschenwürde hinopfern müßte.

Vielleicht erinnerst Du Dich noch, wie sehr Du die Kleine in Dein Herz geschlossen hattest. Ich weiß ja noch gut, wie Du einstmals bemerktest, daß, wann immer Dich üble Grillen plagt, ein einziger Blick von Justinen genügte, dieselben zu zerstreuen, und zwar aus dem nämlichen Grunde, welchen Ariost in Ansehung von Angelikens Schönheit geltend macht: so freimütig und heiteren Sinnes blickte sie in die Welt. Meine Tante faßte eine dermaßen große Zuneigung zu dem Mägdlein, daß sie ihm eine weit bessere Erziehung angedeihen ließ, als sie zunächst beabsichtigt hatte. Doch ward ihr solche Wohltat bei Heller und Pfennig vergolten, denn Justine war das dankbarste Geschöpfchen, welches man sich nur denken mag. Nicht, daß sie vor Dankesbezeigungen übergeflossen wäre – niemals hörte ich eine solche über ihre Lippen kommen. Doch konnte man es ihr von den Augen absehen, daß sie ihre Wohltäterin nahezu anbetete. Obschon von Natur aus übermütig, ja in so mancher Hinsicht unbedachtsam, achtete sie doch mit der größten Aufmerksamkeit auf jede Bewegung meiner Tante. In ihrer Person erblickte sie ja den Gipfel der Vollkommenheit und war deshalb eifrig bestrebt, der Tante Ausdrucksweise sowie deren ganzes Gehaben bis ins kleinste nachzuahmen, so daß sie mich auch noch heute so manches Mal an die Verblichene gemahnt.

Nachdem meine über alles geliebte Tante ihr Leben ausgehaucht, war ein jeder von uns viel zu sehr vom eigenen Grame in Anspruch genommen, als daß er der armen Justine hätte achten können, welche die teure Verstorbene während ihrer Krankheit mit der ängstlichsten Fürsorge gepflegt. Dabei ging es jetzt der Ärmsten wirklich schlecht, doch harrten ihrer noch weit schlimmere Prüfungen.

Eins um das andre wurden ihre Geschwister vom Tode dahingerafft, so daß deren Mutter, mit Ausnahme ihrer verleugneten Tochter, kinderlos zurückblieb. Nun aber ward sie von den ärgsten Gewissensbissen geplagt, und mit der Zeit setzte sich der Gedanke in ihr fest, dies alles sei eine Züchtigung des Himmels, einzig ins Werk gesetzt um ihrer schnöden Parteilichkeit willen. Sie war ja eine römische Katholikin, und ich glaube, daß ihr Beichtvater alles dazu tat, sie in ihrer fixen Idee zu bestärken. Dementsprechend ward Justine schon wenige Monate nach Deiner Abreise von ihrer reuigen Mutter heimgerufen. Bedauernswertes Mädchen! Nur unter Tränen verließ sie unser Haus. Der Tante Tod hatte sie ja recht sehr verändert, und der Kummer hatte ihrem Gehaben, welches vordem so auffallend lebhaft gewesen, Sanftmut und eine gewinnende Milde verliehen. Das Haus ihrer Mutter aber war erst recht nicht dazu angetan, die alte Fröhlichkeit wieder in ihr heraufzurufen. Das arme Weib ward ja in seiner Bußfertigkeit nur allzu schwankend. Bisweilen flehte sie Justinen an, dieselbe möge ihr alle Unfreundlichkeit vergeben, doch bei weitem häufiger beschuldigte sie die Tochter, den Tod ihrer Geschwister recht eigentlich verursacht zu haben. Die unaufhörlichen Selbstvorwürfe bewirkten auf die Dauer, daß Madame Moritz schwindsüchtig ward, welches Leiden ihre Reizbarkeit zunächst noch steigerte. Jetzt freilich ruht die arme Seele in Frieden. Mit dem Einbruch der ersten Kälte ist sie gleich zu Anfang des letzten Winters verstorben. Justine lebt nun wieder unter unserm Dach, und Du magst mir glauben, daß ich sie aufs zärtlichste liebe. Sie ist ein überaus kluges und sanftes Geschöpf von außerordentlicher Schönheit. Wie ich schon gesagt habe, gemahnen mich ihre Züge und auch ihre Redeweise beständig an meine mir so teuer gewesene Tante.

Nun muß ich Dir, teuerster Cousin, auch noch einiges Wenige über unsren kleinen Liebling Wilhelm berichten. Könntest Du ihn nur sehen! Er ist für sein Alter schon recht groß, hat die süßesten, lachendsten Blauaugen, sowie ganz dunkle Wimpern und einen entzückenden Lockenkopf. Sobald er lächelt, erscheinen zwei allerliebste Grübchen auf seinen vor Gesundheit blühenden Wangen. Auch hat er schon ein oder zwei kleine *Bräute* gehabt, doch gehört sein kleines Herz recht eigentlich seiner Louisa Biron, die ein allerliebstes Mägdlein von ganzen fünf Lenzen ist!

Und nun, teuerster Viktor, möchte ich fast glauben, daß Du ein wenig von dem Stadtklatsche zu erfahren wünschest, welcher die Gemüter unserer guten Genfer bewegt. Die hübsche Miß Mansfield hat schon all die Gratulanten empfangen, welche ihre Glückwünsche zu der bevorstehenden Heirat mit einem jungen Engländer, Herrn John Melbourne, darbringen gewollt. Ihre häßliche Schwester Manon hat sich schon im vergangenen Herbste Monsieur Duvillard, den reichen Bankier, geangelt. Louis Manoir, Deinem liebsten Schulfreunde, ist seit Clervals Abreise so manches Mißgeschick widerfahren. Jetzt aber ist er wieder guter Dinge, ja man hört sogar, daß er drauf und dran ist, sich mit einer recht hübschen Französin, einer gewissen Madame Tavernier, zu vermählen. Sie ist Witwe und um beträchtliches älter denn Manoir, doch wird sie allgemein bewundert und steht bei jedermann in hoher Gunst.

Nun hab' ich mich nachgerade in eine bessere Stimmung hineingeschrieben, teuerster Cousin. Jetzt aber,

da ich schließen soll, meldet sich meine alte Besorgnis aufs neue. Laß doch von Dir hören, teuerster Viktor! Eine einzige Zeile von Deiner Hand, ja ein bloßes Wort – sie wären ein wahrer Segen für uns. Und bestell Henri für seine Freundlichkeit, seine Zuneigung und seine vielen Briefe unsern tausendfachen Dank: wir sind ihm zutiefst verpflichtet. Adieu, Du Guter! Und gib nur ja acht auf Dich! Und, ich flehe Dich an, laß von Dir hören!   ELISABETH LAVENZA
Genf, den 18. März 17– –«

»O allerteuerste Elisabeth!« rief ich aus, sobald ich diesen Brief gelesen hatte. »Nun will ich mich aber sogleich hinsetzen und jene guten Leutchen von der Besorgnis befreien, welche sie in der Tat empfinden müssen!« Und so schrieb ich denn auf der Stelle, wiewohl diese Anstrengung mich überaus ermüdete. Allein, meine Genesung hatte nun einmal eingesetzt und machte gleichmäßige Fortschritte. Schon vierzehn Tage später war ich imstande, meine Krankenstube zu verlassen.

Nach meiner Wiederherstellung erachtete ich es für eine meiner ersten Pflichten, Clerval bei den diversen Professoren der Universität einzuführen. Damit unterzog ich mich einem Brauche, welcher mich besonders hart ankam und wohl auch das Schlechteste war, was ich in Ansehung der kaum vernarbten Wunden, die meinem Geist geschlagen worden, unternehmen konnte. Seit jener fatalen Nacht, welche mit dem Schlußpunkte meiner Mühen auch den Anfang meines Unheils gesetzt, empfand ich ja sogar gegen den *Namen* der Naturwissenschaften die heftigste Abneigung. War ich auch schon nahezu vollkommen genesen, so würde doch der bloße Anblick einer chemischen Apparatur all die Todesangst meines Nervenleidens aufs neue heraufrufen! Henri, der dies sehr wohl wahrgenommen, hatte denn auch die sämtlichen Apparate fortgeräumt, ja mich sogar in einem anderen Raume einquartiert. Ein ahnungsvolles Empfinden sagte ihm, daß ich eine unwiderstehliche Abneigung gegen die Kammer gefaßt hatte, welche mir bislang zum Laboratorium gedient. Doch wurden Clervals sämtliche Vorkehrungen im Verlaufe unsrer Aufwartung bei den Professoren zunichte gemacht. Monsieur Waldmann versammelte glühende Kohlen auf meinem Haupt, als er mit aller Herzenswärme die erstaunlichen Fortschritte pries, welche ich in den Wissenschaften gemacht. Da er indes nur zu bald bemerkte, wie wenig dies Thema mir zusagte, jedoch den wahren Grund solchen Mißbehagens nicht durchschaute, schrieb er meine Gefühle der Bescheidenheit zu und wechselte von meinen Fortschritten über zur Wissenschaft als solcher, offensichtlich von dem Wunsche beseelt, mich besonders herauszustreichen. Was hätte ich tun sollen? Indem er mich zu erfreuen glaubte, quälte er mich über die Maßen! Mir war's, als führte er mir in aller Sorgfalt Stück für Stück jene Instrumente vor Augen, die in der Folge dazu dienen sollten, mich Schritt für Schritt in einen grausamen Tod zu führen. So krümmte ich mich innerlich unter seinen Worten, wagte aber nicht, mir die Qualen, welche ich empfand, anmerken zu lassen. Clerval, der ja allzeit sehr rasch im Erkennen von anderer Menschen Empfindungen gewesen, suchte das Gespräch in andere Bahnen zu lenken, indem er zur Entschuldigung einen vollständigen Mangel an Sachkenntnis vorschützte. Dies gelang ihm auch, und ich dankte meinem Freunde von Herzen dafür, ließ aber kein diesbezügliches Wort verlauten. Zwar war ihm seine Überraschung sehr wohl anzusehen, doch versuchte er niemals, mir mein Geheimnis zu entlocken. Und wiewohl ich ihm mit einem grenzenlosen Gefühle der Zuneigung und Verehrung anhing, brachte ich's nicht über mich, ihm jene Begebenheit zu offenbaren, welche mir beständig im Kopfe herumging, deren Einzelheiten aber, so fürchtete ich, jeden anderen Menschen noch tiefer als mich beeindrucken würden.

Monsieur Krempe verfügte über weit geringeres Einfühlungsvermögen. Seine säuerlich-plumpen Lobreden verursachten mir in meinem Zustande nahezu unerträglicher Überempfindlichkeit noch stärkere Pein als die wohlwollende Billigung Monsieur Waldmanns dies getan. »Verflucht noch eins, potztausend, das ist mir ein Bursche!« rief er aus. »Meiner Treu, Monsieur Clerval, ich schwör's Euch, er hat uns alle ausgestochen! Jawohl, Ihr mögt immer die Augen aufreißen, doch ist's darum nicht weniger wahr! Denkt Euch nur, ein Knabe fast, dessen Evangelium noch vor wenigen Jahren der Cornelius Agrippa gewesen, hat nun der ganzen Universität den Rang abgelaufen. Und wenn ihm nicht bald die Flügel gestutzt werden, so geraten wir noch allesamt aus der Fassung. – Ja, ja«, so fuhr er fort, da er meine gequälte Miene gewahrte, »Monsieur Frankenstein ist recht sehr bescheiden, und das steht einem jungen Manne wohl zu Gesicht. Überhaupt sollten ja junge Menschen sich selbst gegenüber mißtrauisch sein, nicht wahr, Monsieur Clerval? Ich war's zu meiner Zeit ja auch. Aber das legt sich schneller als man glaubt.«

Da Monsieur Krempe nun damit begonnen hatte, sich selbst nach Gebühr herauszustreichen, nahm das Gespräch zum Glück eine andere Wendung und berührte den mir so lästigen Gegenstand nicht mehr.

Clerval hatte meiner Vorliebe für die Naturwissenschaften niemals Geschmack abgewinnen können. Seine mehr literarischen Ambitionen unterschieden sich ja in allem und jedem von denjenigen, welche mich in ihren Bann gezogen. Er war hierhergekommen mit dem Plane, ein Meister der Orientalistik zu werden, auf daß jenes Feld sich ihm eröffnete, darauf er sein ganzes Leben eingestellt hatte. Fest entschlossen, jedem unrühmlichen Berufe aus dem Wege zu gehen, hatte er seinen Blick nach dem Osten als dem für seinen Unternehmungsgeist gemäßen Betätigungsfelde gerichtet. Sein Interesse galt der persischen und der arabischen Sprache sowie dem Sanskrit, und es fiel ihm nicht schwer, mich zu der nämlichen Studienrichtung zu überreden. Müßiggang war mir schon immer verdrießlich gewesen, und so verspürte ich gerade zum gegenwärtigen Zeitpunkte, da ich allen Grübeleien zu entfliehen wünschte und mein bisheriges Studium von Herzen verabscheute, große Erleichterung in dem Gedanken, der Studienkollege meines Freundes zu werden, ja fand nicht nur Belehrung, sondern auch Trost in den Werken der morgenländischen Dichter. Nur versuchte ich nicht, gleich meinem Freunde vergleichende Sprachstudien zu treiben, da ich ja nicht beabsichtigte, über die zeitweilige Zerstreuung hinaus von meinem neuen Wissen ernsthaft Gebrauch zu machen. So las ich jene Werke lediglich, um deren Sinn zu verstehen, und sie vergalten mir meine Mühe im reichsten Maße. Ihre Schwermut vermag ja das Gemüt alsbald zu sänftigen, wogegen ihre überschäumende Lebenslust uns in einem Ausmaße aufheitert, wie ich es beim Studium der Autoren keines anderen Landes an mir erfahren habe. Sobald Ihr in solchen Schriften lest, erscheint Euch das Leben als ein einziger Rosengarten unter einer wärmeren Sonne – als ein Dasein sowohl unter dem Lächeln als auch unter den drohenden Blicken ritterlicher Gegner, kurz, in ein Feuer getaucht, welches noch Euer eigen Herze verzehrt. Welch ein Unterschied zu der harten und heroischen Poesie der alten Griechen und Römer!

Über solcher Beschäftigung ging der Sommer hin, und so ward meine Rückkehr nach Genf auf den Spätherbst festgesetzt. Da aber meine Abreise durch etwelche Zwischenfälle hinausgeschoben wurde, stellte der Winter sich mit seinen Schneefällen ein, so daß die Straßen unpassierbar waren, und meine Reise sich bis ins Frühjahr hinein verzögerte. Ich empfand solchen Aufschub recht bitter, denn ich sehnte mich ja nach dem Wiedersehen mit meiner Geburtsstadt und all den geliebten Freunden. Die Hinauszögerung meiner Rückkehr war ja einzig dem Widerstreben entsprungen, Clerval allein in der Fremde zurückzulassen, noch ehe er mit irgendeinem von deren Bewohnern vertraut geworden. Dennoch ward auch der Winter bei guter Laune verbracht, und wiewohl der Frühling in jenem Jahre ungewöhnlich spät in Erscheinung trat, entschädigte er uns mit seiner verspäteten Schönheit reichlich für seine Saumseligkeit.

Schon hielt allenthalben der Mai seinen Einzug, und ich lebte vom einen Tag auf den andern in Erwartung jenes Briefes, welcher den Tag meiner Abreise endgültig festsetzen sollte, als Henri mir eine gemeinsame Fußwanderung durch die Landschaft um Ingolstadt vorschlug, auf daß ich jenem Lande, darin ich nun so lange gelebt, in eigener Person meinen Abschiedsgruß entböte. Mit Freuden stimmte ich solchem Vorschlage zu. Ich war ja von je ein Freund der körperlichen Ertüchtigung gewesen und hatte schon immer Clerval zum bevorzugten Gefährten für jene Streifzüge in die Natur gewählt, die ich in den Gefilden meines Heimatlandes unternommen. Vierzehn Tage lang verbrachten wir über unserer Wanderung. Meine Gesundheit war ja nicht minder denn meine Gemütsverfassung seit langem wiederhergestellt, doch ward beides jetzt noch zusätzlich gekräftigt durch die bekömmliche Luft, welche ich atmete, durch all die Naturerlebnisse unserer Fußreise, sowie durch die Gespräche meines Freundes. Bislang hatte mein Studium mich von jeglichem Verkehre mit meinen Mitmenschen ausgeschlossen und mir ein eigenbrödlerisches Dasein aufgezwungen, doch rief Clerval nun mein beßres Ich in mir herauf. Zum andern Male lehrte er mich die Liebe zu allen Dingen der Natur sowie zu den fröhlichen Kindergesichtern. Vortrefflicher Freund! Mit welch treuer Liebe warst du mir doch zugetan! Wie versuchtest du nicht beständig, mir das Gemüt zu erheben, bis es nicht minder hochge-

stimmt war als das deine. Mich hatte ja ein selbstsüchtiges Verlangen verkrampft und eingeengt, bis deine Freundlichkeit und Zuneigung mir die Sinne erwärmte und dem Schönen öffnete. Aufs neue ward ich zu jenem glücklichen Geschöpf, welches noch vor wenigen Jahren von jedermann geliebt und gehegt worden, und das so sorglos in den Tag hineingelebt – damals, als die heitere, unbeseelte Natur noch Macht genug hatte, mich zu den größten Entzückungen hinzureißen. So erfüllten mich auch diesmal die strahlende Bläue des Himmels und das Grün der Felder mit einem wahren Taumel der Begeisterung. Die Jahreszeit war in der Tat eine himmlische: allerorten erblühte die lenzliche Heckenrose, während die Blumenpracht des Sommers noch in der Knospe schlummerte. Keiner der Gedanken, welche mich während des vorangegangenen Jahres bedrückt hatten, verstörte mich noch, keiner davon hinderte mich länger daran, ihre unüberwindliche Last von mir zu streifen.
Henri erfreute sich meiner Glückseligkeit und brachte meinen Gefühlen die innigsten Sympathien entgegen. Er gab sich redlich Mühe, mich aufzuheitern, indem er den Empfindungen, welche seine Seele erfüllten, beredten Ausdruck verlieh. Der Reichtum seines Gemütes in jenen Tagen war ein wahrhaft erstaunlicher, und alle Gespräche waren beflügelt von Phantasie. So manches Mal erfand der Gute in Nachahmung der persischen und arabischen Erzähler Geschichten voll der wunderbarsten Imaginationen und der glühendsten Leidenschaft. Dann wieder rezitierte er meine Lieblingsgedichte, oder verwickelte mich in Streitgespräche, welche er durch seinen Erfahrungsreichtum aufs schönste zu beleben wußte.
Es war an einem Sonntagnachmittag, als wir in unser Domizil zurückkehrten. Allerorten drehten die Bauern sich im Tanz, und jedermann, dem wir begegneten, war fröhlich und guter Dinge. Auch ich selbst

schritt wohlgemut dahin, erfüllt von unbeschwerter Heiterkeit und Freude.

Siebentes Kapitel

In mein Zimmer zurückgekehrt, fand ich das folgende Handschreiben meines Vaters vor:

»Mein lieber Viktor! – Du wirst wohl schon recht ungeduldig auf eine Nachricht warten, welche den genauen Zeitpunkt Deiner Rückkehr fixiert, und ich war ja zunächst versucht, Dir nur wenige Zeilen zu senden, darin ich lediglich den Tag Deines Eintreffens erwähnen wollte. Doch wär' dies wohl ein grausamer Liebesdienst, und so wag' ich's nicht, ihn Dir zu erweisen. Wie groß nämlich wäre Deine Bestürzung, mein Kind, erblicktest Du statt des von Dir erwarteten frohen und glücklichen Willkomms bloß Tränen und Niedergeschlagenheit? Doch wie, mein Viktor, setz ich's ins Werk, Dich von dem Schicksalsschlag, welcher uns alle getroffen, in Kenntnis zu setzen? Deine Abwesenheit kann Dich ja unseren Freuden und Schmerzen gegenüber nicht fühllos gemacht haben. Wie aber soll ich meinem so lange in der Fremde gewesenen Sohn jetzt Schmerz bereiten? Wohl liegt mir daran, Dich auf die leidvolle Neuigkeit vorzubereiten, doch weiß ich, dies ist unmöglich, sogar noch jetzt, da Dein Auge diese Seite überfliegt, auf der Suche nach jenen Worten, welche Dir so schreckliche Zeitung übermitteln sollen.

Wilhelm ist nicht mehr! – Dies süße Kind, dessen herzwärmendes Lächeln mich mit Entzücken erfüllt hat – dies Wesen, welches so sanft und doch so fröhlich war! Ja, mein Viktor, man hat ihn uns meuchlings umgebracht!

Ich will nicht erst versuchen, Dich zu trösten, sondern ganz einfach den Hergang der Ereignisse berichten.

Letzten Donnerstag (den 7. Mai) machten wir, nämlich ich, meine Nichte und Deine beiden Brüder, einen Spaziergang nach Plainpalais. Der Abend war mild und schön, und so dehnten wir unsern Streifzug länger aus als üblich. Es dunkelte schon, als wir an die Rückkehr dachten. Da aber mußten wir feststellen, daß Wilhelm und Ernest, welche uns vorausgelaufen, nirgendwo zu entdecken waren. So setzten wir uns denn auf eine Bank, um das Auftauchen der beiden Ausreißer abzuwarten. Bald danach stellte sich denn auch Ernest ein und fragte, ob wir seinen Bruder nicht gesehen hätten? Er habe, so berichtete der Ältere, mit Wilhelm Verstecken gespielt, doch sei der Kleine fortgelaufen und danach nimmer zu finden gewesen. Er, Ernest, habe zwar lange Zeit auf ihn gewartet, doch sei Wilhelm nicht zurückgekommen.

Solche Nachricht versetzte uns in beträchtliche Unruhe, und so suchten wir weiter, bis die Nacht hereingebrochen war, und Elisabeth vermutete, daß Wilhelm möglicherweise allein zum Hause zurückgekehrt sein könnte. Aber auch dort war nichts von ihm zu entdecken. So versahen wir uns mit Fackeln und gingen den Weg zum andernmal zurück, denn ich konnte keine Ruhe finden bei dem Gedanken, daß mein süßer Kleiner sich im Walde verirrt haben und nun der Feuchtigkeit und dem Tau der Nacht preisgegeben sein sollte. Auch Elisabeth schwebte in tausend Ängsten. Allein, erst gegen fünf Uhr morgens entdeckte ich meinen herzigen Buben, den ich am Abend vorher in aller Gesundheit so lebensvoll hatte erblühen sehen, reglos und totenbleich im Grase darniedergestreckt: die Würgespuren von des Mörders Händen, sie waren in des Kindes Hals gegraben!

Der Leichnam ward nach Hause geschafft, und der Schmerz, welcher mir im Gesicht geschrieben stand, verriet Elisabeth sogleich, was vorgefallen war. Mit allem Nachdruck bestand sie darauf, den Toten zu sehen. Zunächst versuchte ich, sie davon abzuhalten, sie aber ließ nicht von ihrem Drängen und trat in die Kammer, darin der Kleine lag. Hastig suchte sie nach etwas an seinem Halse, schlug dann die Hände zusammen und rief: »Allmächtiger! *Ich* bin die Mörderin meines kleinen Lieblings!«

Sie fiel in eine Ohnmacht und ward nur unter den größten Schwierigkeiten ins Leben zurückgerufen. Und einmal bei Bewußtsein, war's nur, um weiterhin zu weinen und zu seufzen. Sie gestand mir, daß kurz vor jenem Spaziergange Wilhelm sie bestürmt habe, sie möge ihm doch ihr so wertvolles Medaillon mit dem Miniaturbildnis Deiner Mutter zu tragen erlauben. Dies Bildnis ist nun verschwunden und war unzweifelhaft das Motiv, welches der Mörder zu seiner Untat bewogen hat. Gegenwärtig haben wir noch keinerlei Spur von ihm, doch erlahmen wir nicht in unseren Anstrengungen, ihn auszuforschen. Freilich, meinen geliebten Wilhelm können sie nimmermehr lebendig machen!

Komm nach Hause, teuerster Viktor! Du allein vermagst es, Elisabeth aufzurichten. Ihr Tränenstrom ist ja nicht zu stillen, und beständig klagt sie sich an, die eigentliche Ursache von des Kindes Tode gewesen zu sein. Ihre ungerechten Selbstvorwürfe durchbohren mir das Herz! Wir alle sind untröstlich! Mein Sohn, wird dieser Umstand Dich nicht in Deinem Vorhaben bestärken, heimzukehren und uns allen ein rechter Trost zu sein? Wenn ich an Deine liebe Mutter denke! Ach, Viktor! Nun muß ich dem Lieben Gott noch auf den Knien dafür danken, daß Er sie den grausamen, jammervollen Tod ihres jüngsten Lieblings nicht mehr erleben hat lassen!

So komm denn, Viktor! Doch nicht mit finster brütenden Rachegedanken gegen den Meuchelmörder, sondern beseelt von friedvollen und sanften Gefühlen, welche unsren verwundeten Gemütern ein heilender

Balsam, nicht aber ein schwärendes Gift sein sollen! Betritt, oh, Freund, dies Haus der Trauer, doch mit Freundlichkeit und Zuneigung für diejenigen, welche Dich lieben, nicht aber mit Haß gegen Deine Feinde!
Dein Dich liebender und schwergeprüfter Vater
ALPHONSE FRANKENSTEIN
Genf, dem 12. Mai 17- -

Clerval, der während der Lektüre dieses Schreibens meine Züge nicht aus den Augen gelassen, war bestürzt ob der Verzweiflung, die den Freudenrufen folgte, welche ich beim Erhalt der Nachricht meiner Freunde ausgestoßen. Ich schleuderte den Brief auf den Tisch und bedeckte das Gesicht mit den Händen.

»Mein liebster Frankenstein«, rief Henri, als er meines bitterlichen Weinens ansichtig ward, »kannst du denn stets nur unglücklich sein! Teurer Freund, was ist geschehn?«

Ich bedeutete ihm, sich anhand des Briefes selbst zu überzeugen, während ich, im Innersten aufgewühlt, das Zimmer wieder und wieder durchmaß. Sobald aber Clerval die Nachricht von meinem Unglück gelesen hatte, entstürzte auch seinen Augen ein wahrer Tränenstrom.

»Ich weiß dir keinen Trost, mein Freund«, so sprach er. »Dies Unglück ist nicht wiedergutzumachen! Doch was gedenkst du nun zu tun?«

»Ich will auf der Stelle nach Genf aufbrechen! Komm, Henri, so komm denn mit mir, die Pferde zu beordern!«

Während wir ausschritten, versuchte Clerval, mir etwelchen Trost zuzusprechen, doch vermochte er bloß, seine tiefgefühlte Anteilnahme zu bekunden. »Der arme Wilhelm!« so sprach er, »dies liebe, entzückende Kind! Nun ist er gleich seiner Mutter ein Engel geworden! Wer von denjenigen, die ihn so strahlend und heiter in seiner ersten Blüte gekannt, müßte nicht in Tränen ausbrechen ob solch allzu frühen Verlustes!

Welch jammervolles Ende – unterm Würgegriff eines Meuchelmörders! Und welch bestialischer Mordbube muß das sein, der's über sich gebracht, so strahlende Unschuld zu erwürgen! Der arme Kleine! Doch bleibt ein schwacher Trost: wir, die wir ihn so sehr geliebt, betrauern ihn und klagen – er aber ruht in Frieden. Die kurze Todesqual, sie ist vorüber, und alle Leiden haben nun ihr Ende. Nun deckt der Rasen ja dies zarte Wesen, und was darunter liegt, kennt keine Schmerzen mehr! So braucht der Tote unser Mitleid nimmer – wir müssen's uns für die bejammernswerten Hinterbliebnen sparen!«

Auf diese Weise redete Clerval, dieweil wir durch die Gassen weitereilten. Seine Worte prägten sich mir ein, und später, da ich allein war, entsann ich mich ihrer. Jetzt aber, sobald erst die Pferde zur Stelle waren, warf ich mich in den leichten Reisewagen und entbot dem Freunde meinen Abschiedsgruß.

Es war eine traurige Heimfahrt. Zunächst konnte es mir nicht schnell genug gehen, denn mich verlangte es nur zu sehr danach, meinen geliebten, sich grämenden Freunden Trost zuzusprechen und meine Anteilnahme zu bekunden. Indes, sobald ich meiner Heimatstadt mich näherte, verlangsamte ich meine Fahrt. Kaum vermochte ich ja, der zahllosen Empfindungen Herr zu werden, welche über mich hereinstürzten. Durchfuhr ich denn nicht Gefilde, mir von Jugend an vertraut, doch nun seit bald sechs Jahren nicht mehr gesehen? Wie sehr mochte sich alles inzwischen verändert haben! Ich wußte ja nur von dem einen, verhängnisvollen Wandel! Mochte sich mit der Zeit nicht auch ein ganzes Tausend an sich unbedeutender Dinge gewandelt und damit zu Veränderungen beigetragen haben, die, wenngleich in aller Stille vor sich gegangen, nicht minder entscheidend sein mochten? Furcht überkam mich bei diesem Gedanken. Ich wagte plötzlich nicht mehr, weiterzureisen, so sehr erfüllte mich die Angst vor tausend namenlosen Übeln und machte mich erzittern, obschon ich gar nicht wußte, worin dieselben denn bestehen mochten.

In solch peinvoller Gemütsverfassung verweilte ich mich zwei Tage lang in Lausanne, überließ ich mich im Angesichte des Sees meinen Betrachtungen. Still breiteten sich seine Wasser, kein Lufthauch regte sich, und das schneebedeckte Gebirge, jener »hehre Thron der Natur«, ragte in der Ferne auf wie eh und je. Nach und nach kehrte beim Anblick dieser friedvollen, himmlischen Szenerie wieder die Seelenruhe in mich ein, und ich setzte meine Reise in Richtung Genf fort.

Die Straße führte am Gestade des Sees entlang, dessen Ufer um so enger aneinanderrückten, je mehr ich mich meiner Heimatstadt näherte. Immer deutlicher konnte ich jetzt die schwärzlichen Hänge des Jura und den strahlenden Gipfel des Montblanc erkennen. Wie ein Kind weinte ich vor mich hin. »Geliebte Bergwelt!« schluchzte ich. »O du mein herrlicher See! Heißt ihr nun den verlorenen Sohn willkommen? Die Gipfel erstrahlen in Klarheit, und die Bläue von Himmel und Wassern spannt sich ungetrübt vor meinen Blicken. Geschieht dies, mir den Frieden zu verheißen, oder spottet ihr damit nur meines Jammers?«

Ich fürchte, mein Freund, daß ich, indem ich mich über derlei Präliminarien verweile, ein wenig der Weitschweifigkeit huldige. Doch waren jene Tage, gemessen an dem, was ihnen folgen sollte, noch glückliche zu nennen, und ich gedenke ihrer mit Freude. Heimat, oh, teure Heimat! Wer sonst, wenn nicht eines deiner Kinder, könnte das Entzücken schildern, welches ich zum andern Male empfand, da ich deine Flüsse, deine Berge und, mehr denn alles andre, deinen lieblichen See erblickte!

Und dennoch, als ich meiner Heimstatt näher kam, überfielen mich aufs neue der Gram und die Furcht. Auch die Nacht senkte sich nun hernieder, und da ich nicht einmal mehr die Berge recht gewahren konnte, ward mir das Gemüt vollends verdüstert. Rings um mich schien sich eine unermeßliche, dunkle Szenerie des Bösen auszubreiten, und ich ahnte trüben Sinnes, daß es mir bestimmt sei, der unglücklichste aller Menschen zu werden. Ach! Solche Prophetie war nur zu wahr und ging bloß in dem einen Punkte fehl, daß all das Elend, welches ich vorausschauend befürchtete, nicht den hundertsten Teil jener Schmerzen umfaßte, die zu erdulden mir noch beschieden war.

Es war tiefe Nacht, als ich vor den Mauern meiner Heimatstadt eintraf. Die Tore waren schon versperrt, und so sah ich mich gezwungen, in Secheron zu übernachten, einem Dörfchen, das eine halbe Meile Weges vor der Stadt liegt. Der Himmel war wolkenlos. Da ich keinen Schlaf zu finden vermochte, beschloß ich, jenem Platze einen Besuch abzustatten, wo mein armer Wilhelm sein Leben hatte lassen müssen. Der Durchzug durch Genf war mir freilich verwehrt, und so mußte ich ein Boot benützen, um quer über den See nach Plainpalais zu gelangen. Während dieser kurzen Überfahrt sah ich, wie die Blitze eines fernen Gewitters den Gipfel des Montblanc umzuckten. Dies Naturschauspiel war von großer Schönheit, und da jenes Unwetter sich rasch zu nähern schien, erklomm ich, nachdem ich das andere Ufer erreicht hatte, einen Hügel, um das Herankommen des Gewittersturmes zu beobachten. Und er kam heran: der Himmel überzog sich mit Wolken, und schon fühlte ich die ersten schweren Tropfen eines Regens, welcher alsbald an Heftigkeit zunahm.

Ich erhob mich und schritt weiter voran, wiewohl die Düsternis und das Unwetter von Minute zu Minute drohender wurden, und der Donner mit fürchterlichem Krachen mir zu Häupten dahinrollte. Und dies Rollen, es ward beantwortet vom Salêve, von den fernen Hängen des Jura, ja sogar von den Savoyardischen Alpen! Dazu blendeten die in rascher Folge aufzuckenden Blitze meinen Blick und ließen in ihrem Aufleuchten den See gleich einem grenzenlosen Feuermeer erstrahlen. Jede dieser grellen Entladungen war aber gefolgt von einer rabenschwarzen Finsternis, und nur langsam vermochte das Auge sich wieder der Dunkelheit anzupassen. Das Gewitter, wie dies in der Schweiz ja häufig der Fall zu sein pflegt, entlud sich nämlich gleichzeitig in verschiedenen Richtungen des Himmels. Am fürchterlichsten tobte es im Norden von Genf, genau über jenem Teile des Sees, der zwischen dem felsigen Vorsprung von Belrive und dem Dörfchen Copêt sich breitet. Ein zweites Gewitter ließ mit seinen Blitzen immer wieder die Hänge des Jura wetterleuchtend aus der Finsternis steigen, und ein drittes schließlich tauchte die Bergspitze des Môle am Ostufer des Sees abwechselnd in tiefste Finsternis und grellstes Licht.

Während ich dem Verlauf dieses so düster-erhabnen Naturschauspieles folgte, schritt ich eilenden Fußes voran. Der gewaltige Aufruhr in den Lüften, er wirkte ja erhebend aufs Gemüt, und so schlug ich die Hände zusammen und rief mit hallender Stimme: »Wilhelm! Du mein Engel! Dies ist deine Totenfeier, dies ist dein Grabgesang!« Kaum aber waren solche Worte mir über die Lippen gekommen, da gewahrte ich in all der Düsternis eine Gestalt, welche sich hinter einer nahen Baumgruppe davonzustehlen suchte. Ich stand wie erstarrt und strengte den Blick aufs äußerste an: nein, es war kein Irrtum möglich! Denn eben jetzt rückte ein neuerlich aufzuckender Blitzstrahl den Gegenstand meiner Aufmerksamkeit in taghelles Licht, enthüllte mir aufs deutlichste dessen Formen, und ich erkannte auf den ersten Blick – erkannte es an der riesenhaften Statur sowie an der Mißgestalt des gesamten Äußern, die ja allzu gräßlich war, als daß sie einem vom Weibe geborenen Menschen hätte zugehören können –, daß ich jenes Ungetüm, jenen unreinen Dämon vor mir hatte, welchem ich selbst zum Leben verholfen! Was nur mochte er hier zu suchen haben? War's möglich, daß *er* es gewesen (die bloße Vorstellung machte mich schaudern), welcher meinen Bruder meuchlings umgebracht hatte? Kaum gedacht, ward mir dieser Gedanke auch schon zu solcher Gewißheit, daß mir die Zähne aufeinanderschlugen und ich mich haltsuchend gegen einen Stamm lehnen mußte. Doch nur zu rasch war die Gestalt an mir vorübergeglitten und kam mir in der Finsternis aus denn Augen. Nein! Kein Wesen menschlicher Herkunft konnte dies holde Kind erdrosselt haben! *Er* war der Mörder – er und kein andrer! Ich konnt' es nicht länger bezweifeln. Schon daß ich überhaupt auf die Idee verfallen, war mir ein unwiderleglicher Wahrheitsbeweis! Ich war drauf und dran, hinter diesem Teufel in Menschengestalt einherzustürzen – doch wär' es vergeblich gewesen: schon der nächste Blitzstrahl zeigte ihn mir hoch oben in der nahezu senkrecht abfallenden Wand des Mont Salêve, jenes Berges, welcher Plainpalais gegen Süden zu abschließt. Bald hatte der Kletterer den Gipfel erreicht und entschwand damit endgültig meinen Blicken.

Ich wagte keine Bewegung. Die Donner verrollten in der Ferne, aber der Regen rauschte weiterhin hernieder und hüllte alles und jedes in undurchdringliche Finsternis. Ich überschlug im Geiste die Begebenheiten, welche ich bislang aus meinem Gedächtnisse zu verbannen gesucht: das langsame Voranschreiten meines Schöpfungswerkes; die Erscheinung des zum Leben erwachten Produktes meiner eigenen Hände an meinem nächtlichen Lager; und auch des Monstrums spurloses Verschwinden. Nun war's schon nahezu zwei Jahre her seit jener Nacht, da dies Ungetüm sein Leben von mir empfangen! War aber dies hier seine erste Übeltat gewesen? Ach! Ich hatte da ein durch und durch verderbtes Wesen in die Welt gesetzt, dessen einziges Behagen im Gemetzel und in der Heraufrufung der ärgsten Betrübnis bestand! Hatte es nicht auch meinen Bruder gemeuchelt?

Wer vermöchte die Seelenqualen zu ermessen, welchen ich die ganze weitere Nacht hindurch ausgeliefert war, jene Nacht, die ich, vor Kälte starr und auf die Haut durchnäßt, im Freien zubrachte! Allein, ich fühlte nicht die Unbill von Regen und Wind angesichts der vor meinem inneren Auge abrollenden Bilder des Grauens und der Verzweiflung. Und nachgerade erschien mir dies Wesen, welches ich auf die Menschheit losgelassen, indem ich es mit dem Willen und der Kraft ausgestattet, seinen entsetzlichen Geschäften nachzugehen, von denen diese letzte Untat nur ein Teil war – nachgerade erschien es mir als mein eigener Vampir, als mein aus dem Grabe auferstandener Leichnam, der da getrieben ward von einer unwiderstehlichen Macht, all das zu zerstören, was mir einstmals so teuer gewesen.

Dann graute der Morgen. Ich aber richtete meine Schritte nach der Stadt. Ihre Tore standen offen, und so eilte ich dem Vaterhause entgegen. Noch lag's ja in meiner Absicht, all das preiszugeben, was ich über den Mörder wußte, auf daß seine Verfolgung unverzüglich aufgenommen würde. Doch ich stockte, sobald ich mir durch den Kopf gehen ließ, *was* ich denn eigentlich zu erzählen hätte: nämlich, daß ein Wesen, welches ich selbst geschaffen und mit Leben begabt, mir um Mitternacht an den Felsabstürzen eines unersteigbaren Berges begegnet sei! Auch gedachte ich des Nervenfiebers, das mich um die Zeit jener Erschaffung überkommen hatte, und meine ohnedies schon unglaubwürdige Erzählung als eine bloße Fieberphantasie erscheinen lassen würde. Ich war mir vollkommen im klaren darüber, daß, falls eine andere Person mir solch eine Geschichte aufgetischt hätte, mir dieselbe als die Ausgeburt eines kranken Hirns erschienen wäre. Und überdies mußte die außergewöhnliche Natur jenes Untiers alle Verfolgung zuschanden machen, selbst wenn meine Verwandten mir so weit Glauben schenken mochten, daß ich sie zu einer solchen überreden konnte. Welchen Zweck aber hatte solch eine Verfolgung überhaupt? Wer konnte denn eine Kreatur festnehmen, welche fähig war, die überhängenden Wände des Mont Salêve zu erklimmen? Solche und ähnliche Überlegungen beherrschten mein Denken, und so entschloß ich mich, die Sache lieber gleich für mich zu behalten.

Es war schon gegen fünf Uhr morgens, als ich mein Vaterhaus betrat. Ich bedeutete den Dienstboten, die Nachtruhe meiner Anverwandten nicht zu stören, und begab mich in die Bibliothek, um dort die übliche Stunde der Tagwache abzuwarten. Sechs Jahre waren nun dahingegangen, waren vorübergezogen gleich einem Traum, der aber doch eine untilgbare Spur hinterlassen hatte, und ich stand nun wieder auf der nämlichen Stelle, wo ich vor meiner Abreise nach Ingolstadt meinen Vater zum letzten Male umarmt hatte. Geliebter, verehrungswürdiger Greis! Noch immer durft' ich ihn mein eigen nennen! Dann aber ließ ich meinen Blick auf dem Bildnis der Mutter verweilen, welches auf dem Kaminsimse stand. Im historischen Geschmacke gehalten und nach meines Vaters Angaben gemalt, zeigte es Caroline Beaufort, wie sie in äußerster Seelenpein am Sarge ihres toten Vaters die Hände rang. Ihre Gewandung war von ländlicher Einfachheit, ihre Wange bleich. Doch lag ein Hauch von Würde und von Schönheit über dem Ganzen, welcher allem Mitleide sogleich Einhalt gebot. Vor dem Bildnis der Mutter aber stand eine Miniatur des kleinen Wilhelm. Tränen entstürzten meinen Augen, da ich die kindlichen Züge erblickte. Über solcher Gefühlsaufwallung betrat Ernest den Raum: er hatte die Geräusche meiner Ankunft vernommen und beeilte sich nun, mich willkommen zu heißen, doch war's ein Empfang, darin die Freude sich mit Trauer mischte. »Sei uns willkommen, mein liebster Viktor«, so sprach er. »Ach! Wärest du doch drei Monate früher gekommen, so hättest du uns allesamt fröhlich und guter Dinge vorgefunden! Nun aber kommst du, um eine Betrübnis mit uns zu teilen, welche durch nichts mehr gemildert werden kann! So darf ich nur hoffen, daß deine Gegenwart unsern Vater mit neuem Lebensmut erfüllen mag! Der Ärmste droht ja unter seinem Unglück zusammenzubrechen. Auch mag es deinem Zuspruch gelingen, die arme Elisabeth zu bestimmen, endlich von ihren müßigen und quälenden Selbstvorwürfen abzulassen. – Armer Wilhelm! Er war unser aller Liebling und unser ganzer Stolz!«

Nun konnte auch mein Bruder nicht länger seinen Tränen gebieten. Ich aber ward von einem nur allzu begreiflichen Seelenschmerze befallen. Bislang hatte mir ja bloß die Trostlosigkeit meines vom Tode heimgesuchten Vaterhauses vorgeschwebt, nun aber brach die ganze, grausame Wirklichkeit als ein neues, nicht minder schreckliches Ungemach über mich herein. Dennoch versuchte ich, Ernest zu beruhigen, und erkundigte mich eingehend nach dem Befinden meines Vaters sowie nach dem Zustande derjenigen, welche ich Cousine nannte.

»Sie vor allen anderen ist's«, sagte Ernest, »welche des Trostes bedarf. Sie hat sich ja ohn' Unterlaß angeklagt, den Tod meines Bruders verursacht zu haben, und das hat sie fürchterlich angegriffen. Allein, seit der Mörder entdeckt worden –«

»Der Mörder entdeckt? Allmächtiger! Wie könnte das sein? Wer vermöchte es mit ihm aufzunehmen? Dies ist unmöglich! Ebensogut könnte einer versuchen, die Winde zu überflügeln, oder aber einen Wildbach mit einem Strohhalme zu gängeln! Ich hab' doch den Unhold heute nacht mit eigenen Augen gesehen – er war frei!«

»Ich weiß nicht, wovon du sprichst«, versetzte mein Bruder in höchster Verwunderung, »doch weiß ich, daß die Entdeckung, welche wir gemacht, unser Elend zu einem vollkommenen gesteigert hat. Zunächst mochte es ja keiner von uns glauben, und Elisabeth läßt sich auch jetzt noch nicht überzeugen, wie sehr auch alle Beweise dafür sprechen. Und in der Tat: wer möchte im Ernst daran glauben, daß ausgerechnet Justine Moritz, dies liebenswerte Mädchen, das unserer Familie so sehr angehangen, über Nacht solch einer grauenvollen, abscheulichen Untat fähig geworden sein sollte?«

»Justine Moritz, sagst du? Armes, armes Mädchen – sie also ist's, die man beschuldigt? Dies kann doch wohl nur ein unglückseliger Irrtum sein, das weiß doch ein jeder, nicht wahr? Das kann doch niemand ernstlich glauben?«

»Zunächst tat es auch keiner, doch sind da etweche Gesichtspunkte aufgetaucht, die dermaßen zwingend sind, daß sie uns nahezu überzeugt haben. Und auch des Mädchens gesamtes Verhalten war ein so konfuses, hat den Verdachtsmomenten solches Gewicht verliehen, daß, wie ich fürchte, jeder weitere Zweifel nahezu ausgeschlossen ist. Doch wird man sie heute verhören, und du magst dich mit eigenen Ohren überzeugen.«

Er berichtete mir weiter, daß an jenem Morgen, da man den armen Wilhelm ermordet aufgefunden, Justine plötzlich erkrankte, worauf sie mehrere Tage lang ans Bett gefesselt blieb. Während dieser Zeitspanne entdeckte einer der Dienstboten, der zufällig das Gewand, welches die Kranke in der Mordnacht getragen, in die Hände bekommen hatte, in einer der Taschen jenes Bildnis meiner Mutter, welches man für das Motiv des Mörders angesehen. Der betreffende Dienstbote zeigte seinen Fund unverzüglich einem zweiten, welcher, ohne der Familie ein Wort zu sagen, zum Richter lief. Justine jedoch ward auf Grund der gemachten Aussagen in Haft genommen. Da man ihr aber den Tatbestand vor Augen hielt, erhärtete das arme Mädchen den zunächst noch unbestimmten Verdacht durch ihr außerordentlich verwirrtes Benehmen.

Dies alles war zwar äußerst befremdlich, vermochte aber nicht, mein Zutrauen zu erschüttern, und so erwiderte ich mit allem Nachdruck: »Ihr alle seid im

Irrtum. Ich kenne ja den Mörder! Justine, die arme, gute Justine, ist frei von aller Schuld.«

In diesem Momente trat mein Vater ins Zimmer. Und obschon, wie ich auf den ersten Blick gewahrte, seine Züge vom Gram gezeichnet waren, versuchte er dennoch, mich mit Munterkeit zu begrüßen. Sicherlich wären wir, nachdem wir unsre trauervollen Grüße ausgetauscht, auf irgendeinen anderen, nicht mit unserm Unglück zusammenhängenden Gegenstand gekommen, hätte Ernest nicht ausgerufen: »Du lieber Himmel, Papa! Viktor sagt mir eben, er weiß, wer unsern armen Wilhelm ermordet hat!«

»Das wissen wir alle, leider Gottes«, versetzte mein Vater. »Und wahrhaftig, mir wär' es lieber gewesen zu sterben, ohne es erfahren zu haben, anstatt so viel Verderbtheit und Undank bei jemandem entdecken zu müssen, welchen ich so sehr hochgeschätzt.«

»Teurer Vater, Ihr seid im Irrtume! Justine ist unschuldig.«

»Ist sie's, so sei Gott vor, daß sie für fremde Schuld zu büßen habe! Ihr Verhör ist auf den heutigen Tag festgesetzt, und ich hoffe, wirklich, ich hoffe von Herzen, daß man sie freisprechen möge!«

Solche Rede gab mir meine Seelenruhe wieder. Ich war ja zutiefst davon überzeugt, daß nicht nur Justine, sondern jedes menschliche Wesen an diesem Morde schuldlos war. Deswegen empfand ich keinerlei Sorge, daß irgendwelche Indizien stark genug sein könnten, um der Ärmsten Verurteilung zu bewirken. Meine Geschichte war freilich nicht dazu angetan, in aller Öffentlichkeit erzählt zu werden. Vielmehr war sie in ihrer Entsetzlichkeit so wenig glaubwürdig, daß sie vom gemeinen Volke als der pure Aberwitz angesehen werden mußte. Konnte denn irgend jemand außer mir selbst, der ich dies Wesen geschaffen, an die Existenz eines lebenden Monumentes meiner Anmaßung und voreiligen Ignoranz glauben, ehe er sich nicht mit eigenen Augen von dem überzeugt hatte, was ich da auf die Menschheit losgelassen?

Es währte nicht lange, und auch Elisabeth gesellte sich zu uns. Die Zeit war nicht spurlos an ihr vorübergegangen, sondern hatte ihr eine Lieblichkeit verliehen, welche die kindliche Schönheit von ehedem bei weitem übertraf. Wohl eignete dem Mädchen noch all das Offene und Lebhafte der Kinderjahre, doch waren solche Eigenschaften nun mit Empfindsamkeit und Geist gepaart. Die Eingetretene hieß mich aufs liebevollste willkommen. »Dein Eintreffen, liebster Cousin«, so sprach sie, »erfüllt mich mit neuer Hoffnung. Vielleicht, daß es *dir* gelingen wird, meine arme, unschuldige Justine zu rechtfertigen. Ach! Sollte selbst *sie* einer Untat überführt werden, wer von uns könnte dann vor ähnlichem Schicksal sicher sein? Ich poche nicht minder auf ihre Unschuld denn auf die meine. Doch wie die Dinge gegenwärtig liegen, trifft uns das Unglück mit doppelter Härte: wir haben ja nicht nur unseren herzigen Liebling verloren, sondern jetzt soll auch dies arme Mädchen, welches ich so innig liebe, durch ein noch schlimmeres Geschick von uns gerissen werden! Bräche man den Stab über sie, ich würde meines Lebens nimmer froh! Doch man wird's nicht tun, nein, man wird's nicht tun, des bin ich gewiß! So will auch ich wieder zufrieden sein, sogar nach dem traurigen Ende meines kleinen Wilhelm!«

»Wahrhaftig, sie *ist* unschuldig, meine arme Elisabeth«, erwiderte ich. »Und dies soll auch bewiesen werden. Fürchte nichts, sondern sei getrost und glaub meiner Versicherung, daß man sie freisprechen wird!«

»Wie lieb und großherzig du bist! Hier ist ja jedermann von ihrer Schuld überzeugt, und das hat mich so elend gemacht! Dabei wußt' ich die ganze Zeit, wie unmöglich dies ist! Aber alle Welt in so tödlichem Vorurteile befangen zu sehen, das nahm mir die letzte Hoffnung und ließ mich an allem verzweifeln.« Sie schluchzte bitterlich.

»Teuerste Nichte«, sagte mein Vater. »Trockne deine Tränen! Wenn Justine wirklich so unschuldig ist, wie du glaubst, so vertraue auf die Gerechtigkeit unserer Gesetze und auf die Tatkraft, mit welcher ich auch den geringsten Schatten einer Parteilichkeit werde zu verhindern wissen.«

Achtes Kapitel

Wir verbrachten einige trübe Stunden bis zu dem Verhöre, welches Schlag elf Uhr seinen Anfang nehmen sollte. Da mein Vater und die übrigen Anverwandten als Zeugen geladen waren, begleitete ich sie zu Gericht. Während der gesamten Dauer dieser erbärmlichen Justizkomödie erduldete ich wahre Höllenqualen. Es sollte ja darüber entschieden werden, ob das Ergebnis meiner Wißbegier und ruchlosen Neigung den Tod von nunmehr schon zweien meiner Mitmenschen verursacht haben würde: eines lächelnden Kindes in all seiner Unschuld und Fröhlichkeit, und eines zweiten Wesens, an dem ein noch viel schrecklicherer Mord verübt werden mochte, erschwert durch alle Infamie, welche solchen Mord dem Andenken entsetzlich machen konnte. Denn Justine war ein höchst achtbares Mädchen und besaß alle Eigenschaften, welche ein glückliches Dasein verheißen. Dies alles aber sollte nun auf die schmählichste Weise ausgelöscht und zu Grabe getragen sein! Und ich war schuld daran! Tausendmal lieber hätte ich selbst die Schuld für jenes Verbrechen auf mich genommen, dessen man Justinen bezichtigte. Doch da es begangen worden, hatte ich fern von seinem Schauplatze geweilt, und so hätte meine Selbstanklage bloß als der Fieberwahn eines im Geiste Verstörten gegolten und diejenige, die um meinethalben leiden mußte, auf keine Weise zu entlasten vermocht.

Justine machte einen gefaßten Eindruck. Sie trug Trauerkleidung, und ihr an sich schon einnehmendes Antlitz war durch die Feierlichkeit ihrer Empfindungen von ungewöhnlicher Schönheit überglänzt. Wiewohl die Arme von aller Welt angestarrt und verabscheut wurde, schien sie dennoch fest auf ihre Schuldlosigkeit zu vertrauen und zitterte nicht. Doch alles Wohlwollen, welches ihre Schönheit unter anderen Umständen hervorgerufen hätte, war nunmehr aus den Gemütern der Zuschauer getilgt angesichts der Ungeheuerlichkeit des Verbrechens, dessen man das Mädchen verdächtigte. Zwar wirkte sie gelassen, doch schien solche Gelassenheit eine gewaltsame zu sein: da Justinens Verwirrung bislang für ein Zeichen der Schuld angesehen worden, zwang sie sich nun dazu, ein beherztes Wesen zur Schau zu tragen. Sobald sie den Gerichtssaal betreten hatte, ließ sie den Blick rings über die Versammelten gleiten und hatte uns rasch in der Menge entdeckt. Bei unserm Anblick schien eine Träne ihr das Aug' zu trüben, doch alsbald hatte sie sich wieder gefaßt, und der Blick schmerzvoller Zuneigung, welchen sie uns jetzt herübersandte, schien ein Unterpfand ihrer vollkommenen Schuldlosigkeit zu sein.

Die Verhandlung nahm ihren Anfang. Nachdem der Gegenanwalt die Anklageschrift verlesen hatte, wurden seine Zeugen aufgerufen. Mehrere befremdliche Umstände sprachen so sehr gegen das Mädchen, daß wohl ein jeder, der nicht so fest wie ich von ihrer Unschuld überzeugt war, schwankend werden mußte. Sie war nämlich während der ganzen Mordnacht nicht zu Hause gewesen und erst gegen Morgen von einem Hökerweibe gesehen worden, nicht weit von jener Stelle, an der man späterhin das erdrosselte Kind aufgefunden. Jenes Weib nun hatte an Justine die Frage gerichtet, was sie denn hier zu suchen habe? Die Angeredete aber hatte recht verstört gewirkt und lediglich eine verworrene, unverständliche Antwort gegeben. Erst gegen acht Uhr morgens war sie nach Hause gekommen und hatte auf die Frage, wo sie denn die Nacht über gewesen sei, geantwortet, sie habe nach dem vermißten Kinde gesucht. Danach hatte sie sich aufs dringlichste erkundigt, ob denn noch gar nichts über das Kind bekanntgeworden? Da man ihr aber den kleinen Leichnam gewiesen, war sie von einem hysterischen Anfall überkommen worden und hatte für mehrere Tage das Bett hüten müssen. Dies festgestellt, ward jenes Medaillon vorgelegt, das von dem Dienstboten in des Mädchens Kleid gefunden worden war, und als Elisabeth mit stockender Stimme es als das nämliche bezeichnete, welches sie dem Kinde eine Stunde vor dessen Verschwinden um den Hals gelegt, durchlief ein Gemurmel entsetzten Abscheus den Gerichtssaal.

Nunmehr ward Justine zu ihrer Rechtfertigung aufgerufen. Im Laufe des Verfahrens hatte ihr Ausdruck sich gewandelt: ihre Züge waren jetzt von Bestürzung, Schrecken und Bekümmernis gezeichnet. Bisweilen auch kämpfte sie mit ihren Tränen. Da sie aber aufgefordert ward, zu reden, nahm sie sich zusammen und sprach mit vernehmlicher, wenngleich schwankender Stimme.

»Der Himmel weiß«, sagte sie, »wie unschuldig ich bin. Doch halte ich nicht dafür, daß meine Einwendungen mich sonderlich entlasten werden. Ich kann ja meine Unschuld nur durch eine klare und schlichte Erklärung jener Umstände darlegen, welche man gegen mich ins Treffen geführt, und ich hoffe, daß mein bisheriger Lebenswandel, mein allzeit an den Tag gelegtes Wesen, das Gericht überall dort zu einer günstigen Auslegung veranlassen werden, wo irgend etwas zweifelhaft bleiben oder gar Verdacht erwecken mag.«

Danach gab sie an, daß sie mit Elisabeths Erlaubnis den Abend vor der Mordnacht im Hause ihrer in Chêne ansässigen Tante verbracht habe, einem Dorfe, welches etwa eine Meile Weges außerhalb von Genf liegt. Auf ihrem Rückwege habe sie gegen neun Uhr abends einen Mann getroffen, welcher sie gefragt, ob sie irgend etwas von dem vermißten Kinde zu Gesicht bekommen. Von solcher Nachricht in Bestürzung versetzt, habe sie mehrere Stunden nach dem Knaben gesucht, so daß sie schließlich die Genfer Stadttore versperrt vorgefunden. Dergestalt sei sie gezwungen gewesen, die verbleibenden Nachtstunden in der Scheune eines Häuschens zu verbringen, dessen Bewohner sie nicht habe wecken wollen, da es Bekannte seien. Den größten Teil jener Stunden habe sie wachend verbracht, und erst gegen Morgen, so glaube sie, sei sie für ein paar Minuten in Schlummer gefallen. Irgendwelche Schritte hätten sie aufgestört, so daß sie erwacht sei. Der Morgen habe schon gedämmert, und so habe sie ihren Zufluchtsort verlassen und sich erneut auf die Suche nach meinem Bruder gemacht. Daß sie dabei in die Nähe des Tatortes gekommen sei, habe sie nicht ahnen können, und daß sie verwirrt gewesen, als jenes Hökerweib sie angesprochen, sei nicht verwunderlich, denn sie habe ja eine schlaflose Nacht hinter sich gehabt und überdies noch immer nichts von dem Schicksal des armen Wilhelm gewußt. In Ansehung des Medaillons wisse sie freilich keine Erklärung zu geben.

»Ich weiß nur zu gut«, fuhr dies unglückliche Opfer fort, »wie gewichtig und folgenschwer gerade dieser Umstand gegen mich spricht, doch steht es nicht in meiner Macht, ihn aufzuklären. Und da ich nun meiner völligen Ahnungslosigkeit in diesem Punkte Ausdruck gegeben, verbleibt mir lediglich, Mutmaßungen anzustellen über die Art und Weise, auf welche dies Medaillon in meine Tasche gelangt sein könnte. Doch auch hier komme ich nicht weiter. Ich glaube nicht, daß irgend jemand auf der Welt mir feindlich gesinnt sein könnte, und schon gar nicht mag ich annehmen, daß jemand so tückisch sei, mich mutwillig zugrunde richten zu wollen. War's also der Mörder selbst, der mir das Kleinod zugesteckt? Dann weiß ich nicht, bei welcher Gelegenheit er dies getan haben könnte. Und selbst wenn solche Gelegenheit sich geboten hätte: weshalb sollte er dann dies Kleinod geraubt haben? Nur, um sich sogleich wieder davon zu trennen?

So vertraue ich denn meinen Fall der Gerechtigkeit meiner Richter an, obschon ich nicht viel Hoffnung für mich sehe. Ich bitte um die Verstattung, einige Zeugen in Ansehung meines bisherigen Lebens und meines Charakters aussagen zu lassen. Sollte ihr Zeugnis aber nichts gegen die mir angelastete Schuld vermögen, so muß ich wohl verurteilt werden, wiewohl ich mein Seelenheil zum Unterpfande meiner Unschuld dreingeben würde.«

Nun wurden mehrere Zeugen aufgerufen, welche Justine schon seit vielen Jahren kannten und sehr zu ihren Gunsten sprachen. Doch die Furcht und der Abscheu vor dem Verbrechen, dessen sie die Angeklagte insgeheim für schuldig erachteten, ließen solche Aussagen nur zaghaft, ja fast widerwillig von den Lippen kommen. Da nun Elisabeth gewahr werden mußte, wie auch ihre letzte Hoffnung, nämlich des Mädchens vortreffliche Veranlagung und untadelige Lebensführung, es verfehlte, auf die Richter einen günstigen Eindruck zu machen, begehrte sie, obschon aufs heftigste erregt, von denselben angehört zu werden.

»Ich bin«, so sprach sie, »die Cousine des unglücklichen, ermordeten Knaben, ja eher noch seine Schwester, denn ich bin mit ihm aufgezogen worden und habe von Anfang an im Hause seiner Eltern gewohnt, noch lange, bevor er zur Welt gekommen. Aus diesem Grunde mag es unschicklich erscheinen, daß ich mich hier zu Worte melde. Da ich aber sehen muß, wie ein Mitmensch an der Feigheit seiner vorgeblichen Freunde zuschanden werden soll, muß ich darauf bestehen, hier all das auszusagen, was ich über den Charakter dieses bedauernswerten Wesens weiß. Ich stehe mit der Angeklagten auf dem vertrautesten Fuße und habe mit ihr unter einem Dache gewohnt: das eine Mal fünf, und das andere nahezu zwei Jahre lang. Durch all diese Zeit schien sie mir der liebenswürdigste und wohlwollendste aller Menschen zu sein. Sie hat Madame Frankenstein, meine Tante, noch auf deren Sterbelager mit der größten Liebe und Sorgfalt gepflegt. Späterhin hat sie ihrer eigenen Mutter während eines langwierigen und schleichenden Leidens auf eine Art und Weise beigestanden, daß es die Bewunderung all derer hervorrief, welche dies Mädchen gekannt. Danach lebte sie abermals im Hause meines Oheims und wurde daselbst von der gesamten Familie geliebt und hochgeschätzt. Dem nunmehr toten Kinde hing sie mit der wärmsten Zuneigung an und handelte ihm gegenüber wie die liebevollste, leibliche Mutter. Ich für mein Teil zögere nicht zu sagen, daß ich unerachtet aller gegen dies Mädchen vorgebrachten Verdachtsmomente felsenfest von ihrer vollständigen Unschuld überzeugt bin. Es gibt nichts, was sie zu solch verwerflicher Handlung hätte verführen können! Und in Ansehung jenes Tandes, auf welchen die Anklage sich hauptsächlich stützt, wäre zu bedenken, daß ich, hätte Justine seiner ernstlich begehrt, durchaus bereit gewesen wäre, ihn ihr zu schenken: so sehr achte und schätze ich dies Mädchen!«

Ein beifälliges Raunen ging nach Elisabeths kraftvoll einfacher Rede durch den Saal. Allein, es war lediglich hervorgerufen durch die Großherzigkeit solcher Fürsprache, nicht aber durch das Mitleid mit der armen Justine, gegen deren Person der öffentliche Abscheu sich mit erneuter Heftigkeit wandte, indem er sie jetzt auch noch des schwärzesten Undankes zieh. Die Ärmste hatte bei Elisabeths Worten geweint, doch nichts darauf gesagt. Was meine eigene, qualvolle Aufgewühltheit während der gesamten Verhandlung betrifft, so überstieg dieselbe jedes Maß. Ich *glaubte* ja nicht nur an Justinens Unschuld, ich *wußte* darum! War's denn möglich, daß jenes satanische Ungeheuer (und ich zweifelte so gut wie nicht daran) nicht nur meinen Bruder gemeuchelt, sondern zu seiner höllischen Kurzweil auch noch dies unschuldsvolle Opfer dem Tod und der Schande in die Krallen gespielt hatte? Kaum vermochte ich, das Entsetzliche meiner Lage noch länger zu ertragen! Da ich aber gewahren mußte, daß sowohl die Stimme des Volkes, als auch die Mienen der Richter mein unseliges Opfer schon so gut wie verdammt hatten, stürzte ich in der größten Seelenpein aus dem Gerichtssaale. Die Qualen der Angeklagten reichten ja nicht im entferntesten an meine eigenen heran! *Sie* ward immerhin gestützt von dem Wissen um ihre Unschuld, *mir* hingegen zerfleischten die Fangzähne der ärgsten Gewissensnot den Busen und würden wohl auf immerdar darein verbissen bleiben!

Ich verbrachte eine wahrhaft verzweiflungsvolle Nacht. Den folgenden Vormittag suchte ich abermals das Gericht auf. Kehle und Lippen waren mir wie ausgedörrt, und ich wagte nicht, die schicksalhafte Frage auszusprechen. Doch war ich dem Beamten kein Unbekannter, und er erriet sogleich den Grund meines Kommens. So mußte ich erfahren, daß die Lose schon geworfen waren: sie seien sämtlich schwarz gewesen, und Justine sei verurteilt worden.

Unmöglich, meine Gefühle zu beschreiben! Zwar hatte ich schon früher übergenug der entsetzlichsten Empfindungen erfahren und habe ja auch versucht, sie mit den entsprechenden Worten zu schildern. Jetzt aber reichten keine Worte mehr hin, die herzzerbrechende, hoffnungslose Verzweiflung auszudrücken, welche mich nun überkam. Und überdies fügte der Beamte, an den ich mich gewandt, noch hinzu, daß Justine schon ihre Schuld gestanden habe. »Dies«, so bemerkte er, »ist in solch himmelschreiendem Falle freilich kaum zu erwarten gewesen, doch bin ich darob um so froher. Es verhält sich ja so, daß keiner unserer

Richter einen Übeltäter sonderlich gern auf bloße Verdachtsmomente hin verurteilt, und wären dieselben auch noch so schlüssig.«

Das war eine sonderbare, unerwartete Nachricht! Was mochte sie nur zu bedeuten haben? Sollte ich mich vom Augenschein dermaßen haben täuschen lassen? War ich am Ende tatsächlich so sehr im Geiste verstört, wie alle Welt von mir annehmen würde, falls ich mit meinem Verdachte herausrückte? Ich eilte mich, nach Hause zu kommen, wo schon Elisabeth voll Unruhe des Urteilsspruches harrte.

»Liebste Cousine«, so sprach ich, »die Lose sind gefallen, wie du es ohnehin schon vermutet haben magst. Die Richter stehen sämtlich auf dem Standpunkt, lieber zehn Unschuldige leiden denn einen Bösewicht laufen zu lassen. Und überdies – Justine hat sich ja schuldig bekannt!«

Meine Worte waren ein fürchterlicher Schlag für die arme Elisabeth, welche so felsenfest auf Justinens Unschuld vertraut hatte. »Ach!« so rief sie aus, »wie soll ich jemals wieder auf das Gute im Menschen bauen können? Justine, die ich als eine leibliche Schwester geliebt und geschätzt, wie konnte sie mich nur mit so unschuldsvollem Lächeln verraten? Ihre sanften Augen! Sie schien ja weder einer Heftigkeit noch einer Arglist fähig zu sein! Und dennoch soll sie einen Mord begangen haben?«

Nicht lange danach, und wir vernahmen, das arme Opfer habe den Wunsch geäußert, meine Cousine zu sehen. Mein Vater war zwar dagegen, daß Elisabeth dem Rufe folge, doch sagte er, er würde die Entscheidung ihrem eigenen Urteil und Empfinden überlassen. »Wohlan«, sprach Elisabeth, »so will ich denn gehen, ob sie gleich schuldig sein mag! Und du, mein Viktor, sollst mich auf meinem Gange begleiten – allein vermag ich's nicht!« Nun war freilich dieser Besuchsgang eine rechte Seelenfolter für mich, doch konnte ich Elisabeths Bitte nicht gut abschlagen.

Wir betraten die düstere Kerkerzelle und erblickten Justine, wie sie in der hintersten Ecke auf einer Schütte Stroh kauerte. Man hatte der Ärmsten Handschellen angelegt. Das Haupt hielt sie auf die Knie gestützt. Da sie uns eintreten sah, erhob sie sich. Und da man uns mit ihr allein gelassen, warf sie sich Elisabeth zu Füßen und weinte bitterlich. Auch meine Cousine vergoß heiße Tränen.

»Ach, Justine«, so sprach sie, »wie nur konntest du mich meines letzten Trostes berauben! Ich war so sehr von deiner Unschuld überzeugt! Und wie elend ich auch vorher gewesen, so war's doch nichts im Vergleich zu meinem gegenwärtigen Jammer.«

»So glaubt auch Ihr, daß ich so durch und durch verderbt sein könnte? Stimmt mit meinen Feinden überein, mich zu zerschmettern – mich als eine Mörd'rin zu verdammen?« Und ihre Stimme ward erstickt vom Schluchzen.

»Steh auf, du Ärmste!« sagte Elisabeth. »Was kniest du denn, wenn du frei bist von Schuld? Ich gehöre nimmermehr zu deinen Feinden! Ich hab' dich unerachtet aller augenscheinlichen Beweise für schuldlos gehalten, solange ich nicht vernehmen gemußt, daß du selbst dich als schuldig bekannt hast. Diese Nachricht aber, so sagst du, ist falsch. So sei denn gewiß, liebste Justine, daß es nichts gibt, was auch nur für einen Augenblick mein Vertrauen in dich erschüttern könnte – nichts denn dein eigenes Eingeständnis!«

»Ich *habe* ja gestanden – allein, dies Geständnis war eine Lüge! Und ich hab's bloß getan, um der heiligen Absolution teilhaftig zu werden! Nun aber liegt diese Falschheit mir schwerer auf dem Herzen denn all meine anderen Sünden! Möge der Herr im Himmel mir vergeben! Seit dem Zeitpunkte meiner Verurteilung hat mir ja mein Beichtvater beständig zugesetzt. So lange hat er gezürnt und mir gedroht, daß ich nachgerade schon glaubte, wahrhaftig jenes Scheusal zu sein, als das er mich hingestellt! Er drohte mir mit der Exkommunikation, ja mit den heißesten Höllenflammen in der Stunde meines Absterbens für den Fall, daß ich weiterhin so halsstarrig und verstockt bliebe. Geliebte Herrin, es war ja keine Menschenseele zugegen, mir beizustehn! Alle Welt erblickte in mir nur die Nichtswürdige, welche schon der Schande und ewigen Verdammnis verfallen war! Was hätte ich denn tun sollen? So hab' ich in einer schlimmen Stunde mich zu jener Lüge verstanden – und das alles, um mich nunmehr erst recht im Elend zu finden!«

Das Weinen erstickte ihre Worte, ehe sie fortfuhr: »Mit Entsetzen hab' ich daran gedacht, wie Ihr, meine gütige Herrin, nun denken würdet, Eure Justine, welche von Eurer seligen Tante so hochgeschätzt und von Euch selbst so sehr geliebt worden, sei einer Untat fähig, welche einzig der leibhaftige Satan verübt haben kann. Liebster Wilhelm! Teuerstes, gesegnetes Kind! Nun soll ich dich nur zu bald im Himmel wiedersehen, wo wir dann allesamt in Glückseligkeit vereint sein werden! Dies ist mein Trost, da ich mich nun anschicke, die Schande und den Tod zu erleiden!«

»Oh, sprich nicht so, Justine! Vergib mir, daß ich dir einen Atemzug lang mißtraute! Warum nur hast du dies Geständnis abgelegt? Doch sollst du darum nicht traurig sein, teures Mädchen! Fürchte dich nicht. Ich will Einspruch erheben, will deine Unschuld an den Tag bringen! Will die versteinten Herzen deiner Widersacher zum Hinschmelzen bringen mit meinen Tränen und mit meinem Flehen! Nein, du *darfst* nicht sterben! – *Du*, die Gespielin meiner Kindheit und Gefährtin meiner Mädchenjahre, *du*, meine Schwester – und solltest auf dem Schafott verderben? Nein, nein und abermals nein! Nimmermehr könnt' ich so fürchterliches Unglück überleben!«

Doch Justine schüttelte nur trauervoll das Haupt. »Ich fürchte nicht den Tod«, sagte sie. »Der erste, brennende Schmerz, nun ist er vorüber. Der Herr steht mir ja bei in meiner Schwachheit und gibt mir Mut, das Schwerste zu ertragen. Ich geh' aus einer traurigen, bittern Welt. Sobald Ihr aber in Liebe meiner gedenken wollt als Einer, die da zu Unrecht verurteilt worden, bin ich bereit, mich in mein Schicksal zu ergeben. So lernet denn von mir, teure Herrin, den Willen des Himmels in Sanftmut und Geduld auf sich zu nehmen!«

Während solchen Zwiegesprächs hatte ich mich in eine Ecke der Kerkerzelle zurückgezogen, wo ich den namenlosen Schmerz, welcher von mir Besitz ergriffen, besser verbergen konnte. Ha – Verzweiflung! Welch läppisches Wort! Dies arme Opfer, das schon den nächsten Morgen die grauenvolle Schwelle überschreiten sollte, durch welche das Leben vom Tode getrennt ist, sie fühlte ja bei weitem nicht so tief wie ich jene bitterste Seelenpein! Ich knirschte mit den Zähnen und preßte die Kinnladen aufeinander, wobei sich mir ein aus innerster Seele kommendes Stöhnen entrang. Justine zuckte zusammen. Sobald sie mich aber erkannt hatte, trat sie auf mich zu und sprach: »Teuerster Herr, wie lieb von Euch, mich zu besuchen! Ich hoffe, auch Ihr glaubt nicht an meine Schuld?«

Ich brachte kein Wort hervor. »Mitnichten, Justine«, sagte Elisabeth. »Er ist tiefer von deiner Unschuld überzeugt, als ich selbst es gewesen. Sogar als er vernommen, daß du gestanden habest, mochte er nicht an deine Schuld glauben.«

»So sei mein heißester Dank ihm gewiß! In diesen letzten Augenblicken empfinde ich ja die tiefste Dankbarkeit für jene, welche meiner in Freundlichkeit gedenken. Wie süß ist's für ein von aller Welt verlassenes Wesen wie mich, die Zuneigung der Mitmenschen zu verspüren! Dies wiegt wohl schwerer denn die Hälfte meines Ungemachs. Mir ist's, als könnt' ich nun in Frieden sterben, jetzt, da meine Schuldlosigkeit bei Euch, teuerste Herrin, und Eurem Vetter außer Zweifel steht!«

Auf solche Weise suchte die arme Dulderin nicht nur sich selbst, sondern auch uns andere zu trösten. Und es ward ihr ja auch jene Ergebung, derer sie begehrte, vollauf zuteil. Ich aber, als der wahre Mörder, ich spürte schon, wie mir jener Wurm im Busen nagte, der da nimmer stirbt, und nicht Hoffnung noch Trost mehr aufkommen lässet. Auch Elisabeth schluchzte bitterlich und war nicht zu trösten. Und doch war auch ihr Elend jenes der Unschuld, das da gleich der Wolke, die unterm guten Mond ihres Weges zieht, denselben zwar für eine kleine Weile unserm Auge zu entrücken, doch nimmer seinen Glanz zu trüben vermag. Mir aber hatten Qual wie Verzweiflung das Herz bis zum Grunde durchbohrt! In meinem Innern loderten Höllenflammen, welche sich durch nichts mehr löschen ließen! So verweilten wir mehrere Stunden bei Justinen, und nur mit der größten Anstrengung vermochte Elisabeth sich von ihr loszureißen. »Ach!« rief sie aus, »daß ich doch mit dir sterben könnte! Ich mag in dieser Welt des Leidens nimmer leben!«

Die arme Justine aber mühte sich, heiter und gelassen zu erscheinen, und vermochte doch nur mit Gewalt ihren bitterlichen Zähren zu gebieten. Sie umarmte Elisabeth und sagte mit kaum unterdrücktem Zittern in der Stimme: »Lebt wohl, liebste Herrin, teuerste Elisabeth, Ihr, meine geliebte und einzige Freundin! Mög' der Himmel in all seiner Güte Euch segnen und erhalten! Und möge dies das letzte Ungemach sein, welches Ihr in dieser Welt zu erleiden habt! So geht denn, um zu leben – Euch selbst zum Glücke wie auch andern Menschen!«

Den nächsten Morgen ward Justine hingerichtet. Elisabeths herzbewegende Beredsamkeit hatte nicht vermocht, die Richter in ihrer festgefügten Überzeugung von dem Verbrechertum der heiligmäßigen Dulderin schwankend zu machen. Auch meine eigenen, leidenschaftlich entrüsteten Vorhaltungen hatten keinerlei Wirkung gezeitigt. Und da ich die in kaltem Tone erteilten Antworten sowie die schroffe, gefühllose Argumentation jener Männer vernahm, erstarb mir das Eingeständnis, welches mir schon den Mund geöffnet, auf den Lippen. Es hätte mich ja bloß zu einem Tollhäusler gestempelt, ohne an dem über mein bedauernswertes Opfer verhängten Urteilspruche auch nur das geringste ändern zu können. Nein, sie starb auf dem Schafott – als eine Mörderin!

Unerachtet all der Qualen, welche mir das Herz zerfleischten, bemühte ich mich nach Kräften, den tiefen und wortlosen Kummer meiner armen Elisabeth zu lindern. Dies also war aus dem Werk meiner Hände geworden! Dies – und meines Vaters Schmerz, und auch die Verzweiflung meiner ehedem so glückdurchsonnten Heimstatt –, nun war's das alleinige Werk meiner dreimal verfluchten Hände! Jawohl – weinet nur, Ihr Unseligen! Es sind noch lang nicht Eure letzten Tränen! Wieder und wieder sollt Ihr die Totenklage anstimmen, und der Schall Eures Wehegeschreis soll aber und aber vernommen werden! Frankenstein ist's, Euer Sohn, Euer Anverwandter, der vielgeliebte Freund Eurer Kindheit – er, der um Euretwillen bereit war, auch noch den letzten Tropfen seines Lebenssaftes zu vergießen – er, der da keine Freude auszusinnen noch zu empfinden vermocht, hätte sie sich nicht auch in Euren teuern Zügen widergespiegelt – er, der da alle Segenssprüche des Himmels auf Euer Haupt herabflehen, ja sein ganzes Leben in Eurem Dienste hätte hinbringen mögen: er ist's, der Euch nun zu *weinen* gebietet – der Euch heißt, unzählige Tränen zu vergießen! Und wäre doch weit glücklicher, als er's je zu hoffen gewagt, gäbe dies unerbittliche Schicksal sich zufrieden, und hielte die Macht der Zerstörung in ihrem Schritte inne, noch ehe der Grabesfriede Euren herzzerreißenden Qualen ein Ende gesetzt!

Solche Worte sprach meine prophetische Seele, dieweil ich, zernagt von Gewissensbissen, Horror und Verzweiflung, all die von mir Geliebten erblicken mußte, wie sie in hoffnungslosem Kummer an den Gräbern von Wilhelm und Justinen standen, dieser ersten, unseligen Opfer meiner heillosen Künste.

Neuntes Kapitel

Nichts ist der Menschenseele peinvoller, als nach einem Sturm der Ereignisse, welcher alle Empfindungen unter sich begraben, der tödlichen Stille aus tatenloser Gewißheit inne zu werden, welche solchem Ansturm folgt und unser Herz sowohl der Hoffnung als auch der Furcht beraubt. Justine war nun tot. Sie ruhte in Frieden. Ich aber lebte! Mir floß das Blut noch immer in den Adern – doch die Verzweiflung und Gewissensangst, sie waren meinem Herzen eine Last, welche durch nichts mehr hinweggewälzt werden konnte! Der Schlaf floh meine Augen. Gleich einem Dämon trieb es mich umher, denn ich hatte unbeschreiblich entsetzliche Übeltaten begangen. Doch mehr, weit mehr (so redete ich mir ein) stand noch zu befürchten, wie sehr mir auch das Herz noch immer überströmte von Freundlichkeit, und die Tugend mir noch immer als der Güter Höchstes galt. War ich denn nicht mit den allerbesten Absichten ins Leben hinausgetreten? Hatte ich nicht nach dem Augenblick gedürstet, da ich dieselben in die Tat umsetzen und mich dadurch meinen Mitmenschen als nützlich würde erweisen können? Und nun war mir alles zum Bösen ausgeschlagen: statt jener Seelenruhe, welche mir erlaubt hätte, voll Selbstzufriedenheit auf das Vergangene zu blicken, um dergestalt neue Hoffnung für die Zukunft zu schöpfen, sah ich mich nun geplagt von Gewissensnöten und von einem Schuldbewußtsein, welches mich voranpeitschte in eine Hölle so grauenvoller Martern, daß keine menschliche Zunge sie zu schildern vermöchte.

Solche Gemütsverfassung zehrte an meiner Gesundheit, die schon den ersten Schlag, den sie erlitten, niemals ganz mehr verwinden mochte. Ich brachte es nicht über mich, den Menschen von Angesicht gegenüberzutreten. Jedes Wort der Freude, jedweder Ausdruck von Zufriedenheit bereiteten mir Höllenqualen. So ward mir die Einsamkeit zum einzigen Trost – die tiefe, dunkle, todähnliche Einsamkeit.

Mein Vater gewahrte mit Bekümmernis den offensichtlichen Wandel in meinem Wesen und Gehaben. Er versuchte mit aller Überredung, die sein reines Gewissen und fleckenloses Leben ihm erlaubten, mir neue Zuversicht zu geben und mich zu ermutigen, die düstere Wolke, welche über mir brütete, zu zerstreuen. »Glaubst du denn, Viktor«, so sprach er, »ich litte nicht ebensosehr wie du? Niemand könnte ja sein Kind inniger lieben, als ich deinen Bruder geliebt!« (Bei diesen Worten kamen ihm die Tränen.) »Allein, ist's nicht die Pflicht der Überlebenden, sich aller Vermehrung ihrer Bekümmernis zu enthalten, anstatt beständig ihren Schmerz zur Schau zu tragen? Und überdies ist's ja eine Pflicht uns selbst gegenüber: allzu großer Kummer ist ein Feind aller Besserung und Lebensfreude, ja hindert uns sogar an der täglichen Ausübung unseres nützlichen Tuns, ohne das niemand zum wertvollen Mitgliede der menschlichen Gesellschaft taugen kann.«

Solcher Rat, wie wohlmeinend immer er gegeben war, ließ sich in nichts auf meinen Fall anwenden. Natürlich wäre ich der Allererste gewesen, meinen Kummer zu verbergen und meinen Freunden ein Tröster zu sein, hätten sich nicht die Bitternis meiner Gewissensnot und die Rastlosigkeit meines Schreckens so unauflöslich mit meinen anderen Empfindungen verquickt. So aber konnte ich meines Vaters Rede nur mit verzweiflungsvollem Blicke erwidern und im übrigen danach trachten, ihm nicht unter die Augen zu treten.

Es war um jene Zeit, daß wir wieder in unser Haus nach Belrive zogen, um dort Zuflucht zu finden. Unter den obwaltenden Umständen sagte solcher Wechsel mir ganz besonders zu. Die Tatsache, daß die Genfer Stadttore Schlag Zehn geschlossen wurden, und man aus diesem Grunde sich nicht länger auf dem See verweilen konnte, hatte mir unser Genfer Domizil gründlich verleidet. Nun aber war ich frei. So manches Mal, wenn die gesamte Familie sich schon zur Ruhe zurückgezogen hatte, band ich das Boot von seinem Pfosten los und verbrachte viele Stunden auf dem Wasser. Bisweilen setzte ich die Segel und ließ mich vor dem Winde dahintreiben. Bisweilen auch, nachdem ich bis zur Mitte des Sees hinausgerudert war, überließ ich das Boot dem Spiele der Wellen, mich selbst aber meinen kummervollen Betrachtungen. Und nur zu oft war ich versucht, sobald alles rings um mich in tiefem Frieden lag, und ich selbst das einzige, aufgewühlte Wesen war, das da ruhelos inmitten so wundersamer, himmlischer Szenerie dahintrieb – wenn ich von den vereinzelten Fledermäusen absehe, sowie von den Fröschen, deren schnarrendes, in regelmäßigen Intervallen erschallendes Quaken ich freilich nur vernahm, sobald ich mich dem Strande näherte –, nur zu oft, sage ich, war ich versucht, mich in den stillen See zu stürzen, auf daß seine Wasser auf ewig sich schlössen über mir und all meiner verworrenen Not. Doch ward ich immer wieder davon abgehalten durch den Gedanken an die so wacker ihre Leiden ertragende Elisabeth, welcher ich so zärtlich zugetan war, und deren Leben so sehr in dem meinen beschlossen lag. Auch gedachte ich meines Vaters und des einzigen, mir noch verbliebenen Bruders: sollte ich sie alle durch meine schnöde Flucht zurücklassen in diesem irdischen

Jammertale, schutzlos preisgegeben der Bosheit jenes Unholds, welchen ich auf sie losgelassen?

In solchen Momenten pflegte ich bitterlich zu weinen. Dann wünschte ich aufs innigste meinen alten Seelenfrieden herbei, auf daß ich wieder fähig wäre, meinen Lieben Trost zuzusprechen und ihnen zu ihrem früheren Glücke zu verhelfen. Allein, dies war unmöglich. Die Last meines Gewissens hatte alle Hoffnung ausgetilgt. Ich war zum Urheber unabänderlichen Übels geworden und lebte in der beständigen Angst, ob nicht das Monstrum, welches ich geschaffen, schon wieder dabei wäre, irgendeine neue Schändlichkeit auszuhecken. Ein unklares Gefühl sagte mir ja, daß noch nicht alles vorüber sei, und daß dies Ungetüm irgendein weiteres, himmelschreiendes Verbrechen begehen werde, welches durch seine Ungeheuerlichkeit das Gedenken an die vorangegangenen Übeltaten nahezu auslöschen mochte. Solange auch nur ein einziger von meinen Lieben noch auf Erden wandelte, bestand ja Grund zu solcher Furcht. Mein Abscheu vor jenem Unhold war ein unbeschreiblicher. So oft ich an ihn dachte, knirschte ich mit den Zähnen, der Blick ward mir entflammt, und mich beherrschte nur mehr der eine, brennende Wunsch, jenes Leben auszutilgen, das ich so unbedacht geschaffen. Sobald ich über des Monstrums Übeltaten und seine Bösartigkeit nachzudenken begann, sprengten meine Haß- und Rachegefühle jedes vernünftige Maß, und ich wäre imstande gewesen, eine Pilgerfahrt zu dem höchsten Gipfel der Anden zu unternehmen, hätte ich gewußt, das Scheusal dort antreffen und in den tiefsten Abgrund hinabschleudern zu können. Jawohl, ich wünschte inständig, den Unhold wiederzusehen, um ihm meinen äußersten Abscheu ins Gesicht zu schleudern und danach Wilhelms und Justinens Tod an dem Übeltäter zu rächen.

Unser Haus war zur Wohnstatt der Trauer geworden. Meines Vaters Gesundheit hatte durch die

Schrecknisse der letzten Begebenheiten ernstlich Schaden gelitten. Elisabeth war zutiefst bekümmert und verzagt. Nicht länger vermochte sie, ihrer alltäglichen Arbeit irgendwelche Freude abzugewinnen. Alle Vergnügtheit schien ihr ja einer Entweihung der teuren Toten gleichzukommen, und so erachtete sie das ewige, tränenreiche Weh für den gerechten Zoll, welchen sie der an solcher Niedertracht zuschanden gewordenen Unschuld zu entrichten hatte. Nicht länger auch war sie jenes glückliche Wesen, das während meiner Knabenjahre gemeinsam mit mir die Ufergefilde des Sees durchstreift und mit entzückter Begeisterung von unserem künftigen Geschick gesprochen hatte. Nun war ja die erste jener leidvollen Erfahrungen, die da gesandt sind, uns der Erde zu entfremden, über sie gekommen, und die Verschattung solchen Kummers hatte das mir so teure Lächeln ausgelöscht.

»Wenn ich, bester Cousin«, so sprach sie, »Justine Moritzens jammervollen Tod bedenke, so sehe ich die Welt und ihre Werke in gänzlich anderem Lichte denn ehedem. Früher schienen mir ja all die Berichte über Lasterhaftigkeit und Unrecht, welche ich den Büchern entnommen oder von anderen Menschen gehört, nichts als Geschichten aus alten Tagen zu sein, welche bloß von eingebildeten Übeln handeln. Zumindest aber blieben sie so fern, daß sie bloß den Verstand, nicht aber die Einbildungskraft berührten. Doch nun ist das Unglück über unser Haus gekommen, und ich sehe in den Menschen nur mehr ungeheuerliche Wesen, die nach dem Blute ihres Nächsten dürsten. Das ist sicherlich nicht recht von mir, doch hat ja alle Welt das arme Mädchen für schuldig befunden! Hätte sie in Wahrheit jene Untat begangen, für die sie gebüßt hat, sie wäre gewißlich das verworfenste Geschöpf auf Gottes Erdboden! Um eines geringfügigen Kleinods willen den Sohn ihres Wohltäters und väterlichen Freundes zu ermorden, ein Kind, für welches sie von

Geburt auf so liebevoll gesorgt hat, als wär' es ihr eigenes gewesen! Ich könnte ja niemals der Tötung eines Mitmenschen zustimmen, doch in solchem Falle hätte ich gewiß denken müssen, daß ein so beschaffnes Geschöpf nicht wert sei, der menschlichen Gesellschaft anzugehören! Allein, sie war ja unschuldig! Ich weiß es, *fühle* es! Und daß du der nämlichen Meinung bist, bestärkt mich nur in meiner Überzeugung. Ach, Viktor! Wenn die Falschheit im Gewande solcher Aufrichtigkeit einherschreitet, wer könnte da länger seines Glückes gewiß sein? Mir ist's, als wandelte ich am Rande eines Abgrunds dahin, gegen den die Menschen zu Tausenden andrängen, gewillt, mich in den gähnenden Schlund hinabzustürzen! Wilhelm und Justine sind gemordet, und der Mörder ist in Freiheit! Wandelt unter den Menschen und erfreut sich am Ende gar noch des höchsten Ansehens! Doch wär' ich gleich dazu verurteilt, das Schafott zu besteigen für die nämliche Untat – ich wollte dennoch nimmer tauschen mit solch nichtswürdigem Lumpen!«

Ich lauschte diesen Worten mit der äußersten Seelenpein. War denn nicht *ich* der eigentliche Mörder, wenngleich nur im übertragenen Sinn? Elisabeth aber, welche meinen schmerzvollen Ausdruck gewahrte, ergriff voll Freundlichkeit meine Hand und sagte: »Teuerster Freund, so fasse dich doch! Gott allein weiß, wie sehr diese Geschehnisse mich angegriffen haben – und doch bin ich längst nicht so elend wie du es bist! Bisweilen verschattet ja ein Ausdruck von Verzweiflung und Rachedurst deine Züge, der mich erzittern macht! Teurer Viktor, gebiete deinen dunklen Leidenschaften! Gedenke doch der Freunde rings, welche all ihre Hoffnungen in dich gesetzt! Sind wir denn aller Kraft beraubt, dich glücklich zu machen? Oh! Da wir doch lieben, da wir doch einander wahrhaft zugetan sind, hier in diesem Land des Friedens und der Schönheit, welches noch dazu dein Heimatland ist, sollten wir doch all den ruhevollen Segen einheimsen! Was also könnte unsern Frieden stören?«

Sollte man nicht denken, daß die Worte dieses Mädchens, welches ich vor jeder andern Gabe Fortunas aus tiefstem Herzen zu schätzen wußte –, sollte man nicht denken, daß sie den Dämon, der mir im Herzen lauerte, hätten hinwegscheuchen müssen? Allein, noch während sie sprach, hielt ich mich immer enger in ihrer Nähe, als griffe das Entsetzen schon nach mir, ja als fürchtete ich, im nämlichen Momente den Würger neben mir erblicken zu müssen, der da gekommen war, mich von der Begleiterin zu reißen.

So vermochten weder die Zärtlichkeit der Freundschaft, noch die Schönheit dieser Erde, noch auch diejenige des Himmels meine Seele dem Gram zu entwinden: selbst die Sprache der Liebe übte keinerlei Wirkung auf mich. Ich war umhüllt von einer Wolke, die kein wohltätiger Einfluß mehr zu durchdringen vermochte. Das waidwunde Tier, welches sich auf versagenden Läufen ins jungfräuliche Dickicht geflüchtet, um daselbst feuchten Auges den Pfeil, welcher es durchbohrt hat, anzublicken, um darüber zu sterben – dies Bild traf nur zu sehr auf mich und mein Los zu!

Bisweilen gelang's mir ja, die dumpfe Verzweiflung, welche mich zu überwältigen drohte, zu verwinden. Bisweilen aber trieb mich der Wirbelsturm meiner Leidenschaften dazu, mir durch körperliche Bewegung und Ortswechsel etwelche Erleichterung von meinen unerträglichen Empfindungen zu schaffen. Solch eine Anwandlung war es auch, die mich Hals über Kopf das Vaterhaus verlassen und meine Schritte nach den nahen Alpentälern wenden ließ, auf daß ich in all der Größe und erhabenen Ewigkeit solcher Szenerie der eigenen Person und ihrer nichtigen, weil allzu menschlichen Bekümmernisse vergäße. Mein Streifzug hatte das Tal von Chamonix zum Ziele, welches ich während meiner Knabenjahre häufig besucht hatte. Sechs Jahre waren nun seit damals vergangen: aus *mir* war inzwischen ein menschliches Wrack geworden – doch an der wilden, alles überdauernden Gebirgslandschaft war die Zeit spurlos vorübergeschritten.

Den ersten Teil meiner Reise brachte ich zu Pferde hinter mich. Dann aber mietete ich einen Maulesel als das geeignetere, weil ruhigere und auf diesen steinigen Straßen weniger verletzliche Reittier. Das Wetter war herrlich: wir schrieben ja Mitte August, und Justines Tod, jener erbärmliche Markstein meines Lebens, dem ich all meinen Kummer zuschrieb, lag nahezu zwei Monate zurück. Die Bürde, welche mir auf der Seele lastete, ward mit meinem tieferen Eindringen in das Klammtal der Arve fühlbar erleichtert. Die ungeheuren Berge und Felswände, welche mich zu beiden Seiten umdrohten – das schäumende Toben des Flusses in seinem felsigen Bette, und das zischende Brausen der Wasserfälle ringsum, sie sprachen nur zu beredt von der Allmacht der Schöpfung, so daß alle Furcht von mir abfiel, und ich nicht länger gewillt war, mich vor irgendeinem Wesen zu beugen, das weniger mächtig wäre denn jenes, das die Elemente erschaffen hatte, ihnen zu gebieten, und das dieselben mir an diesem Orte in ihrer fürchterlichsten Gestalt vor Augen führte. Je höher ich stieg, so großartiger und erstaunlicher ward der Charakter dieses Tals. Die Burgruinen über den von düsterem Tannicht bestandenen Abstürzen, die Arve in ihrem reißenden Ungestüm und da und dort ein Gebirgsdörfchen, das zwischen den Bäumen hervorlugte – sie alle formten insgesamt ein Landschaftsbild von einzigartiger Schönheit, noch gesteigert und veredelt durch die mächtigen Alpen, deren weiße und schimmernde, an Pyramiden und Kathedralen gemahnende Felsformationen sich in den Himmel türmten, als gehörten sie schon nicht mehr dieser Erde zu und wären ein Wohnsitz fremdartiger Lebewesen.

Ich ritt über die Brücke von Pélissier, an der sich die Klamm, welche der Fluß ins Gestein gewaschen, vor meinem Blicke öffnete, und begann danach, den Berg emporzuklimmen, der sich darüber erhob. Bald darauf sah ich das Tal von Chamonix vor mir liegen, welches zwar wunderbarer und majestätischer, nicht aber von so pittoresker Schönheit ist wie jenes von Servox, welches ich soeben durchmessen. Hier aber bildeten die hohen, schneebedeckten Berge die alleinige Talgrenze, und weder Burgruinen noch fruchtbare Felder erfreuten des Wanderers Blick. Riesenhafte Gletscher schoben sich drohend auf die Straße zu. Ich hörte den grollenden Donner der zu Tale fahrenden Lawine und konnte ihre Bahn an dem stäubenden Schneegewölk erkennen. Montblanc, der unvergleichliche, großartige Montblanc, erhob sein gewaltiges Haupt über all die ihn umgebenden *aiguilles*, und sein ungeheurer *dôme* beherrschte das gesamte Tal.

Ein bebendes, längst verloren geglaubtes Glücksgefühl überkam mich mehr als einmal im Verlaufe dieser Alpenfahrt. So manche Windung der Straße, so manches Ding, das nur dem ersten Blicke neu, doch schon dem zweiten altbekannt war, gemahnte mich an die entschwundenen Tage und rief zum andernmal die beschwingte Fröhlichkeit der Knabenjahre in mir herauf. Noch die kühlen Winde raunten mir ihr Schlummerlied ins Ohr, und Allmutter Natur gebot mir in ihrer Sanftheit, nicht länger zu weinen. Dann aber verlor so freundliche Eingebung aufs neue ihre wohltätige Macht – wieder fand ich mich vom Grame überwältigt, wieder hatte ich alles Elend meiner Grübeleien zu erdulden! Dann mochte es wohl sein, daß ich meinem braven Grautier die Sporen in die Flanken schlug in dem vergeblichen Bemühen, der Welt meiner Ängste, ja noch der eigenen Person zu entfliehen. Oder es konnte geschehen, daß ich, noch stärker verzweifelnd, aus dem Sattel sprang und mich der Länge nach auf den Rasen fallen ließ, zu Boden gezwungen durch nichts als Entsetzen und Verzweiflung.

Schließlich aber erreichte ich doch noch das Dörfchen Chamonix. Erschöpfung folgte der tödlichen Müdigkeit des Körpers wie der Seele, unter welcher ich die ganze Zeit gelitten. Nur eine kleine Weile blieb ich noch am Fenster, um dem fahlen, schwefeligen Aufblitzen des Gewitters über dem Montblanc zu folgen und dem Rauschen der Arve zu lauschen, welche da unten ihre schäumende Bahn zog. Und abermals waren diese einschläfernden Töne meinen überwachen Empfindungen ein Schlummerlied: als ich den Kopf in die Kissen vergrub, fühlte ich nahezu körperlich, wie der Schlaf mich überkam, und segnete aus ganzem Herzen diesen Spender des Vergessens.

Zehntes Kapitel

Den ganzen folgenden Tag brachte ich darüber zu, das Tal zu durchstreifen. Ich stand an der Quelle des Arveiron, welcher aus einem Gletscher entspringt, der sich langsam von den Bergeshöhen gegen das Tal vorschiebt und es zu verschließen droht. Vor meinen Blicken türmten sich die steilen Flanken ungeheurer Berge. Eisige Gletscherwände umdrohten mich, und nur vereinzelte, kümmerliche Nadelbäume belebten die Ödnis ringsum. Und das feierliche Schweigen dieses strahlenden Audienzsaales einer herrscherlichen Natur ward einzig unterbrochen von dem Gemurmel der Wellen, von dem Herabsturze eines gewaltigen Felsbrockens, von der donnernden Talfahrt einer Lawine oder dem von den Bergen widerhallenden Krachen des aufgestauten Gletschereises, welches sich nach unabänderlichen Gesetzen dehnte und voranschob, als wär's ein Spielzeug in den allgewaltigen Händen der Schöpfung. Dies erhabne und großartige Kräftespiel gewährte mir den besten Trost, den zu empfangen ich fähig war. Es entrückte mich all den kleinlichen Empfindungen, und wiewohl es mir den Kummer nicht vom Herzen nahm, vermochte es doch, ihn zu bezähmen und zu sänftigen. Auch lenkte es mir ein wenig den Geist ab von jenen grüblerischen Gedanken, über denen ich den ganzen letzten Monat gebrütet. Erst gegen Abend zog ich mich zur Ruhe zurück, und noch im Schlummer ward mir aufgewartet von der mich umstehenden Assemblee all der gewaltigen Erscheinungen, welche ich tagsüber vor Augen gehabt. Es war eine großartige Kongregation. Der makellose, schneebedeckte Gipfel, die glitzernde Felszinne, die Nadelwälder und die kahle, zerklüftete Schlucht, ja sogar der inmitten der Wolken kreisende Adler: sie alle versammelten sich um mein Lager, meiner Seele den Frieden zu bringen.

Wohin war dies alles entschwunden, als ich am Morgen erwachte? Mit dem Schlummer hatte das Erhebende sich von mir gehoben, und aufs neue umwölkte die düstere Schwermut all mein Denken. Draußen der Regen stürzte in Kaskaden hernieder, und ein undurchdringlicher Nebel verbarg das Gebirge vor meinen Blicken, so daß ich meine mächtigen Freunde nimmer von Angesicht sehen konnte. Doch was tat's – ich war entschlossen, ihren Nebelschleier zu durchdringen und sie in ihrer wolkenverhangenen Einsamkeit aufzusuchen. Was bedeuteten mir schon Regen und Sturm! So ließ ich den gesattelten Maulesel vors Haus führen und machte mich auf den Weg zum Gipfel des Montanvert. Ich entsann mich noch sehr wohl der eindringlichen Wirkung, welche sein ungeheurer, in steter Bewegung befindlicher Gletscher beim ersten Anblick auf mich geübt: er hatte mir die Seele mit einer Begeisterung für das Erhabene erfüllt, welche ihr Flügel verliehen und es ihr ermöglicht hatte, sich aus der Düsternis der Welt zu lichten Höhen aufzuschwingen. Niemals hatte ja die ehrfurchtgebietende Majestät der Natur verfehlt, mich feierlich zu stimmen und mich die vergänglichen Sorgen des Lebens vergessen zu machen, und so war ich entschlossen, den Aufstieg ohne einen Führer zu unternehmen, da ich mit dem Pfade wohlvertraut war, und die Gegenwart eines zweiten Menschen ja doch nur die einzigartige Größe der Szenerie zunichte gemacht hätte.

Der Aufstieg führt überaus steil empor, doch ist der Saumpfad in stetigen, kurzen Kehren angelegt, die es Euch ermöglichen, den nahezu lotrecht ansteigenden Berg zu erklimmen. Die Landschaft ringsum ist von einer grauenvollen Trostlosigkeit. Allerorten sind die tausendfältigen Spuren der Lawinen des Winters zu erkennen: entwurzelte Bäume. liegen verstreut umher, manche von ihnen zur Gänze zersplittert, andere nur schräg gegen Felsvorsprünge geschleudert, oder aber quer über die darunterliegenden Stämme. Je höher Ihr steigt, desto häufiger ist der Pfad durchsetzt von schneeigen Klüften, darein beständig das Geröll von oben nachrutscht. Eine von ihnen ist besonders gefahrvoll zu überwinden, dieweil ja der geringste Laut, ja sogar schon ein vernehmlicheres Wort genügt, durch die hervorgerufene Lufterschütterung den verderblichsten Steinschlag zu Häupten des Sprechers auszulösen. Das Nadelgehölz in jenen Regionen ist weder hoch noch üppig, doch sind die Bäume düster und tragen auf ihre Weise zu der unwirtlichen Strenge solcher Szenerie bei. Ich blickte in das Tal, welches sich mir zu Füßen breitete: riesige Nebelschwaden stiegen von den Flüssen herauf, welche es durchflossen, oder umhüllten in dicken, brodelnden Wirbeln die gegenüberliegenden Berge, deren Gipfel in dem einförmigen Grau der Wolken verborgen waren, während der Regen aus einem düstern Himmel stürzte und mit seinem Rauschen den Eindruck von Schwermut und Trostlosigkeit, der mich angesichts solcher Umgebung überkommen, noch verstärkte. Ach! Warum berühmt sich der Mensch seiner überlegenen Empfindsamkeit gegenüber der unvernünftigen Kreatur! Dies Gefühl macht ihn ja nur noch abhängiger von den vielen Notwendigkeiten, derer das Tier nicht bedarf! Wäre unser Dasein bloß vom Hunger, vom Durst und von der Lustbegier gelenkt, wir könnten uns als nahezu frei betrachten! So aber genügt der leiseste Wind, uns zu bewegen, ja schon ein absichtsloses Wort kann dies bewirken, wenn nicht gar der bloße Schauplatz, der solch ein Wort auslösen könnte!

Zur Nacht vergiftet uns ein Traum den Schlummer.
Den Tag verdirbt ein unbedachtes Wort.
Wir fühlen, rätseln, denken; tragen Kummer
Und scheuchen ihn mit einem Lachen fort.

Uns gilt es gleich: ob Freuden oder Sorgen,
Vielleicht sind wir noch heut' davon befreit.
Nie gleicht des Menschen Gestern seinem Morgen:
Bestand hat einzig die Vergänglichkeit.

Es ging schon auf Mittag, als ich den obersten Punkt meines Aufstiegs erreicht hatte. Eine Zeitlang ließ ich mich auf jenem Felsen nieder, der dies Meer aus Eis überblickt. Der Nebel bedeckte sowohl den Gletscher als auch die ihn umgebenden Berge, doch hatte sich jetzt ein Wind erhoben, welcher die Schwaden zerteilte, so daß ich das Eis betreten konnte. Seine Oberfläche ist so uneben wie diejenige eines windgepeitschten Sees, erstreckt sich in schwachem Gefälle talwärts und ist durchsetzt von Spalten und Rissen, welche tief ins Innere des Gletschers reichen. Das Eisfeld hat eine Breite von nicht ganz einer Meile, doch bedurfte ich nahezu zweier Stunden, es zu überqueren. Die gegenüberliegende Seite ist durch eine nackte, lotrechte Felswand begrenzt. Von meinem gegenwärtigen Standpunkt aus hatte ich den etwa eine Meile entfernten Montanvert gerade vor Augen. Hinter ihm aber türmte der Montblanc sich in ehrfurchtgebietender Majestät in den Himmel. Ich verweilte in einer Felsnische und konnte mich nicht sattsehen an so wunderbarem wie bestürzendem Schauspiel. Das Meer von Eis, oder besser, der ungeheure, zu Eis erstarrte Strom erstreckte sich in Krümmungen zwischen seinen Bergen, deren luftige Gipfel sich nahezu lotrecht über all den Rissen und Spalten erhoben. Die vom Firne glitzernden Bergspitzen erglänzten hoch über den Wolken im Strahl der Sonne. Mein eben noch so kummervolles Herz, nun wollte sich's weiten in einem Gefühl, welches fast schon der Freude gleichkam. »Oh, ihr ruhelosen Seelen!« so rief ich. »Wenn ihr in Wahrheit umherirrt und nicht in euren engen Gräbern ruht, verstattet mir diesen Hauch des Glückes, oder nehmt mich als euren Gefährten hinweg aus den Freuden dieser Welt!«

Dies kaum gerufen, ward ich plötzlich einer Gestalt ansichtig, welche sich mir aus einiger Entfernung mit übermenschlicher Schnelligkeit näherte. Der Herankommende nahm all die Spalten und Risse, denen ich in aller Vorsicht ausgewichen, im Sprunge. Seine Größe schien gleichfalls diejenige eines Menschen zu übertreffen! Bestürzung überkam mich: der Blick umflorte sich mir, und ich spürte, wie eine Schwäche mich anwandelte. Indes, der kalte Bergwind brachte mich alsbald wieder zur Besinnung, und ich mußte, da jene Gestalt näher und näher kam, gewahren (o fürchterlicher, abscheulicher Anblick!), daß es der Unhold war, welchen ich geschaffen! Entsetzen und Wut machten mich erzittern, doch war ich fest entschlossen, sein Herankommen abzuwarten und mich ihm zum Kampfe auf Tod oder Leben zu stellen. Nun war er vollends herangekommen! Seine Züge verrieten den bittersten Schmerz, verbunden mit Verachtung und abgründiger Bosheit, doch machte eine übernatürliche Häßlichkeit dies Antlitz dem menschlichen Blicke nahezu unerträglich. Ich aber achtete dessen kaum. Wut und Haß hatten mich ja zunächst der Sprache beraubt, und da ich meine Rede wiedergefunden, war's nur, um den Elenden mit Worten des grimmigsten Abscheus und der tiefsten Verachtung zu zerschmettern.

»Du Ausgeburt!« so rief ich. »So wagst du's, dich mir zu nahen, und fürchtest nicht die grimmige Vergeltung meines schon nach deinem erbärmlichen Haupte ausgestreckten Rächerarms? Hinweg, abscheuliches Geziefer! Doch nein, halt an, auf daß ich dich zu Staub zermalme! Ach! Könnt' ich doch mit der Austilgung deines schändlichen Daseins dasjenige der Opfer wieder heraufrufen, welche du so satanisch hingemordet!«

»Diesen Empfang hab' ich erwartet«, versetzte das Ungetüm. »Der Elende wird ja von allen gehaßt. Wie muß da erst ich gehaßt sein, ich, das elendste von allen lebenden Wesen! Sogar du, mein Schöpfer, verabscheust mich und trittst mich mit Füßen, mich, dein Geschöpf, welchem du doch durch Bande verbunden bist, die einzig gelöst werden können durch die Vernichtung eines von uns beiden. Du willst mich also töten? Wagst du's denn wirklich, so mit dem Leben zu spielen? Erfüll erst deine Pflichten gegen mich, so will auch ich die meinen an dir und der Menschheit erfüllen! Gehst du auf meine Bedingungen ein, so will ich dich und alle Menschen hinfort in Frieden lassen. Weigerst du dich aber, so will dem klapperdürren Tod ich einen Wanst anmästen, will ihn vollstopfen mit dem Blut all deiner Freunde!«

»Verhaßtes Ungeheuer! Feind aller Menschen, der du bist! Was wäre alle Pein der Hölle, gemessen an der Rache, nach welcher deine Bluttat schreit! Nichtswürdige, satanische Kreatur! Kömmst mir mit deiner Erschaffung, machst sie mir zum Vorwurf? Wohlan, herbei, herbei, auf daß ich jenen Funken wieder tilge, mit dem ich dich so unbedacht begabt!«

Meine Raserei war nun am Überkochen. Ich stürzte mich auf ihn, getrieben von allem und jedem, was einen Menschen gegen das Leben seines Nächsten aufzubringen vermag.

Er aber wich mir mit Leichtigkeit aus und sprach: »Halt an dich! Und hör mich an, ich beschwöre dich, eh' du all deinen Haß ausgießest über mein schwergeprüftes Haupt. Hab' ich denn nicht genug gelitten? Mußt du noch trachten, dies Elend zu vertiefen? Allein, das Leben, wie sehr's auch nur ein Knäuel sein mag aus Nöten und aus Qual, es ist mir teuer, und ich will mich meiner Haut schon wehren! So denk daran, daß du mich ja mit einer Kraft begabt, die deine Kraft bei weitem übersteigt! Und auch an Größe der Gestalt bin ich dir überlegen! Nicht anders steht's um die Gelenkigkeit. Doch sei es fern von mir, mich gegen dich zu wenden. Ich bin ja dein Geschöpf, will sanft sein und gefügig gegen meinen Herrn und Gott, sobald auch du das deine dazu beiträgst und tust, was du mir schuldest. Oh, Frankenstein, erweise nicht nur andern deine Billigkeit, tritt nicht nur mich allein mit Füßen, mich, dem du mehr Gerechtigkeit, mehr Nachsicht und mehr Liebe schuldest denn jedem andern Menschen! Sei dessen eingedenk, du selbst hast mich geschaffen – ich sollte ja dein Adam sein! Doch bin ich eher dem gefallnen Engel zu vergleichen, den du um nichts von dir gestoßen. Wohin ich schau', erblick' ich Seligkeit, und ich allein bin davon ausgeschlossen. Und war doch gut, und war doch reinen Herzens! Das Elend erst hat mich zum Feind gemacht. So mach mich glücklich, und ich will aufs neue der Tugend mich verschreiben!«

»Hinweg! Ich will nichts hören! Zwischen dir und mir kann's keine Gemeinsamkeit mehr geben – wir sind Feinde. Hinweg, oder laß uns die Kräfte erproben in einem Kampfe, darin einer von uns auf der Walstatt bleibt!«

»Wie rühr' ich dir das Herz, wie fang' ich's an?

Mag denn gar keine Bitte dich bestimmen, mit günstigem Aug' auf dein Geschöpf zu blicken, wie's dich um Güte und um Mitleid anfleht? Glaub mir, oh, Frankenstein: ich *war* einst gut, und war entflammt von Menschlichkeit und Liebe! Doch bin ich nicht allein, zutiefst allein? Selbst du, der mich geschaffen, scheust vor mir zurück! Was hätte ich von denen zu erhoffen, die mir durch nichts verbunden sind? Sie treten mich mit Füßen, hassen mich! Mein Obdach sind die rauhen Berge und die öden Gletscher. So manchen Tag schon hab ich hier verbracht! Die Gletscherspalten, die mir niemand neidet, sie dienen mir zur Wohnung. Mich können sie nicht schrecken, und ich preise den grauverhangnen Himmel noch, der freundlicher zu mir ist als die Menschen. Denn wüßten sie um meine Existenz, sie täten es dir gleich: versähen sich mit Waffen, mich zu töten. Und *ich* sollt' ihnen nicht mit Haß begegnen? Zwar will von meinen Feinden ich nichts wissen, doch da ich nun einmal so elend bin, so sollen sie dies Elend mit mir teilen. Allein, es steht in deiner Macht, dies abzuwenden, und sie von einem Übel zu erlösen, das nicht nur dich und alle deine Lieben, nein, auch noch tausend andere bedroht, sobald mein Grimm gleich einem Wirbelsturme erst über sie hereinbricht! So laß dir denn das Herz vom Mitleid rühren, verachte mich nicht länger, sondern hör, was ich zu sagen habe! Erst wenn du die Geschichte meines Lebens vernommen hast, erst dann stoß mich von dir, erst dann auch magst du mir dein Mitleid schenken, mit einem Wort, dann magst du selbst entscheiden! Zuvörderst aber hör mich! Selbst das Gericht, selbst das Gesetz der Menschen, so blutig es auch ist, hört den Verbrecher an, bevor es ihn verdammt. So hör, o Frankenstein, auch du mich an: du selber, der des Mordes mich bezichtigt, du selbst willst kalten Herzens den vernichten, der vor dir steht und den du selbst geschaffen! Gelobt sei menschliche Gerechtigkeit! Doch bitt' ich nicht um Schonung, sondern möchte nur eines: hör mich an! Erst hinterher, so du noch willens bist und so du kannst, vernichte deiner eignen Hände Werk!«

»Wie!« rief ich dawider, »so berufst du dich auf das Gedächtnis jener grausigen Begebenheiten, an die zu denken mich erschaudern läßt? Berufst dich auf meine nichtswürdige Urheberschaft? Verflucht sei der Tag, du abscheuliche Ausgeburt, an welchem du das Licht der Welt erblickt hast! Verflucht auch seien (wiewohl der Fluch ja auf mein Haupt zurückfällt) die Hände, welche dich geformt! Unsägliches Elend hast du über mich gebracht! Wie soll ich jetzt noch wissen, ob ich gerecht zu dir bin oder nicht! Hinweg! Befrei mich von dem Anblick deiner widerwärtigen Gestalt!«

»So will ich dich hiermit davon befreien, du mein Schöpfer«, so sprach er und hielt mir die verhaßten Hände vor die Augen. Mit aller Heftigkeit stieß ich diese Klauen von mir. »Auf diese Weise will ich allen Abscheu dir ersparen. Du siehst mich nicht und kannst mich dennoch hören, kannst mir sogar dein Mitleid schenken. Und dies – ich schwör's bei jener Tugend, die ich einst besessen – verlange ich von dir! So hör denn die Geschichte meines Lebens: sie ist sehr sonderbar und auch sehr lang. Indes, die Kälte hier ist wohl zu groß, als daß sie deinem Feingefühle frommte! Komm deshalb zu der Hütte auf dem Berge dort!

Noch steht die Sonne hoch am Himmel. Doch eh' sie hinter jenem Schneegebirg' versinkt, um drüben einer andern Welt zu leuchten, wirst du vernommen haben, was du hören mußt, um frei dich zu entscheiden. Es liegt an dir, ob ich hinfort der Menschen Nachbarschaft auf immer meide, um irgendwo ein Leben ohne Arg zu führen – oder ob ich zu ihrer Geißel werde, die auch noch deinen eignen, raschen Untergang heraufbeschwört!«

Dies gesagt, schritt er mir über das Eis voran: ich folgte ihm. Das Herz war mir zu voll, als daß ich sogleich hätte antworten können. Doch während ich so dahinschritt, zog ich die mannigfaltigen Argumente in Erwägung, derer er sich bedient hatte, und beschloß, seine Erzählung zumindest anzuhören. Zum einen Teil trieb mich ja schon die bloße Neugierde dazu, zum andern ward mein Entschluß durch das Mitleid befestigt. Bislang hatte ich ja dies Monstrum für den Mörder meines Bruders angesehen, und war nun voll Eifer darauf bedacht, diese Meinung entweder bestätigt oder aber widerlegt zu finden. Auch war mir zum ersten Male aufgegangen, daß der Schöpfer seinem Geschöpf gegenüber gewisse Pflichten habe, und daß es an mir gewesen wäre, für das Glück dieses Wesens zu sorgen, bevor ich mich über dessen Verderbtheit beklagte. Derlei Erwägungen hatten mich veranlaßt, seiner Bitte zuzustimmen. So überquerten wir also den Gletscher und erklommen den gegenüberliegenden Felsen. Es war kalt genug, und auch der Regen setzte wieder ein, als wir die Hütte betraten: jener Elende mit nahezu frohlockender Miene, ich aber schweren Herzens und bedrückten Gemüts. Allein, ich hatte ja eingewilligt, der Erzählung zu lauschen, und so setzte ich mich an das Feuer, welches mein anrüchiger Kompagnon entfacht hatte. Danach hub er an zu sprechen.

Elftes Kapitel

Nur unter beträchtlichen Schwierigkeiten vermag ich, mich der ersten Zeit meines Daseins zu entsinnen: alles, was in jenen Tagen sich begeben, kann ich nur verworren und undeutlich erkennen. Allerlei befremdliche Empfindungen drangen auf mich ein, denn ich sah, fühlte, hörte und schmeckte ja zur selben Zeit, ohne jedoch diese Wahrnehmungen noch voneinander trennen zu können. Es sollte in der Tat recht lange dauern, bis ich meine Sinnesfunktionen voneinander zu unterscheiden lernte. Ich erinnere mich, daß nach und nach ein immer stärker werdendes Licht auf mich eindrang, das mich zwang, die Augen zu schließen. Dies getan, umgab mich aber eine Finsternis, welche mich ängstigte. Deshalb, so glaube ich, öffnete ich die Augen wieder und setzte mich aufs neue jenem Lichte aus. Mir ist's, als hätte ich dann zu gehen begonnen, ja, als wäre ich eine Treppe hinuntergeschritten. Dies alles geschah, während ein großer Wandel in meinen Empfindungen sich vollzog. Ehedem hatten mich ja bloß dunkle und undeutliche Körper umgeben, welche meiner Berührung und meinem Anblick entzogen waren. Nun aber entdeckte ich, daß ich nach Belieben voranschreiten konnte und dabei keinerlei Hindernisse vorfand, die ich nicht überwinden oder aber vermeiden hätte können. Doch ward jenes Licht mir mehr und mehr beschwerlich, und da auch die Hitze mich auf meinem Gange ermüdete, sah ich mich nach einem schattigen Orte um. Es war dies der Wald bei Ingolstadt. Dort legt' ich mich an des Baches Ranft ins grüne Gras und ruhte von meiner Mattigkeit aus, bis der Hunger und der Durst mich zu quälen begannen. Dergestalt ward ich aus meinem Halbschlummer erweckt und machte mich daran, etwelche Beeren, welche ich an den Bäumen hangend oder auf dem Erdboden liegend vorgefunden, zu verzehren. Meinen Durst stillte ich an jenem Bache. Dies getan, übermannte mich der Schlaf.

Da ich erwachte, umgab mich Finsternis. Die Kälte kroch mir durchs Gebein und ward gefolgt von der Angst, was ja in Ansehung meiner Verlassenheit nur zu natürlich war. Bevor ich deine Räume verlassen, hatte ich meine Blöße zufolge eines Kältegefühls mit etwelchen Kleidungsstücken bedeckt. Allein, dieselben reichten nicht hin, mich vor dem Tau der Nacht zu bewahren. Jawohl, ich war ein bedauernswertes, hilfloses, jammervolles Geschöpf, welches gar nichts wußte und über keinerlei Unterscheidungsvermögen zu gebieten hatte. Ich fühlte nur, wie mich eine alles umfassende Seelenpein überkam, und so setzte ich mich hin und weinte bitterlich.

Alsbald begann ein sanftes Leuchten den Himmel zu erhellen, welches mein Herz erfreute. Ich sprang empor und erblickte ein strahlendes Gebilde*) zwischen den Bäumen heraufsteigen. Verwundert starrte ich es an. Es stieg nur langsam höher, doch leuchtete es mir auf meinem Pfad, so daß ich mich zum andern Mal auf die Beerensuche begeben konnte. Mir war ja noch immer recht kalt, doch siehe da, ich fand unter einem Baume einen großen Mantel, in welchen ich mich hüllte, wonach ich mich aufs neue auf dem Erdboden niederließ. Noch gingen mir keine unterscheidbaren Gedanken durch den Kopf: vielmehr herrschte darin eine einzige, große Konfusion. Nur des Lichtes, des Hungers, des Durstes und der Finsternis ward ich inne. Auch drangen unzählige Geräusche an mein Ohr, und von allen Seiten grüßten mich die mannigfachsten Gerüche. Was ich deutlich unterscheiden konnte, war einzig jenes strahlende Gebilde, und so heftete ich denn meine Augen voll Freude auf dasselbe.

Tag und Nacht hatten einander schon mehrmals abgewechselt, und jene nächtliche Sonne war schon um ein Beträchtliches zusammengeschrumpft, als ich nach und nach begann, meine Wahrnehmungen deutlicher voneinander zu sondern. Immer schärfer vermochte ich jetzt, jenes klare Rinnsal zu erkennen, aus dem ich meinen Trunk schöpfte. Auch die Bäume, welche mir mit ihrem Blätterwerke Schatten spendeten, nahmen feste Formen an. Groß war mein Entzücken, als ich erstmals entdeckte, daß jener süße Schall, welcher meinen Ohren schon so manches Mal

---

*) Dies arglose Ungeheuer meint ja den Mond!

ein holder Morgengruß gewesen, von den Kehlen jener kleinen, geflügelten Geschöpfe herrührte, die mir bisweilen das Licht so schattig durchzuckten. Auch begann ich jetzt, die Dinge, welche mich rings umgaben, mit größerer Schärfe zu beobachten, so daß ich der Grenzen jenes strahlenden Daches aus Licht gewahr wurde, darunter ich tagsüber hinwandelte. Bisweilen versuchte ich, den süßen Gesang jener geflügelten Geschöpfchen nachzuahmen, konnte dies aber durchaus nicht zuwege bringen. Bisweilen auch empfand ich den Wunsch, die eigenen Empfindungen in Töne umzusetzen, doch verschüchterten mich die unartikulierten, ja unflätigen Geräusche, welche da aus mir hervordrangen, so sehr, daß ich alsbald wieder verstummte.

Über solchen Beschäftigungen war der Mond vom Nachthimmel verschwunden, hatte sich aber bald danach, wenn auch in arg verkleinerter Gestalt, wieder auf demselben gezeigt. Ich aber hielt mich nach wie vor in jenem Walde auf. Doch hatte um jene Zeit mein sinnliches Unterscheidungsvermögen sich schon zur Gänze entfaltet, und auch in meinem Kopfe formten sich von Tag zu Tag immer neue Gedanken. Meine Augen hatten sich an das Licht gewöhnt und wußten nun, die Dinge in deren richtiger Gestalt wahrzunehmen. So konnte ich jetzt zum Beispiel nicht nur den krabbelnden Käfer von seinem Blatte unterscheiden, sondern sogar die mannigfachen Pflanzenformen untereinander. Auch kam ich dahinter, daß der Sperling beständig nur ein und dasselbe Tschilpen hervorbrachte, wogegen der Gesang von Amsel, Drossel, Fink und Star überaus süß und verlockend tönte.

Eines Tages, als die Kälte mir wieder ganz besonders zusetzte, stieß ich auf ein Feuer, das von etwelchem herumziehenden Bettelvolke zurückgelassen worden sein mochte, und ward über der Wärme, die mir aus den Flammen entgegenschlug, vom Entzükken erfaßt. In meiner ersten Freude fuhr ich mit der Hand in die rote Glut, zuckte aber sogleich mit einem schmerzlichen Aufschrei zurück. Wie sonderbar, so dachte ich, daß doch ein und dasselbe Ding so gegensätzliche Wirkungen hervorbringen mag! Danach machte ich mich an die Untersuchung der Stoffe, aus denen dies Feuer gemacht war, und stellte hochbeglückt fest, daß es ja aus nichts als Holz bestand! So beeilte ich mich, mehrere Äste herbeizuschleppen. Allein, dieselben waren durchnäßt und mochten auf keine Weise brennen. Betrübt ließ ich mich an dem Feuer nieder und sah ihm weiterhin zu. Über solcher Beschäftigung trocknete das nasse Holz, welches ich neben die Flammen gelegt hatte, und ward von denselben entzündet. Dies gab mir zu denken, und so befühlte ich einen Ast um den andern, bis ich hinter die Ursache solchen Vorganges gekommen war. Sogleich machte ich mich daran, eine große Menge Holzes zusammenzutragen, auf daß ich genügend Nahrung für dies so lustig flackernde Feuer hätte. Da aber die Nacht sich herniedersenkte, und mit ihr der Schlaf mich überkam, war ich in der größten Angst, mein Feuer könnte mir verlöschen. Also bedeckte ich es sorgsam mit trockenem Holze und dürrem Laub, wonach ich durchnäßtes Gezweig auf das Ganze häufte. Erst dann breitete ich meinen Mantel auf den Erdboden, legte mich darauf und fiel in einen tiefen Schlummer.

Als ich den andern Morgen die Augen aufschlug, galt meine erste Sorge dem Feuer. Ich deckte es auf, und der leichte Morgenwind ließ alsbald eine helle Flamme daraus hervorzüngeln. Dies fiel mir auf, und so verfertigte ich aus Zweigen einen Fächer, mit welchem ich die Glut, sobald sie zu verlöschen drohte, wieder anfachte. Da es aber zum andern Mal Nacht geworden, entdeckte ich zu meiner größten Freude, daß solches Feuer nicht nur Wärme spendete, sondern auch Licht, ja daß die Entdeckung dieses Elements mir sogar bei meiner Nahrung zum Vorteile ausschlug: nämlich, ich gewahrte, daß einige der Abfälle, welche die Landstreicher zurückgelassen, inzwischen von dem Feuer geröstet worden waren und mir nun viel besser mundeten als jene Beeren, welche ich von den Bäumen gepflückt. Derhalben versuchte ich, mein Essen auf die gleiche Weise zuzubereiten, indem ich es auf die rote Glut legte. Dies lehrte mich, daß die Beeren durch das Feuer verdorben, die Nüsse und Wurzeln aber ganz erklecklich durch dasselbe verbessert wurden.

Allein, mit der Zeit ward es mir immer schwerer, die gehörige Nahrung aufzutreiben. So manches Mal brachte ich den ganzen Tag darüber zu, nach etwelchen Eicheln oder Bucheckern zu suchen, um meinen nagenden Hunger zu stillen, und dann doch nichts zu finden. Dies erkannt, beschloß ich, den Ort, welchen ich bislang bewohnt, zu verlassen und nach einem anderen Umschau zu halten, welcher die wenigen Bedürfnisse, die ich empfand, auf leichtere Weise befriedigen würde. Auf meiner Wanderschaft beklagte ich aufs bitterste den Verlust meines Feuers, das mir ein so günstiger Zufall in die Hände gespielt, denn ich wußte ja nicht, wie ich es aufs neue zu entfachen hätte. Ich widmete dieser Schwierigkeit mehrere Stunden der ernsthaftesten Betrachtung, war aber gezwungen, von meinen vergeblichen Versuchen abzustehen. So hüllte ich mich aufs neue in den Mantel und setzte meinen Weg in Richtung der untergehenden Sonne fort. Drei Tage wanderte ich so dahin, bis ich schließlich das offene Land vor mir liegen sah. Da in der vergangenen Nacht ein starker Schneefall eingesetzt hatte, erstreckten die Felder sich vor meinen Blicken im einförmigsten Weiß. Solcher Anblick war alles andere denn tröstlich, und überdies mußte ich gewahren, daß mir die Füße starr wurden von jener kalten, feuchten Masse, welche den Boden bedeckte.

Es mag etwa sieben Uhr morgens gewesen sein, und ich empfand eine immer heftiger werdende Begierde nach Nahrung und nach Obdach. Schließlich ward ich einer kleinen Hütte ansichtig, welche auf einem Abhang stand und ganz offensichtlich zur Bequemlichkeit irgendeines Schäfers errichtet worden war. Dies war ein ganz neuer Anblick für mich, und so untersuchte ich die Beschaffenheit solchen Unterschlupfes mit der größten Wißbegier. Da ich die Tür offen fand, trat ich ein. Drinnen saß ein alter Mann am Feuer und war damit beschäftigt, sich sein Frühstück zu bereiten. Als er mich eintreten hörte, wandte er sich herum. Mein Anblick machte ihn aufschreien, er stürzte aus der Hütte und lief querfeldein mit einer Schnelligkeit davon, wie man sie einer so greisenhaften Erscheinung nimmermehr zugetraut hätte. Sein Aussehen, welches in nichts den Dingen glich, die ich bisher zu Gesicht bekommen, sowie seine überstürzte Flucht verwunderten mich ein wenig. Die Bauart der Hütte aber erfüllte mich mit großer Freude: hier konnten ja weder Schnee noch Regen eindringen, der Boden war trocken, und so präsentierte sich mir dies Obdach als ein so vortrefflicher, ja ein himmlischer Aufenthalt, wie es etwa das Pandämonium den Höllengeistern gewesen sein mag, nachdem dieselben in dem Feuersee so füchterliche Qualen durchgemacht. Mit der größten Gier verschlang ich die Reste von des Schäfers Morgenmahlzeit, welche aus Brot, Käse, Milch und auch Wein bestanden hatte. Der letztere freilich wollte mir durchaus nicht zusagen. Danach ward ich von meiner Müdigkeit überwältigt, legte mich auf das schüttere Stroh und schlief ein.

Als ich erwachte, war es Nachmittag. Durch die warme Sonne, welche so strahlend auf das Weiß herniederschien, ließ ich mich verführen und beschloß, meine Wanderung wieder aufzunehmen. Nachdem ich die Reste von des Hirten Frühstück in ein vorgefundenes Felleisen getan, schritt ich mehrere Stunden lang über die Felder dahin, bis ich gegen Sonnenuntergang vor einem Dorfe anlangte. Welch wundersamer Anblick bot sich mir da! Ich wußte nicht, was ich zuerst bestaunen sollte: die Hütten, die ansehnlicheren Behausungen der Dörfler, oder aber die stattlicheren Gebäude! Das in den Vorgärten stehende Gemüse sowie die Milch und der Käse auf den Fensterbrettern mancher Häuser machten mir das Wasser im Munde zusammenlaufen. So trat ich in eine der besser aussehenden Wohnstätten ein. Kaum aber hatte ich den Fuß über die Schwelle gesetzt, als auch schon die Kinder ein Entsetzensgeheul anstimmten, und eines der Weiber in Ohnmacht fiel. Mit einem Mal war das gesamte Dorf auf den Beinen: die einen nahmen Reißaus, andere wieder gingen auf mich los, bis ich, von Steinwürfen und allerlei anderen Wurfgeschossen arg zugerichtet, auf das platte Land hinaus entwich und voll Angst in einem elenden Schuppen Zuflucht suchte, welcher so gut wie nichts enthielt und nach all den Palästen, die ich in jenem Dorfe erblickt hatte, den jammervollsten Eindruck auf mich machte. Zwar lehnte besagter Schuppen sich gegen ein Häuschen von nettem und freundlichem Aussehen, doch wagte ich's nach meinen so teuer erkauften Erfahrungen nicht, dasselbe zu betreten. Mein Unterschlupf erwies sich als zur Gänze aus Pfosten und Brettern errichtet, doch war sein Dach so niedrig, daß ich darunter kaum aufrecht zu sitzen vermochte. Der Boden bestand freilich nur aus gestampftem Lehm, doch war er trocken, und wiewohl der Wind durch zahllose Ritzen und Spalten pfiff, fand ich's nach all dem Regen und Schnee doch recht gemütlich hier drinnen.

So legte ich mich denn zur Ruhe, glücklich, ein Obdach gefunden zu haben, und der Unbill solcher Jahreszeit, vornehmlich aber den barbarischen Sitten der Menschen entrückt zu sein.

Sobald der Morgen heraufdämmerte, kroch ich aus meinem Verschlage hervor, um das angrenzende Haus in Augenschein zu nehmen und mich zu vergewissern, ob es ratsam sei, in meinem neuen Unterschlupfe zu bleiben. Derselbe lehnte sich gegen die Rückwand jenes Hauses und war zur einen Seite von einem Schweinekoben, zur anderen von einem klaren Tümpel begrenzt. So blieb nur jene Seite zugänglich, von welcher ich eingedrungen war. Nunmehr machte ich mich daran, jede Öffnung, durch die ich hätte gesehen werden können, mit Holzstücken und Steinen zu verbauen, ohne mir indes den Fluchtweg damit zu verlegen. Schließlich fiel nur mehr durch den Schweinestall ein wenig Licht in mein Versteck, doch genügte mir dieser Schimmer vollauf.

Nachdem ich mich auf diese Weise wohnlich eingerichtet und auch sauberes Stroh aufgeschüttet hatte, zog ich mich zurück und verhielt mich still, dieweil ich ja in einiger Entfernung eines Menschen ansichtig geworden und mich zu gut der Behandlung entsann, welche ich am Vortage erfahren, als daß ich mich hätte fremder Willkür ausliefern mögen. Schon vorher hatte ich für meinen Tagesproviant gesorgt, indem ich bei passender Gelegenheit einen Laib trocken Brot hatte mitgehen heißen, sowie einen Becher, mit dessen Hilfe ich meinen Trunk bequemer als mit der Hand aus dem an meinem Unterschlupfe vorbeifließenden Wasserlaufe zu schöpfen gedachte. Da der Fußboden gegen seine Umgebung ein wenig erhöht war, konnte die Nässe von draußen ihm nichts anhaben, und überdies versorgte mich die Nähe des Kamines mit hinlänglicher Wärme.

Auf solche Weise ausgestattet, beschloß ich, in meinem Verstecke wohnen zu bleiben, bis irgendein Vorfall meinen Entschluß umstoßen würde. Es war ja in der Tat ein Paradies, verglichen mit meinem bisherigen, trostlosen Domizil unter den Bäumen des Waldes, ihren vom Regen tropfenden Zweigen und dem naßkalten Erdreiche. So gönnte ich mir mein Morgenbrot in der besten Laune und war eben im Begriffe, ein Brett der Außenwand zu lockern, um eines Schluck Wassers habhaft zu werden, als ich plötzlich Schritte vernahm und, indem ich durch eine Ritze spähte, ein junges Geschöpf erblickte, welches, einen Eimer auf dem Kopfe balancierend, an meinem Verschlage vorüberschritt. Es war eine junge Person von sanftem Gehaben, das in nichts demjenigen glich, welches ich seither bei Dorfweibern wie Bauernmägden vorgefunden. Jedoch war sie ärmlich gekleidet, denn einzig ein grober, blauer Kittel nebst einer linnenen Bluse bildeten ihre Gewandung. Das Blondhaar trug sie geflochten, doch ohne jeden Putz. Im ganzen eignete ihr ein Ausdruck trauriger Ergebung. Bald war sie mir aus den Augen und kehrte erst nach etwa einer Viertelstunde zurück, den Eimer halb mit Milch gefüllt. Dieweil sie so dahinschritt, offensichtlich schwer an solcher Bürde tragend, trat ein Bursche auf sie zu, dessen Miene von noch tieferer Bekümmernis gezeichnet war. Nachdem er in traurigem Tone einige Laute geäußert hatte, nahm er den Eimer aus des Mädchens Hand und trug ihn ins Haus. Sie schritt hinter ihm her, und die beiden verschwanden. Gleich darauf erblickte ich den Burschen aufs neue, wie er, etwelches Werkzeug in Händen, das hinter dem Hause liegende Feld überquerte. Auch das Mädchen ging ihrer Beschäftigung nach und machte sich bald in den Räumen, bald auf dem Hofe zu schaffen.

Als ich meine Unterkunft einer eingehenderen Musterung unterzog, entdeckte ich, daß sich ehedem eines der Hausfenster hier heraus geöffnet hatte, inzwischen aber mit Brettern verschalt worden war. In einem derselben befand sich ein schmaler, nahezu unmerklicher Riß, durch den das Auge eben noch hindurchspähen konnte. Er bot mir Einblick in eine kleine Kammer, welche weiß getüncht und sehr sauber, jedoch nahezu leer war. In der einen Ecke saß an einem sparsamen Feuer ein Greis, der mit dem Ausdruck tiefster Niedergeschlagenheit das Haupt in die Hände stützte. Das junge Mädchen war damit beschäftigt, Ordnung zu machen. Jetzt aber zog sie etwas aus einer Schublade, daran ihre Hände sich zu schaffen machten, wobei sie sich zu seiten jenes Greises niederließ, welcher, indem er sich ein Instrument auf die Knie legte, auf demselben zu spielen begann und ihm Töne entlockte, die an betörendem Wohlklang den Schlag der Drossel und das Lied der Nachtigall bei weitem übertrafen. Es war ein lieblicher Anblick, insonderheit für mich armen Teufel, dem ja noch nie etwas Schönes vor Augen gekommen. Das Silberhaar und die herzensgute Miene des hochbetagten Häuslers dünkten mich nahezu verehrungswürdig, wogegen die sanfte Art des Mädchens mir das Herz höher schlagen machte. Der Alte spielte eine süße, klagende Weise, welche, ich sah es, den Augen seiner holden Gefährtin etweliche Tränen entlockte, von denen der Spielende indes keinerlei Notiz nahm, ehe er nicht das Mädchen vernehmlich aufschluchzen gehört. Danach gab er einige Laute von sich, worauf das schöne Geschöpf seine Handarbeit beiseite legte und zu seinen Füßen niederkniete. Er zog sie zu sich empor, wobei ein so herzwärmendes, ja liebevolles Lächeln sein Antlitz verklärte, daß ich von den unaussprechlichsten Empfindungen heimgesucht ward: mich überkam ja eine Art peinvollen Entzückens, wie ich es noch nie zuvor an mir erfahren hatte, weder vom Hunger noch von der Kälte, nicht von der Wärme noch auch von dem Gefühle der Sättigung. Ich mußte von dem Fenster zurücktreten, nicht länger fähig, meine Aufgewühltheit zu bemeistern.

Bald danach trat der Bursche wieder ein, beladen mit einer Traglast Brennholzes. Das Mädchen eilte ihm bis an die Tür entgegen, war ihm behilflich, sich der Bürde zu entledigen und trug einiges von dem Feuerholze in die Kammer, um es neben dem Herde aufzuschichten. Dann trat sie mit dem Jüngling in einen Winkel, wo er ihr einen großen Laib Brot und ein Stück Käse wies. Sie schien darob hocherfreut und ging in den Garten, um irgendwelche Knollen und Kräuter zu holen, welche sie in einem Kessel über das Feuer hängte. Danach nahm sie ihre Handarbeit wieder auf, während der junge Mann sich in den Garten begab, um sich dort aufs emsigste mit dem Ausgraben von Wurzelknollen zu befassen. Nachdem dies etwa eine Stunde lang so fortgedauert, ging das Mädchen ihn holen, wonach die beiden gemeinsam das Haus betraten.

Inzwischen war der Alte in tiefe Gedanken versunken, doch hellte seine Miene sich beim Eintritte der Mitbewohner auf, und alle drei setzten sich zum Mahle nieder. Dasselbe war rasch verzehrt. Abermals machte sich das junge Mädchen ans Aufräumen, wogegen der Alte vor die Hütte trat und sich dort eine Zeitlang in den belebenden Strahlen der Sonne erging, wobei er von dem Burschen gestützt ward. Nichts vermochte an Schönheit den Gegensatz zwischen diesen beiden so vortrefflichen Wesen zu überbieten: der eine war bejahrt, und sein Antlitz strahlte unter dem Silberhaar von Herzensgüte und Zuneigung. Der jüngere aber, von schlanker, graziöser Statur, verfügte über ungewöhnlich regelmäßig geformte Züge. Dessen unerachtet verrieten aber seine Augen, ja all seine Bewegungen die tiefste Niedergeschlagenheit. Nach dem Spaziergang kehrte der Alte in das Häuschen zurück, wogegen der Junge sich abermals über die Felder davonmachte, diesmal aber mit anderen Werkzeugen als am Morgen.

Rasch senkte die Nacht sich hernieder. Ich aber mußte zu meiner größten Verwunderung gewahren, daß die Hausbewohner über ein Mittel verfügten, das Tageslicht zu verlängern, und zwar geschah dies durch die Verwendung von Wachslichtern. Entzückt stellte ich fest, daß der Sonnenuntergang dem Vergnügen, welches ich bei der Beobachtung meiner Menschennachbarn empfand, kein Ende setzte. Den ganzen Abend lang oblagen dergestalt vor meinen Augen das junge Mädchen und ihr Gefährte den verschiedensten

Tätigkeiten, welche ich nicht verstand. Der Alte aber nahm aufs neue das Instrument zur Hand, welches jene göttlichen Klänge hervorbrachte, die mich schon am Morgen so sehr erfreut hatten. Sobald er geendet, begann der Jüngling zwar nicht zu spielen, sondern Laute von sich zu geben, welche viel eintöniger klangen und weder den Harmonien von des Greises Instrument, noch auch dem Gesange der Vögel gleichkamen. Erst viel später wurde mir klar, daß er aus einem Buche vorgelesen. Zu jener Zeit aber hatte ich noch keinerlei Kenntnis von dem Umgange mit Wörtern oder Buchstaben.

Nachdem die Familie sich eine Zeitlang auf solche Weise beschäftigt hatte, löschte sie die Lichter und zog sich, wie ich vermutete, zur Ruhe zurück.

Zwölftes Kapitel

Da lag ich nun auf meinem Stroh und konnte keinen Schlaf finden. Im Geiste überschlug ich die Ereignisse des vergangenen Tags. Was mich vor allem anderen beeindruckte, war das sanfte, stille Verhalten dieser Leute, und so sehnte ich mich recht sehr danach, mich ihnen gesellen zu dürfen, ohne jedoch solchen Schritt auch nur im entferntesten zu wagen. Zu sehr entsann ich mich ja noch der Behandlung, welche mir am voraufgegangenen Abend durch jene gefühllosen Dorfinsassen widerfahren, und so war ich entschlossen, unerachtet der von meinen Mitbewohnern an den Tag gelegten Lebensweise, mich weiterhin abwartend zu verhalten und von meinem Verschlage aus diese Menschen zu beobachten, erfüllt von dem Wunsche, hinter die Motive ihrer Handlungsweise zu kommen.

Am nächsten Morgen waren meine Nachbarn schon

vor Sonnenaufgang auf den Beinen. Das junge Weib brachte das Haus in Ordnung und bereitete das Essen, der Jüngling aber ging nach dem Frühstück weg.

Der neue Tag verstrich auf die nämliche Weise wie der vergangene: beständig war der Jüngling außer Hause beschäftigt, wogegen das Mädchen den verschiedensten, mühseligen Pflichten innerhalb desselben oblag. Der Alte, welchen ich alsbald für blind erkannte, vertrieb sich die Stunden seiner Muße auf jenem Instrumente, oder aber in tiefem Nachsinnen. Nichts vermochte die Liebe und Hochachtung zu übertreffen, welche die beiden jungen Leute ihrem greisen, verehrungswürdigen Hausgenossen gegenüber an den Tag legten. Noch die unscheinbarste Handreichung, ob sie nun von der Zuneigung oder von der Pflicht erheischt ward, erwiesen sie ihm mit Freundlichkeit, und er lohnte es ihnen mit seinem herzensguten Lächeln.

Doch schien dies Glück kein vollkommenes zu sein. So manches Mal traten der junge Mann und seine Gefährtin zur Seite und vergossen etwelche Tränen. Ich aber vermochte den Grund solcher Traurigkeit nicht zu erkennen, wiewohl ich mich ob derselben zutiefst betroffen fühlte. War's schon so lieblichen Geschöpfen elend ums Herz, wie hätt' es da um mich, ein unvollkommenes und einsames Wesen, besser bestellt sein sollen? Trotzdem blieb da die Frage, weshalb denn diese so sanftmütigen Leute unglücklich wären? Nannten sie nicht ein wunderschönes Haus ihr eigen (denn dies war es in meinen Augen), verfügten sie nicht über jede erdenkliche Bequemlichkeit? Sie hatten ein Feuer, sich daran zu wärmen, und die köstlichsten Speisen, ihren Hunger zu stillen! Sie gingen aufs beste gekleidet und, was noch schwerer wog, sie hatten einander zur Gesellschaft, mußten nicht der Anrede entbehren und konnten Tag für Tag die freundlichsten Blicke der Zuneigung tauschen! Was also sollten ihre Tränen? Gaben sie wirklich einem

Schmerze Ausdruck? Zunächst sah ich mich außerstande, diese Fragen zu beantworten, doch ließ meine fortgesetzte Wachsamkeit im Vereine mit der Zeit mich so manches durchschauen, was mir anfangs ein Rätsel gewesen.

Dennoch sollte geraume Zeit verstreichen, ehe ich hinter eine der Ursachen kam, welche die Betrübnis dieser so liebenswerten Familie bewirkten: es war die Armut – ein Übel, welchem diese drei in überaus schmerzlichem Grade unterworfen waren. Ihre Nahrung bestand ja zur Gänze aus den Gemüsen, welche das Gärtchen lieferte, sowie aus der von einer einzigen Kuh stammenden Milch, die überdies während des Winters nur sehr spärlich floß, da die Besitzer dem Tiere ja kaum das allernötigste Futter zu verabreichen hatten. Und ich glaube, daß die beiden jüngeren Hausgenossen solchen Hunger gar oft als äußerst quälend empfanden: zu mehreren Malen setzten sie ja dem alten Manne das Essen vor, ohne für sich selbst auch nur den kleinsten Bissen erübrigt zu haben. Solche Fürsorglichkeit bewegte mich bis ins Innerste. Bisher war's ja mein Brauch gewesen, während der Nacht diesen Ärmsten einen Teil ihrer kärglichen Vorräte für meinen eigenen Verzehr zu entwenden. Sobald ich aber dahintergekommen, daß ich dergestalt meinen Mitbewohnern den schmerzlichsten Schaden zufügte, stand ich unverzüglich von meiner Gewohnheit ab und stillte hinfort meinen Hunger mit Beeren, Nüssen und Wurzeln, welche ich in einem benachbarten Walde sammelte.

Noch auf ein zweites Mittel verfiel ich, meinen unwissentlichen Quartiergebern die Arbeit ein wenig zu erleichtern. Mir war nämlich klargeworden, daß der Jüngling einen großen Teil seiner Tage darüber zubrachte, das nötige Brennholz für die Familie herbeizuschaffen. So nahm ich denn zur Nacht häufig seine Werkzeuge, mit deren Gebrauch ich rasch vertraut wurde, und schleppte Brennmaterial in solcher

Menge herbei, daß es leichtlich für mehrere Tage langte.

Ich entsinne mich, wie erstaunt das junge Weib gewesen, als sie, nachdem ich dies zum erstenmal getan, am Morgen die Tür öffnete und draußen den großen Holzhaufen gewahrte. Mit lauter Stimme brachte sie irgendwelche Töne hervor, und der Jüngling, welcher neben sie trat, bekundete auf ähnliche Weise seine Überraschung. Voll Freude beobachtete ich, daß er an jenem Tage nicht in den Wald ging, sondern die gewonnene Zeit an die Ausbesserung des Hauses und die Pflege des Gärtchens wendete.

Nach und nach machte ich eine Entdeckung von noch größerer Tragweite. Ich erkannte nämlich, daß diese Leute imstande waren, ihre Erfahrungen und Gefühle einander durch artikulierte Laute mitzuteilen. Ich wurde gewahr, daß diese gesprochenen Worte bisweilen Freude oder Schmerz, Lächeln oder Traurigkeit in dem Gemüte und auf den Zügen der Hörer hervorriefen. Dies war in der Tat eine göttliche Fähigkeit, und ich empfand den brennendsten Wunsch, mit derselben vertraut zu werden. Allein, diese Schwierigkeit spottete all meiner Versuche. Die drei sprachen ja viel zu rasch, und da die Worte, welche sie äußerten, in keinem augenscheinlichen Zusammenhange mit den sichtbaren Dingen standen, war's mir nicht möglich, irgendeinen Hinweis zu entdecken, mit dessen Hilfe ich das Geheimnis solcher Rede hätte entschlüsseln können. Doch enthüllte mir meine eifervolle Aufmerksamkeit, nachdem ich mehrere Monde lang in meinem Verschlage ausgehalten, die Namen, mit welchen man hier die vertrautesten Dinge des täglichen Umgangs bezeichnete. So lernte ich die Wörter *Feuer*, *Milch*, *Brot* und *Holz* verstehen und gebrauchen, und nicht minder ward ich bekannt mit den Namen der Hausbewohner. Der Jüngling und seine Gefährtin hatten ein jedes mehrere Namen, der Alte hingegen bloß einen einzigen, welcher *Vater* lautete. Das Mädchen wurde *Schwester* oder auch *Agathe* gerufen, wogegen der Jüngling *Felix*, *Bruderherz*, oder aber *Sohn* hieß. Wie soll ich das Entzücken beschreiben, welches ich empfand, da ich die Begriffe verstehen lernte, welche sich mit jedem dieser Wörter verbanden, ja als ich sie gar nachsprechen konnte! Auch unterschied ich noch mehrere andere Wörter, ohne dieselben jedoch verstehen oder anwenden zu können, wie etwa die Ausdrücke *mein Guter, mein Teuerster, o Unglücklicher*.

Auf diese Weise verbrachte ich den Winter. Die freundlichen Gewohnheiten sowie die Schönheit meiner Mitbewohner machten mir dieselben lieb und wert: waren sie unglücklich, so empfand ich die tiefste Niedergeschlagenheit, freuten sie sich aber, so nahm auch ich an ihrer Freude teil. Zwar bekam ich während jener Zeit nur wenige andere Menschen zu Gesicht, doch machten, sobald einer von ihnen die Stube betrat, sein rüdes Gehaben und sein plumper Gang mir nur noch deutlicher, um wie vieles vollkommener doch meine Freunde waren! Der alte Mann, so erkannte ich mit der Zeit, suchte seinen Kindern oftmals Mut zuzusprechen, indem er sie zu sich rief, um sie aus ihrer Schwermut aufzurütteln. Er pflegte in solchen Momenten mit betonter Munterkeit zu reden, ja mit einem Ausdruck der Güte, welcher sogar mich freudig stimmte. Agathe merkte voll Ehrfurcht auf seine Worte, und bisweilen füllten ihre Augen sich mit Tränen, die sie indes heimlich hinwegzuwischen suchte. Im allgemeinen aber hatte ich den Eindruck, daß sowohl ihre Haltung als auch ihr Tonfall, nach Anhörung der väterlichen Mahnreden, zuversichtlicher geworden waren. Anders freilich verhielt sich's bei Felix. Er war ja stets der Bedrückteste von den dreien. Sogar meine ungeübten Sinne wollte es bedünken, als hätte er tieferen Schmerz durchlitten denn die beiden anderen. Doch ob auch sein Gehaben niedergeschlagener war, so sprach er doch mit größerer Munterkeit denn seine Schwester, namentlich wenn er sich an den greisen Vater wandte.

Ich könnte zahllose Fälle anführen, die, wie unscheinbar sie immer sein mochten, so recht das Wesen dieser liebenswerten Hausgenossen an den Tag brachten. Inmitten der drückendsten Armut und Not trug Felix den ersten, kleinen weißen Frühlingsboten herbei, welcher aus dem annoch schneebedeckten Grunde hervorgesprossen, um solch blumigen Gruß seiner Schwester zu überreichen. Oder er fegte, noch bevor Agathe aufgestanden, mit dem frühesten den Schnee zur Seite, welcher ihren Fuß auf dem Gange um die spärliche Morgenmilch behindert hätte. Auch holte er das Wasser aus dem Ziehbrunnen herauf und trug von draußen das Feuerholz herbei, dessen Vorrat er zu seiner beständigen Verwunderung stets durch unsichtbare Hand ergänzt sah. Tagsüber, so glaube ich, werkte er bisweilen für einen benachbarten Bauern, denn er ging häufig weg und kam erst wieder zum Mittagbrot zurück, ohne indes irgendwelches Holz mitzubringen. Dann wieder machte er sich im Garten nützlich. Da es dort aber während der kalten Jahreszeit nicht viel zu tun gab, fand er Muße, dem alten Manne und Agathen vorzulesen.

Dies Vorlesen hatte ich mir zunächst auf keine Weise zu erklären gewußt, mit der Zeit aber entdeckte ich, daß der Jüngling dabei viele jener Wörter verwendete, welche er auch in seiner Rede gebrauchte. Daraus schloß ich, daß er auf dem Papier irgendwelche ihm verständlichen, aussprechbaren Zeichen vorfinden müsse, und ich empfand die brennendste Begier, dieselben gleichfalls verstehen zu lernen. Allein, wie sollte ich dies bewerkstelligen, da ich doch nicht einmal jene Wörter verstand, für die sie gesetzt waren? Zwar verbesserte ich mich nach Kräften in dieser Wissenschaft, doch reichten meine Fortschritte noch lange nicht hin, einem wie immer gearteten Gespräche zu folgen, wie sehr ich auch all meinen Verstand daran setzen mochte.

Ich hatte ja nur zu bald begriffen, daß mein herzlicher Wunsch, mich meinen Mitbewohnern zu entdecken, erst nach erlangter Beherrschung ihrer Sprache in die Tat umgesetzt werden konnte. Solche Beherrschung mochte mich ja auch in den Stand setzen, die guten Leute meine Mißgestalt vergessen zu machen, denn auch meiner Häßlichkeit war ich zufolge des meinen Augen beständig sich bietenden Kontrastes inzwischen innegeworden.

Ehedem hatte ich ja die vollkommene Gestalt meiner Mitbewohner nicht minder bewundert denn ihre Anmut, ihre Schönheit und ihre rosige Gesichtsfarbe. Wer aber schildert mein Entsetzen, da ich mich in dem klaren Spiegel des Tümpels erstmals von Angesicht erblicken gemußt! Zunächst schrak ich zurück, nicht fähig zu glauben, daß dies Spiegelbild in der Tat mein eigenes sein sollte! Sobald mir aber mit schrecklicher Gewißheit vor Augen stand, daß ich in Wirklichkeit dies Ungeheuer war, wie ich's nun einmal bin, erfüllten mich die bittersten Gefühle der Betrübnis und der Kränkung. Ach! Und dabei wußt' ich noch lange nicht um die fatalen Folgen solch erbärmlicher Mißgestalt!

In dem Maße, da die Strahlen der Sonne wärmender, die Tage länger wurden, schmolz der Schnee dahin, so daß ich nun die kahlen Bäume und den schwärzlichen Erdboden erblickte. Damit gab's auch für Felix mehr zu tun, und die herzbeklemmenden Anzeichen der so drohend über diesem Dache hangenden Hungersnot zeigten sich nicht länger. Die Nahrung dieser Dulder war ja, wie ich späterhin erfahren sollte, überaus einfach wenngleich bekömmlich, und stand ihnen jetzt in hinreichendem Maße zur Verfügung. Neue Kräuter sproßten ja im Gärtchen, welches denn auch aufs emsigste bestellt ward. Und solche Merkmale des Wohlstands mehrten sich, je weiter die Jahreszeit voranschritt.

Der greise Vater pflegte, auf seinen Sohn gestützt,

sich am Nachmittage vor dem Hause zu ergehen, doch tat er's nur, wenn's nicht regnete, mit welchem Worte, wie ich allmählich erkannte, die Ausgießung der Gewässer des Himmels bezeichnet wurde. Dieselbe ereignete sich nur zu häufig, doch trocknete der frische Wind die Feuchtigkeit hinweg, und so ward die Jahreszeit mit jedem Tage schöner und angenehmer.

Das Leben in meinem Verschlage aber vollzog sich im eintönigsten Gleichmaße. Am Morgen merkte ich auf jeden Schritt meiner Mitbewohner und legte mich erst zur Ruhe, sobald sie ihren mannigfachen Beschäftigungen nachgingen. Den Rest des Tages verbrachte ich mit der weiteren Beobachtung meiner Freunde. Hatten sie sich aber zu Bett gelegt, und war die Nacht mond- oder sternhell, so durchstreifte ich die Wälder, um mir meine Nahrung zu suchen und Brennholz für das Haus zu sammeln. Nach meiner Heimkunft säuberte ich, so oft dies erforderlich war, den Fußpfad vom frisch gefallenen Schnee und besorgte all die Verrichtungen, welche ich Felix abgesehen hatte. Erst später wurde mir klar, wie sehr diese von unsichtbarer Hand geleisteten Dienste meine Hausgenossen in Staunen versetzten. Das eine oder andere Mal hörte ich sie bei solcher Gelegenheit die Wörter *Guter Geist* und *Wunder* gebrauchen, doch verstand ich damals noch nicht den Sinn dieser Ausdrücke.

Mein Denken ward nun immer zielbewußter, und so wurde ich begierig, den Beweggründen und Empfindungen dieser vortrefflichen Geschöpfe auf die Spur zu kommen. Mich gelüstete es, zu erfahren, weshalb denn Felix so jammervoll, Agathe so bekümmert einherwandelten. Denn ich vermeinte (jämmerlicher Tölpel, der ich war!), es liege in meiner Macht, die Zufriedenheit dieser des Glückes so werten Leute wiederherzustellen. Immer wenn ich schlief oder durch die Wälder streifte, schwebten mir die Bilder des verehrungswürdigen, blinden Vaters, der sanften

Agathe und des trefflichen Felix vor dem geistigen Auge. Ich blickte ja zu ihnen empor als zu höheren Wesen, nach deren Leitbild ich mein künftiges Los zu formen gedachte. Tausendfältig waren die Bilder, darin ich mir ausmalte, auf welche Weise ich mich diesen Menschen zu erkennen geben – auf welche Weise ich dann von ihnen aufgenommen sein würde. Fürs erste, so stellte ich mir vor, mochten sie ja Abscheu vor mir empfinden, bis es mir gelungen sein würde, durch mein sanftmütiges Gehaben und meine gewinnende Rede zunächst ihre Gunst und späterhin ihre Liebe zu erringen.

Derlei Erwägungen befeuerten mich und bewirkten, daß ich mich mit erneutem Eifer auf die Erlernung der Redekunst warf. Meine Stimmwerkzeuge brachten anfangs zwar nur knarrende Laute zuwege, doch waren sie hinlänglich geschmeidig, und obschon meine Stimme in nichts dem sanften Wohlklang menschlicher Rede glich, vermochte ich dennoch, die mir verständlichen Wörter mit der erforderlichen Leichtigkeit auszusprechen. Es war wie in der Fabel von dem Esel und dem Schoßhündchen: das gutherzige Grautier, dessen liebenswürdige Absichten bloß durch ein plumpes Gehaben verdeckt wurden, verdiente eine bei weitem bessere Behandlung denn mit Stockhieben von der Schwelle gescheucht zu werden!

Der linde, lenzliche Regen und die belebende Wärme des Frühlings veränderten das Antlitz der Erde über die Maßen. Die Menschen, welche sich bislang in ihren Höhlen verkrochen zu haben schienen, tummelten sich nun frohgemut allerorten und bestellten aufs künstlichste ihre Felder. Aus den Vogelkehlen drang's nun jubelnder hervor, und das frische Grün knospte und sproßte aus allen Zweigen. Oh, du glückselige Erde! Nun war zum Wohnsitz der Götter geworden, was eben noch so verödet und unwirtlich unter den Nebeln des Winters gelegen! Das Gemüt ward mir erhoben durch dies zaubrische Erscheinungsbild der Natur: die Vergangenheit, sie war getilgt aus meinem Gedächtnis, das Heute schien mir voll der Ruhe und des Friedens, und die Zukunft schimmerte mir im güldenen Strahle der hoffnungsvollsten Vorfreude!

Dreizehntes Kapitel

Doch laß mich nun zu dem herzbewegenden Teil meiner Lebensgeschichte weitereilen! Ich komme ja nunmehr auf Ereignisse zu sprechen, die mich mit Empfindungen erfüllten, welche aus dem arglosen Geschöpfe von einst das gemacht haben, was ich heute bin.

Rasch entfaltete der Lenz sich zu seiner vollsten Pracht. Das Wetter ward heiter, und kein Wölkchen zeigte sich am Firmament. Staunend gewahrte ich, wie all das, was ehedem so öde und düster gewesen, nunmehr aufs schönste ergrünte und erblühte. Und meine aufgetanen Sinne wurden bedankt und erquickt durch die tausendfältigen Wohlgerüche, durch die tausendfach sich entfaltende Schönheit!

Es war an einem der Tage, an denen meine Mitbewohner in regelmäßiger Wiederkehr die Arbeit ruhen ließen – der greise Hausvater pflegte dann auf seiner Laute zu spielen, indes die Kinder ihm andächtig lauschten –, daß ich auf Felix' Zügen eine besonders tiefe Traurigkeit wahrnahm. Immer wieder entrang ein Seufzer sich dem kummervollen Busen, bis der Vater mit einem Mal in seinem Spiele innehielt und, so schloß ich aus seinen Gebärden, nach dem Grunde solcher Betrübnis forschte. Der Befragte jedoch gab seiner Stimme einen unbefangenen Klang, und so nahm der greise Spielmann sein Musizieren wieder auf. In diesem Momente aber pochte es von draußen gegen die Tür!

Es war eine Dame zu Pferde, welcher ein Landmann als Führer diente. Sie war in ein dunkles Reisekleid gehüllt und trug einen dichten, schwarzen Schleier. Agathe frug die Fremde nach deren Begehr, worauf dieselbe im betörendsten Tone bloß den Namen ›Felix‹ aussprach. Ihre Stimme war überaus angenehm, glich aber in nichts der Sprechweise meiner Freunde. Seinen Namen nennen hören und sogleich vor der Dame stehen, war für Felix eins: dieselbe aber, da sie seiner ansichtig geworden, schlug ihren Schleier zurück, und ich erblickte ein Antlitz von engelhafter Schönheit und Ausdruckskraft! Das schimmernde, rabenschwarze Haar trug sie in fremdartigen Flechten um die Schläfen, ihre Augensterne erstrahlten in einem dunklen, sanften wiewohl beseelten Feuer, die Züge waren von wundersamer Ebenmäßigkeit und Reinheit, und die Wangen von der zartesten Röte überhaucht.

Felix schien beim Anblick der Fremden vom Entzücken hingerissen. Aller Kummer war aus seinen Zügen gewichen, welche im nämlichen Momente den Ausdruck einer so überschwänglichen Freude angenommen hatten, wie ich sie ihm nimmermehr zugetraut hätte. Seine Augen leuchteten, und seine Wangen röteten sich vor Vergnügen, ja mir wollte scheinen, er habe der Fremden in jenem Augenblick an Schönheit um nichts nachgestanden. Diese hinwiederum schien die Beute der widerstreitendsten Empfindungen zu sein: indem sie etweiche Tränen aus ihren berückenden Augen hinwegwischte, hob sie Felix die Hand entgegen. Dieser bemächtigte sich derselben mit dem begierigsten Verlangen und bedeckte sie mit glühenden Küssen, wobei er die Fremde, soviel ich verstehen konnte, sein holdes Mädchen aus den Zelten Arabiens nannte. Die also Angeredete schien indes nicht zu verstehen und lächelte bloß. Er war ihr beim Absteigen behilflich und geleitete sie, nachdem er ihren Führer nach Hause geschickt, unter sein Dach. Danach beredete er sich kurz mit seinem Vater, worauf dies Mädchen aus der Fremde zu des Alten Füßen niederkniete, um ihm die Hand zu küssen. Er aber hob die Kniende zu sich empor und umarmte sie in aller Herzlichkeit.

Ich brauchte nicht lange, um gewahr zu werden, daß die Fremde, obschon sie in artikulierten Lauten redete und derhalben einer eigenen Sprache durchaus mächtig schien, sich meinen Mitbewohnern weder verständlich machen konnte, noch auch deren Worte verstand. So vollführte man allerlei Zeichen, mit denen ich nichts anzufangen wußte. Immerhin aber bemerkte ich, daß die Anwesenheit dieses Gastes das bescheidene Domizil mit der vollkommensten Glückseligkeit erfüllte, ja alle Betrübnis verjagte, ganz wie die Morgensonne die Nebel der Nacht vor sich zerstreut. Der Glücklichste von allen aber schien Felix zu sein: er ward nicht müde, sein Mädchen aus dem Morgenlande mit lachendem Entzücken willkommen zu heißen. Und Agathe, dies allzeit so sanfte Geschöpf, küßte der schönen Fremdlingin immer wieder die Hände und vollführte, indem sie auf ihren Bruder wies, irgendwelche Gebärden, mit denen sie wohl ausdrücken wollte, derselbe sei bis zu des Mädchens Ankunft eine Beute des trostlosesten Kummers gewesen. Auf diese Weise vergingen mehrere Stunden, in deren Verlaufe die Miene jedes einzelnen eine Freude ausdrückte, deren Ursache ich durchaus nicht zu ergründen wußte. Schließlich erkannte ich aber dank der häufigen Wiederkehr einiger Lautfolgen, welche ihren Gastgebern nachzusprechen die Fremde nicht müde wurde, daß sie ja bestrebt war, deren Sprache zu erlernen. Sogleich schoß mir's durch den Kopf, daß ich zum nämlichen Ende an solcher Unterweisung partizipieren könnte. Das Mädchen erlernte auf diese Weise in der ersten Stunde an die zwanzig Wörter, von denen mir freilich die meisten nicht mehr neu, einige wenige jedoch von Nutzen waren.

Mit dem Hereinbruche der Nacht zogen Agathe und die Fremde aus dem Morgenlande sich beizeiten zurück. Beim Auseinandergehen küßte Felix dem Mädchen die Hand und sagte: »Gute Nacht, meine liebe Safie!« Er selbst saß dann noch lange wach und beredete sich mit dem Vater, wobei ich zufolge der häufigen Wiederholung jenes Namens zu dem Schlusse kam, der liebliche Gast sei der Hauptgegenstand dieses Gespräches. Ich empfand die brennendste Begier, es zu verstehen, und spannte zu diesem Behufe all meine Sinne an, doch war's mir schlechterdings nicht möglich, den Worten der beiden zu folgen.

Den nächsten Morgen ging Felix wieder auf Arbeit. Sobald Agathe aber ihre häuslichen Obliegenheiten erfüllt hatte, ließ die Arabermaid sich zu Füßen des Greises nieder und spielte, nachdem sie ihm die Laute abgenommen, einige Weisen von so traumhafter Schönheit, daß mein Innerstes sich sogleich in süßem Schmerze zusammenkrampfte, und mir die Tränen in die Augen stiegen. Da sie aber zu singen anhub, floß ihre Stimme in so reichen Tönen dahin, anschwellend und wieder verhauchend, als säng' die Nachtigall in ihrem Haine.

Dies beendet, reichte sie die Laute an Agathen weiter, welche sich zunächst ein wenig zierte. Dann aber ließ sie eine schlichte Weise erklingen und sang dazu mit süßer Stimme, wenngleich ohne die erstaunliche Vollendung der Fremden. Der greise Zuhörer schien von deren Gesange ganz hingerissen und äußerte einige Worte, augenscheinlich des Sinnes, sie habe ihm durch ihr Musizieren das größte Entzücken bereitet. Sogleich versuchte Agathe, dies dem Mädchen Safie verständlich zu machen.

Von jetzt an gingen die Tage so friedlich dahin wie ehedem, mit dem einzigen Unterschiede, daß statt der beständigen Traurigkeit nunmehr Freude in den Gesichtern meiner Freunde geschrieben stand. Safie war stets zufrieden und guter Dinge. Sie machte rasche

Fortschritte im Studium der Sprache, ganz so wie ich auch, der ich schon nach zwei Monaten das meiste von dem zu verstehen begann, was meine unfreiwilligen Beschützer sagten.

Unterdessen hatte sich der schwärzlich-kahle Erdboden mit üppigem Grün bedeckt, und der frische Rasen ward durchwirkt mit unzähligen Blumen, welche den Geruchssinn nicht minder erfreuten denn das Auge, und zur Nacht in den mondhellen Wäldern gleich bleichen Sternen erstrahlten. Immer wärmer wurde die Sonne, die Nächte aber waren klar und von balsamischen Düften erfüllt. So wurden mir meine nächtlichen Streifzüge zu einem Quell des reinsten Vergnügens, obwohl sie durch das späte Sinken und frühe Aufgehen der Sonne um ein Beträchtliches verkürzt waren. Ich wagte ja niemals, tagsüber im Freien zu bleiben, da ich viel zu sehr fürchtete, die nämliche Behandlung zu erfahren, welche ich seinerzeit in meinem ersten Dorfe erlitten.

Die Tage verstrichen mir in dem ernsthaftesten Bemühen, der Sprache meiner Mitbewohner noch schneller mächtig zu werden, und ich darf mich rühmen, raschere Fortschritte gemacht zu haben als das arabische Mädchen, welches recht wenig erfaßte und bloß zu radebrechen wußte, wogegen ich nahezu jedes Wort verstehen und auch nachsprechen konnte.

Dieweil ich mich dergestalt in der Sprache vervollkommnete, ward ich auch mit den Buchstaben vertraut, welche man die Fremde lehrte, und dieser Umstand eröffnete mir ein ganz neues Reich des Wunders und Entzückens.

Das Buch, mit dessen Hilfe Felix seine Safie unterwies, war Volneys *Untergegangene Reiche*. Ich hätte den Sinn jenes Werkes nimmer begriffen, wäre Felix im Verlaufe von dessen Lektüre nicht so sehr darauf bedacht gewesen, alles und jedes mit den ausführlichsten Erklärungen zu versehen. Er habe, so sagte er, dies Buch gewählt, weil dessen Vortrag durchaus demjenigen der morgenländischen Autoren nachempfunden sei. Ich selbst verdanke diesem Werke einen ersten, summarischen Abriß der Historie, sowie die Kenntnis der gegenwärtig bestehenden Staatswesen. Dergestalt gewann ich Einblick in die Sitten, Gebräuche, Regierungsformen und auch Religionen der verschiedenen Nationen: ich vernahm so manches über die trägen Bewohner Asiens, über den stupenden Genius und die geistige Regsamkeit der Alten Griechen, über die kriegerischen und so erstaunlich tugendhaften Römer der Republik und frühen Kaiserzeit – über ihren späteren Niedergang und den Verfall ihres mächtigen Imperiums. Auch vom Rittertume, der Christenheit und den Königen des Mittelalters war die Rede. Als aber die Entdeckung der Neuen Welt an der Reihe war, vergoß ich mit Safie so manche heiße Träne über dem unglücklichen Schicksal der Ureinwohner jener Kontinente.

Solch erstaunliche Kunde löste die befremdlichsten Empfindungen in mir aus. War's denn wirklich möglich, daß der Mensch in all seiner Machtfülle, Tugendhaftigkeit und Größe dennoch so lasterhaft, niedrig und gemein sein konnte? Das eine Mal schien er mir nichts denn ein Reis vom Baume der Verderbnis, und ward mir doch im Handumdrehn zum Inbegriff des göttlichsten Edelmuts! Ein wahrhaft großer, tugendhafter Mensch zu sein, es dünkte mich die höchste Ehre, derer ein fühlend Herz teilhaftig werden mag, wogegen ein Leben in Gemeinheit und Laster, wie's ja so vielen nachgesagt wird, für mich der tiefsten Erniedrigung gleichkam, ja mich noch abscheulicher anmutete denn das Vegetieren des augenlosen Maulwurfs oder des geringsten Wurmes. Lange Zeit hindurch konnte ich schlechterdings nicht begreifen, wie denn ein Mensch hingehen könne, seinen Bruder zu erschlagen, ja sogar, daß es Regierungen und Gesetze geben müsse. Da ich aber all die Einzelheiten über Unzucht und Blutvergießen vernommen hatte, ward mir so manches klar und ich wand mich voll Grausen und Ekel.

Jedes Gespräch meiner Mitbewohner eröffnete mir nunmehr neue, wunderbare Perspektiven. Im Verlaufe der Unterweisungen, welche Felix seiner Araberin zuteil werden ließ, ward mir auch der sonderbare Aufbau der menschlichen Gesellschaft erschlossen. Ich erfuhr von der Art, wie die Güter dieser Erde verteilt sind, erkannte das Nebeneinander von unermeßlichem Reichtum und schmutzigster Armut, hörte von Rang und Würden, hoher Abkunft und von adeligem Geblüt.

Solche Worte veranlaßten mich, mein eigenes Los zu betrachten. Ich hatte ja gelernt, daß es bei deinen Mitmenschen als der Güter höchstes gilt, von vornehmer, makelloser Abkunft und überdies reich zu sein. Eignet dem Menschen nur eine dieser beiden Voraussetzungen, so mag er noch immer geachtet werden. Gebricht's ihm aber an beiden, so wird er, von ganz wenigen Ausnahmen abgesehen, zum Abschaume gerechnet, zu jenen Arbeitstieren, welche dazu verdammt sind, ihre Kräfte zum Vorteile der wenigen Auserwählten zu vergeuden! Wie aber war's um *mich* bestellt? Von meiner Herkunft, meinem Schöpfer, wußte ich so gut wie nichts. Was ich aber nur zu gut wußte, war, daß ich keinerlei Geldmittel, keinen einzigen Freund, keine Art von Besitz mein eigen nannte. Darüber hinaus war ich behaftet mit der gräßlichsten, ekelhaftesten Ungestalt. Nicht einmal mein innerer Aufbau glich demjenigen der Menschen: ich war ja behender als sie und fand doch mit dem wenigsten mein Auslangen; die größte Hitze wie die bitterste Kälte vermochten meinem Körper nicht viel anzuhaben; meine Statur übertraf Menschenmaß bei weitem. Wie ich auch um mich blicken mochte – ich sah und hörte nicht von meinesgleichen! War ich also ein Monstrum, ein Schandfleck dieser Erde, von jedermann verleugnet und geflohen?

Unmöglich, dir die Seelenpein zu schildern, welche

mir durch solche Erwägungen bereitet ward! Zwar suchte ich, derlei Gedanken zu verscheuchen, doch wuchs mit meinem Wissen auch der Schmerz. Ach! Wär' ich doch für immer in meinem heimatlichen Walde geblieben, hätt' ich doch nie anderes gewußt noch empfunden denn das Gefühl von Hunger, Durst und Hitze!

Welch sonderbar Ding ist es doch um das Wissen! Sobald sich's unser erst bemächtigt hat, hängt sich's an uns wie das Moos an den Stein! Bisweilen hätte ich wünschen mögen, alles Denken und Fühlen abschütteln zu können! Doch mußt' ich erfahren, daß es nur ein einziges Mittel gibt, den Schmerz zu überwinden: den Tod – einen Zustand, den ich zwar fürchtete, aber nicht verstand. Ich bewunderte die Tugendhaftigkeit und die edelmütigen Regungen meiner Hausgenossen, ich liebte ihr sanftes Gehaben und ihre Freundlichkeit. Allein, ich war ja bis auf mein verstohlenes, niemandem wahrnehmbares Handeln von jedem Verkehre mit ihnen ausgeschlossen, und dies heimliche Teilhaben trug mitnichten zur Befriedigung meines Begehrens bei, sondern verstärkte nur noch den Wunsch, in den Kreis dieser Menschen aufgenommen zu sein. All die sanften Worte Agathens, das beseelte Lächeln der bezaubernden Araberin, sie waren nicht für mich! Und auch die milden, väterlichen Mahnreden des Greises, die lebhaften Gespräche des liebenswerten Felix – nicht für mich! Oh, über mich bejammernswerte, unglückliche Kreatur!

Andere Unterrichtsstunden übten einen womöglich noch tieferen Eindruck auf mich. So zum Beispiel hörte ich von dem Unterschiede der Geschlechter, von der Geburt und dem Heranwachsen der Kinder, von der närrischen Verliebtheit des jungen Vaters in des Säuglings erstes Lächeln, von den drolligen Aussprüchen der lieben Kleinen, und wie das ganze Leben einer Mutter aufgeht in der zärtlichsten Fürsorge für den teuren, kleinen Schützling, und auch, wie er heranwächst und an Wissen zunimmt. Und weiter hörte ich von Geschwisterliebe und all den mannigfachen, verwandtschaftlichen Bindungen, durch welche die Menschen aneinander gefesselt sind.

Wo aber waren *meine* Freunde, *meine* Anverwandten? Da war kein Vater, der über mein Wiegendasein gewacht, keine Mutter, welche den Segen ihrer lächelnden Liebkosungen über mich ausgegossen hätte! Und wär' dies gleich der Fall gewesen, so zeigte sich mir mein vergangenes Leben doch nur als ein dunkler, blinder, leerer Fleck, darin ich nichts zu erkennen vermochte! Ich konnte mich nicht entsinnen, jemals anders ausgesehen zu haben als ich jetzt aussah. Niemals war mir ein Wesen vor Augen gekommen, das mir geglichen, ja das gewünscht hätte, mit mir in irgendwelche Verbindung zu treten. Was war ich denn? Immer wieder stellte diese Frage sich ein – und immer wieder war die Antwort nichts denn ein Stöhnen!

Ich will dir alsbald auseinandersetzen, worauf diese Empfindungen recht eigentlich gerichtet waren. Doch zuvor magst du mir noch verstatten, auf meine Hausgenossen zurückzukommen, deren Lebensgeschichte in mir so unterschiedliche Gefühle wie Entrüstung, Entzücken und Verwunderung hervorrief, Empfindungen, die jedoch insgesamt jene Liebe und Ehrfurcht nur vertieften, welche ich meinen Beschützern (denn so nannte ich sie in all meiner Liebe und arglosen, ja nahezu schmerzlichen Selbsttäuschung) entgegenbrachte.

Vierzehntes Kapitel

Es verging noch einige Zeit, ehe ich die Lebensgeschichte meiner Freunde erfuhr. Sie war von einer Art, die auf mich unweigerlich den tiefsten Eindruck machen mußte, da ja die Umstände und Begebenheiten, welche darin zutage kamen, einem so völlig unerfahrenen Geiste wie dem meinen fesselnd und verwunderlich genug erscheinen mußten.

Der alte Mann hieß De Lacey, stammte aus angesehenem, französischem Hause, woselbst er lange Jahre wohlbestallt gelebt hatte, respektiert von den Höhergestellten und geliebt von allen, die mit ihm auf gleicher Stufe gestanden. Sein Sohn ward aufgezogen zum Dienste für das Vaterland, und Agathe hatte mit den Damen der höchsten Gesellschaft Umgang gepflogen. Noch wenige Monate vor meinem Eintreffen hatten sie allesamt in einer großen, glänzenden Stadt namens Paris gewohnt, umgeben von Freunden und im Genusse all der Annehmlichkeiten, wie sie Tugendhaftigkeit, Verdienst, Geistreichtum und erlesener Geschmack im Vereine mit einem bescheidenen Wohlstand gewährleisten können.

Die Ursache ihres Niederganges war Safies Vater gewesen, ein osmanischer Kaufherr, welcher schon so manches Jahr in Paris gelebt und sich schließlich, ich weiß nicht aus welchem Grunde, den Behörden verhaßt gemacht hatte. So ward er in Gewahrsam genommen und ins Gefängnis geworfen, und zwar an dem nämlichen Tage, da seine Tochter aus Konstantinopel in Paris eingetroffen, um ihn zu sehen. Ihm aber ward der Prozeß gemacht und das Todesurteil gesprochen. Die Ungerechtigkeit solcher Verurteilung war eine offenkundige, und ganz Paris war darob entrüstet. Man sagte sogar, an solchem Urteilsspruche seien weit eher des Angeklagten Glaube und Reichtum schuld, nicht aber das Verbrechen, dessen man ihn bezichtigt habe.

Zufällig war auch Felix bei der Verhandlung zugegen. Als er die Entscheidung des Gerichtshofes vernommen hatte, überstiegen sein Entsetzen und seine Empörung jedes Maß, und so tat er noch im Gerichtssaal ein feierliches Gelübde, daß er den Delinquenten befreien werde. Dann sann er auf Mittel und Wege, seinen Entschluß in die Tat umzusetzen. Nach vielen fruchtlosen Versuchen, Zugang zu dem Gefängnis zu erlangen, machte er an einem unbewachten Teile des Gebäudes ein starkvergittertes Fenster ausfindig. Dies Fenster erhellte aber die Kerkerzelle jenes unglücklichen Anhängers Mahomets, welcher unter der Last seiner Ketten und in tiefster Verzweiflung dem Vollzuge des barbarischen Urteils entgegenharrte. Während der Nacht untersuchte Felix jenes Gitter und unterrichtete dabei den Gefangenen von dessen beabsichtigter Befreiung. Der überglückliche Osmane suchte den Eifer seines Befreiers anzustacheln, indem er demselben Belohnung und Reichtum verhieß, Felix indes wies dies Angebot voll Geringschätzung zurück. Da er aber der liebreizenden Safie ansichtig ward, der man verstattet hatte, ihren Vater zu besuchen, und die nun durch allerlei Gebärden ihre lebhafteste Dankbarkeit auszudrücken suchte, konnte der Jüngling nicht länger umhin, vor sich selbst einzugestehen, daß dieser Gefangene in der Tat einen Schatz sein eigen nenne, welcher des Befreiers Mühe und die Tollkühnheit solchen Wagnisses sehr wohl aufwiegen könnte.

Dem Osmanen war der Eindruck, welchen seine Tochter in Felix' Herzen hervorgerufen, nicht eine Sekunde verborgen geblieben, und so suchte er, sich den Befreier noch wirksamer zu verpflichten, indem er ihm Safies Hand versprach, sobald man sich erst an einem sicheren Orte befände. Felix indes war viel zu zartfühlend, als daß er solches Angebot hätte annehmen mögen. Dennoch erblickte er in der bloßen Aussicht auf eine solche Verbindung schon den Gipfel seines Glückes.

Während der folgenden Tage, an denen die Vorbereitungen für die Flucht des Kaufmannes vorangetrieben wurden, stachelten mehrere Briefe von der Hand des lieblichen Mädchens den Eifer unsres Felix weiter an. Safie hatte es verstanden, sich der Hilfe eines der Diener ihres Vaters zu versichern, eines betagten Mannes, welcher des Französischen mächtig war und des Mädchens Gedanken in des Geliebten Sprache zu Papier bringen konnte. So dankte sie Felix in den glühendsten Worten für all das, was er für ihren Vater zu tun bereit war, und beklagte gleich danach auf sanfte Weise ihr eigenes Los.

Ich besitze Abschriften von diesen Briefen, dieweil ich ja Mittel und Wege gefunden, mir während jenes Aufenthalts in dem Verschlage alles zum Schreiben Erforderliche zu beschaffen, und besagte Briefe ja oft genug in Felix' und Agathens Händen gewesen sind. Und ehe ich diese Hütte verlasse, will ich sie dir aushändigen, zum Beweise für die Wahrheit meines Berichtes. Jetzt aber, da die Sonne schon im Sinken begriffen ist, bleibt mir nur die Zeit, dir den Inhalt mündlich mitzuteilen.

Safie eröffnete Felix nämlich, ihre Mutter, eine getaufte Araberin, sei von den Türken eingefangen und zur Sklavin gemacht worden. Der Mutter Schönheit habe ihr aber das Herz von Safies Vater gewonnen, und so habe derselbe sie zu seinem Eheweibe gemacht. Das Mädchen hatte nur Worte des höchsten Lobes und der Begeisterung für ihre Mutter, welche, in Freiheit geboren, dies neue Dasein in Abhängigkeit und Knechtschaft zutiefst verabscheute. Sie unterwies ihre Tochter in den Grundzügen der christlichen Religion und schärfte ihr ein, stets auf die Vervollkommnung ihrer Geistesgaben bedacht zu sein, sowie auf jene seelische Unabhängigkeit, welche Mahomet den Weibern verbietet. Darüber verstarb die gute Frau. Ihre Lehren aber hatten sich Safies Gemüt unauslöschlich eingeprägt, welcher übel ward bei dem Gedanken, wieder nach dem Orient zurückkehren zu müssen, um dortselbst zwischen den Mauern eines Harems zu verkümmern, einzig den spärlichen Verstattungen eines kindischen Zeitvertreibs hingegeben, welche in nichts zu einer schönen Seele paßten, die so ganz und gar den großen Idealen und der eifervollsten Tugendhaftigkeit hingegeben war. Die Aussicht, einen Christen heiraten und dergestalt in einem Lande verbleiben zu können, wo es den Frauen erlaubt ist, eine gesellschaftliche Stellung einzunehmen, bezauberte sie.

Der Tag für die Hinrichtung des Osmanen ward festgesetzt, allein, in der voraufgehenden Nacht brach der Verurteilte aus dem Gefängnis aus und hatte noch vor Morgengrauen viele Meilen Weges zwischen sich und Paris gelegt. Felix hatte sich Passierscheine zu verschaffen gewußt, welche auf seines Vaters, den eigenen und der Schwester Namen ausgestellt waren. Zuvor hatte er den ersteren noch von dem Fluchtplane in Kenntnis gesetzt, und der Greis war dem Sohne in dessen Entscheidung behilflich, indem er unter Vorschützung einer Reise sein Haus verließ, und sich danach mit seiner Tochter in einem obskuren Viertel von Paris verbarg.

Inzwischen geleitete Felix die Flüchtlinge durch ganz Frankreich, zunächst bis Lyon, und von dort über den Mont Cenis nach Livorno, woselbst der Kaufherr eine günstige Gelegenheit abzuwarten gedachte, um wieder osmanisches Hoheitsgebiet zu erreichen.

Safie entschloß sich, bis zu ihres Vaters endgültiger Abreise bei demselben auszuharren, und dieser erneuerte während jener Tage sein Versprechen, die Tochter mit dem Retter zu vereinen. Auch Felix verblieb bei den beiden, in froher Erwartung des verheißenen Ereignisses. Während der Wartezeit erfreute er sich der Gesellschaft der schönen Orientalin, wobei das Mädchen ihm in der schlichtesten und zärtlichsten Weise ihre Zuneigung bekundete. Die Unterhaltung der beiden ward, je nachdem, bisweilen mit Hilfe eines Dragomans vollzogen, bisweilen aber bloß durch die verliebte Sprache der Augen. Auch pflegte Safie ihrem Felix die göttlichen Weisen ihres Heimatlandes vorzusingen.

Der Osmane drückte zu all diesen Vertraulichkeiten beide Augen zu, ja befestigte noch die Hoffnungen der jungen Liebesleute, während er in seinem Herzen schon ganz andere Pläne hegte. Er verabscheute ja den Gedanken, seine Tochter einem Ungläubigen zu geben, fürchtete jedoch Felix' Groll, im Falle der Jüngling sich getäuscht fände. Der Alte wußte nur zu gut, daß er sich noch immer in der Gewalt seines Erretters befand, welcher ihn bloß jenem italienischen Staate auszuliefern brauchte, auf dessen Boden man sich gegenwärtig aufhielt. So wälzte der verräterische Handelsmann tausend Pläne, die es ihm ermöglichen sollten, die Entscheidung so lange hinauszuziehen, bis man einer solchen nicht mehr bedurfte, um bei der Abreise die Tochter insgeheim mit sich zu nehmen. Solches Vorhaben ward ihm erleichtert durch üble Zeitung aus Paris.

Die französischen Behörden nämlich waren überaus ergrimmt ob der Entweichung ihres Opfers und scheuten keine Mühe, dessen Befreier ausfindig zu machen und zu bestrafen. So ward denn Felix' verschwörerische Handlungsweise alsbald an den Tag gebracht, und man warf an seiner statt De Lacey und Agathen in den Kerker. Solche Nachricht scheuchte unseren Felix aus seinen angenehmen Träumen: Wie! – sein blinder, hochbetagter Vater, seine sanfte, gutherzige Schwester in schnöder, dumpfiger Kerkerhaft, dieweil er selbst sich der köstlichsten Luft und der Gesellschaft der Geliebten erfreute? Schon der bloße Gedanke bereitete ihm Höllenqualen! So beredete Felix sich mit dem Osmanen, daß, im Falle dieser noch vor jenes Rückkehr eine günstige Fluchtgelegenheit fände, Safie als ein Zögling in einem Kloster zu Livorno verbleiben sollte. Dann, nachdem er sich von der lieblichen Arabermaid hinweggerissen, begab er sich eilenden Fußes nach Paris und stellte sich daselbst den Gerichten zur Bestrafung, hoffend, durch diesen Schritt den Vater und die Schwester auszulösen.

Allein, es war vergebens! Dieselben mußen noch fünf Monate im Kerker schmachten, ehe man Felix den Prozeß machte, und auch dies nur zu dem einen Ende, daß die Familie ihrer sämtlichen Besitztümer beraubt und auf Lebenszeit ihres Heimatlandes verwiesen ward!

Erst in jenem deutschen Dörfchen, darin ich sie entdeckt habe, fanden sie ein jammervolles Unterkommen. Felix aber mußte nur zu bald erfahren, daß der verräterische Türke, für den er und die Familie so Unerhörtes auf sich genommen, bei der Kunde von seines Retters Niederbruch und Armut sogleich aller Ehrenhaftigkeit vergessen und unter Hinwegführung seiner Tochter den italienischen Boden verlassen hatte, wobei er Felix auch noch den Tort angetan, ihm einen Bettel an Geld zu übersenden, mit dem hämischwohlmeinenden Rate, die Summe zur Gründung einer neuen Existenz zu verwenden.

Dies also waren die Ereignisse, welche so sehr an Felix' Herzen genagt und ihn, da ich ihn kennengelernt, zum elendsten Familiengliede gemacht hatten. Armut und Entbehrung hätte er leichtlich ertragen können – sie waren ja seiner Tugendhaftigkeit entsprossen, und so war solche Notlage eine durchaus rühmliche. Der schnöde Undank jenes Türken aber, sowie der Verlust des geliebten Mädchens, dies war wohl ein bitteres, nimmer gutzumachendes Unheil! Darum also hatte die Ankunft der schönen Orientalin ihm die Seele mit neuem Lebensmute erfüllt!

Als die Nachricht in Livorno eintraf, daß man Felix aller Güter und Würden beraubt habe, gebot jener Kaufherr seiner Tochter, hinfort nicht länger ihres Liebhabers zu gedenken, sondern alle Zurüstungen zur baldigen Heimfahrt zu betreiben. Safies großherzige Natur aber entrüstete sich zutiefst ob solchen Ansinnens, indes, alle Vorhaltungen fruchteten nichts:

der Vater verließ die Tochter im Zorne und indem er sein tyrannisches Geheiß zum andern Mal erneuerte.

Wenige Tage danach betrat der Türke abermals seiner Tochter Gemach und teilte ihr in Eile mit, er habe allen Grund zu der Annahme, ihrer beider Domizil sei verraten worden, und daß man beabsichtige, ihn unverzüglich den französischen Behörden auszuliefern. Folglich habe er sogleich ein nach Konstaninopel gehendes Schiff gemietet, welches schon in wenigen Stunden in See stechen werde. Seine Tochter, so sagte er, möge in der Obhut eines verläßlichen Dieners zurückbleiben, um den größeren Teil des Familienbesitzes, welcher noch immer nicht in Livorno eingetroffen war, daselbst abzuwarten, und dem Vater dann in aller Geruhsamkeit zu folgen.

Allein zurückgeblieben, entschloß Safie sich insgeheim zu jenen Schritten, welche ihr in solcher Gewissensnot als angemessen erschienen: auf Lebenszeit in die Türkei zurückzukehren – dieser Gedanke flößte ihr Abscheu ein. Sowohl ihre Gefühle als auch ihre Religion sprachen ja dagegen. Überdies hatte sie durch einige Briefschaften ihres Vaters, welche ihr in die Hände gefallen, nicht nur von der Verbannung des Geliebten, sondern auch von dessen gegenwärtigem Aufenthalte erfahren. Nach anfänglichem Zaudern faßte sie sich ein Herz und rang sich zu dem Entschlusse durch, unter Mitnahme einiger Pretiosen aus ihrem Besitze sowie einer Summe Geldes den italienischen Boden zu verlassen, und zwar in Gesellschaft einer aus Livorno gebürtigen Dienerin, welche zur Not des Osmanischen mächtig war. So machten die beiden sich auf den Weg nach den deutschen Landen.

Man war wohlbehalten in einem Städtchen angekommen, welches keine zwanzig Meilen Weges mehr von dem Dorfe entfernt lag, darin De Lacey Unterschlupf gefunden, als die Dienerin ernstlich erkrankte. Safie pflegte die Bedauernswerte mit der liebevollsten

Hingabe, indes, das arme Ding verstarb darüber, und so blieb unsere Orientalin allein zurück, unvertraut mit der Landessprache und völlig unerfahren in den Sitten und Gebräuchen der Welt. Jedennoch, sie kam in gute Hände. Die Italienerin hatte nämlich den Namen jenes Ortes erwähnt, zu welchem man unterwegs gewesen, und so sorgte die Hauswirtin nach des Mädchens Tode dafür, daß Safie unbehelligt bis an die Schwelle des Geliebten gebracht würde.

Fünfzehntes Kapitel

Dies also war die Geschichte meiner geliebten Mitbewohner, und sie übte den nachhaltigsten Eindruck auf mich. Ich lernte ja aus den Einblicken, welche sie mir in das gesellschaftliche Leben gewährte, die Tugenden meiner Beschützer so recht zu schätzen, die Laster dieser Menschheit aber von Herzen zu verabscheuen.

Dennoch erblicke ich in allem Verbrechen auch jetzt noch ein recht fernes Übel: ich hatte ja unablässig nichts anderes vor Augen denn Gutherzigkeit und Großmut, Eigenschaften also, die mich immer dringlicher begehren machten, selbst eine Rolle in diesem geschäftigen Schauspiele einnehmen zu dürfen, darin so viele bewundernswerte Wesenszüge zutage traten und entfaltet wurden. Doch darf ich in dem Berichte von der Vervollkommnung meiner Geisteskräfte eines Vorfalles nicht vergessen, welcher sich in den ersten Augusttagen jenes Jahres zugetragen.

In einer der Nächte nämlich, welche ich darauf verwendete, die benachbarten Waldungen zu durchstreifen, um meiner Nahrung sowie dem Sammeln von Feuerholz für meine Beschützer zu obliegen, fand ich auf dem Erdboden ein ledernes Portemanteau, einen

Mantelsack, der neben etwelchen Kleidungsstücken auch mehrere Bücher enthielt. Voll Begier bemächtigte ich mich dieser Beute und eilte damit zu meinem Unterschlupfe zurück. Zum großen Glück war mein Fund in jener Sprache abgefaßt, deren Grundbegriffe ich von meinen Gastgebern erlernt hatte. Solcher Wissensschatz umfaßte das *Verlorene Paradies*, einen Band der *Viten des Plutarch* sowie *Die Leiden des jungen Werthers,* und erfüllte mich mit dem größten Entzücken. Von Stund' an studierte ich diese Texte ohn' Unterlaß und schärfte mir an ihnen den Geist, dieweil meine Freunde ihren gewohnten Beschäftigungen nachgingen.

Wie mag ich dir die Wirkung schildern, welche jene Bücher auf mich übten? Sie riefen ja eine unendliche Fülle neuer Bilder und Empfindungen in mir hervor, welche mich bisweilen zu den höchsten Entzückungen hinrissen, noch häufiger aber die tiefste Niedergeschlagenheit in mir auslösten. In den *Leiden des jungen Werthers* ist ja, ganz abgesehen von dem Fesselnden, welches von diesem so schlichten und liebenswerten Romane ausgeht, eine solche Überfülle von Ansichten entworfen, wird so viel Licht über all das ausgegossen, was mir bislang dunkel und unverständlich gewesen, daß ich darin eine unversiegliche Quelle des Nachsinnens und der Verwunderung fand. Die sanften, ganz der Häuslichkeit hingegebenen Sitten, welche darin beschrieben sind, im Vereine mit den hochherzigsten, sentimentalischen Empfindungen, denen etwas durchaus Selbstloses anhaftet, sie waren mir die schönste Bestätigung all dessen, was ich bisher an meinen Beschützern beobachten gekonnt, und darüber hinaus eine Bekräftigung der Sehnsüchte, welche mir als eine immerwährende Flamme im eigenen Busen brannten. Dennoch erblickte ich in Werthern ein weitaus göttlicheres Wesen, als ich bislang zu Gesicht bekommen oder mir auch nur vorgestellt hatte: sein Charakterbild war frei von jeder Anmaßung und hinterließ in mir dennoch den unauslöschlichsten Eindruck. Das Für und Wider des Buches in Ansehung von Sterben und selbstgewähltem Tode war besonders dazu angetan, mich mit Verwunderung zu erfüllen. Ich bildete mir nicht ein, die ganze Tiefgründigkeit dieses Falles zu begreifen, neigte aber doch den Ansichten des Helden zu, dessen Selbstentleibung ich beweinte, ohne indes solche Handlungsweise recht zu verstehen.

Wie dem auch immer sein mag, jedenfalls wendete ich im Verlaufe solcher Lektüre vieles von dem Gelesenen auf die Empfindungen und Umstände meiner eigenen Person an. So manches hatte ich ja mit Werthern und den Menschen seines Umganges gemein, und glich doch äußerlich in nichts den Geschöpfen, von denen ich da las, so wenig wie den Hausgenossen, deren Gesprächen ich lauschte. Ich fühlte mit ihnen, ja verstand sie bisweilen sogar, doch war mein Geist noch ungeformt. Auf niemanden konnt' ich mich beziehen, mit niemandem war ich verwandt! Doch »konnt' ich diesen Kerker verlassen, wann ich wollte«, und keiner war da, der meine Austilgung beweint hätte, so abscheulich von Angesicht und riesenhaft an Gestalt wie ich war! Was sollte mir dies alles? Wer war ich denn? Und was? Von wannen gekommen und zu welchem Ende unterwegs? Unablässig beschäftigten mich diese Fragen, und doch war ich nicht imstande, sie zu lösen.

Der Band *Viten des Plutarch,* welcher in meinen Besitz geraten war, umfaßte die Lebensbeschreibungen der frühen Gründer des Alten Rom. Dies Werk übte auf mich eine gänzlich andere Wirkung denn *Die Leiden des jungen Werthers:* von Werthers Imaginationen hatte ich ja vor allem Traurigkeit und Düsternis erfahren. Plutarch hingegen lehrte mich hochgemutere Gedanken: er hob mich empor über die jammervolle Sphäre meiner eigenen Grübeleien und riß mich hin, die Helden vergangener Zeitalter zu bewundern und zu lieben! Vieles von dem, was ich da zu lesen bekam, überstieg mein Verständnis und meine Erfahrungen. Zwar verfügte ich über unklare Vorstellungen hinsichtlich der verschiedenen Königreiche, der Ausdehnung der Länder, der Größe der Flüsse und der Grenzenlosigkeit des Ozeans, doch über das Wesen der Städte und großer Menschenanhäufungen wußte ich so gut wie nichts. Meine einzige Schule war ja das Obdach meiner Beschützer gewesen, unter dem ich Gelegenheit gehabt, die menschliche Natur zu studieren. Dies Buch aber eröffnete meinem inneren Auge neue, gewaltige Schaubühnen: ich las da von Männern, welche in Ausübung ihrer öffentlichen Ämter ihre Artgenossen entweder zu deren Wohle regiert, oder aber ausgerottet hatten, und so ward mir die Seele entflammt für alle Menschentugend, wogegen die Lasterhaftigkeit mir den ärgsten Abscheu einflößte. Freilich geschah dies nur in jenen Grenzen, welche mein Verständnis der in dem Buche verwendeten Ausdrücke mir vorschrieb, da ich dieselben ja nur auf die Freude oder den Schmerz anzuwenden wußte. Nichts ist natürlicher, als daß derlei Gefühle mich dazu brachten, friedlichen Gesetzgebern wie Numa, Solon und Lykurg den Vorzug einzuräumen vor den Gestalten eines Romulus oder Theseus. Und es war nicht zuletzt das patriarchalische Leben, welches meine Beschützer mir vor Augen führten, das mich in dieser Überzeugung bestärkte. Wäre freilich mein frühester Lehrmeister im Umgange mit den Menschen ein junger, nach Ruhm und blutigem Gemetzel dürstender Kriegsmann gewesen, mein Geist hätte sich wohl mit gänzlich anderen Gefühlen vollgesogen!

Das dritte Buch aber, Miltons *Verlorenes Paradies*, löste neuartige, viel tiefere Emotionen in mir aus. Wie die anderen Bände, welche mir in die Hände geraten waren, nahm ich es für buchstäbliche Wahrheit. So wühlte es in mir all jene Gefühle des ehrfürchtigsten Staunens auf, die das Bild eines allmächtigen, im Widerstreite mit seinen Geschöpfen liegenden Gottes zu beschwören vermag. Wieder und wieder bezog ich die Begebnisse dieses Werkes auf meine eigene Lage, so bestürzend schien mir ihre Ähnlichkeit mit meinem Los! Ganz so wie Adam, war auch ich mit keinem anderen Lebewesen verwandt – und doch, welch ein Abgrund trennte uns beide voneinander! Er war ja aus den Händen Gottes hervorgegangen als ein vollkommenes Geschöpf – er war glücklich, war gesegnet und ruhte in der göttlichen Obhut seines Schöpfers! Ihm war's ja verstattet, mit Höheren Wesen Zwiesprach' zu halten und dergestalt sein Wissen zu mehren. Ich aber war elend, hilflos und ganz allein, und so manches Mal wollt' es mich bedünken, als wär' der leibhaftige Satan ein besseres Sinnbild meines verstoßenen Daseins: denn nur zu oft stieg, wie in ihm, auch in mir der gelbe Neid herauf angesichts der Glückseligkeit meiner unwissentlichen Beschützer!

Noch ein weiterer Umstand bestärkte und bestätigte derlei Gefühle: nämlich, bald nachdem ich mich in meinem Verschlage häuslich niedergelassen, hatte ich etwelche Papiere in einer Tasche jenes Gewandes entdeckt, welches ich noch in deiner Werkstatt an mich genommen. Zunächst hatte ich ihnen weiter keine Beachtung geschenkt. Nun aber, da ich in der Lage war, sie zu entziffern, machte ich mich mit allem Fleiße daran, das Geschriebene zu studieren. Es waren deine Tagebuchaufzeichnungen aus jenen vier Monaten, welche meiner Schöpfung vorangegangen. Du hattest darin bis in die kleinsten Einzelheiten jeden Schritt vermerkt, welchen du in Ansehung deines Werkes getan. Dies Arbeitsprotokoll war untermischt mit der Buchführung dessen, was inzwischen bei dir zu Hause sich begeben. Zweifellos entsinnst du dich noch dieser Papiere – sieh her, hier sind sie! Und sie berichten alles und jedes, das mit meinem fluchwürdigen Ursprunge verknüpft ist! Bis ins geringfügigste ist die Reihe jener ekelhaften Umstände festgehalten, welche zu meiner Entstehung geführt haben. Meine anrüchige und widerliche Gestalt ist aufs genaueste beschrieben, und zwar mit Worten, die nur zu anschaulich dein eigenes Entsetzen malen, und die das meine zu einem unauslöschlichen gemacht haben! Mir ward übel bei solcher Lektüre! »O hassenswerter Tag, da ich ins Leben trat!« so rief ich wohl in aller Seelenpein. »Vermaledeiter Schöpfer! Was mußtest du ein Monstrum formen, von dem selbst *du* voll Grausen dich gewandt? Der große Gott, hat er nicht voll Erbarmnis nach seinem eignen Bild den Menschen sich erschaffen, voll Schönheit und voll Anmut? Ich aber bin ein schmutziges Zerrbild nur, und daß ich dennoch meinem Schöpfer gleiche, macht meine Häßlichkeit bei weitem ärger! Sogar der Satan hatte seine Teufel, die ihn bewunderten, ihm Beifall klatschten! Ich aber habe niemand, bin allein, bin aller Welt ein ekelhaftes Greuel!«

Dies etwa waren die Überlegungen, denen ich mich in den Stunden meiner Trübsal und meiner Verlassenheit hingab. Doch wenn ich mir danach die Tugenden meiner Mitbewohner vor Augen führte, ihr liebenswertes und gutherziges Wesen, so redete ich mir ein, daß sie, sobald sie erst meiner Bewunderung für ihre guten Eigenschaften gewahr wären, mich bemitleiden und über meine Ungestalt hinwegsehen würden. Konnten sie denn ein Wesen von ihrer Schwelle jagen, wie entstellt und ungeheuerlich es immer aussehen mochte, wenn es sie um ihr Mitleid und ihre Freundschaft anflehte? So beschloß ich, zumindest nicht im Augenblick zu verzweifeln, sondern mich vielmehr nach Kräften auf jene Unterredung vorzubereiten, die über mein künftiges Geschick entscheiden würde. Doch schob ich solchen Versuch noch um mehrere Monate hinaus, da mich die ungeheure Wichtigkeit seines günstigen Ausganges nur um so stärker vor einem möglichen Mißerfolge erzittern machte. Und da ich überdies feststellen konnte, wie sehr die Erfahrung jedes weiteren Tages meinem Verstand zugute kam, war ich erst recht nicht gewillt, mein geplantes Unternehmen schon jetzt ins Werk zu setzen, ehe noch einige Monate das ihre zur Schärfung meiner Urteilskraft beigetragen hätten.

Während solcher Wartefrist ging aber ein weiterer Wandel in dem Hause vor sich. Mit Safies Ankunft war ja das Glück unter dies Dach eingezogen, und, so konnte ich feststellen, auch ein bescheidener Wohlstand. Felix und Agathe konnten jetzt mehr Zeit denn ehedem an ihre Lustbarkeit und ihre Gespräche wenden, da ihnen so manche Arbeit von den Dienstboten abgenommen wurde. Meine Hausgenossen schienen nicht gerade reich zu sein, doch führten sie ein zufriedenes und unbeschwertes Leben. Ihr Gemüt war erfüllt von Heiterkeit und Ruhe, wogegen das meine mit jedem Tag mehr und mehr aufgewühlt ward. In dem Maße ich an Wissen zunahm, erkannte ich auch, welch ein jammervoll Ausgestoßener ich war! Zugegeben, ich hegte gewisse Hoffnungen, indes, dieselben lösten sich in nichts auf, sobald ich im Wasser mein Spiegelbild, im Mondlicht meinen Schatten erblickte, wie flüchtig solche Spiegelung, wie unbeständig solcher Schattenriß immer sein mochte.

Dennoch war ich bestrebt, meine Angst zu unterdrücken und mich für jene Prüfung zu wappnen, der ich mich in wenigen Monaten zu unterziehen gedachte. Bisweilen kam es sogar vor, daß ich meine Gedanken, unbeschwert von aller Vernunft, in paradiesische Gefilde schweifen ließ und mich dergestalt von den liebenswertesten Geschöpfen umgeben wähnte, die meiner Düsternis Trost zusprachen. Doch es war nur Traum! Keine Eva sänftigte meinen Kummer, kein liebend Weib teilte meine Gedanken: ich war und blieb allein! Immer wieder gedachte ich der flehentlichen Bitten, welche Adam an seinen Schöpfer gerichtet. Wo aber war der meine? Er hatte mich schnöde verlassen! Und so fluche ich ihm in aller Bitternis meines Herzens!

So ging der Herbst dahin. Mit Staunen und Bekümmernis mußte ich gewahren, daß die Blätter welk wurden und abfielen, ja daß die gesamte Natur das nämliche, traurig-öde Aussehen annahm wie ehedem, da ich die Wälder und den guten Mond zum ersten Male erblickt hatte! Indes, mich kümmerte nicht die Trübsal solchen Wetters, da meine Konstitution mich die Kälte des Winters viel besser ertragen ließ denn die Hitze des Sommers. Was mich traurig stimmte, war einzig der Verlust meiner Augenweide: meine Hauptfreude war ja der Anblick der Blumen und der Vögel gewesen, eben alles dessen, was uns den Sommer so kurzweilig macht. Dies nicht länger vor Augen, richtete ich meine Aufmerksamkeit nur um so stärker auf die Mitbewohner. Ihre Glückseligkeit war ja durch das Ende des Sommers nicht beeinträchtigt worden. Ihr liebevolles Zusammenleben und all die Freude, welche sie einander abgewannen, konnte durch dies Absterben aller sommerlichen Pracht nicht getrübt werden. Und je länger ich ihnen zusah, desto größer ward mein Begehr, ihren Schutz und freundlichen Zuspruch anzurufen. Mein Herz fühlte das sehnlichste Verlangen, diesen liebenswerten Geschöpfen nicht länger ein Unbekannter, sondern in ihre Zuneigung mit einbeschlossen zu sein: ihre freundlichen Blicke voll Liebe auf mir ruhen zu sehen, es war der Gipfelpunkt meiner Wünsche! Ich wagte gar nicht erst, daran zu denken, daß solche Menschen voll Abscheu und Verachtung sich von mir wenden könnten. Niemals gingen ja die Armen, welche an diese Pforte klopften, unbeschenkt von ihrer Schwelle! Ich freilich, es ist wahr, begehrte weit größere Schätze denn ein wenig Speisung oder Rast: mir ging's um Freundlichkeit und Anteilnahme, und ich hielt mich solcher Gaben nicht für völlig unwert!

Der Winter kam heran, und mit ihm schloß sich

erstmals seit meinem Erwachen der Reigen der Jahreszeiten. Mein Augenmerk war in jenen Tagen schon ganz und gar auf den Plan gerichtet, mich bei meinen Hausgenossen gehörig einzuführen, und ich erwog so manche Möglichkeit zu diesem Ende. Schließlich entschied ich mich, die Wohnung zu einem Zeitpunkt zu betreten, da der blinde Greis sich allein darin aufhielte. Ich verfügte nun über genug Verstand, um zu begreifen, daß meine unnatürliche Häßlichkeit der Hauptgrund für das Entsetzen gewesen, welches die Menschen bisher bei meinem Anblick empfunden. Meine Stimme aber, wie rauh sie auch sein mochte, hatte nichts Furchtbares an sich. Deshalb dachte ich bei mir, daß ich, gelänge es mir erst, in Abwesenheit seiner Kinder die Gutwilligkeit und vermittelnde Fürbitte des greisen De Lacey zu gewinnen, mit seiner Hilfe durchaus auch von meinen jüngeren Beschützern gelitten werden mochte.

Eines Tages – die Herbstsonne ließ das gefallene Laub in ihrem freundlichen, obschon keine Wärme mehr spendenden Lichte gleich einem roten Feuer erstrahlen – unternahmen Safie, Agathe und Felix einen ausgedehnten Streifzug über Land, den greisen Hausvater auf dessen ausdrücklichen Wunsch allein in dem Hause zurücklassend. Sobald seine Kinder aufgebrochen waren, nahm er die Laute zur Hand und spielte darauf etwelche klagende, melodische Weisen, die noch wohllautender und trauriger tönten, als ich es je zuvor von ihm vernommen. Dabei waren seine Züge zunächst von Freude verklärt, doch je länger er spielte, desto gedankenverlorener und betrübter ward seine Miene, bis er schließlich unter Hinweglegung des Instrumentes in ein tiefes Nachsinnen verfiel.

Das Herz schlug mir bis zum Halse! Dies war die Stunde, dies der Moment jener Prüfung, darin entweder meine Hoffnungen oder aber meine Ängste sich bewahrheiten mußten! Alles im Hause war still, und auch draußen war keine Menschenseele zu vernehmen, denn die Dienstboten waren zur Kirmes ins Nachbardorf gegangen. Günstiger konnte die Gelegenheit gar nicht mehr sein! Da ich aber den ersten Schritt in Ausführung meines Vorhabens machte, versagten mir die Beine den Dienst, und ich sank zu Boden. Indes, ich raffte mich sogleich wieder auf und entfernte unter Aufbietung aller mir zu Gebote stehenden Entschlußkraft die Bretter, mit denen ich meinen Verschlag gegen eine etwaige Entdeckung geschützt hatte. Alsbald belebte mich die frische Luft, so daß ich mit erneuter Entschlossenheit auf die Haustür zutrat.

Ich pochte. »Wer da?« rief von drinnen der Greis. »Tretet ein!«

Ich tat nach seinen Worten. »Vergebt mir dies Eindringen«, sprach ich. »Ich bin ein müder Wandersmann und recht sehr des Ausruhens bedürftig. Und ich wüßt' Euch tausend Dank, wolltet Ihr mir verstatten, mich ein wenig an Eurem Feuer zu erwärmen.«

»Tretet näher«, sagte der betagte De Lacey, »und ich will sehen, auf welche Weise Euch zu helfen sei. Indes, zum großen Unglück sind meine Kinder über Land. Ihr müßt nämlich wissen, ich bin blind, und so fürchte ich, daß es mir schwerfallen wird, Euch eine kleine Stärkung zu finden.«

»Laßt's gut sein, mein freundlicher Gastgeber! Ich bin ja gespeist. Was mir nottut, ist einzig ein wenig Wärme und Rast an Eurem Herde.«

Danach ließ ich mich nieder, und keiner sagte ein Wort. Indes, obschon ich wußte, wie kostbar jede Minute für mich war, vermochte ich doch nicht zu entscheiden, auf welche Weise dies Gespräch zu beginnen wäre. Solchem Zaudern machte der Greis ein Ende, indem er sagte:

»Eure Sprache, Fremdling, läßt mich einen Landsmann in Euch vermuten – seid Ihr Franzose?«

»Mitnichten. Doch ward ich in einer französischen Familie aufgezogen und verstehe einzig deren Sprache.

Nun aber bin ich auf dem Wege, den Schutz und Schirm etwelcher Freunde anzurufen, denen ich überaus zugetan bin und in deren Gunst ich einige Hoffnung setze.«

»Sind's etwan Deutsche?«

»Oh, nein, es sind Franzosen wie Ihr. Allein, was tut's! Ich selbst bin ein unglückliches und verlassenes Geschöpf. Wie ich auch um mich blicke, ich hab' nicht Anverwandte noch Freunde auf dieser Welt. Selbst jene guten Leute, zu denen ich unterwegs bin, haben mich noch nie gesehen und kaum von mir vernommen. So bin ich in ernstlicher Sorge. Sollten sie mich nämlich nicht aufnehmen wollen, so bin ich für immer verstoßen auf dieser Erde.«

»Verzweifelt nicht! Keine Freunde zu haben ist in der Tat Grund genug, unglücklich zu sein, doch ist das Menschenherz, sofern keine selbstsüchtigen Neigungen es befallen haben, voll der brüderlichen Nächstenliebe. Bauet derhalben getrost auf Eure Hoffnung! Wenn jene Freunde wirklich so gut und liebenswert sind wie Ihr sagt, braucht Ihr nicht zu verzweifeln.«

»Sie sind die Güte selbst – sind die vortrefflichsten Geschöpfe auf Gottes Erdboden. Doch will's mein Unstern, daß sie gegen mich eingenommen sind. Dabei ist meine Absicht die beste. Auch ist mein Leben bislang ohn' Fehl und Arg verlaufen, ja war zuweilen sogar dem Wohltun gewidmet. Doch ein fatales Vorurteil umwölkt ihren Blick, und so sehen sie in mir statt des fühlenden und gutherzigen Freundes nur ein verabscheuenswürdiges Ungeheuer.«

»Dies ist freilich ein großes Unglück. Könnt Ihr ihnen, falls Ihr wirklich frei von Schuld seid, denn gar nicht die Augen öffnen?«

»Dies ist's ja, was ich gegenwärtig versuche, und eben drum befällt mich jetzt ein so überwältigendes Angstgefühl. Ich hange jenen Freunden mit aller Zärtlichkeit an, hab' ihnen viele Monate hindurch tagtäglich so manche Guttat erwiesen. Sie aber glauben, ich wünschte, ihnen ein Leides zu tun, und dies ungerechte Urteil begehre ich zu widerlegen!«

»Wo haben diese Freunde ihr Domizil?«

»Nicht weit von hier.«

Der blinde Greis schwieg eine Weile. Dann fuhr er fort: »Wolltet Ihr mir rückhaltlos alle Einzelheiten Eurer Geschichte anvertrauen, so könnt' ich Euch in der Aufklärung jener Freunde vielleicht von Nutzen sein. Zwar bin ich blind und kann mir aus Euren Zügen kein Urteil bilden, indes, in Euren Worten klingt etwas mit, das mich geneigt macht, an Eure Aufrichtigkeit zu glauben. Obgleich ich arm bin und aus meinem Vaterlande vertrieben, soll es mich doch recht herzlich freuen, einem Menschenwesen auf die eine oder andere Weise behilflich zu sein.«

»Vortrefflicher Mensch! Laßt mich Euch danken und von Eurem großherzigen Angebot Gebrauch machen! Durch Eure Güte fühl' ich mich aus dem Staub erhoben, und mit Eurer Hülfe, des bin ich gewiß, wird mir keiner die Aufnahme in die teilnehmende Gemeinschaft Eurer Mitmenschen verweigern!«

»Da sei Gott vor! Selbst wenn Ihr in Wahrheit ein Bösewicht wäret, so könnt' Euch dies ja nur um so tiefer in die Verzweiflung treiben, nimmermehr aber auf den Pfad der Tugend zurückführen! Auch ich bin ja ein Unglücklicher. Meine Familie und ich, wir sind durch Richterspruch verurteilt und vertrieben worden, und waren doch frei von aller Schuld! Ermesset daraus, wie sehr ich Euer Ungemach Euch nachfühlen kann!«

»Wie soll ich Euch danken, mein bester, mein einziger Wohltäter? Eure Lippen sind ja die ersten, von denen Freundlichkeit zu mir spricht. Dessen will ich stets und in Dankbarkeit gedenken! Eure Menschlichkeit ist mir die beste Gewähr, bei den Freunden, welche ich demnächst sehen soll, keine ungünstige Aufnahme zu finden.«

»Mögt Ihr mir nicht Namen und Wohnsitz Eurer Freunde nennen?«

Ich schwieg. Dies, so ging's mir durch den Sinn, war der entscheidende Augenblick, welcher mich meiner Hoffnung entweder berauben, oder aber für alle Zeit versichern würde! Vergebens rang ich um die nötige Festigkeit, solche Frage zu beantworten: der Kampf in meinen Innern zehrte auch noch meine letzten Kräfte auf! Laut aufschluchzend sank ich auf einen Stuhl. Im nämlichen Momente aber vernahm ich draußen die Schritte meiner jüngeren Beschützer! Nun war keine Zeit mehr zu verlieren, und so rief ich, indem ich die Hand des Greises umklammerte: »Nun ist's an der Zeit! Schützet mich und steht mir bei! Ihr selbst, Ihr und Eure Familie seid ja die Freunde, welche ich suche! Oh, verlaßt mich nicht in der Stunde meiner Prüfung!«

»Allmächtiger!« rief da der Blinde. »Wer seid Ihr?«

Dies gefragt, ging die Tür auf, und herein trat Felix, gefolgt von Safie und Agathen. Wer vermöchte das Entsetzen und die Verblüffung der drei zu schildern, da sie meiner ansichtig geworden? Agathe sank in eine Ohnmacht, dieweil Safie, außerstande, der Freundin beizustehen, aus dem Hause stürzte! Felix aber warf sich auf mich und riß mich mit übermenschlicher Kraft von seinem Vater hinweg, dessen Knie ich umklammert hielt: rasend vor Wut schleuderte er mich zu Boden und versetzte mir mit seinem Stocke einen heftigen Schlag – mir, der ich ihn mit Leichtigkeit hätte in Stücke reißen können, ganz wie der Löwe mit der Antilope verfährt! Allein, das Herz sank mir im Busen vor Bitternis und Kränkung, und so stand ich von aller Gegenwehr ab. Schon holte mein Widersacher zum zweiten Schlage aus – da rannte ich, überwältigt von Schmerz und Qual, ins Freie und verkroch mich, unbemerkt in dem allgemeinen Aufruhr, wieder in meinem Verschlag.

Sechzehntes Kapitel

Oh, über dich dreimal verfluchten Schöpfer! Was sollte mir jetzt noch das Leben? Was hielt mich davon ab, nicht im nämlichen Augenblick den Funken auszutilgen, welchen du so leichtfertig in mir angefacht? Ich weiß es nicht! Noch war's nicht Verzweiflung, was von mir Besitz ergriffen: vielmehr empfand ich nichts denn Wut und Rachedurst. Mit tausend Freuden hätt' ich dies Haus zusamt seinen Bewohnern zerstören, mich an ihrem Schmerzgeheul und Elend weiden mögen!

Mit dem Hereinbruche der Nacht aber verließ ich meinen Unterschlupf und durchstreifte die Wälder. Jetzt erst, da ich nicht länger fürchten mußte, entdeckt zu werden, machte ich meinem Schmerze in einem fürchterlichen Klagegeheul Luft. Ich war dem wilden Tiere vergleichbar, das seine Fesseln zerrissen hat, und war bereit, alles niederzutrampeln, was sich mir in den Weg stellte, wie ich da mit der Flüchtigkeit des Hirsches durch die Wälder eilte! Oh, jammervolle Nacht, die mir bevorstand! Die kalten Sterne blickten voll Hohn auf mich herab, und die kahlen Bäume winkten mir mit ihren Zweigen einen geisterhaften Gruß. Nur ab und zu ward die vollkommene Stille durchbrochen von süßem Vogelschalle. Sie alle, bis auf mich, sie alle erfreuten sich der Ruhe oder der Zweisamkeit! Einzig ich, dem Erzfeinde gleich, trug den Höllenbrand im Busen, und da ich gewahren mußte, daß keiner mit mir fühlte, war ich versucht, die Bäume auszureißen, Verheerung rings und Chaos anzurichten, und dann mich hinzusetzen, mich des Ruins und der Zerstörung zu erlaben!

Allein, dies Übermaß an Aufgewühltheit konnte nicht von Dauer sein: ermüdet von der allzu großen körperlichen Anstrengung sank ich ins taunasse Gras, überwältigt von ohnmächtiger Verzweiflung. Kein fühlend' Herz fand sich unter den ungezählten Millionen, welche dies Erdenrund bevölkern, mir Mitleid oder Hilfe zu gewähren? Ich aber sollte meine Feinde lieben? Nimmermehr! Und so sagte ich in jenem Augenblicke der gesamten Menschheit den unversöhnlichsten Kampf an, vor allem aber jenem einen, der mich geschaffen und in dies unerträgliche Elend gestoßen hatte!

Die Sonne stieg herauf, ich vernahm die Stimmen der Menschen und wußte doch um die Unmöglichkeit, tagsüber in meinen Unterschlupf zurückzugelangen! So verbarg ich mich denn in einem undurchdringlichen Dornicht, entschlossen, die weiteren Stunden dem Nachdenken über meine Lage zu widmen.

Das Licht der lieben Sonne und die reinen Lüfte des Tages brachten mich wieder ein wenig ins Lot, und in Erwägung dessen, was in dem Hause sich abgespielt, konnt' ich nicht länger umhin, meine Handlungsweise für eine übereilte anzusehen. Gewißlich hatte ich ja höchst unüberlegt gehandelt. Es lag auf der Hand, daß mein Bericht den Hausvater günstig gestimmt hatte, und so war's tölpelhaft von mir gewesen, meine Ungestalt zum Schrecken der Kinder deren Blicken auszusetzen. Vielmehr hätte ich mich zuvörderst mit dem greisen De Lacey auf vertrauteren Fuß stellen müssen, hätte mich erst nach und nach den anderen Familienmitgliedern entdecken dürfen, auf daß sie meines Anblicks nicht unvorbereitet teilhaftig würden. Doch hielt ich meinen törichten Schritt nicht für unwiderruflich und beschloß nach vielem Nachdenken, in das Haus zurückzukehren, um daselbst den Greis abermals aufzusuchen und ihn durch meine Darlegungen für meine Sache zu gewinnen.

Derlei Erwägungen beschwichtigten mein Gemüt, und so fiel ich am Nachmittag in einen tiefen Schlummer. Allein, mein aufgewühltes Blut ließ nicht zu, daß friedvolle Träume mich besuchten. Noch immer stand mir ja die fürchterliche Szene des voraufgegangenen Tages vor Augen: beständig waren die Frauenzimmer vor mir auf der Flucht, und der wütende Felix riß mich immer wieder von seines Vaters Füßen! Zuletzt fuhr ich erschöpft aus meinem Schlaf und kroch, da die Nacht schon hereingebrochen war, aus meinem Versteck hervor, um meiner Nahrung nachzugehen.

Nach der Stillung meines Hungers lenkte ich die Schritte auf jenen wohlvertrauten Fußpfad, welcher zu dem Hause zurückführte. Dort lag alles in tiefstem Frieden. So kroch ich denn in meinen Verschlag und harrte daselbst in schweigender Erwartung der Stunde, da die Familie sich zu erheben pflegte. Allein, die gewohnte Stunde verstrich, immer höher stieg die Sonne am Firmament, doch niemand von meinen Mitbewohnern zeigte sich. Ein heftiges Zittern befiel mich, da mir fürchterliches Unheil schwante. Im Hause war noch immer alles dunkel, und keine Regung ließ sich vernehmen. Nimmermehr vermag ich, dies Hangen und Bangen zu beschreiben!

Allgemach kamen zwei Landleute des Weges. Da sie sich aber dem Hause näherten, hielten sie inne und verfielen in ein Wortgefecht, das von dem heftigsten Gebärdenspiele begleitet war. Ich aber konnte ihre Worte nicht verstehen, da die beiden sich ihrer Landessprache bedienten, welche sich von derjenigen meiner Beschützer unterschied. Doch tauchte wenig später Felix in Begleitung eines weiteren Mannes auf. Dies überraschte mich nicht wenig, da ich den Jüngling heute morgen das Haus nicht hatte verlassen sehen. So merkte ich in angstvoller Spannung auf seine Worte, auf daß ich daraus die Bedeutung solch ungewöhnlichen Erscheinens erführe.

»Habt Ihr auch reiflich erwogen«, sagte jetzt der fremde Begleiter, »daß Ihr mir für drei weitere Monate den Pachtschilling für dieses Haus entrichten müßt und dennoch der Nutzung des Gartens verlustig geht? Ich will Euch wahrhaftig nicht übers Ohr hauen und bitte Euch deshalb, Euren Entschluß noch ein paar Tage lang in aller Ruhe zu überlegen.«

»Dies ist vollkommen unnütz«, versetzte Felix. »Keine Stunde länger können wir unter diesem Dache verbleiben! Zufolge jenes fürchterlichen Vorfalles, den ich Euch geschildert, ist das Leben meines Vaters in der größten Gefahr! Mein Weib und meine Schwester werden sich nimmer von ihrem Schrecken erholen. So fleh' ich Euch an, dringet nicht länger in mich! Nehmt Euer Eigentum wieder in Besitz und laßt mich den Staub solch unseligen Ortes von den Schuhen schütteln!«

Bei diesen Worten erbebte Felix sichtbarlich und auf das Heftigste. Er und sein Begleiter betraten das Haus, hielten sich kurze Zeit darin auf und entfernten sich danach. Dies war das letzte, was ich von der Familie De Lacey zu Gesicht bekam.

Den Rest des Tages brachte ich in meinem Verschlage zu, überwältigt von der stumpfsinnigsten und äußersten Verzweiflung. Meine Beschützer, sie waren unter Zerreißung des einzigen, mich noch mit der Welt verbindenden Bandes auf und davongegangen! Zum ersten Male erfüllten Rachedurst und Haß mir den Busen, und ich versuchte nicht, ihnen zu steuern. Indem ich mich aber willenlos dem reißenden Strome solcher Leidenschaften überantwortete, ward all mein Denken auf Gewalttat und Verderbnis gerichtet. Nur der Gedanke an meine Freunde, an die sanfte Stimme des greisen De Lacey, an Agathens freundlichen Blick und die erlesene Schönheit der Orientalin drängte meine Raserei zurück, und ein Tränenstrom glättete die Wogen meines Innern. Sobald ich mir aber aufs neue vor Augen führte, wie man mich mit Füßen getreten und dann verlassen hatte, überschwemmte mich aller Ingrimm mit nur noch größerer Gewalt. Außerstande, mir meine Wut an einem Menschen zu kühlen, richtete ich dieselbe auf die unbelebten Dinge: sobald die Nacht herangekommen war, schichtete ich alles Brennbare, dessen ich habhaft werden konnte, an den sämtlichen vier Hauswänden auf und harrte, nachdem ich zuvor noch in dem Garten jedwede Spur menschlichen Arbeitsfleißes mit Stumpf und Stiel ausgetilgt hatte, mit verstärkter Ungeduld dem Untergang des Mondes entgegen, auf daß ich in meinem Zerstörungswerk fortführe.

Mit dem Voranschreiten der Nacht erhob sich ein heftiger, aus den Wäldern heranfegender Wind, welcher alsbald die Wolkendecke zerteilte, die bislang so träg am Firmament gehangen. Der Sturm raste gleich einer mächtigen Lawine dahin und erfüllte mir die Sinne mit einem so aberwitzigen Ingrimm, daß derselbe alle Grenzen der Vernunft und Überlegung sprengte. Ich entzündete einen dürren Ast und umtanzte wie ein Tollhäusler dies dem Untergange geweihte Haus, wobei ich meine Augen noch immer auf den westlichen Horizont geheftet hielt, dessen Rand der Mond soeben berührte. Nach und nach verschwand ein Teil seines Rundes hinter den Bergen, dieweil ich noch immer meinen Feuerbrand in der Hand schwenkte. Da die leuchtende Scheibe aber zur Gänze versunken war, steckte ich mit einem wilden Schrei all das Stroh, trockene Ackerkraut und dürre Gezweig in Brand, welches ich aufgehäuft hatte. Alsbald fuhr der Wind in das Feuer, und sogleich war das ganze Haus von den Flammen umhüllt, welche daran emporloderten und mit ihren gespaltenen, zerstörerischen Zungen gierig daran leckten.

Erst als ich vollkommen davon überzeugt war, daß keinerlei Hilfe auch nur den kleinsten Teil dieser Behausung retten könnte, verließ ich den Schauplatz und nahm meine Zuflucht in den Wäldern.

Jetzt aber, da die ganze weite Welt vor mir lag – wohin sollte ich jetzt meine Schritte lenken? Ich beschloß, so weit wie möglich von dem Orte meines Ungemachs zu fliehen. Allein, mußte nicht mir, gehaßt und verachtet wie ich war, ein jedes Land gleichermaßen fürchterlich sein? Über solchen Erwägungen schoß mir der Gedanke an dich durch den Sinn. Ich hatte ja aus deinen Aufzeichnungen erfahren, daß du mein Stammvater, mein Hervorbringer bist. An wen aber hätte ich mich besser wenden können denn an denjenigen, welcher mir zum Leben verholfen? Im Verlaufe all der Unterweisungen, die Felix seiner Safie hatte zuteil werden lassen, war die Geographie keineswegs vernachlässigt worden. Dergestalt hatte ich ein Bild von der Lage der verschiedenen Länder des Erdkreises gewonnen. Du selbst hattest Genf als deine Heimatstadt erwähnt, und so beschloß ich, mich dahin auf den Weg zu machen.

Wie aber war dies ins Werk zu setzen? Wohl wußte ich, daß ich eine südwestliche Richtung einschlagen mußte, um das Ziel meiner Reise zu erreichen, doch war's einzig und allein die Sonne, welche mir zur Führerin dienen konnte. Ich wußte ja nicht die Namen all der Städte, die an meinem Wege lagen, noch auch konnte ich mir von irgendeinem Menschenswesen Rates erholen! Dennoch, ich verzweifelte nicht. Einzig von dir war ja Sukkurs für mich zu erhoffen, ob ich dir auch kein anderes Gefühl denn Haß entgegenbrachte. Fühlloser, hartherziger Schöpfer, der du mich mit Empfindungen und Leidenschaften begabt, einzig um mich als einen Spielball für die Verachtung und das Entsetzen der Menschheit in die Welt hinauszustoßen! Und doch warst du es allein, von dem ich mit einigem Anrechte Mitleid und Genugtuung erheischen konnte! So kam ich mit mir überein, bei dir jene Gerechtigkeit zu suchen, welche ich bislang vergebens von jedem anderen mit menschlichen Zügen begabten Wesen zu erhalten versucht.

Meine Reise war lang, und die Beschwernisse, die ich zu erdulden hatte, überstiegen alles Maß. Es war ja schon Spätherbst gewesen, als ich jenen Landstrich verlassen hatte, darin ich so lange gelebt. Überdies wagte ich bloß während der Dunkelheit zu wandern, aus Furcht, einem menschlichen Antlitz zu begegnen. Rings um mich verwelkte und verdorrte die Natur, und die Sonne wärmte nicht mehr. Regen und Schnee fielen auf mich hernieder, und selbst das Wasser der großen Flüsse erstarrte zu Eis. Der Boden, auf dem ich dahinschritt, ward hart, frostig und kahl, ich aber fand nirgendwo ein Obdach. Oh, Erde! Wie oft hab' ich nicht alle Flüche der Welt auf dich und meines Schöpfers Haupt herabgewünscht! All meine natürliche Sanftmut war ja von mir gewichen, alles und jedes in mir hatte sich in die galligste Bitternis verwandelt! Je näher ich deinem Wohnsitze kam, desto tiefer fühlte ich mein Herz vom Geiste der Rache entflammt. Der Schnee sank hernieder, und alle Wasser gefroren, ich aber gönnte mir nicht Rast noch Ruh'. Einige wenige Merkzeichen halfen mir dann und wann weiter, und überdies besaß ich ja eine Karte deines Landes. Dennoch irrte ich oftmals weit von meinem Pfade ab. Die Seelenpein aber, unter der ich litt, duldete keinen Verzug: jeder Zwischenfall war bloß dazu angetan, meinem Ingrimm und Elend neue Nahrung zu geben! Ein Ereignis aber, welches mir zustieß, als ich an den Gemarkungen des Schweizer Landes angekommen – zu einer Zeit, da die Sonne schon wieder wärmer strahlte, und die Erde sich aufs neue mit Grün bedeckte –, ein Ereignis bekräftigte in ganz besonderem Maße die Bitterkeit und das Entsetzliche meiner Empfindungen.

Im allgemeinen pflegte ich tagsüber zu rasten und meine Reise erst im Schutze der Nacht, sobald kein menschliches Auge mich erblicken konnte, fortzusetzen. Eines Morgens, da ich gewahrte, daß mein Pfad mich durch einen tiefen Wald führte, wagte ich's, meine Fußreise auch nach Sonnenaufgang fortzusetzen. Der Tag – einer der frühesten im Lenze – erfüllte selbst mich durch seine sonnige Anmut und die balsamischen Lüfte mit Fröhlichkeit. Mit einem Male erwachten die Regungen der Sanftmut und der Freude, welche so lange erstorben gewesen, in meinem Busen zu neuem Leben. Nahezu verwundert ob der Ungewohntheit solcher Empfindungen, ließ ich mich willenlos von ihnen dahintragen und wagte es, meiner Einsamkeit und Ungestalt zu vergessen, ja glücklich zu sein! Zum andern Mal betauten linde Tränen mir die Wangen, und feuchten Auges blickte ich empor zu der gesegneten Sonne, welche mich solcher Freude teilhaft werden ließ!

So schritt ich denn auf all den gewundenen Pfaden für mich hin, bis ich den Waldesrand erreicht hatte, der von einem tiefen und reißenden Flusse begrenzt war, über dessen Fluten so mancher Baum sein im jungen Grün des ersten Lenzes knospendes Gezweig neigte. Hier hielt ich inne, unschlüssig, welche Richtung ich nun einzuschlagen hätte, als ich plötzlich den Klang von Stimmen vernahm und mich dergestalt bewogen fühlte, im Schatten einer Zypresse Zuflucht zu suchen. Dies kaum getan, kam auch schon ein junges Mädchen auf eben jene Stelle zugelaufen, an der ich mich versteckt hielt, wobei sie fröhlich lachte, so als liefe sie zum Scherze vor irgend jemand davon. Auf ihrem Wege längs des steil abfallenden Flußufers strauchelte plötzlich ihr Fuß, so daß sie in die reißenden Fluten stürzte. Ich schoß aus meinem Versteck hervor und rettete die Unglückselige mit äußerster Anstrengung vor dem nassen Ertrinkungstode, indem ich sie ans Ufer zerrte. Da sie bereits ihrer Sinne beraubt war, versuchte ich mit allen mir zu Gebote stehenden Mitteln, der Leblosen neuen Odem einzuhauchen. In solchem Bemühen wurde ich plötzlich durch das Erscheinen eines Einheimischen unterbrochen, wohl jenes Mannes, vor dem das Mädchen scherzhaft auf der Flucht gewesen. Mich kaum gesehen, stürzte er auch schon herzu, riß mir das Mädchen aus den Armen und hastete mit ihr ins Innere des Waldes. Ich aber blieb ihm auf den Fersen, ohne recht zu wissen warum. Da der Flüchtende bemerkte, daß ich ihn einholte, riß er seine Flinte von der Schulter, brachte sie auf mich in Anschlag – und drückte ab! Ich sank zu Boden, und der Mordschütze verschwand mit vermehrter Geschwindigkeit in den Wäldern.

Dies war also der Lohn für meine Gutherzigkeit! Ich hatte ein Menschenleben vor dem Umkommen bewahrt und sah mich nun bedankt durch eine Kugel, durch Wundschmerzen, unter denen ich mich elendiglich krümmte, da mir Fleisch und Bein zerrissen waren! All die freundlichen und sanften Empfindungen, denen ich mich noch vor Sekunden hingegeben, nun hatten sie einer zähneknirschenden, satanischen Wut Raum gegeben! Von meinen Schmerzen zur Weißglut gebracht, schwor ich der gesamten Menschheit ewigen Haß und unauslöschliche Rache! Doch überwältigte mich schließlich die tödliche Pein meiner Wunde, mein Puls setzte aus, und ich verlor das Bewußtsein.

Mehrere Wochen vegetierte ich nun aufs jämmerlichste in den Wäldern dahin, einzig darauf bedacht, die mir zugefügte Verwundung auszuheilen. Die Kugel war mir ja in die Schulter gedrungen, und ich wußte nicht, ob sie noch darin steckte oder aber hindurchgegangen war. Doch wie dem auch gewesen sein mag, ich hätte sie auf keine Weise entfernen können. Überdies wurden meine Leiden noch erschwert durch das bedrückende Gefühl, daß Unrecht und Undank sie mir zugefügt hatten. So waren meine täglichen Schwüre auf nichts als Rache gerichtet – auf eine tiefe und tödliche Rache, die allein imstande war, das Maß an Schimpf und an Qual aufzuwiegen, welches ich nun zu erdulden hatte.

Nach Ablauf der mehrere Wochen währenden Genesungsfrist hatte meine Wunde sich geschlossen, und ich setzte meine Wanderschaft fort. Jetzt aber wurden die damit verbundenen Beschwernisse nicht mehr von der strahlenden Sonne oder den linden Frühlingslüften erleichtert. Alle Freude dünkte mich ja ein Hohn, eine

Beleidigung meiner hoffnungslosen Lage, dieweil sie mich nur um so schmerzlicher empfinden ließ, daß ich nicht für das Glück geschaffen war.

Doch sollte meine Müh' und Plage in nicht allzu ferner Zeit ein Ende haben: nach Ablauf zweier Monate hatte ich die Umgebung von Genf erreicht.

Es war schon Abend, als ich dort anlangte. So suchte ich mir in den die Stadt umgebenden Gefilden ein Versteck, um dort in Ruhe darüber nachzudenken, auf welche Weise ich mich dir am besten nähern könnte. Müdigkeit und Hunger lasteten schwer auf mir, und überdies ließ mich mein Unglück weder des sanften Abendwinds noch auch des großartigen Sonnenunterganges hinter den weithin sich erstreckenden Hängen des Jura froh werden.

Ein leichter Schlummer erlöste mich von der Qual des Denkens. Er ward jedoch gestört durch das Herannahen eines wunderhübschen Knaben, welcher in aller kindlichen Verspieltheit geradewegs auf das von mir gewählte Versteck zugelaufen kam. Bei seinem Anblicke schoß mir's plötzlich durch den Sinn, daß dies kleine Geschöpf noch von keiner vorgefaßten Meinung beseelt war, dieweil's ja noch zu kurz auf Erden wandelte, als daß ihm schon ein ungerechter Abscheu vor unverschuldeter Mißgestalt hätte eingeflößt werden können. Daraus folgerte ich, daß, im Fall es mir gelänge, mich dieses Knaben zu versichern und ihn mir zum Gefährten und Freunde zu erziehen, ich nicht mehr so hoffnungslos allein auf dieser bewohnten Erde einherwandeln müßte!

Von solchem Antriebe geleitet, bemächtigte ich mich des Kleinen, als er an mir vorüberkam, und zog ihn an mich. Sobald er aber meine Gestalt erblickt hatte, schlug er die Händchen vors Gesicht und stieß ein gellendes Angstgeheul hervor. Ich riß ihm die Hände gewaltsam von den Augen und sprach: »Mein Kind, was hast du denn nur? Ich will dir ja nichts Böses tun. So hör doch!«

Der Kleine indes schlug verzweifelt um sich. »Laß mich los, du Ungeheuer!« rief er. »Du Ausbund und häßlicher Menschenfresser! Reiß mich nicht in Stücke – du bist ja ein Oger – laß mich los, oder ich sag's meinem Papa!«

»Du wirst, schöner Knabe, deinen Vater nimmer sehn – mußt ja mit mir kommen!«

»Gräßliches Ungetüm! Laß mich los! Mein Papa ist ein Ratsherr – es ist Monsieur Frankenstein –, er wird dich ins Gefängnis werfen! Wag es nur ja nicht, mich festzuhalten!«

»Frankenstein, sagst du? So gehörst du zur Sippe meines Todfeinds? Zur Sippe dessen, dem ich auf ewiglich Rache geschworen? Dann sei mein erstes Opfer!«

Der Knabe wehrte sich noch immer und bedachte mich mit Schimpfwörtern, welche mir das Herz durchbohrten. So schnürte ich ihm die Kehle zu, auf daß er endlich schweige – und da lag er auch schon tot zu meinen Füßen!

Wie ich ihn so leblos darniedergestreckt sah, schwoll mir das Herz vor Frohlocken und satanischem Triumphe: ich klatschte voll Freude in die Hände und rief lauthals: »Auch mir ist's also gegeben, Trübsal zu verhängen! Mein Todfeind ist nicht unverwundbar! Dieser Tod wird ihn in Verzweiflung stürzen, und ein ganzes Tausend weiterer Übel soll ihn fürder quälen und ihm am Ende den Garaus machen!«

Da ich nun das tote Kind betrachtete, entdeckte ich etwas Glitzerndes auf seiner Brust. Ich nahm es an mich: es war das Bildnis eines überaus schönen Weibes. Wie boshaft ich auch immer war, es sänftigte mich wunderbar, ja es zog mich auf eine Weise an, daß ich eine Zeitlang voll Entzücken in diese dunklen, von langen Wimpern umschatteten Augen und auf solch schwellendes Lippenpaar starrte. Alsbald jedoch kehrte mein Ingrimm wieder zurück: ich dachte ja daran, daß ich auf immerdar der Lustempfindungen beraubt bleiben sollte, welche derlei schöne Geschöpfe zu spenden vermögen, und daß diese da, deren Konterfei ich so sinnend betrachtete, beim Anblick meiner Person sogleich jenen Ausdruck himmlischer Güte vertauscht hätte gegen denjenigen des Abscheus und Entsetzens!

Nimmt's dich noch wunder, daß derlei Erwägungen mich mit Grimm erfüllten? Was *mich* wunder nimmt, ist einzig der Umstand, daß ich in jenem Momente meinen Gefühlen bloß in Ausrufen der Seelenqual Luft machte, nicht aber mich sogleich auf diese Menschheit stürzte, um in dem Versuche, sie mit Stumpf und Stiel auszurotten, meinen Untergang zu finden!

Noch während ich eine Beute solcher Empfindungen war, verließ ich den Schauplatz des Mordes und betrat auf der Suche nach einem besseren Versteck alsbald eine Scheune, welche ich für leer gehalten. Allein, ich fand darin ein auf etwelchem Stroh schlummerndes Frauenzimmer vor. Sie war noch jung und, obschon bei weitem nicht von solcher Schönheit wie diejenige, deren Bildnis ich in Händen hielt, doch von angenehmem Äußeren, erblühend in aller Lieblichkeit der gesunden Jugend. Hier, so dachte ich, liegt nun eins der Geschöpfe, deren freudespendendes Lächeln allen Menschen gilt, nur nicht mir! Danach beugte ich mich über sie und flüsterte ihr zu: »Wach auf, du Holde, dein Geliebter ist ja gekommen – er, der sein Leben dahingeben würde, bloß um eines einzigen, zärtlichen Blickes aus deinen Augen teilhaft zu werden! Erwache denn, Geliebte!«

Die Schläferin bewegte sich unruhig. Ein eisiger Schrecken durchzuckte mich. Wie, wenn sie in der Tat erwachte, meiner ansichtig würde, mich verfluchte und als einen Mörder denunzierte? Dies aber stand gewißlich zu befürchten, sobald sie den vom Schlummer verdunkelten Blick zu mir erhob! Es war der reine Aberwitz! Doch störte er das Böse in mir auf: nicht ich – *sie* sollte leiden! Den Mord, so dacht' ich, welchen ich begangen, dieweil auf ewig ich der Dinge entbehren muß, die du gewähren könntest, den Mord sollst *du* mir büßen! Und ist das Weib die Wurzel allen Übels, so soll das Weib dafür die Strafe tragen! Dank der guten Lehren meines Felix und der mörderischen Gesetze der Menschen war ich ja nun in der Lage, selber Unheil zu wirken! So beugte ich mich denn über die Schläferin und steckte ihr das Bildnis behutsam in die Falten ihres Gewandes. Wieder bewegte sie sich, und ich suchte das Weite.

Einige Tage lang trieb ich mich noch in der Gegend herum, wo dies alles sich zugetragen hatte. Bisweilen war ich von dem Wunsche beseelt, dir zu begegnen, bisweilen auch von dem Begehr, der Welt und ihrem Elend auf immerdar Valet zu sagen. Am Ende aber richtete ich meine Schritte gegen dies Gebirge und hab' seither seine ungeheuren Klüfte und Spalten durchstreift, verzehrt von einer brennenden Leidenschaft, welche du allein zu stillen vermagst. Und so werden wir nicht voneinander scheiden, ehe du mir nicht versprochen, meiner Bedingung zu willfahren! Siehe ich bin einsam und von aller Welt verstoßen. Kein menschlich Weib mag mich zum Gefährten. Doch eine, die ebenso ungestalt und scheusälig wäre wie ich, würde sich mir nicht verweigern. So muß meine Gefährtin von derselben Art sein und die nämlichen Mängel aufweisen wie ich. Dies Wesen mußt du erschaffen!

Siebzehntes Kapitel

Der Unhold verstummte und heftete in Erwartung meiner Antwort seine Augen auf mich. Ich war verwirrt, war bestürzt und auf keine Weise fähig, meine Gedanken genugsam zu ordnen, um solches Ansinnen in seinem vollen Ausmaß zu begreifen. Er aber fuhr fort:

»Du mußt mir ein Weib erschaffen, mit welchem ich den Austausch jener Zärtlichkeiten pflegen kann, welche meinem Dasein nun einmal nottun! Kein anderer als du vermag dies, und ich fordere es als ein Anrecht von dir, welches du mir nimmer verweigern darfst!«

Der letzte Teil des Berichtes hatte in mir aufs neue den Ingrimm angefacht, welcher in Anhörung jenes friedvollen Lebens unter dem Dache der De Laceys nahezu schon erstorben war. Die allerletzten Worte des Monstrums aber hatten bewirkt, daß ich die Wut, welche in mir kochte, nicht länger zu bemeistern vermochte.

»Und ob ich dir's verweig're!« so rief ich. »Und keine Marter der Welt soll mir jemals ein Wort der Zustimmung erpressen! Du magst mich zum unglücklichsten aller Menschen machen, doch nimmer kannst du mich vor mir selbst erniedrigen! Wie! So soll ich dir eine Gefährtin beigesellen, auf daß eure vereinte Bosheit der Welt zum Greuel werde? Hinweg! Dies meine Antwort! Und wenn du mich auch marterst, ich stimme nimmer zu!«

»Du bist im Irrtum«, versetzte da der Unhold. »Ich will dir gar nicht drohen, sondern vielmehr zufrieden sein, mit dir im guten übereinzukommen. Ich bin ja nur so böse, weil ich so elend bin! Bin ich von allen Menschen nicht gemieden und gehaßt? Selbst du, mein Schöpfer, würdest mich mit Lust in Stücke reißen! Sei dessen eingedenk und sag mir, aus welchem Grund ich dieser Menschheit mehr an Mitleid zollen sollte, als sie mir entgegenbringt! Geläng' es dir, mich dort hinabzustürzen in eine jener eisigen Klüfte, du würdest's nimmermehr als Mord bezeichnen. In aller Seelenruhe würdest du der eignen Hände Werk vernichten. Ich aber soll der Menschheit schonen, welche mich verdammt? Laß sie auf gutem Fuße mit mir leben, so würd' ich, wollte man mich nicht verschmähen, mit nichts als guten Werken mich ihr nah'n, ja mit des Dankes Träne in den Augen! Doch kann dies nimmer sein: des Menschen Sinne lassen es nicht zu, daß ich ihm wohlgefällig bin. Ich aber mag hinfort nicht länger leben wie der geringste Sklave, und will mich schrecklich rächen an den Menschen für das, was sie mir angetan! Vermag ich's nimmer, Liebe zu erwecken, nun gut, so mag man Furcht vor mir empfinden! Zuvörderst aber schwör' ich meinem Erzfeind, nämlich dir, dem ich dies Leben danke, Haß auf Lebenszeit! Sei auf der Hut! An deinem Untergange will ich wirken, und will nicht müde werden, bis dir das Herz verzweifelt und du der Stunde fluchst, da du geboren wurdest!«

Eine diabolische Wut beseelte ihn bei diesen Worten, und sein Antlitz verstellte sich zu einer Fratze, deren Anblick kein menschliches Auge ertragen konnte. Doch hatte er sich alsbald wieder beruhigt und fuhr fort:

»Ich wollt' in aller Ruhe mit dir reden, denn meine Leidenschaft bringt mir nichts ein, da du ja nimmer einsehn magst, daß *du* ihr Anlaß bist! Wär' da nur ein einzig' Wesen, das mir ein wenig Wohlwollen entgegenbrächte, ich wollte es ihm hundert- und aberhundertfach vergelten, ja wollt' um seinetwillen mit der gesamten Menschheit meinen Frieden machen! Allein, was soll's – es kann so süßer Traum sich nicht erfüllen. So will ich dir denn in aller Bescheidenheit und Vernunft meine Forderung stellen: ich verlange von dir ein weibliches Wesen, das ebenso abschreckend häßlich ist wie ich selbst! Dies ist wenig genug, doch kann ich nichts bess'res erwarten, und so will ich's zufrieden sein. Freilich, es ist wahr, wir werden ob unsrer Ungeheuerlichkeit vom Treiben der Welt ausgeschlossen sein, doch soll uns dies nur um so stärker aneinander binden! Zwar wird unser Leben kein glückliches, doch ohne Arg sein und frei von dem, was mich jetzt so elend macht. Oh, du mein Schöpfer – stille mein Verlangen! Erfüll mein Herz mit Dankbarkeit um dieser einen Wohltat willen! Mach, daß ein einziges Geschöpf mich wohlgefällig ansieht! Schlag sie nicht ab: *gewähr* mir diese Bitte!«

Die Worte griffen mir ans Herz. Zwar erschauderte ich in Ansehung der möglichen Folgen meiner Zustimmung, doch empfand ich gleichzeitig, daß in solcher Argumentation eine gewisse Berechtigung lag. Was der Unhold mir da erzählt hatte, bewies ebenso wie die jetzt von ihm an den Tag gelegten Gefühle, daß er ein Geschöpf von zarter Empfindung war. Lag's also nicht an mir als seinem Erzeuger, ihm all das Glück zu schenken, das zu geben in meiner Macht lag? Er aber merkte nur zu gut, daß ich schwankend geworden, und beeilte sich, fortzufahren:

»Willigst du ein, so sollst weder du noch irgend ein anderer Mensch uns beide jemals wieder zu Gesicht bekommen: ich will auswandern in die unermeßlichen Wälder Südamerikas! Meine Nahrung ist nicht die des Menschen, und ich schlachte nicht das Lamm noch das Zicklein, mir den Gaumen zu erlaben: die Eicheln und Bucheckern, ja die Beeren des Waldes reichen hin, meinen Hunger zu stillen, und da meine Gefährtin von der nämlichen Art sein wird wie ich, mag auch sie mit solcher Kost vorliebnehmen. Unser Lager soll von dürrem Laube sein, die Sonne wird auf uns herniederscheinen wie auf die Menschen und wird auch unser täglich Brot reifen lassen. Ist denn dies Bild, das ich dir male, nicht friedvoll und menschlich genug? Mußt du nicht zugeben, daß einzig Macht und Grausamkeit in ihrem Übermut dich dazu bringen könnten, Nein zu sagen? Hast du auch bislang kein Mitgefühl für mich empfunden, gewahr' ich nunmehr dennoch etwas wie Erbarmnis in deinem Blick! So laß mich den günstigen Moment ergreifen – laß dich überreden und gib mir, wonach's mich mit so brennender Begier verlangt!«

»So hast du also im Sinn«, versetzte ich, »der Menschen Wohnstatt zu fliehen und in jenen unwirtlichen Regionen zu hausen, wo die Tiere des Waldes deine einzigen Gefährten sind? Wie willst du denn als einer, den es so sehr nach der Menschen Liebe und Anteilnahme dürstet, in solcher Verbannung bestehen können? Nein, du wirst wiederkommen und wirst, indem du abermals ihre Freundschaft suchst, ja doch nur auf Abscheu und Verachtung stoßen. Dann aber wird das Böse sich aufs neue in dir erheben, und dann auch wird dir eine Gefährtin zur Seite stehen, dich in dem Werke der Vernichtung zu unterstützen! Dies darf nicht geschehen! So laß denn ab, mir in diesem Punkte zuzusetzen, denn ich kann dir nimmermehr willfahren!«

»Wie wankelmütig sind doch deine Gefühle! Noch vor wenigen Augenblicken haben meine Vorhaltungen dich gerührt – weshalb verhärtest du dich nunmehr gegen meine Klagen? Ich schwör' dir's bei der Erde, darauf ich wandle, ja bei deinem Leben – dem Leben dessen, der mich gemacht hat –, daß ich mit der Gefährtin, die du mir schenken sollst, die Nachbarschaft der Menschen fliehen werde, um, wie's auch kommen mag, an dem wüstesten Orte zu hausen! All meine Bosheit wird mich dann verlassen, kommt man mir erst mit Freundlichkeit entgegen! So wird mein Leben in friedvollen Bahnen verlaufen, und ich werde in meiner Sterbestunde meinem Erzeuger nimmer fluchen müssen!«

Solche Rede übte eine sonderbare Wirkung auf mich. Fast hatte ich Mitleid mit dem Unseligen, ja empfand bisweilen sogar den Wunsch, ihn zu trösten. Sobald ich aber den Blick auf diese ekelhafte Anhäufung aus Fleisch und Bein richtete, wie sie sich bewegte und Worte hervorbrachte, wollte das Herz sich mir im Leibe herumdrehen, und mein Mitleid ward zu Haß und Entsetzen. Doch versuchte ich, derlei Regungen im Keime zu ersticken, indem ich mir vor

Augen hielt, daß, wenn ich schon nicht mit meinem Geschöpfe fühlen konnte, ich doch kein Recht hatte, ihm jenes bißchen Glück zu verweigern, das zu verleihen in meiner Macht stand.

»Du schwörst mir«, erwiderte ich, »ein Leben ohne Arg zu führen. Hast du aber nicht bisher ein Maß von Bosheit an den Tag gelegt, das mich dir ein nur allzu begründetes Mißtrauen entgegenbringen läßt? Ja könnte nicht sogar dein jetziger Vorschlag nur eine Finte sein, deinen Triumph zu einem vollkommenen zu machen, indem ich deiner Rache einen noch längeren Arm verleihe?«

»Wie! Auf diese Weise kannst du mich nicht abspeisen: ich begehre Antwort! Ist mir weder Bindung noch Geneigtheit auf dieser Welt vergönnt, so müssen Haß und Laster mein Teil sein. Doch eines andern Liebe wird die Ursachen meiner Missetaten zunichte und mich zu einem Wesen machen, dessen Dasein keinem Menschen mehr zur Last fallen wird. Jede Untat, die ich begangen, sie war ja nur ein Kind der mir aufgezwungenen Einsamkeit, die ich aus tiefstem Herzen verabscheue. So muß denn jede Zweisamkeit unweigerlich meine Tugend befördern. Ein fühlend Herz werd' ich mein eigen nennen, darein die Liebe ihren Einzug hält – ein Glied werd' ich sein in der ewigen Kette von Werden und Vergehen, aus der ich jetzt noch ausgeschlossen bin!«

Eine Zeitlang schwieg ich, um das, was er gesagt, sowie die mannigfaltigen Argumente, welche er ins Treffen geführt hatte, im Geiste zu überschlagen. Ich dachte an die löblichen Vorsätze, welche er an der Schwelle seines Lebens gehegt, und an das Verkümmern jener Gutmütigkeit angesichts des Ekels und der Verachtung, die seine Beschützer ihm gegenüber an den Tag gelegt hatten. Und auch seine übermenschlichen Kräfte und Drohungen stellte ich in Rechnung: eine Kreatur, so sagte ich mir, welche in den eisigen Schründen der Gletscher bestehen und sich vor jeder

Verfolgung auf die höchsten, dem menschlichen Fuße unzugänglichen Felsabstürze retten könne, solch eine Kreatur müsse auch über Fähigkeiten verfügen, mit denen es niemand aufzunehmen vermöchte. Nach langem Nachsinnen kam ich zu dem Schluß, daß sowohl im Hinblick auf ihn, als auch in Ansehung meiner Mitmenschen die Gerechtigkeit von mir erheische, seinem Wunsche zu willfahren. So wandte ich mich ihm aufs neue zu und sagte:

»Ich willige in deine Bitte ein, doch nur auf deinen feierlichen Eid hin, daß du Europa wie auch jeder andern menschlichen Wohnstatt für immer den Rücken kehrst, sobald ich dir ein Weib zugeführt habe, das dich in deine selbstgewählte Verbannung begleitet.«

»Ich schwör's«, so rief er aus, »beim Licht der Sonne und bei der Bläue des Firmaments, ich schwör' es bei den Flammen der Liebe, die mir das Herz verzehren, daß du, so lange sie bestehen, mich nicht mehr erblicken sollst, wenn du mir erst meine Bitte erfüllt hast! So kehr denn nach Hause zurück und mach dich an die Arbeit! Ich werde ihr Fortschreiten mit namenloser Angstbegier verfolgen. Indes, du mußt nicht fürchten, daß ich mich zeigen werde, eh' du nicht zu Rande bist mit deinem Werke!«

Dies gesagt, erhob er sich und ließ mich allein in der Hütte zurück, wohl aus Angst, ich könnte doch noch andern Sinnes werden. Ich sah ihn den Berg hinabeilen mit einer Schnelligkeit, welche selbst die des Adlerfluges übertraf. So kam er mir zwischen den Unebenheiten des Gletschers rasch aus den Augen.

Über des Verschwundenen Erzählung war der Tag hingegangen. Die Sonne hatte schon den Horizont berührt, als mein sonderbarer Bittsteller Urlaub von mir genommen. Ich aber, obschon ich wußte, daß ich in aller Eile hätte zu Tal steigen müssen, da mich nur zu bald die undurchdringlichste Finsternis umgeben würde, schritt nur schweren Herzens und zögernden

Fußes voran. Die Mühe, dem gewundenen, schmalen Gebirgspfad zu folgen und dennoch bei jedem Tritte auf sicheren Halt bedacht zu sein, schien mir allzu groß, besessen wie ich war von den Empfindungen, welche die Ereignisse dieses Tages in mir ausgelöst hatten. So war's schon mitten in der Nacht, als ich den auf halbem Wege gelegenen Rastplatz erreichte und mich an der dort hervorsprudelnden Quelle niederließ. Bisweilen gaben die über mir dahinziehenden Wolken mir den Blick auf die Sterne frei; dunkel ragten die Nadelbäume vor mir in die Nacht; da und dort lag ein gestürzter Stamm auf dem felsigen Grunde. Dies Schauspiel der wunderbarsten Erhabenheit beschwor denn auch die seltsamsten Gedanken in mir herauf. Bitterlich aufschluchzend schlug ich voll Seelenpein die Hände zusammen und rief: »Oh, ihr Sterne, ihr Wolken und Winde! Seid ihr denn einzig dazu da, meiner zu spotten? Wenn ihr aber wahres Mitleid mit mir habt, so löscht aus mir alles Empfinden und alle Erinnerung, und macht mich zu dem Nichts, das ich einst war! Wo nicht – hinweg, hinweg, und lasset mich in Finsternis zurück!«

Dies waren freilich recht verworrene und jämmerliche Gedanken, doch vermag ich's nicht, teuerster Sir, Euch zu schildern, wie dies zeitlose Geflimmer der Sterne mich bedrückte, und wie sehr ich auf jeden Windstoß lauschte, als wär's schon der abscheuliche Schirokko und als solcher drauf und dran, mich zu verzehren!

Der Morgen dämmerte, noch ehe ich das Dörfchen Chamonix erreicht hatte. Ich aber gönnte mir keinerlei Verschnaufpause, sondern machte mich sogleich auf den Rückweg nach Genf. Nicht einmal im innersten Herzen konnt' ich meinen Empfindungen Ausdruck verleihen – sie lagen mir mit Bergeslast auf dem Gemüt, und ihr Übermaß begrub sogar meine Seelenqual unter sich. In solchem Zustand langt ich vor unserem Hause an und präsentierte mich meiner

Familie. Mein abgezehrtes, verstörtes Aussehen versetzte alle in tiefsten Schrecken, doch ich beantwortete keine der vielen Fragen und verlor auch sonst kaum ein Wort. Mir war's, als stünd' ich unter einem Zauberbann – als hätt' ich keinerlei Recht auf Anteilnahme –, als dürft' ich nimmermehr in Gemeinschaft mit meinen Teuren leben! Und dennoch, ich liebte sie, ja betete sie an! So beschloß ich, zu ihrer Rettung mich voll und ganz auf diese schrecklichste aller Aufgaben zu werfen. Die Aussicht auf solches Tun ließ mir all meine sonstigen Lebensumstände wie einen Traum erscheinen, und nur der eine Gedanke ergriff als lebendigste Wirklichkeit von mir Besitz.

Achtzehntes Kapitel

Tag um Tag, Woche um Woche verstrich, seit ich nach Genf zurückgekehrt war, und doch brachte ich nicht den Mut auf, mich aufs neue an die Arbeit zu machen. Zwar fürchtete ich die Rache des enttäuschten Unholds, doch war ich schlechterdings nicht fähig, den Widerwillen zu überwinden, welchen ich gegen das mir auferlegte Werk empfand. Ich erkannte ja, daß es mir nicht möglich sein werde, ein weibliches Wesen anzufertigen, ohne nicht weitere Monate über den eingehendsten Untersuchungen und dem mühseligsten Studium der Bücher hinzubringen. Auch war mir zu Ohren gekommen, daß ein englischer Gelehrter etwelche Entdeckungen gemacht habe, deren Kenntnis mich für meinen Erfolg unerläßlich dünkte, und so dachte ich bisweilen daran, zu diesem Behufe meines Vaters Zustimmung für eine Englandreise einzuholen. In Wirklichkeit aber ward mir alles zum willkommenen Anlaß, solche Absicht hinauszuzögern, denn ich schrak ja vor dem ersten Schritt einer Unternehmung zurück, deren unmittelbare Notwendigkeit mir mit jedem Tage weniger dringlich zu sein schien. In mir war ein Wandel vorgegangen: meine bislang so angegriffene Gesundheit hatte sich ganz erklecklich gebessert, und demgemäß stieg auch meine Lebensfreude, welche nicht länger im Banne jenes unseligen Versprechens stand. Mein Vater bemerkte solchen Wandel mit inniger Freude und richtete sein Sinnen und Trachten auf die wirksamste Methode, auch noch die letzten Überbleibsel einer Schwermut zu zerstreuen, die sich dann und wann noch immer einstellte und mit ihrem alles verschlingenden, schwarzen Gewölk den in meinem Gemüte heraufdämmernden Sonnenschein verdunkelte. In solchen Momenten flüchtete ich mich in die vollkommenste Einsamkeit. Ganze Tage verbrachte ich stumm und teilnahmslos in einem kleinen Boot draußen auf dem See, blickte nach den ziehenden Wolken und lauschte dem Wellenschlag. Doch verfehlten die frische Luft und der strahlende Sonnenschein nur selten, mich wieder einigermaßen ins Lot zu bringen, und so konnte ich nach meiner Heimkehr die Begrüßungen der Freunde mit freierem Lächeln und freudigerem Herzen erwidern.

Es war nach der Rückkehr von einem jener Streifzüge, daß mein Vater mich beiseite nahm und die folgenden Worte zu mir sprach:

»Mein lieber Sohn! Mit Freude bemerke ich, wie du allgemach deinen früheren Zerstreuungen wieder nachgehst, ja überhaupt zu dir zurückzufinden scheinst. Dennoch bist du noch immer unglücklich, meidest noch immer unsre Gesellschaft. Eine Zeitlang hab' ich mich den mannigfachsten Mutmaßungen über die möglichen Ursachen solcher Schwermut hingegeben. Doch erst gestern kam mir eine Vermutung, die, falls sie auf Wahrheit beruht, ich dich bitte, freimütig zu bestätigen. Zurückhaltung in so wichtigem Punkte wäre ja nicht nur sinnlos, sondern würde als ein dreifaches Elend auf uns alle zurückfallen.«

Solche Einleitung machte mich aufs heftigste erbeben. Indes, schon fuhr mein Vater fort:

»Ich will dir nicht verhehlen, mein Sohn, daß ich in deiner späteren Heirat mit Elisabeth stets die Befestigung unserer trauten Häuslichkeit, ja den Stab und Stecken meines Lebensabends erblickt habe. Ihr beide waret ja schon von Kindesbeinen an für einander bestimmt. Gemeinsam habt ihr Schreiben und Lesen gelernt, und schienet sowohl nach Wesensartung wie auch nach Neigungen trefflich zu einander zu passen. Allein, wie blind ist doch des Menschen weise Voraussicht! Was mir aufs beste geeignet schien, meine Pläne zu befördern, mag sie ebensogut vollkommen zunichte gemacht haben. Es könnte ja sein, daß du in Elisabeth nichts andres mehr erblickst denn eine Schwester und dergestalt keinerlei Begierde auf ihr Weibtum mehr empfindest. Ja nicht nur das – vielleicht bist du sogar einer andern begegnet und zu ihr in Liebe entbrannt! So mag der Kampf, welchen du zwischen solcher Liebe und deiner Verbundenheit mit Elisabeth auszufechten hast, sehr wohl der Anlaß zu der nagenden Trübsal sein, unter welcher du so augenscheinlich leidest.«

»Teuerster Vater, seid ohne Sorge! Ich bin meiner Cousine in der zärtlichsten und aufrichtigsten Liebe zugetan. Da ist kein Weib, welches gleich Elisabeth meine wärmste Bewunderung und Zuneigung erregt hätte! All mein Denken und Hoffen, soweit es sich auf die Zukunft richtet, ist untrennbar an den Vollzug unserer künftigen Vereinigung geknüpft.«

»Der Ausdruck deiner Empfindungen in Ansehung dieses Gegenstandes erfüllt mich, mein teuerster Viktor, mit größerer Freude, als mir seit langem zu empfinden vergönnt war! Ist's aber so um dich bestellt, so wird gewißlich wieder das Glück bei uns einziehen, wie sehr auch die gegenwärtigen Ereignisse unser Leben verdüstert haben mögen! Eben diese Düsternis, die sich so sehr auf dein Gemüt gelegt zu haben scheint, wünsche ich zu zerstreuen. Sprich deshalb frei, ob du irgend etwas dagegen einzuwenden hättest, daß die Hochzeit sogleich gefeiert werde! Das Unglück hat uns heimgesucht, und die kürzlichen Vorfälle haben uns aus jenem täglichen Gleichmaß gebracht, wie's meinen Jahren und meiner Gebrechlichkeit zukommt. Du bist freilich noch jung, doch glaube ich in Ansehung deiner beträchtlichen Mitgift nicht, daß eine frühe Heirat auch nur im mindesten irgendwelche ehrenhaften und nützlichen Zukunftspläne, wie du sie etwan hegen magst, durchkreuzen könnte. Indes, du mußt nicht glauben, daß ich dir dein Glück aufzwingen möchte, noch auch, daß ein Zögern deinerseits mir ein ernstliches Ungemach bereiten würde. Nimm meine Worte so offen hin wie sie gemeint sind, und antworte mir, ich beschwöre dich, vertrauensvoll und ehrlich!«

Des Vaters Rede schweigend angehört, verblieb ich eine Zeitlang unfähig, mich zu irgendeiner Antwort aufzuraffen. Hastig überschlug ich in meinem Geiste eine Vielzahl von Möglichkeiten, bemüht, zu einem Entschlusse zu kommen. Ach! Mir verband sich ja der Gedanke, mich sogleich mit meiner Elisabeth vereinigen zu sollen, mit nichts als Schrecken und Bestürzung! Mir waren die Hände gebunden durch ein feierliches Versprechen, das ich noch immer nicht erfüllt hatte und doch nicht zu brechen wagte. Und wagte ich's dennoch – welche Vielfalt an Elend und Not mochte da nicht über mich und meine dem Untergange geweihte Familie hereinbrechen! Wie also sollte ich Feste feiern, da mir doch dies tödliche Gewicht noch immer am Halse hing, so daß ich den Blick nicht frei zu heben vermochte? Erst mußte ich mich meiner Pflichten entledigen und das Ungeheuer mit seiner Gefährtin ziehen lassen, ehe ich mich selber den Entzückungen einer Vereinigung hingeben durfte, von der ich mir endlich Frieden erwartete.

Nicht minder gedachte ich der mir auferlegten Notwendigkeit, entweder nach England zu reisen, oder aber in einen langwierigen Briefwechsel mit den Gelehrten jenes Landes zu treten, deren Erkenntnisse und Entdeckungen mir in meinem gegenwärtigen Vorhaben von unabdingbarem Nutzen sein mußten. Dieser letztere Weg, die begehrten Aufschlüsse zu erlangen, war aber umständlich und wenig befriedigend. Überdies empfand ich eine unüberwindliche Abneigung gegen den Gedanken, meinem ekelhaften Geschäfte unter des Vaters Dache nachzugehen, im ständigen, familiären Umgange mit all denen, die mir teuer waren. Nur zu gut wußte ich ja, daß tausenderlei schreckliche Dinge sich ereignen konnten, deren kleinstes mich dazu zwingen würde, mit Enthüllungen aufzuwarten, die einen jeden meiner Lieben mit Entsetzen erfüllen mußten. Nicht minder war mir gegenwärtig, daß ich nur zu oft alle Selbstbeherrschung verlieren und nicht länger fähig sein würde, die quälenden Gefühle zu verbergen, mit denen meine höllische Arbeit zwangsläufig verbunden war. So mußte ich für die Zeit solcher Tätigkeit von allen, die ich liebte, Urlaub nehmen. Einmal begonnen, mußte das Werk ja rasch vollendet sein, so daß ich dann glücklich und in Frieden in den Schoß der Familie zurückkehren konnte. Hatte ich mein Wort erst eingelöst, so würde ja auch der Unhold für immer verschwinden. Oder aber (oh, schönes Bild der Phantasie!) es mochte ihm bis dahin ein Unfall den Garaus gemacht und dergestalt meiner Knechtschaft auf immer ein Ende gesetzt haben!

Derlei Empfindungen bestimmten meine Antwort auf des Vaters Frage, und so verlieh ich dem Wunsche Ausdruck, nach England zu reisen. Doch verbarg ich die wahren Gründe dieses Anliegens und äußerte meinen Wunsch unter verdecktem Verstande. Mein Vater schöpfte denn auch keinerlei Verdacht, sondern stimmte angesichts meiner dringlichen Ernsthaftigkeit ohne weiteres zu. Er war ja nur zu glücklich, mich nach einer so langen, verzehrenden Melancholie, welche in ihrer Intensität und in ihren Auswirkungen schon eher der Verstörtheit geglichen, in einer Verfassung zu sehen, die es mir verstattete, dem Gedanken an solche Reise einige Freude abzugewinnen, und so hoffte er, daß der Ortswechsel sowie die damit verbundenen, mannigfachen Zerstreuungen mich noch vor meiner Rückkehr zur Gänze wieder hergestellt haben würden.

Die Dauer meiner Abwesenheit blieb durchaus mir selbst überlassen. Der Vater rechnete mit einigen Monaten, äußerstenfalls mit einem vollen Jahre, und hatte in seiner liebevollen Fürsorge auch an einen Reisegefährten gedacht. Ohne sich vorher mit mir beredet zu haben, hatte er es im geheimen Einverständnisse mit Elisabeth so einzurichten gewußt, daß Clerval in Straßburg zu mir stoßen würde. Dies widersprach freilich nur zu sehr jener Einsamkeit, derer ich zur Ausführung meines Werkes bedurfte, doch würde mir am Beginn meiner Reise die Gegenwart des Freundes durchaus nicht hinderlich sein. Rundheraus gesagt, mir war es recht lieb, auf diese Weise vor den vielen Stunden der Einsamkeit bewahrt zu bleiben, die ja doch nur eine Fülle von Wahnvorstellungen in mir hervorgerufen hätten. Ja noch mehr – Henris Gegenwart mochte sehr wohl die Einmischung meines Widersachers verhindern! Wär' ich allein gewesen, hätte er mir da nicht bisweilen seine abscheuliche Aufwartung gemacht, um mich an meine Pflichten zu gemahnen oder sich von dem Fortschreiten meiner Arbeit zu überzeugen?

So ward denn ausgemacht, daß ich nach England reisen, und ferner, daß meine Vereinigung mit Elisabeth unmittelbar nach meiner Rückkehr vor sich gehen sollte. Schon in Ansehung meines hochbetagten Vaters schien ja jede weitere Verzögerung von Übel. Für mich aber bestand der einzige Lohn meines abscheulichen Geschäfts, der einzige Trost meiner namenlosen Leiden in der Heraufkunft des Tages, an welchem ich, befreit aus meiner elenden Knechtschaft, meine Elisabeth heimführen und in der Vereinigung mit ihr des alten Elends vergessen würde!

Ich traf nunmehr alle Anstalten für meine Reise, indes, ich konnte dabei ein Gefühl angstvoller Unruhe nicht loswerden: während meines Ferneseins sollte ich die Freunde in Unkenntnis der Existenz ihres Feindes zurücklassen, ja ohne allen Schutz vor den Nachstellungen des durch meine Abreise möglicherweise aufgebrachten Unholds! Immerhin, er hatte gelobt, mir auf Schritt und Tritt zu folgen. Würde er mich also nicht auch nach England begleiten? Diese Vorstellung war zwar eine fürchterliche, doch beruhigte sie mich in Ansehung der Sicherheit meiner Lieben, und so ließ ich mich, obschon der Gedanke an die gegenteilige Möglichkeit mir viel Seelenpein verursachte, während der gesamten Dauer jener sklavischen Abhängigkeit von meinem eigenen Geschöpf durch die Eingebungen des Augenblicks leiten. Meine gegenwärtigen Gefühle sagten mir ja, daß der Widersacher sich an meine Fersen heften und dergestalt meiner Familie mit keinerlei gefährlichen Machenschaften nahen werde.

So verließ ich denn in den letzten Septembertagen zum andern Male mein Heimatland. Da ich selbst es gewesen, der den Wunsch zu dieser Reise geäußert hatte, fügte Elisabeth sich darein, doch war sie von Unruhe erfüllt bei dem Gedanken, daß ich, fern von ihr, den Einflüssen von Elend und Bekümmernis unterworfen sein sollte. Ihrer Obsorge auch war es zu danken, daß ich Clerval zum Gefährten haben durfte. Und dennoch: Wie sind wir Männer doch mit Blindheit geschlagen angesichts all der tausend kleinen und kleinsten Umstände, welche die nimmermüde Aufmerksamkeit der Frauen hervorrufen! Elisabeth, als sie mir ihr tränenreiches, doch stummes Lebewohl bot, wünschte ja nichts sehnlicher, als mich um eine baldige Rückkehr anflehen zu dürfen!

Ich aber warf mich in den Reisewagen, der schon bereitstand, mich in fremde Fernen zu entführen, kaum wissend um das Ziel meiner Fahrt und blicklos für all das, was da rings um mich vor sich ging! Das einzige, woran ich dachte – und der Gedanke erfüllte mich mit schmerzlicher Bitternis –, war der Befehl, auch mein chemisches Instrumentarium reisefertig zu verpacken und in dem Wagen zu verstauen. Voll der düstersten Betrachtungen durchquerte ich so manche herrliche und majestätische Landschaft, doch war mein Blick nach innen gekehrt und nahm all der Schönheit ringsum nicht wahr. Einzig das Ziel meiner Fahrten schwebte mir vor Augen, und mit ihm die Arbeit, welche mich während der gesamten Dauer solcher Reise beschäftigen sollte.

Nach etwelchen, in stumpfer Teilnahmslosigkeit hingebrachten Tagen, in deren Verlaufe ich so manche Meile Weges zurücklegte, langte ich zu Straßburg an, woselbst ich zwei Tage darüber hinbrachte, auf Clervals Ankunft zu warten. Endlich traf er ein. Aber ach! Welch ein Unterschied bestand doch zwischen ihm und mir! Er war jedem neuen Anblick mit allen Sinnen aufgetan, ihn erfüllte die Schönheit der scheidenden Sonne mit Entzücken, und noch glücklicher machte ihn ihr Heraufsteigen zu erneutem Tageslaufe. Unermüdlich konnte er mich auf das wechselnde Farbenspiel der rings sich breitenden Landschaft, auf das beständig sich wandelnde Erscheinungsbild des Himmels hinweisen: »Dies ist's«, so rief er wohl, »wofür es sich verlohnt, zu leben! Nun erst freu' ich mich von Herzen meines Daseins! Du aber, mein teurer Frankenstein, weshalb nur trauerst du und bist voll Sorge?« Und wahrhaftig, meine Gedanken waren düster genug, ich hatte ja weder Augen für den Untergang des Abendsterns, noch auch für das im Rheinstrome sich spiegelnde Gold des Sonnenaufgangs! – Und auch Ihr, teuerster Sir und Freund, würdet ja bei weitem mehr Vergnügen über Clervals Tagebuchblättern empfinden, diesen Aufzeichnungen eines Menschen, der da all die vorübergleitenden Szenerien mit dem empfindungsvollen Blicke des Entzückens in sich aufnahm – mehr Vergnügen, sage ich, denn in Anhörung meiner Reflexionen, die ja nur die tristen Gedankengänge eines Elenden sind, dem ein Fluch jeden Weg zum Glücke verschließt!

Wir waren übereingekommen, von Straßburg den Rhein in einem Boote hinabzuschiffen bis Rotterdam, woselbst wir uns nach einer Londoner Gelegenheit umtun wollten. Auf unserer Wasserfahrt kamen wir an vielen weidenbestandenen Eilanden vorüber und erblickten auch mehrere anmutige Städtchen. Einen Tag lang verweilten wir uns in Mannheim, und am fünften Tage nach unserer Abfahrt aus Straßburg trafen wir in Mainz ein. Stromabwärts von Mainz nimmt der Rhein einen um vieles pittoreskeren Verlauf. Die Strömung wird zu einer reißenden, und das Flußbett windet sich zwischen Bergen hindurch, welche zwar nicht sonderlich hoch, jedoch genugsam steil und von der herrlichsten Gestalt sind. So manche verfallene Burg erblickten wir, wie sie, umgeben von schwärzlichen Wäldern, dort oben in einsamer luftiger Höh' über schwindelerregenden Abgründen thronte. In der Tat bietet ja dieser Teil des Rheintales die abwechslungsreichsten Landschaftsblicke. Zum Beispiel mögt Ihr jetzt noch ein rauhes, zerklüftetes Bergland gewahren, bekrönt von Burgruinen, welche über ungeheuren Tiefen sich erheben, darin der dunkle Rheinstrom dahinbraust, und schon nach der Umschiffung des nächsten Vorgebirges alsbald der üppigsten, in ergrünenden Terrassen sich hinaufstufenden Rebenhänge ansichtig werden, sowie eines mäandrierenden Flußlaufes und volkreicher Städte, welche nunmehr das Bild beherrschen!

Unsere Reise war in die Zeit der Weinlese gefallen, und so vernahmen wir, da wir den Strom hinabglitten, immer wieder den Gesang der Arbeiter in den

Weinbergen. Selbst ich, bedrückten Gemüts wie ich war und aufgewühlt von den düstersten Gefühlen, selbst ich empfand etwas wie Freude. Ich lag rücklings in unserm Boote, und wie ich so in die wolkenlose Bläue des Himmels emporblickte, war's mir, als schlürft' ich eine Ruhe in mich ein, derer ich allzu lange hatte entbehren müssen. Und wenn selbst *ich* solcher Empfindungen fähig war, wer könnte dann diejenigen meines Henri beschreiben! Er fühlte sich ja wie ins Märchenland versetzt und kostete eine Glückseligkeit aus, wie sie wohl selten einem Menschen zuteil geworden! »Ich habe«, so rief er, »die malerischesten Szenerien meines Heimatlands gesehen, war so manche Stunde in den Anblick des Vierwaldstättersees versunken, in dessen Fluten die schneebedeckten Berge fast lotrecht abfallen und ihren schwarzen, undurchdringlichen Schatten auf den Wasserspiegel werfen, einen Schatten, der wohl traurig und düster genug erscheinen würde, wären da nicht die aufs üppigste ergrünenden Inseln, deren lebensvolles Erscheinungsbild das Auge zum stillen Verweilen einlädt. Auch hab' ich jene Wasser schon von einem Sturme aufgewühlt gesehen, der die Wogen in Wirbeln aufschäumen machte und dir einen Begriff von der Gewalt der aus dem Weltmeere steigenden Wasserhose zu geben vermochte. Ich hab' die Wogen voll Wut gegen den Fuß der Felsenberge anbranden sehen, an jenem Orte, wo der unselige Pfaffe sein Liebchen gefreit und darüber von der Lawine verschlungen ward, und wo dem Vernehmen nach die Todesschreie solch verruchten Paares noch immer vernommen werden können, sobald der Nachtwind Atem holt. Ich hab' das Bergland von La Valais, hab' das Pays de Vaud gesehen: doch dies Land hier, Viktor, es hat mir mehr zu geben denn all jene Wunder! Die Berge unseres Schweizerlandes sind freilich majestätischer und von besondrer Art. Und doch liegt über den Ufern dieses göttlichen Stromes ein Zauber, dem ich nichts mir Bekanntes an die Seite zu stellen wüßte! Sieh jene Burg, wie sie gleich einem Adlerhorste dort droben über dem Abgrunde hängt, und auch die andre da drüben auf dem Eiland, wie sie nahezu verborgen ist vom Blätterwerke jener lieblichen Baumgruppen! Und gar die Schar der Landleute, wie sie aus ihrem Weinberge heimwärts ziehen! Und erst das Dörfchen dort oben, wie's so halbverstect zwischen seinen Bergen hervorlugt! Oh! Ganz gewißlich ist der Genius Loci, welcher seinen schützenden Fittich über die Bewohner dieses gesegneten Landstrichs hält, den Menschen günstiger gesinnt denn jener, der in unsrer Heimat die Gletscher aufeinandertürmt oder sich auf unnahbare Bergeshöh' zurückzieht!«

Clerval! Freund meiner Seele! Selbst heute noch erfüllt's mich mit Entzücken, deine Worte zu wiederholen und mich in jenem Lobe zu ergehen, das du so sehr verdienst! Er war ein Wesen, »geformt von der Natur in ihrem gnadenreichsten Augenblick«! Seine ungezügelte, leidenschaftliche Phantasie war gesänftigt durch ein empfindsames Herz! Seine Seele floß über von brennender Menschenliebe, und seine Freundschaft war von jener hingebenden und einzigartigen Natur, die der nüchterne Verstand so gern ins Reich der Einbildung verweisen möchte. Und doch konnte diese immerwache Seele nimmermehr Genüge finden in menschlicher Bindung allein, und so liebte sie nicht minder brennend alle Erscheinungsformen der äußeren Natur, auf welche die andern Menschen bloß mit Bewunderung blicken:

Der Sturz des Wasserfalls
Ward ihm zur Leidenschaft. Der steile Fels,
Der Berg und auch der tiefe, düstre Wald,
Ihr Farb- und Formenspiel, sie waren ihm
Ein Quell der Lust – ein liebendes Gefühl,
Das keines weitern Zaubers mehr bedarf,

Nach Denken nicht, noch auch nach Wünschen fragt,
Und nur dem Auge traut.*

Wo mag er nun sein? Ist dies sanftmütige und liebenswerte Geschöpf für immer dahin? Ist solche Seele, die von Ideenreichtum, von phantasiebeflügelten und großartigen Imaginationen überquoll und sich eine Welt auferbaut hatte, deren Existenz mit dem Dasein ihres Schöpfers stand und fiel – ist solche schöne Seele nun für immer ausgelöscht? Ist's nur mehr mein Gedächtnis, darin sie fortlebt? Oh, nein, dies kann nicht wahr sein! Deine so göttlich gefügte, in Schönheit erstrahlende Gestalt, sie ist zwar gestorben und verdorben, doch dein Unsterbliches umschwebt und tröstet noch immer den untröstlichen Freund!

Vergebt mir, teuerster Sir, diese Aufwallung des Schmerzes, doch sind meine armen Worte nur ein geringer Tribut, der Henris unvergleichlichen Werten nimmer gerecht zu werden, aber dennoch ein Herz zu sänftigen vermag, welches sich in jenem Weh zusammenkrampft, das der Gedanke an den Verstorbenen ihm verursacht! Indes, ich will sogleich in meiner Erzählung fortfahren!

Nachdem wir Köln hinter uns gelassen, näherten wir uns dem holländischen Flachlande. Hier beschlossen wir, die noch verbliebene Wegstrecke per Postkutsche zurückzulegen, da der Wind von See kam, und die Strömung zu schwach geworden war, als daß sie uns hätte mit genügender Eile voranbringen können.

Unsre weitere Fahrt entbehrte nun all des Interesses, welches bislang die Schönheit der Landschaft in uns erweckt hatte, doch erreichten wir nach wenigen Tagen Rotterdam, woselbst wir uns nach England einschifften. An einem klaren Morgen gegen Ende Dezember erblickte ich zum ersten Male die weißen Klip-

---

* Wordsworth, *Tintern Abbey*

pen von Dover! Die Themseufer zeigten uns ein völlig neues Landschaftsbild: zwar waren sie flach, doch von gesegneter Fruchtbarkeit, und mit dem Anblicke fast jeder Stadt verband sich die Erinnerung an historienträchtige Begebenheiten. Wir kamen an Tilbury Fort vorüber und gedachten der Spanischen Armada, und die Kunde von Orten wie Gravesend, Woolwich und Greenwich, sie war sogar bis in mein fernes Heimatland gedrungen.

Schließlich kamen die zahllosen Türme von London in Sicht, beherrscht von der mächtigen Kuppel der St. Pauls-Kathedrale und von dem durch die englische Geschichte weithin berühmten Tower.

Neunzehntes Kapitel

London war die nächste Station unserer Reise. Wir beschlossen, mehrere Monate lang in dieser wunderbaren, weitberühmten Stadt zu verbringen. Clerval verlangte es danach, an dem geselligen Verkehre all der Männer von Geist und Begabung teilzunehmen, welcher um diese Jahreszeit in voller Blüte stand. Für mich freilich war dies von weit geringerem Gewichte: ich war ja vornehmlich damit befaßt, auf irgendeine Weise jener Aufschlüsse habhaft zu werden, derer ich zur Erfüllung meines Versprechens bedurfte, und machte alsbald von all den Empfehlungsschreiben Gebrauch, welche ich mit mir führte, und die an Englands namhafteste Naturwissenschaftler gerichtet waren.

Hätte ich jene Reise während der Tage meines unbeschwerten Studiums unternehmen können, sie würde mir unaussprechliches Vergnügen bereitet haben. Jetzt aber war ein unheilvoller Schatten auf mein Leben gefallen, und so machte ich jenen Männern bloß meine

Aufwartung, um von ihnen all das zu erfahren, woran ich ein so tiefes wie furchtbares Interesse hatte. Alle Gesellschaft war mir ja lästig und ekelhaft. Nur in der Einsamkeit konnte ich mich den Bildern des Himmels und der Erde hingeben, und nur Henris Stimme vermochte mich zu beruhigen, so daß ich mich bisweilen der flüchtigen Illusion eines in Wahrheit gar nicht bestehenden Seelenfriedens überlassen konnte. Doch erfüllten die mir gleichgültigen, so geflissentlich munteren Mienen der andern mein Herz alsbald wieder mit Verzweiflung, und so sah ich eine unübersteigbare Schranke zwischen mir und meinen Mitmenschen aufgerichtet, eine Schranke, an der überdies noch Wilhelms und Justinens Blut klebte! So oft ich dergestalt an die Ereignisse gemahnt ward, welche mit diesen beiden Namen zusammenhingen, überkam mich alle Seelenpein von neuem.

In Clerval aber erblickte ich das Abbild meines früheren Selbst. Er war die Wißbegier in Person und stets darauf bedacht, an Erfahrung und Unterweisung zu gewinnen. Der Unterschied in Sitten und Gebräuchen, den zu beobachten er nicht müde ward, bot ihm eine unerschöpfliche Quelle vergnüglicher Belehrung. Auch verfolgte er ein schon seit langem ins Auge gefaßtes Ziel. Sein Plan war ja, nach Indien zu reisen, da er vermeinte, kraft seiner Kenntnis der verschiedenen Landessprachen und der Einblicke, welche er in den gesellschaftlichen Aufbau jener Gebiete gewonnen, die europäischen Kolonisationsbestrebungen und Handelsbeziehungen tatkräftig befördern zu können. Da er dies Vorhaben einzig in England wirksam vorantreiben konnte, war er unaufhörlich aufs emsigste beschäftigt. Der einzige Hemmschuh für all seine Freuden war mein niedergedrückter und entmutigter Sinn. Ich versuchte, dies vor ihm nach Möglichkeit zu verbergen, auf daß ich den Freund nicht von jenen Vergnügungen abhielte, welche nur zu natürlich waren für einen Menschen, der, durch keinerlei Sorge oder bittere Erinnerung beschwert, eine neue Schaubühne des Lebens betreten hatte. So manches Mal schlug ich es aus, ihn zu begleiten, indem ich anderweitige Verpflichtungen vorschützte, nur um alleinbleiben zu können. Überdies hatte ich ja mit dem Zusammentragen all des Zubehörs begonnen, das zur Schaffung meines zweiten Geschöpfes unerläßlich war, und diese Tätigkeit kam für mich dem beständigen, qualvollen Tropfenfall der chinesischen Wasserfolter gleich. Jeder Gedanke, der mit meinem Geschäfte zusammenhing, verursachte mir die ärgste Seelenpein, und jedes meiner Worte, welches auch nur im leisesten darauf anspielte, machte mir die Lippen beben und das Herz rascher schlagen.

Nachdem wir uns einige Monate in London verweilt hatten, erhielten wir das Handschreiben eines Schotten, der einstmals in Genf unser Gast gewesen war. Er tat darin der Schönheiten seiner Heimat Erwähnung und fragte uns, ob dieselben uns nicht verlocken könnten, unsere Reise bis in die nördlichen Breiten von Perth auszudehnen, woselbst er seinen Wohnsitz habe. Clerval war sogleich Feuer und Flamme, die Einladung anzunehmen, und auch ich wünschte, obschon mir jede Gesellschaft widerwärtig war, doch auch einmal Berge und Flüsse vor Augen zu haben, sowie all die wunderbaren Gebilde, mit denen die Natur ihre bevorzugten Wohnsitze auszustatten liebt.

Wir waren zu London im Dezember angekommen, und nun schrieben wir bereits Februar. Demzufolge beschlossen wir, unsere Abreise nach Norden auf das Ende des nächstfolgenden Monats zu verschieben. Doch gedachten wir, dabei nicht der Hauptroute nach Edinburgh zu folgen, sondern unsern Weg mit der Besichtigung von Windsor, Oxford, Matlock und der Seen von Cumberland zu verbinden, da wir entschlossen waren, erst in den letzten Julitagen an unserm Bestimmungsorte einzutreffen. So packte ich denn meine chemischen Siebensachen zusammen, vergaß auch nicht des Zubehörs, welches ich bisher gesammelt, und beschloß, mein Werk in irgendeinem weltvergessenen Neste weit oben im schottischen Hochland zu vollenden.

Wir sagten London am 27. März Ade und verweilten uns einige Tage in Windsor, woselbst wir die herrlichen Forste der Umgebung durchstreiften. Dies war für uns Gebirgler ein völlig neuartiges Erlebnis: noch nie zuvor hatten wir solch majestätische Eichbäume, nie auch solche Mengen von Niederwild, so zahlreiche Rudel der stattlichsten Hirsche zu Gesicht bekommen.

Und weiter führte uns der Weg nach Oxford. Als wir aber in jene Stadt einfuhren, ward uns die Seele erfüllt von dem Gedenken an all die Ereignisse, welche sich daselbst eineinhalb Jahrhunderte vor unseren Tagen begeben hatten. Hier hatte ja der Erste Karl seine Streitmacht zusammengezogen, und diese Stadt war es auch, welche ihm die Treue gehalten, nachdem die gesamte Nation von seiner Sache abgefallen war, um sich dem Parlamente und der Freiheit zu verschreiben! Der Gedanke an jenen unseligen König sowie an dessen Kampfgefährten, den liebenswerten Falkland, den hochfahrenden Goring, an die Königin und deren Sohn verlieh jedem Teile dieser Stadt, darin so erlauchte Gäste einstmals residiert haben mochten, ein ganz besonderes Gepräge. Allerorten wehte uns der Geist längstversunkner Tage entgegen, und mit Entzücken folgten wir seinen Spuren. Selbst wenn unsere Phantasie nicht in solchen Imaginationen hätte schwelgen können, wäre doch die Schönheit der Stadt immer noch groß genug gewesen, unsere ungeteilte Bewunderung zu verdienen: die Kollegien sind altehrwürdig und pittoresk; den Straßenzügen eignet ein nahezu monumentaler Duktus; der liebliche Isis-Fluß aber, welcher draußen durch einen Wiesenplan vom saftigsten Grüne seines Weges zieht, verbreitert sich hier zu einem stillen Gewässer, das die hoheitsvolle

Assemblee von Türmen, Türmchen und Kuppeln widerspiegelt, wie sie da gebettet liegt zwischen uralten Baumkronen, als wär's am leibhaftigen Busen der Natur!

Ich genoß solchen Anblick über die Maßen, und doch ward mir all mein Entzücken vergällt sowohl durch das Gedenken an Vergangenes als auch durch die Vorwegnahme des Kommenden. Dabei war ich doch für ein friedvolles Glück geschaffen! Meine Jugendtage waren niemals vom Ungemach verschattet gewesen, und hatte ein Überdruß mich jemals angewandelt, so war da noch stets das Schöne in der Natur sowie das Studium all dessen gewesen, was vortrefflich und erlesen ist in den Hervorbringungen der Menschen, um mir das Herz zu fesseln und den Geist beweglich zu erhalten. Nun aber bin ich ein vom Blitz getroffner Baum: der Donnerkeil ist mir ins Mark gedrungen! Und schon damals, teuerster Sir, ist's mir bewußt gewesen, daß mein ganzes weiteres Leben nichts anderes mehr sein würde als eine beständige Schaustellung dessen, was ich nun bald nicht mehr sein werde: ein jämmerliches Bündel menschlichen Elends, ein Mitleid für die andern und eine Unerträglichkeit für mich selbst!

Wir verweilten uns in Oxford eine beträchtliche Zeit und durchstreiften seine Umgebung in dem Bemühen, uns all jener Plätze zu vergewissern, daraus die ereignisreichste Epoche der englischen Geschichte so beredt hervortritt. Unsere kleinen Entdeckungsreisen wurden so manches Mal über Gebühr verlängert durch all die Sehenswürdigkeiten, welche in beständiger Folge sich uns darboten. So besichtigten wir unter anderem die Gruft des erlauchten Hampden sowie das Schlachtfeld, auf welchem dieser Getreue den Heldentod gefunden, und einen Atem lang ward mir die Seele erhoben aus all ihren niedrigen und jämmerlichen Ängsten, ward ich entrückt in die Betrachtung der göttlichen Ideale von Freiheit und Selbstaufopferung, von denen diese Denkstätten so lebhaftes Zeugnis geben! Für eine kurze Weile wagte ich's, meine Ketten abzuschütteln und freien, unbeschwerten Geistes um mich zu blicken. Doch ach, zu tief hatte das Eisen sich mir schon ins Fleisch gefressen, und so sank ich, erbebend in Hoffnungslosigkeit, aufs neue in mein jammervolles Selbst zurück.

Nur mit Bedauern schieden wir von Oxford, um nach Matlock weiterzureisen, das unsere nächste Station sein sollte. Die Landschaft, darein jener Ort sich bettet, erinnert schon stärker an jene unseres Schweizerlandes, nur daß alles und jedes nach einem kleineren Maßstabe gebildet ist, und die bewaldeten Hänge der Bekrönung durch das stille, weiße Leuchten der Firne entbehren, das ja in meinem Heimatlande niemals verfehlt, dem Tannicht der Voralpenberge die rechte Fassung zu geben. Wir besichtigten die wunderbare Höhle sowie die kleinen Naturalienkabinette, darin die steingewordnen, skurrilen Launen der Natur auf ganz ähnliche Weise zur Schau gestellt sind wie in den Sammlungen von Servox und Chamonix. Dieser letztere Name machte mich, da Henri ihn aussprach, bis ins Mark erschaudern, und ich beeilte mich, Matlock hinter mir zu lassen als einen Ort, der mich auf solche Weise an jenen andern, fürchterlichen Schauplatz gemahnt hatte.

Nachdem wir von Derby noch ein wenig nordwärts gezogen waren, verbrachten wir zwei Monate in Cumberland und Westmoreland. Nun erst fühlte ich mich nahezu wirklich ins Schweizer Bergland versetzt. Die kleinen, noch immer an den Nordhängen der Berge verbliebenen Flecken Schnees, die Seen und das sprudelnde Vorübereilen der in ihrem felsigen Bette dahinfließenden Bäche, dies alles war mir ein wohlvertrauter und teurer Anblick. Auch machten wir hier die Bekanntschaft einiger Männer, was mich zum andern Male mein Elend nahezu vergessen ließ, indem sie mich für kurze Zeit in trügerischen Glücksgefühlen wiegte. Clervals Entzücken war naturgemäß ein noch größeres. Sein Geist ward ja entflammt durch die Gegenwart all dieser Männer von Begabung, und so wuchs er höher über sich hinaus, fand er größere Fähigkeiten und Hilfsquellen in sich aufgespeichert, als er dies jemals in der Gesellschaft geistig Unterlegener zu hoffen gewagt. »Hier könnt' ich bis ans Ende meiner Tage bleiben!« so sagte er zu mir. »Und inmitten all dieser Berge würd' ich mein Schweizerland und den schönen Rhein wohl kaum vermissen!«

Doch fand er gleichzeitig, daß das unstete Leben eines Wandersmannes in all seiner Kurzweil durchaus nicht frei von Beschwernissen ist. Des Fahrenden Gefühle kennen ja nicht Rast noch Ruh', und gönnt er sich dieselbe doch einmal, so ist's nur, um sich alsbald von all dem, dessen er sich in Frieden erfreuen gewollt, loszureißen, auf daß er sein Augenmerk auf etwas Neues richte, das er um eines dritten Ortes willen ebenso rasch verläßt wie alle bisherigen.

Noch hatten wir nicht Gelegenheit gehabt, die sämtlichen Seen von Cumberland und Westmoreland zu besuchen, oder eine rechte Zuneigung für einige Bewohner dieses Landstriches zu fassen, als auch schon die Zeit des vereinbarten Treffens mit unserem schottischen Freunde heranrückte, und wir den neuen Bekannten Lebewohl sagen mußten. Was mich betrifft, so fiel mir dies nicht schwer. Ich hatte ja eine Zeitlang mein Versprechen vernachlässigt und fürchtete nun die Folgen von des Unholds Enttäuschung. Er mochte ja noch immer im Schweizerlande weilen und dortselbst seinen Unmut an meinen Anverwandten kühlen wollen! Dieser Gedanke ließ mich nimmer los und vergällte mir jeden Augenblick, von dem ich andernfalls Ruhe und Erholung hätte erwarten dürfen. So fieberte ich aller Post aus der Heimat voll Ungeduld entgegen: geriet sie in Verzug, so ward mir elend ums Herz, und tausend Ängste überkamen mich. Traf aber solch ein Schreiben endlich ein, und erblickte ich auf dem Umschlage die vertraute Schrift von meines Vaters oder meiner geliebten Elisabeth Hand, so wagte ich kaum, die Briefhülle zu öffnen, aus Angst, sie könnte Schlimmes enthalten. Bisweilen dachte ich auch, mein Widersacher sei mir auf den Fersen und schon drauf und dran, meiner Säumigkeit nachzuhelfen, indem er mir den Gefährten meuchelte! Sobald derlei Gedanken mich heimsuchten, wich ich Henri keinen Schritt mehr von der Seite, sondern folgte ihm gleich seinem Schatten, um ihn vor jenem mörderischen Zugriff zu bewahren, den ich ohn' Unterlaß argwöhnte. Mir war's, als hätt' ich selber ein fürchterliches Verbrechen begangen, dessen ganzes Gewicht mir nun auf dem Gewissen lastete. Wohl war ich frei von Schuld – und hatte dennoch einen entsetzlichen Fluch auf mein Haupt herabbeschworen, einen, der nicht minder tödlich war als derjenige des Verbrechens! So vermochte ich Edinburgh nur mehr stumpfen Geistes in mich aufzunehmen, obschon doch jene Stadt auch das unglücklichste Wesen hätte beeindrucken müssen. Clerval zog ihr freilich Oxford vor, da ihm dessen Altertümlichkeit mehr zugesagt hatte. Doch entschädigte ihn die Schönheit und regelmäßige Anlage der Edinburgher Neustadt nicht minder wie das Wildromantische der Burg und der Landschaft ringsum, welche mit ihrem Artus-Sitze, dem St.-Bernhards-Brunnen und den Bergen von Pentland zu den schönsten der Welt gehört. All dies erfüllte den Freund mit Freude und Bewunderung. Ich aber blickte voll Ungeduld dem Ziel meiner Reise entgegen. Schon nach einer Woche kehrten wir Edinburgh den Rücken, durchfuhren Coupar und St. Andrews und setzten die Reise längs der Ufer des Tay in Richtung Perth fort, wo der schottische Gastgeber unsrer Ankunft harrte. Ich aber war nicht in der Stimmung, mit fremden Personen zu lachen und zu scherzen, oder auf ihre Gefühle und Absichten mit jener freundlichen Bereitwilligkeit einzugehen, die man gemeinhin von dem

Fremdling erwartet. Demgemäß eröffnete ich meinem Freunde Clerval, daß ich Schottland allein zu durchstreifen wünschte. »Gib dich inzwischen«, so sprach ich, »ruhig deiner eignen Zerstreuung hin und laß uns danach wieder an diesem Orte zusammentreffen! Ich werde ein bis zwei Monate fort sein. Indes, ich bitte dich, laß mich ungestört meiner Wege gehen und mich eine kurze Zeit den Frieden der Einsamkeit auskosten! So hoffe ich, dich leichteren Herzens wiederzusehen, in einer Gemütsverfassung, die mit der deinen künftig besser harmonieren soll!«

Henri versuchte zwar, mich von meinem Vorhaben abzubringen, doch als er merkte, wie fest ich mir diese Reise in den Kopf gesetzt hatte, ließ er von allen weiteren Einwendungen ab. Er drang aber in mich, nur ja recht oft zu schreiben. »Ich hätte dich freilich viel lieber auf deinen einsamen Streifzügen begleitet«, sagte er, »anstatt die Gesellschaft dieser Schotten zu teilen, mit denen mich so gut wie nichts verbindet. So eil dich denn, teurer Freund, baldestmöglich wieder zu mir zu stoßen, auf daß ich mich hier ein wenig zu Hause fühlen kann, was mir ja in deiner Abwesenheit nimmer möglich ist!«

Nachdem ich von meinem Freunde Abschied genommen, beschloß ich, einen entlegenen Teil Schottlands aufzusuchen und daselbst mein Werk in Einsamkeit zu vollenden. Ich zweifelte nicht, daß, wenn der Unhold mir wirklich auf den Fersen war, er sich mit Abschluß meiner Arbeit bei mir einstellen würde, um seine Gefährtin in Empfang zu nehmen.

Dies vor Augen, durchquerte ich das nördliche Hochland und erkor mir zum Arbeitsplatze eine der unzugänglichsten Orkney-Inseln. Sie war so recht für mein Vorhaben geschaffen und bestand aus kaum mehr als einem Felsen, gegen dessen Steilufer beständig die Wogen anbrandeten. Der steinige Grund war nahezu kahl, bot den paar jämmerlichen Kühen nur eine kärgliche Weide und brachte kaum den Hafer hervor, dessen die fünf Inselbewohner zu ihrer täglichen Grütze bedurften. Die klapperdürren Elendsgestalten waren denn auch das leibhaftige Zeugnis solch miserabler Kost. Wollte man hier ab und zu in Brot und Gemüsen schwelgen, so mußten dieselben, nicht anders als jeder Schluck frischen Wassers, von dem etwa fünf Meilen entfernten Festlande herübergebracht werden.

Auf dem gesamten Eiland gab es bloß drei elende Hütten, deren eine bei meiner Ankunft gerade leerstand. Diese mietete ich. Sie umfaßte nur zwei Räume, welche alle Anzeichen der schmutzigsten Dürftigkeit aufwiesen. Das Strohdach war eingestürzt, die Wände entbehrten allen Verputzes, und die Tür hing nur mehr lose in den Angeln. Ich ließ die ärgsten Schäden beheben, erstand das nötigste Mobiliar und ergriff von meinem neuen Domizil Besitz. Dies hätte unter andern Umständen wohl einiges Aufsehen erregt, wären die Inselbewohner nicht durch Mangel und bitterste Armut gegen alles, was in ihrer Umgebung vorging, gleichgültig gewesen. So aber scherte sich niemand um mich, ich blieb unbehelligt, ja kaum bedankt für den Bettel an Nahrung und Kleidern, welchen ich ausgeteilt. So sehr vermag Entbehrung selbst die gröbsten Empfindungen des Menschen abzustumpfen!

In meiner strohgedeckten Klause weihte ich die Vormittage ganz der Arbeit. Gegen Abend jedoch, falls das Wetter es verstattete, wandelte ich längs der Felsenküste hin und lauschte dem Brausen der Wogen, wie sie da zu meinen Füßen heranbrandeten. Es war ein monotones und doch stets wechselndes Schauspiel, das mich an mein Schweizerland denken machte. Wie sehr unterschieden sich doch meine heimatlichen Gefilde von diesem wüsten und erschreckenden Felseneiland! Ihre Berge ergrünen ja im Schmucke der Rebenhänge, und ihre Ebenen sind durchsetzt von den traulich aneinandergereihten Dörfchen und

Weilern. In den anmutigen Seen spiegelt sich ein sanftblauer Himmel, und sind ihre Wasser einmal von rauhen Winden aufgewühlt, so ist's, verglichen mit dem Sturmesheulen des unermeßlichen Ozeans, dennoch nur wie das ausgelassene Spiel eines Kindes.

Auf diese Weise teilte ich mir in den ersten Tagen nach meiner Ankunft die Arbeit ein. Je weiter ich aber mit ihr vorankam, desto fürchterlicher und lästiger ward sie mir. Bisweilen brachte ich's wohl eine Woche lang nicht über mich, meine Werkstatt zu betreten, und schuftete dann wieder Tag und Nacht, um mein Vorhaben zum Abschluß zu bringen. Es war ja in der Tat eine widerwärtig schmutzige Prozedur, der ich da oblag! Bei meinem ersten Experimente hatte mich eine Art leidenschaftlicher Besessenheit das Schreckliche meines Geschäftes nicht wahrnehmen lassen. Mein ganzer Sinn war völlig in der Arbeit aufgegangen, und so waren meine Augen blind gewesen für all die abscheulichen Einzelheiten. Jetzt aber, da ich kalten Blutes an mein Werk heranging, wollte sich mir über meiner Hände Arbeit so manches Mal das Herz im Leibe umdrehen!

In solcher Lage, befaßt mit der ekelerregendsten aller Tätigkeiten und versponnen in eine Einsamkeit, darin nichts mein Augenmerk auch nur einen Atem lang von dem gegenwärtigen Schauplatze ablenkte, geriet ich vollends aus dem seelischen Gleichgewichte und ward ruhelos und schwachnervig. Jeden Moment befürchtete ich ja, mich meinem Verfolger gegenüberzusehen. Bisweilen saß ich nur da, hielt die Augen auf den Boden geheftet und wagte nicht, den Blick zu erheben, auf daß ich nicht des Gegenstandes meiner beständigen Ängste ansichtig würde. Ich empfand die größte Furcht, mich außer Sichtweite meiner Mitmenschen zu begeben, weil der Unhold meine Einsamkeit benützen konnte, seine Gefährtin von mir einzufordern.

»230«

Mittlerweile aber trieb ich mein Werk voran und war schon ziemlich weit darin fortgeschritten. Voll Begier und zitternder Hoffnung sah ich seinem Abschlusse entgegen, doch wagte ich solche Hoffnung nicht näher zu ergründen, da sie durchsetzt war mit allerlei Vorahnung des Bösen, die mir das Herz im Busen mit Bangnis erfüllte.

Zwanzigstes Kapitel

Eines Abends saß ich wieder einmal allein in meiner Werkstatt. Die Sonne war schon zur Ruhe gegangen, und der Mond schickte sich eben an, aus dem Meere emporzusteigen. Mir aber gebrach's an dem nötigen Lichte zu meiner Arbeit, und so gab ich mich in meiner erzwungenen Muße allerlei Erwägungen hin. Sollte ich für diese Nacht meine Arbeit ruhen lassen, oder aber mich ihrem Abschlusse mit unablässigem Fleiße widmen? In meiner Untätigkeit überkam mich eine Fülle von Gedanken in Ansehung der möglichen Auswirkungen meines Tuns. Drei Jahre zuvor war ich ja auf die nämliche Art und Weise beschäftigt gewesen. Was aber hatte ich geschaffen? Einen Unhold, dessen unerhörte Grausamkeit mir das Herz für immer mit Verzweiflung und bitterer Reue erfüllt hatte! Und nun war ich daran, ein zweites Wesen zu schaffen, dessen Eigenschaften mir nicht minder unbekannt waren als ehedem die des ersten! Dies weibliche Monstrum mochte ja noch zehntausendmal boshafter ausfallen denn ihr Gefährte, und Bluttat wie Ruchlosigkeit schon um ihrer selbst willen lieben! Wohl hatte der Unhold geschworen, die Nähe der Menschen zu fliehen und sich in der Wildnis zu verbergen – sie aber hatte solchen Schwur noch nicht abgelegt. War's da nicht möglich, daß sie, die ja wohl auch ein denkendes, vernunftbegabtes Geschöpf sein würde, sich einem Pakte widersetzte, der vor ihrer Erschaffung abgeschlossen worden? Ja mochte es nicht sein, daß die beiden einander haßten? Er, den ich bereits ins Leben gesetzt hatte, hegte ja den größten Abscheu vor der eigenen Mißgestalt: mochte er da nicht noch größeren Ekel vor dem ihm beständig vor Augen stehenden, weiblichen Ebenbilde empfinden? Und auch sie mochte sich angewidert von ihm ab- und der überlegnen Schönheit des Menschengeschlechtes zuwenden – mochte ihren Gefährten fliehen, der dann, zum andern Mal alleingelassen, aufs höchste darob erbittert sein würde, sich nun auch noch von einem Geschöpfe der eigenen Art schmählich verraten zu finden!

Und selbst wenn die beiden unserm Europa den Rücken kehrten, um in den Wüsteneien der Neuen Welt ihr Leben zu fristen, so mußte doch eines der ersten Ergebnisse solcher Zweisamkeit, nach welcher der Dämon dürstete, der Kindersegen sein! Dann aber würde ein Geschlecht von Teufeln sich über die Erde ergießen, das auf die Dauer selbst noch das nackte Leben dieser Menschheit in die entsetzlichsten Gefahren brächte!

Und da sollte ich das Recht haben, um der eigenen Wohlfahrt willen solchen Fluch über die kommenden Geschlechter heraufzubeschwören? Wohl hatten ehedem die Spitzfindigkeiten des aus meinen Händen hervorgegangenen Wesens mir das Herz gerührt, wohl hatten seine teuflischen Drohungen mich meiner Vernunft beraubt. Jetzt aber brach zum erstenmal die ganze Verwerflichkeit meines Versprechens über mich herein, und ich erbebte bei dem Gedanken daran, daß künftige Zeitalter mir fluchen würden als einer Pestilenz, deren Eigensucht nicht gezögert hatte, für den eigenen Frieden den Fortbestand vielleicht der gesamten Menschheit aufs Spiel zu setzen!

Ich blickte auf – und der Herzschlag stockte mir vor Schrecken: umrahmt von dem Geviert des Fensters und unterm geisterbleichen Licht des Mondes stand der Dämon vor mir! Ein gespenstisches Grinsen verzerrte ihm die Lippen, wie er da auf mich starrte, der ich mit der Erfüllung jener Aufgabe befaßt war, die er mir zugemessen. Jawohl, er war mir auf allen meinen Wegen gefolgt, war in den Wäldern untergekrochen, hatte sich in Höhlen versteckt oder in der weiten Ödnis der Heide seine Zuflucht genommen. Und nun war er gekommen, sich von dem Fortschreiten meines Werkes zu überzeugen und mir die Erfüllung meines Versprechens abzufordern!

Da er so vor mir stand, waren seine Züge verstellt von dem Ausdrucke der tiefsten Bosheit und Verräterei. Ich aber, in einem Anfall wahnwitziger Verzweiflung, gedachte nun meines Versprechens, ihm ein Ebenbild zu schaffen, und riß, bebend vor Wut, das Ding, an welchem ich da arbeitete, vor seinen Augen zu Stücken! Daraufhin stieß der Unhold im Angesichte der Zerstörung jenes Wesens, auf das er sein ganzes künftiges Daseinsglück gesetzt hatte, ein satanisches Verzweiflungs- und Rachegeheul aus – und stürzte davon.

Ich verließ den Raum und tat, noch während ich den Schlüssel herumdrehte, in meinem Herzen den feierlichen Schwur, nimmermehr zu solcher Arbeit zurückzukehren! Danach suchte ich bebenden Fußes meine Schlafkammer auf. Ich war ganz allein. Niemand war da, mir die Düsternis aufzuhellen und das atemraubende Gewicht meiner fürchterlichen Alpträume von der Brust zu nehmen.

So vergingen die Stunden, und ich saß noch immer am Fenster und starrte auf die See hinaus. Gleich einem Spiegel lag sie vor meinen Blicken, denn die Winde waren zur Ruhe gegangen, und die gesamte Natur schlief nun unterm sanften Auge des Mondes. Nur wenige Fischerboote belebten als dunkle Punkte die weite Wasserfläche, nur ab und zu wehte mir der zarte Anhauch einer Brise die Stimmen der einander zurufenden Fischersleute ans Ohr. Ich spürte dieser Stille nach, obschon ich mir ihres abgrundtiefen Schweigens kaum bewußt war. Mit einem Mal aber ward mein Ohr gefesselt durch das von der Küste zu mir heraufdringende Geräusch sich nähernder Ruderschläge, und gleich darauf ging unweit meiner Hütte eine Gestalt an Land.

Bald danach hörte ich die Tür knarren, als versuchte jemand, sie geräuschlos zu öffnen. Ich zitterte am ganzen Körper im Vorgefühle dessen, was da einzutreten im Begriff war, und wünschte nichts dringlicher, als einen der Fischersleute zu wecken, welche die Hütte in der Nachbarschaft bewohnten. Allein, ein Gefühl der Hilflosigkeit hatte mich überwältigt, ganz ähnlich jenem, wie wir's in unseren Angstträumen empfinden, darin wir vergebens vor einer drohenden Gefahr davonstürzen wollen und doch wie angewurzelt am Orte verharren.

Schon vernahm ich das Geräusch von Schritten auf dem Gange! Jetzt ging die Tür auf, und der Unhold, vor dem ich solche Angst empfand, trat herein! Nachdem er die Tür wieder geschlossen hatte, kam er auf mich zu und sagte mit gedämpfter Stimme:

»Du hast das Werk zerstört, das du begonnen. Was willst du damit sagen? Wagst du's, dein Wort zu brechen? Viel Müh' und Plage habe ich ertragen: hab' ja mit dir das Schweizerland verlassen, hab' mich den Rhein entlang dir nachgeschlichen, auf seinen Weideninseln mich verborgen und seine Bergeshöhen überwunden. In Englands Heidekraut und Schottlands Ödnis hab' ich so manchen Monat mich versteckt. Unsäglich waren die Strapazen, die Kälte und der Hunger! Du aber wagst es, meine Hoffnung zu zerstören?«

»Hinweg! Jawohl, ich steh' nicht mehr zu meinem Wort! Und nimmermehr will ich ein Wesen schaffen, das dir an Mißgestalt und Bosheit gleicht!«

»Elender Wurm! Bis jetzt hab' ich dir gütlich

zugeredet, du aber zeigst dich meiner Langmut nimmer wert! So denk daran, daß ich auch Macht besitze! Zwar hältst du dich schon jetzt für elend, doch kann ich dich so sehr zugrunde richten, daß jedem neuen Tag du fluchen wirst! Du bist mein Schöpfer, doch ich bin dein Herr: – gehorche denn!«

»Die Tage meines Zögerns sind zu Ende – die Stunde deiner Macht ist angebrochen! Doch kann dein Drohen nimmer mich bewegen, Verwerfliches zu tun. Vielmehr bestärkt's mich nur in dem Entschlusse, dir kein Gespons des Lasters zu gesellen! Wie! Glaubst du wirklich, daß ich kalten Blutes noch einen zweiten Dämon mir erschaffe und auf die Menschheit hetze, einen Satan, der nur an Mord und Untat sich erfreut? Hinweg! Hinweg! Mein Nein ist unerbittlich, und jedes weitere Wort schürt meinen Grimm!«

Der Unhold las mir meine Unbeugsamkeit vom Gesichte ab und knirschte in ohnmächtiger Wut mit den Zähnen. »Wie!« so rief er. »Ein jeder Mensch darf ein Weib an seinen Busen drücken, jedes wilde Tier findet seine Gefährtin – und einzig ich soll allein bleiben? Ich war voll der zärtlichsten Gefühle, doch sie wurden zurückgestoßen durch Abscheu und Verachtung! Erdenwurm! Du magst mich zwar hassen, doch sieh dich vor! Deine Stunden werden hinfort von Furcht und Elend regiert sein, und nur zu bald wird der Schlag herniedersausen, der dich auf immer deines Glücks berauben muß! Wie! Du sollst glücklich sein, indes ich mich in meinem Elend winde? Aller Leidenschaft magst du mich berauben, doch die Rache bleibt – die Rache, die hinfort mir teurer sein soll denn das Licht des Tages, ja noch die Nahrung, derer ich bedarf! Ich mag daran zugrunde gehn: doch vorher sollst noch du, als mein Tyrann und Quäler, der Sonne fluchen, welche deinem Elend scheint! Nimm dich in acht! Ich kenne keine Furcht, und dies verstärkt noch meine Macht! Und listig wie die Schlange will ich des Zeitpunkts harren, da ich mit deren Giftzahn nach dir stoße! Erdenwurm! Du sollst, was du mir angetan, aufs bitterste entgelten!«

»Spar deine Worte, Satan! Vergifte nicht die Luft mit den Tiraden deiner Bosheit! Ich hab' meinen Entschluß dir kundgetan und bin der Feigling nicht, vor leeren Drohungen zurückzuschrecken. Heb dich hinweg, denn ich bin unerbittlich!«

»Nun gut, so sei es drum! Ich gehe jetzt! Allein, sei dessen eingedenk: ich werde dich besuchen in deiner Hochzeitsnacht!«

Ich duckte mich zum Sprung und rief: »Nichtswürdiger! Eh' du mein Todesurteil unterschreibst, sieh zu, ob du des eignen Lebens sicher bist!«

Schon wollte ich ihm an die Gurgel fahren, er aber wich mir aus und eilte aus dem Hause. Nur wenige Sekunden später erblickte ich ihn schon in seinem Boot, das pfeilgeschwind über das Wasser schoß und alsbald in dessen Gewoge verschwunden war.

Ringsum herrschte Stille – doch die Worte jener Drohung hallten mir noch in den Ohren. Ich empfand ein grimmiges Verlangen, dem Mörder meines Friedens nachzusetzen und ihn im Ozeane zu ersäufen. Verstört, gehetzten Schrittes, durchmaß ich immer wieder meine Kammer, dieweil mir vor dem inneren Auge tausend Bilder heraufstiegen, mich zu bedrängen und zu quälen. Weshalb nur war ich ihm nicht nachgestürzt, war ich nicht handgemein mit ihm geworden auf Tod und Leben? Nun hatte ich's gelitten, daß er mir entfloh! Jetzt war er nach dem Festland unterwegs, und nur mit Schaudern dachte ich daran, wer wohl das nächste Opfer seines unersättlichen Rachedurstes sein werde! Darüber kamen mir auch wieder seine Worte in den Sinn: *Ich werde dich besuchen in deiner Hochzeitsnacht!* Sie also war die festgesetzte Frist, da sich mein Los erfüllen sollte! Als ich aber meiner geliebten Elisabeth gedachte – ihrer Tränen und ihres unstillbaren Jammers, sobald sie sich des Geliebten erst auf so barbarische Weise beraubt sähe, entstürzte auch meinen Augen ein heißer Tränenstrom, und es war seit vielen Monaten zum erstenmal, daß ich wieder weinte. So beschloß ich, nicht ohne die erbittertste Gegenwehr vor solchem Feinde zu fallen.

Die Nacht ging hin, die Sonne tauchte aus dem Ozean. In meinem Busen aber zog die Ruhe ein, sofern man's irgend Ruhe nennen kann, wenn die schäumende Wut sich zur tiefsten Verzweiflung wandelt. Ich verließ das Haus, diesen entsetzlichen Schauplatz meines nächtlichen Rencontres, und erging mich an der Felsenküste, die ich nahezu schon für eine unüberwindliche Schranke zwischen mir und meinen Mitmenschen ansah. Ja mich wandelte sogar der heimliche Wunsch an, dies möge in Wahrheit so sein. Mich verlangte es danach, mein ferneres Leben auf dem kahlen Felseneiland zu verbringen, mir zum Überdrusse zwar, doch ungestört durch jeden Hereinbruch neuerlichen Elends! Denn kehrte ich aufs Festland zurück, so war's ja doch nur zu dem Zwecke, selber geopfert zu werden, oder aber mitansehn zu müssen, wie all meine Lieben unterm Zugriff jenes Würgers, den ich selbst geschaffen, ihr Leben aushauchten!

Gleich einem ruhelosen Gespenst durchwanderte ich die Insel, getrennt von allen, die ich liebte, und elendiglich leidend unter solcher Trennung. Da es Mittag wurde, und die Sonne höher am Himmel stand, legte ich mich ins Gras und ward von einem tiefen Schlafe übermannt. Ich hatte ja die ganze Nacht gewacht, meine Nerven waren aufs äußerste angespannt, und die Augen brannten mir vor Übernächtigkeit und Elendsein. Indes, der Schlaf, in den ich nun verfiel, erquickte mich, und da ich aus ihm erwachte, empfand ich mich aufs neue als ein Mitglied der großen Menschengemeinde und begann, die Ereignisse der vergangenen Nacht mit größerer Gefaßtheit in meinem Geiste zu überschlagen. Dennoch hallten mir noch immer die Worte meines Widersachers gleich dem Geläute der Totenglocke im Ohr und bedrückten mich, obschon sie wie aus einem Traum herübertönten, wie die unerbittlichste Wirklichkeit.

Die Sonne stand schon sehr tief im Westen, und ich saß noch immer an der Felsenküste und stillte meinen Hunger, welcher inzwischen zu einem rasenden geworden war, mit einem Stück des hier gebräuchlichen Fladenbrotes aus Hafermehl, als ganz in meiner Nähe ein Fischerboot landete, und einer der Insassen mir ein Päckchen heraufbrachte. Es enthielt Briefe aus Genf sowie ein Handschreiben des guten Clerval, darin er mich bestürmte, ich möge mich wieder zu ihm gesellen. Er teilte mir darin mit, daß er an dem gegenwärtigen Aufenthaltsorte seine Zeit nur fruchtlos vertrödle, und daß seine neuen Londoner Freunde ihn brieflich aufgefordert hätten, er möge zurückkehren, auf daß sie die Verhandlungen, welche sie in Ansehung seines indischen Unternehmens aufgenommen, zu einem gedeihlichen Abschlusse brächten. Dergestalt könne er seine Abreise nicht länger hinauszögern. Da aber seine Londoner Reise rascher, als er jetzt noch vermute, jene größere indische nach sich ziehen könnte, wolle er in mich dringen, ihm so viel von meiner freien Zeit zu widmen, wie ich irgend zu erübrigen in der Lage wäre. Und er bat mich inständig, ich möge deshalb mein einsames Eiland verlassen und in Perth zu ihm stoßen, auf daß wir die Reise nach Süden gemeinsam anträten. Dieser Brief gewann mich in gewisser Weise dem Leben wieder und so beschloß ich, meine Insel schon nach Ablauf der nächsten zwei Tage zu verlassen.

Indes, vor solchem Aufbruche galt es noch, eine Pflicht zu erfüllen, an die ich nur mit Entsetzen denken konnte. Ich mußte ja meine chemischen Apparaturen zusammenpacken und zu diesem Zwecke den Raum betreten, welcher der Schauplatz meines anrüchigen Geschäftes gewesen war, und ich mußte mich mit all dem gräßlichen Zubehör befassen, dessen bloßer Anblick mir schon Übelkeit verursachte! So nahm ich denn mit Anbruch des folgenden Tages all meinen Mut zusammen und schloß die Tür zu meiner Werkstatt auf. Die Überreste des erst zur Hälfte gediehenen Wesens, das ich zu Stücken gerissen hatte, lagen rings auf dem Fußboden verstreut, und fast war's mir, als hätt' ich einem Menschenkinde das noch zuckende Fleisch von den Knochen geschält! Ich mußte innehalten, um mich vor dem Betreten der Schreckenskammer ein wenig zu sammeln. Mit zitternder Hand schaffte ich dann mein Instrumentarium aus dem Hause. Dies getan, bedachte ich, daß ich auch die Überreste meines Werkes nicht hier liegenlassen konnte, da dieselben ja das Entsetzen und den Verdacht der Inselbewohner hätten erregen müssen! So packte ich sie denn säuberlich in einem Korbe zusammen, bedeckte sie mit einem großen Haufen von Steinen und nahm mir vor, da ich dieselben aufeinanderschichtete, das ganze noch in der kommenden Nacht auf den Grund des Meeres zu versenken. Bis dahin aber blieb ich an der Felsenküste sitzen und befaßte mich mit der Reinigung und Einordnung meiner chemischen Behelfe.

Nichts hätte vollständiger sein können denn der Wandel, welcher sich in meinem Gemüte seit der Nacht vollzogen hatte, da mein Dämon mir erschienen war. Vorher hatte ich ja mit düsterer Verzweiflung auf mein Versprechen als auf ein Etwas geblickt, das, wie schrecklich die Folgen immer sein mochten, erfüllt werden mußte. Jetzt aber war's mir, als hätt' sich ein Schleier von meinen Augen gehoben, so daß ich nun zum erstenmal seit langer Zeit wieder klaren Auges um mich blicken konnte. Mit keinem Gedanken dachte ich mehr daran, jene Arbeit wieder aufzunehmen. Zwar lastete die Drohung, welche ich mitangehört, schwer genug auf mir, doch kam es mir nicht in den Sinn, sie durch einen Akt der Freiwilligkeit von mir abzuwenden. Ich hatte mich ein für allemal dafür entschieden, daß die Schaffung eines meinem Widersacher ähnlichen Geschöpfes ein Akt der niedrigsten und grausamsten Selbstsüchtigkeit wäre, und so verbannte ich aus meinem Geiste jeden Gedanken, der solche Entscheidung noch hätte umstoßen können.

Zwischen zwei und drei Uhr morgens ging der Mond auf. So ergriff ich denn meinen Korb, verstaute denselben in einem kleinen Boote und segelte etwa vier Meilen aufs offene Meer hinaus. Vollkommene Einsamkeit umgab mich. Den wenigen, auf der Heimfahrt begriffenen Fischerbooten wich ich aus, erschaudernd in dem Gefühl, ein fürchterliches Verbrechen zu begehen, und deshalb glaubend, jedes Zusammentreffen mit den Menschen vermeiden zu müssen. Und als plötzlich der Mond, der bislang sein klares Licht über die Wasser ausgegossen, von einer mächtigen Wolke verschluckt ward, nahm ich des Vorteils solcher Dunkelheit wahr und versenkte meinen Korb in den Fluten. Eine Zeitlang lauschte ich dem gurgelnden Geräusch seines Sinkens und segelte danach von dem Schauplatz meiner Tat hinweg. Immer stärker überzog der Himmel sich mit Wolken, doch blieb die Luft klar, obschon ein Frösteln mich ankam ob des steifen Nordosts, der sich erhoben hatte. Indes, solche Brise erfrischte mich und gab mir angenehmere Empfindungen ein, so daß ich beschloß, länger als beabsichtigt auf offener See zu bleiben. Nachdem ich das Steuer auf einen Kurs vor dem Winde fixiert hatte, streckte ich mich in meinem Boote aus. Der Mond blieb hinter den Wolken, alles ringsum war in Dunkelheit gehüllt, und so vernahm ich nur das Rauschen der Wogen an den Seiten des sie durchschneidenden Kiels. Dies Gemurmel schläferte mich ein, und alsbald sank ich in einen tiefen Schlummer.

Ich weiß nicht, wie lange ich so gelegen haben mag. Jedenfalls stand, als ich erwachte, die Sonne schon recht hoch am Himmel. Der Wind war zu beträchtlicher Stärke angeschwollen, und die Wogen drohten nun beständig, mein kleines Fahrzeug zum Kentern zu bringen. Da wir noch immer Nordost hatten, mußte ich schon weit von dem Orte meiner Einschiffung abgetrieben sein. So versuchte ich, den Kurs zu ändern, gewahrte jedoch alsbald, daß, falls ich meine Versuche fortsetzte, das Boot in kürzester Zeit voll Wasser schlagen würde. In solcher Lage blieb mir nichts andres zu tun, als es vor dem Winde treiben zu lassen. Ich bekenne, daß mich dabei zu mehreren Malen etwas wie Furcht anwandelte. Ich hatte ja keinen Kompaß bei mir und war mit den Ortsverhältnissen in diesen Gewässern so wenig vertraut, daß auch der Sonnenstand mir nicht allzuviel helfen konnte. So mochte ich nun durchaus auf den großen Atlantik hinaustreiben, anheimgegeben all den Qualen eines elendiglichen Hungertodes, oder aber dem Untergange inmitten der unermeßlichen Wasserwüste, welche mit ihren Wogen brausend und stoßend von allen Seiten auf mein gebrechliches Fahrzeug einstürmte. Schon war ich viele Stunden auf dem Wasser, schon auch meldete sich ein quälender, brennender Durst als der Auftakt zu noch ärgeren Leiden! Ich sah zum Himmel empor, der ganz bedeckt war von den im Winde treibenden Wolken, denen stets neues Gewölke folgte, und ließ danach meine Blicke rings über den grenzenlosen Ozean schweifen, der mir nun zum nassen Seemannsgrabe werden sollte! »Nichtswürdiger«, so rief ich, »dein Werk, nun ist's im Begriffe, sich zu vollenden!« Und ich gedachte meiner Elisabeth, meines Vaters und auch des treuen Clerval, wie sie nun allein zurückbleiben mußten, auf daß jenes Ungeheuer seine blutigen und erbarmungslosen Leidenschaften an ihnen kühle. Solcher Gedanke beschwor Bilder von so fürchterlicher Verzweiflung in mir herauf, daß die Erinnerung daran mich sogar noch heute schaudern macht, jetzt, da in jedem Augenblicke der große Vorhang mir die Lebensbühne verdunkeln mag!

Auf diese Weise vergingen die Stunden. Doch nach

und nach, in dem Maße sich die Sonne dem Horizont näherte, flaute der Wind zu einer sanften Brise ab, und die bislang von Brechern aufgewühlte See glättete sich. Doch geschah dies nur, um einer heftigen Dünung Raum zu geben, welche mich seekrank machte, so daß ich kaum mehr fähig war, das Ruder zu halten. In diesem Momente aber sah ich im Süden die Umrisse festen Landes aus dem Meere tauchen!

Nahezu erschöpft wie ich war durch all die Strapazen und die fürchterliche Spannung der letzten Stunden, überkam mich die plötzliche Gewißheit meiner Errettung als ein heißer Schwall, der mir die Freudentränen in die Augen trieb.

Wie wandelbar sind doch unsre Gefühle, wie seltsam ist die Liebe, mit welcher wir uns noch im tiefsten Elend an das Leben klammern! Unverweilt verfertigte ich mir ein zusätzliches Segel, indem ich mir das Hemde vom Leib riß, und war aufs eifrigste bedacht, auf jenes Festland zuzuhalten. Es war zunächst von wildzerklüfteter, felsiger Erscheinung, ließ aber, da ich mich ihm näherte, deutliche Spuren menschlichen Arbeitsfleißes erkennen. Schon erblickte ich auch etwelche Fischerboote vor der Küste, und bald danach sah ich mich wieder inmitten der Nachbarschaft zivilisierter Menschen! Mit der größten Vorsicht folgte ich dem gewundenen Verlauf des Strandes und jubelte auf, als ich schließlich einen Kirchturm erblickte, welcher hinter einem schmalen Vorgebirge auftauchte. Da ich der hiesigen Landeverhältnisse völlig unkundig war, beschloß ich, direkten Kurs auf jene Ortschaft zu nehmen, weil ich vermutete, dort auf raschestem Wege zu einer Stärkung zu kommen. Zum großen Glücke hatte ich eine Summe baren Geldes bei mir. Sobald ich aber das Vorgebirge umschifft hatte, ward ich eines allerliebsten Städtchens nebst eines sichern Ports ansichtig, in den ich freudvollen Herzens einfuhr, dankbar ob meiner so unerwarteten Rettung aus tödlicher Gefahr.

Während ich noch damit beschäftigt war, das Boot zu vertäuen und die Segel festzumachen, versammelte sich eine Anzahl Menschen um meinen Anlegeplatz. Sie schienen ob meiner Ankunft höchst überrascht. Indes, anstatt mir ihre Hilfe anzubieten, unterredeten sie sich im Flüstertone, wobei sie Gebärden vollführten, die mich in jeder anderen Lage mit Besorgnis erfüllt hätten. Jetzt aber stellte ich bloß fest, daß sie sich dabei der englischen Sprache bedienten. Deshalb auch redete ich sie in der nämlichen Zunge an, indem ich sagte: »Freunde! Wollt ihr mir nicht den Namen dieses Städtchens verraten und mir sagen, wo ich mich befinde?«

»Das sollt Ihr bald genug erfahren«, antwortete ein Mann mit grober Stimme. »Und es mag sein, daß Euch der Ort nicht sonderlich behagt. Doch wird man Euch in Ansehung des Quartieres nicht lang um Eure Meinung fragen, des könnt Ihr gewiß sein!«

Solch barsche Antwort von einem mir völlig fremden Menschen bestürzte mich über die Maßen. Auch brachten mich die finsteren, ja feindseligen Mienen seiner Genossen ganz durcheinander! »Wie kommt's, daß Ihr mir so unfreundlich begegnet?« frug ich denn auch. »Ganz gewiß entspricht es nicht der englischen Gastfreundschaft, einen Fremdling auf solche Weise vor den Kopf zu stoßen!«

»Ich weiß nicht viel von englischer Gastfreundschaft«, versetzte der Angeredete. »Was ich aber gewiß weiß, ist, daß einem Iren jeder Schurke ekelhaft ist!«

Während dies befremdliche Gespräch seinen Fortgang nahm, strömten ständig neue Menschen herbei. Ihre Mienen drückten teils Neugierde, teils Unwillen aus, was mich zum einen aufbrachte, zum andern aber mit Besorgnis erfüllte. So frug ich denn nach dem Wege zum nächsten Gasthof, erhielt aber keinerlei Antwort. Also schritt ich auf gut Glück voran, worauf sich in der Menge ein murrender Aufruhr erhob, und ich mich alsbald in ihrer Mitte eingekeilt sah. Ein Kerl von ungutem Äußeren trat auf mich zu, tippte mir auf die Schulter und sagte: »Kommt mit, Sir. Ihr müßt erst einmal zu Mr. Kirwin, um Euch dort zu legitimieren!«

»Mr. Kirwin? Wer ist das? Weshalb sollte ich mich legitimieren müssen? Ist dies nicht ein freies Land?«

»Das will ich meinen, Sir – frei genug für alle ehrlichen Leute! Mr. Kirwin ist unser Amtsrichter! Ihr aber habt Euch zu verantworten wegen des Todes eines fremden Herrn, den man hierorts gestern nacht ermordet aufgefunden hat.«

Solcher Bescheid ließ mich zusammenzucken, doch hatte ich mich sogleich wieder in der Gewalt. Ich war ja frei von Schuld, was sich unschwer nachweisen ließ! Demgemäß folgte ich dem Vorangehenden ohne Widerrede und ward dergestalt vor eines der stattlichsten Gebäude des Ortes geführt. Zwar hätte ich vor Müdigkeit und Hunger umsinken mögen, doch hielt ich es für klug, all meine Kraft zusammenzunehmen, auf daß mir meine körperliche Schwäche nicht als Beweis für meine Schuld, ja als ein Grund für meine Verhaftung ausgelegt würde. Ich hatte ja noch keine Ahnung von der Bedrängnis, in der ich mich innerhalb kürzester Zeit befinden, und die mit ihrer entsetzlichen Verzweiflung alle Furcht vor Schimpf, Schande und Tod unter sich begraben sollte!

Hier, teuerster Sir, muß ich um eine Pause bitten. Nämlich, es bedarf meiner ganzen Seelenstärke, mir in allen Einzelheiten jene furchtbaren Ereignisse heraufzurufen, von denen ich Euch nun zu berichten habe.

Einundzwanzigstes Kapitel

Man führte mich alsbald vor den Richter, der ein betagter Herr war und von wohlwollender und ruhiger Wesensart zu sein schien. Dennoch musterte er mich mit einer gewissen Strenge, um dann an meine Begleiter die Frage zu richten, wer von ihnen in dem vorliegenden Falle eine Aussage zu machen habe.

Etwa ein Halbdutzend Männer traten vor. Nachdem einer von ihnen durch den Richter dazu aufgefordert worden, gab er zu Protokoll, er sei in der vergangenen Nacht mit seinem Sohn und seinem Schwager Daniel Nugent auf Fischfang gewesen, als gegen Zehn ein heftiger Nordwind sie gezwungen habe, an der Küste Schutz zu suchen. Die Nacht war finster gewesen, da der Mond noch nicht am Himmel gestanden. Dennoch sei man nicht in den Hafen zurückgekehrt, sondern nach Gewohnheit in eine etwa zwei Meilen von ihm entfernte Bucht eingelaufen. Er, der Sprecher, sei mit einem Teil der Fischereigerätschaft vorausgegangen, die Gefährten seien ihm in einigem Abstand gefolgt. Wie er so über den sandigen Strand geschritten, sei er gegen ein Hindernis gestoßen, so daß er der Länge nach hinstürzte. Die andern, so sagte er, kamen dann heran, um ihm zu helfen, und entdeckten beim Lichte ihrer Laternen, daß er über den Körper eines augenscheinlich toten Mannes gestrauchelt war. Zunächst hielten sie denselben für den angeschwemmten Leichnam eines Ertrunkenen, fanden aber bei näherer Prüfung, daß des Toten Kleidung trocken und sein Körper noch warm war. Sogleich schleppten sie ihn zu der benachbarten Hütte einer Alten und taten ihr Bestes, den Verunglückten ins Leben zurückzurufen. Indes, alle Mühe war vergebens. Der Tote war ein hübscher junger Mann von etwa fünfundzwanzig Jahren, und war ganz augenscheinlich erdrosselt worden, denn bis auf die schwärzlichen Druckstellen am Halse waren keinerlei Zeichen von Gewaltanwendung an dem Körper zu entdecken.

Der erste Teil dieser Aussage berührte mich nicht im mindesten. Sobald aber der Würgespuren Erwähnung getan worden, mußte ich an die Ermordnung meines Bruders denken und ward auf das ärgste bestürzt. Ich zitterte an allen Gliedern, und mein Blick umflorte sich, so daß ich mich haltsuchend auf eine Stuhllehne stützen mußte. Der Richter aber, welcher mich nicht aus den Augen ließ, mußte aus meinem Verhalten die unvorteilhaftesten Schlüsse ziehen.

Danach bestätigte der Sohn die Worte seines Vaters. Als aber Daniel Nugent aufgerufen wurde, schwor er Stein und Bein, er habe knapp vor dem Sturze seines Gefährten ein von nur einem Menschen gesteuertes Boot unweit der Küste gesichtet. Dies Boot aber sei, soweit der Beobachter es bei dem schwachen Schimmer der wenigen Sterne zu erkennen vermocht, das nämliche gewesen, aus welchem ich eben vorhin im Hafen an Land gegangen.

Ein Weib gab zu Protokoll, sie wohne ganz nahe der Küste und sei etwa eine Stunde, bevor sie von der Auffindung der Leiche erfahren habe, in Erwartung der heimkehrenden Fischersleute in der Hüttentür gestanden. Während sie aufs Meer hinausgeblickt habe, sei ein Boot mit nur einem Menschen von jener Stelle abgestoßen, wo man später die Leiche aufgefunden.

Ein zweites Weib erhärtete diese Aussagen, indem sie schilderte, wie die Fischer den Leichnam zu ihr ins Haus geschafft hatten. Derselbe sei noch nicht erkaltet gewesen, und so habe man ihn ins Bett gelegt und abgerieben. Daniel habe sich auf den Weg ins Dorf gemacht, den Apotheker zu holen, doch sei das Leben des Verunglückten schon entwichen gewesen.

Einige der Männer wurden über meine Landung befragt und sagten übereinstimmend aus, es sei in Ansehung des heftigen Nords, der sich während der Nacht erhoben hatte, durchaus wahrscheinlich, daß ich mehrere Stunden lang draußen umhergetrieben und danach gezwungen gewesen sei, nahezu an dem nämlichen Orte an Land zu gehen, von dem ich abgestoßen. Außerdem, so vermuteten sie, spreche vieles dafür, daß der Mord anderswo erfolgt sei, ich also schon einen Toten an Land gebracht hätte und in Unkenntnis des hiesigen Küstenverlaufs in den Hafen dieser Stadt eingefahren sei, nicht wissend, wie nahe dem Fundort der Leiche ich mich befand.

Dies angehört, ordnete Mr. Kirwin an, man möge mich in jene Kammer führen, wo der Tote aufgebahrt liege, auf daß man sich der Wirkung vergewissere, welche solcher Anblick auf mich üben werde. Diese Weisung mochte wohl von der heftigen Erregung ausgelöst worden sein, die ich in Anhörung der näheren Umstände des Mordes an den Tag gelegt hatte. So ward ich denn von dem Richter und einigen Helfern zu dem Gasthofe geleitet. Zwar konnte ich mich dem Eindruck all der seltsamen Vorfälle so ereignisreicher Nacht nicht entziehen, doch da ich wußte, daß ich um die Zeit der Auffindung des Leichnams mit mehreren Personen auf meiner Insel gesprochen hatte, war ich völlig unbesorgt ob der weiteren Entwicklung dieser Affäre.

So betrat ich denn die Kammer, darin der Tote lag, und ward vor den Sarg geführt. Wie aber soll ich die Gefühle schildern, die mich bei solchem Anblick überkamen? Noch heute höhlt der Schrecken mir das Rückgrat aus, noch heut' macht mich der bloße Gedanke daran in tiefster Seelenqual erschaudern! Das gesamte Verhör wie auch die Gegenwart des Richters und all der Zeugen, sie verschwammen mir zu einem bösen Traum, sobald ich die leblos darniedergestreckte Gestalt des treuen Henri Clerval vor mir erblickte! Ich rang nach Luft und rief, indem ich mich über den teuren Toten warf, in größtem Schmerze aus: »Wie! So haben meine mörderischen Machenschaften nun auch dich, mein teuerster Henri, deines Lebens beraubt? Zwei andre Menschenleben hab' ich schon vernichtet, und noch weitre Opfer harren ihres Geschicks! Du aber, Clerval, mein Freund, mein Wohltäter –«

Mein schwacher Menschenleib vermochte nicht länger, der ihm auferlegten Seelenpein zu trotzen, und so ward ich, in konvulsivischen Zuckungen mich windend, aus der Kammer geschafft. Solchem Anfall folgte ein hartnäckiges Nervenfieber, darin ich zwei Monate lang auf den Tod darniederlag. Mein Fieberwahn, so sagte man mir später, sei der entsetzlichste gewesen: ich bezeichnete ja mich selbst als den Mörder Wilhelms, als denjenigen Justines und auch meines treuen Clerval! Bisweilen flehte ich meine Wärter an, mir in der Zerstörung des Unholds beizustehen, von welchem ich mich gemartert wähnte, bisweilen auch vermeinte ich die Finger jenes Monstrums schon am eigenen Halse zu verspüren und kreischte auf in der entsetzlichsten Todesangst! Da ich mich aber dabei zum großen Glücke meiner Muttersprache bediente, verstand einzig Mr. Kirwin meine Worte. Doch waren meine Gebärdensprache und mein bitterliches Weinen beredt genug, die Umstehenden auch so in Angst und Schrecken zu versetzen.

Warum war mir damals kein gnädiger Tod beschieden? Warum nur konnte ich, der elendste aller Menschen, die je auf Erden gewandelt, nicht in die ruhevolle Vergessenheit des Grabes sinken? So viel blühende Kindlein rafft ja der Tod hinweg, und mit ihnen die einzige Hoffnung der zärtlich besorgten Eltern! So viel bräutliches Jungfern- und jugendfrisches Liebhabertum, das tags zuvor noch in der Blüte seiner Gesundheit und Hoffnungen gewandelt, ist schon andertags den Würmern ein schmatzendes Behagen und der gähnenden Grube nichts als eine stinkende Fäulnis! Von welchem Stoffe nur war ich gemacht, daß ich, so unablässig durch des Schicksals Schmerzensmühle gedreht, all ihre Qualen überstehen konnte?

Doch ich war und blieb zum Leben verdammt! So fand ich mich nach Ablauf zweier Monate wie aus einem schlimmen Traum erwachend in einem Kerkerloche wieder, darniedergestreckt auf einem schäbigen Lager, umgeben von schlüsselrasselnden Gefängnisschergen, rostknirschenden Verriegelungen und all dem elendiglichen Zubehöre der Gefängnishaft. Ich entsinne mich, daß es noch früh am Tage war, als ich wieder zum Bewußtsein erwachte, und daß mir alle Einzelheiten des Vorgefallenen entschwunden waren. Ich hatte bloß das Gefühl, als wär' mir bittres Ungemach widerfahren. Da ich aber um mich blickte und der Gitterstäbe vor den Fenstern sowie des Schmutzes in der Zelle gewahr wurde, schoß mir all das Erlebte wieder in den Sinn, und ich stöhnte verzweiflungsvoll auf.

Solcher Schmerzenslaut schreckte eine alte Vettel, welche neben mir in ihrem Stuhle schnarchte, aus ihrem Schlaf. Sie war eine gedungene Pflegerin, das Eheweib eines der Gefängnisschließer, und ihre Miene verriet all die bösen Eigenschaften, welche so oft diesen Berufsstand kennzeichnen. Ihre Gesichtszüge waren hart und grob wie bei all denjenigen, die daran gewöhnt sind, fremdem Unglück ohne Mitleid beizuwohnen. Auch ihr Tonfall drückte eine völlige Teilnahmslosigkeit aus. Sie redete mich auf Englisch an, und ihre Stimme durchzuckte mich als diejenige, welche mir während meines Siechtums beständig in den Ohren geklungen:

»Geht's Euch jetzt besser, Sir?« fragte sie.

Ich erwiderte in der nämlichen Sprache, doch mit schwacher Stimme: »Ich glaube schon. Doch wenn dies alles zutrifft, wenn ich wirklich nicht geträumt habe, so ist's mir leid, noch am Leben zu sein und all dies Elend und Entsetzen empfinden zu müssen.«

»Was das anbetrifft«, versetzte die Alte, »und wenn Ihr den fremden Herrn meint, den Ihr umgebracht, so will ich wohl glauben, es wär' Euch besser, tot zu sein, dieweil man, so scheint mir, recht unsanft mit Euch umspringen wird! Doch ist's nicht mein Geschäft, mich darum zu bekümmern. Ich bin bloß zu Eurer Pflege da, und um Euch für den Henker aufzupäppeln, und tue dies mit gutem Gewissen. Wollte Gott, ein jeder könnt' so von sich sprechen!«

Voll des Ekels wandte ich mich von diesem Weibe, das imstande war, zu einem kaum den Klauen des Todes entrissenen Menschenkinde derlei gefühllose Worte zu sprechen! Doch war ich zutiefst ermattet und außerstande, über all das Vorgefallene nachzudenken. Mein gesamtes Leben erschien mir ja bloß als ein Traum, und bisweilen bezweifelte ich allen Ernstes die Wahrheit dessen, was da ringsum vor sich ging, da es mir ja niemals mit aller Überzeugungskraft der Wirklichkeit zu Bewußtsein kam.

Sobald aber die Bilder, welche mich umschwebten, deutlicher unterscheidbar wurden, überfiel mich aufs neue das Fieber. Dunkelheit umgab mich, keine Menschenseele war da, mir mit sanfter, liebevoller Stimme Zuspruch zu spenden, keine mir teure Hand stützte mich in meiner Hinfälligkeit! Der Medikus kam bloß, mir Arzneien zu verschreiben, welche die Alte für mich zubereitete, doch zeichnete den ersteren eine völlige Gleichgültigkeit aus, wogegen der letzteren die größte Brutalität im Gesicht geschrieben stand. Wer auch mochte schon Anteil nehmen an dem Los eines Meuchelmörders –, wer sonst als der Henker, der schon bereitstand, das Blutgeld in Empfang zu nehmen?

Derlei Gedanken gingen mir fürs erste durch den Sinn. Alsbald jedoch erkannte ich, daß Mr. Kirwin mir gegenüber die größte Rücksichtnahme geübt: er hatte ja die beste Zelle in dem Gefängnis für mich bereitstellen lassen (und in all ihrer Verkommenheit *war* sie die beste!), und er auch war's gewesen, der dafür gesorgt hatte, daß ein Arzt und eine Pflegerin mich betreuten. Es ist wahr, Mr. Kirwin besuchte mich nur selten, da er, obschon er nichts brennender wünschte, als die Leiden eines Menschenwesens zu erleichtern, doch keinerlei Verlangen empfand, den Gewissensqualen und jämmerlichen Fieberphantasien eines Meuchelmörders beizuwohnen. So warf er nur gelegentlich einen Blick in meine Zelle, um sich zu überzeugen, daß man mich nicht vernachlässigte. Doch waren seine Besuche stets kurz und erfolgten nur in großen Abständen.

Eines Tages – ich schritt allmählich meiner Genesung entgegen – saß ich auf meinem Sessel, die Augen nur halb geöffnet und die Wangen von der Blässe des Todes übergossen. Düsternis und Trübsal erfüllten mein Herz, und so manches Mal dachte ich daran, wieviel besser es doch wäre, den Tod zu suchen, denn in einer Welt zu verbleiben, welche für mich nichts als Elend bereithielt! Einmal erwog ich sogar, ob ich mich nicht lieber gleich als schuldig bekennen und mich der ganzen Schwere des Gesetzes unterwerfen sollte, dieweil ich doch weit weniger unschuldig denn die arme Justine war. Derlei Gedanken beschäftigten mich auch, als die Tür meiner Zelle geöffnet ward und Mr. Kirwin eintrat. Seine Miene drückte das teilnehmendste Mitgefühl aus. Er zog einen Sessel heran, setzte sich mir gegenüber und wandte sich in meiner Muttersprache mit den folgenden Worten an mich:

»Ich fürchte, dieser Ort hat viel Schreckliches für Euch. Kann ich irgend etwas dazu tun, ihn Euch tröstlicher zu gestalten?«

»Ich danke Euch. Doch was Ihr da sagt, bedeutet mir nichts. Auf dem ganzen weiten Erdenrund gibt's wohl nichts, dem ich irgendwelchen Trost abzugewinnen vermöchte.«

»Wohl weiß ich, daß die Anteilnahme eines Fremden einem Menschen, welcher durch so seltsame Schicksalsfügung zu Boden gebeugt ist, nur wenig Erleichterung bringen mag. Doch sollt Ihr, so hoffe ich, in Bälde dies trübselige Obdach gegen ein freundlicheres vertauscht haben, da Ihr zweifellos mit Leichtigkeit den Nachweis Eurer Unschuld erbringen könnt.«

»Dies ist meine geringste Sorge. Ich bin ja durch

eine sonderbare Verkettung der Umstände zum Unglückseligsten aller Sterblichen geworden. Welche Schrecken könnte der Tod noch für einen Menschen haben, der so sehr verfolgt und gequält ist, wie ich es war und noch bin?«

»In der Tat, Ihr habt recht! Nichts könnte ja unglückseliger und schmerzlicher sein denn die befremdlichen Ereignisse, welche kürzlich hier vorgefallen. Nachdem Ihr, vom Sturme überrascht, an dieser für ihre Gastfreundschaft wohlbekannten Küste an Land gegangen, wurdet Ihr sogleich in Haft genommen und des Mordes bezichtigt. Und das erste, was man Euch vor Augen führte, war der Leichnam Eures Freundes, den irgendein Widersacher auf so unbeschreibliche Weise hingemordet und Euch mit böser Absicht auf den Weg gelegt haben muß.«

Bei diesen Worten des Amtsrichters überwältigte mich die innere Bewegung, welche durch die Rückschau auf all meine Leiden in mir heraufbeschworen ward. Auch empfand ich beträchtliche Überraschung darob, wie wohlunterrichtet er in Ansehung meiner Person zu sein schien. Ich glaube, daß meine Miene einiges Erstaunen ausdrückte, dieweil ja Mr. Kirwin sich eilte, weiterzusprechen:

»Gleich nachdem Ihr krank geworden, ward alles Schriftliche, das Ihr bei Euch getragen, mir vorgelegt, und ich überprüfte Eure Briefschaften auf irgendeinen Hinweis, der mich in den Stand setzen würde, Eure Anverwandten von dem Ungemach und der Krankheit, die Euch zugestoßen sind, in Kenntnis zu setzen. Unter all den Handschreiben entdeckte ich denn auch eines, das, wie schon sein Anfang mir verriet, von Eurem Vater stammte. Sogleich setzte ich mich hin und schrieb nach Genf. Seither sind nahezu zwei Monate verstrichen. – Allein, was muß ich sehen? Ihr seid ja noch immer ernstlich krank! Ihr zittert ja! Nein, nein – hier wäre jedwede Gemütsbewegung übel angebracht!«

»Diese Ungewißheit, in der Ihr mich hangen laßt, ist noch tausendmal schlimmer denn die entsetzlichste Wahrheit! So schont mich nicht und sagt mir unverweilt, auf welche Weise der Tod abermals zugeschlagen – wessen Ermordung ich nunmehr zu beklagen habe!«

»Eure Lieben sind wohlauf«, versetzte Mr. Kirwin begütigend. »Und einer davon, ein lieber Freund von Euch, ist nun gekommen, Euch zu besuchen.«

Ich weiß nicht mehr, was mir den Gedanken eingab, doch schoß mir's augenblicklich durch den Sinn, der Mörder meiner Lieben sei gekommen, sich an meinem Elend zu weiden und meiner zu spotten mit dem Tode des treuen Clerval, ja solche Untat als ein neues Druckmittel anzuwenden, mich seinem satanischen Begehr gefügig zu machen. Ich schlug die Hände vors Gesicht und schrie in der höchsten Seelenpein:

»Nein! Jagt ihn fort! Ich ertrag' seinen Anblick nicht! Laßt ihn um Himmels willen nicht zu mir!«

Mr. Kirwin warf mir einen bestürzten Blick zu. Unweigerlich mußte er ja meinen Ausruf für ein Schuldbekenntnis halten, und so sagte er in eher strengem Tone:

»Ich hätte doch meinen mögen, junger Mann, daß die Gegenwart Eures Herrn Vaters nicht Abscheu, sondern Freude in Euch hervorrufen würde!«

»Wie! Ist's denn mein Vater, der gekommen ist?« so rief ich aus, dieweil jeder Zug meines Gesichtes, jede Faser meines Körpers sich im freudvollen Umschwung der Gefühle entspannte. »Wahrhaftig mein Vater? Wie schön, wie wunderbar! Doch wo bleibt er nur, warum eilt er nicht herbei, seinen Sohn zu umarmen?«

Mein verändertes Gehaben überraschte und erfreute den Amtsrichter. Mag sein, daß er meinen ersten Ausruf für einen Rückfall in den Fieberwahn hielt, denn sogleich war er wieder das Wohlwollen selbst. So erhob er sich und verließ in Begleitung meiner Wärterin die Zelle, und gleich darauf stand mein Vater in der Tür.

Nichts hätte mich im Augenblick mehr erfreuen können denn sein Erscheinen. Ich streckte ihm die Hand entgegen und rief:

»So lebst du noch – und auch Elisabeth – und Ernest?«

Er beschwichtigte mich, indem er mich des Wohlergehens meiner Lieben versicherte, und war bestrebt, durch das Verweilen bei diesem mir so sehr am Herzen liegenden Gegenstande mir den niedergedrückten Sinn ein wenig aufzurichten. Alsbald jedoch erkannte er, daß ein Kerkerloch nicht der rechte Platz war, Fröhlichkeit zu erwecken. »An welchem Ort, mein Sohn, muß ich dich wiederfinden!« so sprach er und ließ seinen Blick kummervoll über die vergitterten Fenster und die Schäbigkeit meiner übrigen Umgebung schweifen. »Ausgezogen bist du, das Glück zu suchen, doch scheint ein Unstern dich zu verfolgen. Und erst der arme Clerval!«

Der teure Name meines unglücklichen, gemeuchelten Freundes war mehr, als mein geschwächter Körper zu ertragen vermochte, und so entstürzte eine Flut von Tränen meinen Augen.

»Weh mir, mein Vater«, so versetzte ich, »ein allzu fürchterliches Schicksal ist ja über mich verhängt, und ich muß weiterleben, es zu erfüllen – im andern Falle wär' ich sicherlich am Sarge meines treuen Henri dem Tod anheimgefallen!«

Es war uns nicht verstattet, noch länger des Gesprächs zu pflegen, da meine angegriffene Gesundheit die Aufrechterhaltung der äußersten Ruhe erforderte. So trat denn alsbald Mr. Kirwin ein und machte geltend, daß meine Kräfte nicht über Gebühr beansprucht werden dürften. Indes, in meinem Vater war mir ja mein guter Engel erschienen, und so machte meine Genesung die rüstigsten Fortschritte.

In dem Maße aber meine Krankheit von mir wich,

ward ich verzehrt von einer düsteren, ja schwarzen Melancholie, welche durch nichts zerstreut werden konnte. Beständig schwebte mir Clervals Bild vor Augen, und es war das geisterhafte Bild eines Ermordeten! Mehr denn einmal ließ die Aufgewühltheit, welche solche Reflexionen in mir hervorriefen, meine Freunde einen gefährlichen Rückfall befürchten. Ach! Weshalb nur mühten sie sich, ein so elendes und unwertes Leben zu erhalten? Meine Bestimmung, welche sich nun ihrem Ende zuneigt, war mir ja vorgezeichnet. Nur zu bald, nur allzubald wird der Tod all meine Ruhelosigkeit ausgelöscht und mich von jener schweren Gewissenslast befreit haben, die mich jetzt noch zu Boden drückt! So wird auch mir mein Recht werden, so werd' auch ich meine Ruhe finden! Damals aber war mein Tod noch in weiter Ferne, obschon all mein Sinnen und Trachten ihn beständig herbeiwünschten. Und nur zu oft saß ich Stunde um Stunde regungslos und ohne ein Wort, einzig von dem Wunsche beseelt, irgendeine fürchterliche Katastrophe möge mich und meinen mörderischen Feind unter ihren Trümmern begraben!

Dann war die Zeit der Gerichtsverhandlungen herangekommen. Ich lag nun schon drei Monate im Kerker, und wiewohl ich noch immer geschwächt, ja beständig von einem Rückfalle bedroht war, mußte ich doch nach der nahezu hundert Meilen entfernten Kreisstadt gebracht werden, woselbst das Tribunal zusammentreten sollte. Mr. Kirwin scheute keine Mühe, Entlastungszeugen ausfindig zu machen und meine Verteidigung ins Werk zu setzen. Man ersparte mir die Schande, als ein Verbrecher öffentlich vor Gericht erscheinen zu müssen, da mein Fall ja nicht vor das über Leben und Tod entscheidende Schwurgericht gebracht wurde. Meine Geschworenen verwarfen die Anklageschrift, dieweil es ja schon als erwiesen galt, daß ich zur Stunde der Auffindung des toten Freundes noch auf den Orkney-Inseln geweilt hatte. So war ich schon zwei Wochen nach meiner Überführung in die Kreisstadt ein freier Mann.

Mein Vater wußte sich nicht zu fassen vor Freude, da er mich aller Fallstricke der Mordanklage ledig fand, und ich wieder die Luft der Freiheit atmen und in mein Heimatland zurückkehren durfte. Ich aber konnte solche Freude nimmer teilen: mir waren ja die Mauern eines Kerkers nicht minder verhaßt denn diejenigen eines Palastes! Des Lebens goldner Becher war mir ja für alle Zeit vergiftet, und obschon die Sonne auf mich herniederschien wie auf alle, die da leichten und glücklichen Herzens dahinwandeln, erblickte ich rings um mich nichts denn eine dichte und schreckliche Finsternis, welche einzig von dem Schimmer zweier beständig auf mich gerichteter Augen durchdrungen ward. Bisweilen war's das beredte Augenpaar des im Tode schmachtenden Henri, die erloschenen Sterne nahezu verhüllt von den Lidern und den schwarzschattenden, langen Wimpern. Bisweilen auch war's der wäßrige, verhangne Blick des Monstrums, wie ich seiner erstmals in meiner Ingolstädter Werkstatt ansichtig geworden.

Unablässig war mein Vater bemüht, in mir all die Gefühle häuslicher Zuneigung wieder anzufachen. So erzählte er mir von Genf, das ich in Bälde wiedersehen sollte – von Elisabeth und von Ernest. Doch der Klang dieser teuren Namen vermochte mir nur ein qualvolles Stöhnen zu entringen. Wohl empfand ich bisweilen den Wunsch nach Glück. Dann gedachte ich mit schmerzlichem Entzücken meiner über alles geliebten Cousine, oder sehnte mich voll des verzehrenden Heimwehs danach, noch einmal den blauen See und die schäumende Rhône erblicken zu dürfen, welche meinen fernen Kindertagen so teuer gewesen! Doch mein gewohnter Gemütszustand war derjenige einer Erstarrung, darin mir jedes Kerkerloch ein ebenso willkommener Aufenthaltsort schien wie die himmlischeste Landschaft. Und nur selten ward solche Verdüsterung von anderem unterbrochen denn von Aufwallungen des Schmerzes und der Verzweiflung. In solchen Momenten war ich so manches Mal versucht, meinem mir so ekelhaften Leben ein Ende zu setzen, und es bedurfte der beständigen Sorge und Wachsamkeit, mich davon abzuhalten, im fürchterlichen Selbstvernichtungsdrange Hand an mich zu legen!

Indes, meiner harrte ja noch eine Pflicht, und der Gedanke an sie war's, welcher schließlich über meine selbstsüchtige Verzweiflung triumphierte. Meine Rückkehr nach Genf duldete keinerlei Aufschub mehr, dieweil ich ja über das Leben derjenigen, die ich so innig liebte, zu wachen hatte und beständig auf der Lauer liegen mußte, den Mörder abzufangen, oder aber, falls ein günstiger Stern mich zu seinem Verstecke führen, ja im Falle der Unhold abermals wagen sollte, mich durch sein Auftauchen zu erschrecken, mit unfehlbarer Hand der Existenz solch monströser Erscheinung, die ich mit einer noch monströseren Seele ausgestattet hatte, ein Ende zu setzen.

Mein Vater aber wollte den Zeitpunkt unseres Aufbruchs noch immer hinausschieben, da er befürchtete, ich würde die Strapazen solch langer Reise noch nicht ertragen. Ich war ja nur mehr ein Schatten meiner selbst, noch immer dem Zusammenbruche nahe. All meine Kräfte hatten mich verlassen, ich war bis zum Knochengerippe abgemagert, und Tag und Nacht suchte mich ein zehrendes Fieber heim.

Da ich aber mit so rastloser Ungeduld darauf bestand, Irland zu verlassen, hielt mein Vater es für das beste, solchem Wunsche nachzugeben. Wir machten die Überfahrt auf einem nach Havre-de-Grace bestimmten Schiffe und stachen mit günstigem Winde von der irrischen Küste in See. Es war Mitternacht. Ich lag an Deck, blickte zu den Sternen empor und lauschte dem schwappenden Geräusch der Wogen. Dabei pries ich die Finsternis, welche Irland vor meinem Blicke verhüllte, und fühlte meinen Puls in fieberhafter Freude schlagen bei dem Gedanken, daß ich in nicht allzu ferner Zeit mein geliebtes Genf wiedersehen sollte! Alles Vergangene, nun erschien's mir im Lichte eines schlimmen Traumes, und dennoch führten mir das Schiff, darauf ich mich befand, der Wind, der mich von der verhaßten irischen Küste hinwegtrug, und auch der Ozean, welcher mich rings umspülte, nur zu eindringlich vor Augen, daß alles durchaus kein Traum gewesen, und daß Clerval, mein Freund und teuerster Gefährte, mir und meiner ungeheuerlichen Schöpfung zum Opfer gefallen war! So ließ ich denn im Geiste mein gesamtes Leben an mir vorüberziehen: das stille, traute Familienglück meiner Kindertage zu Genf, den Tod meiner Mutter, und auch meine Abreise nach Ingolstadt. Erschaudernd gedachte ich der aberwitzigen Besessenheit, welche mich zur Schaffung meines gräßlichen Widersachers angespornt hatte, und rief aufs neue jene Nacht in mir herauf, da er zum erstenmal die Augen aufgeschlagen. Doch aller weiteren Schrecken vermocht' ich nimmer zu gedenken, dieweil tausenderlei Empfindungen auf mich einstürmten, und so ließ ich es sein und weinte bitterlich.

Seit ich von meinem Fieber genesen war, hatte ich die Gewohnheit angenommen, allnächtlich ein wenig Laudanum zu mir zu nehmen. Nur mit Hilfe dieses Betäubungsmittels war's mir ja möglich, die für den Fortbestand meines Lebens nötige Ruhe zu finden. Nunmehr aber, niedergedrückt durch die Erinnerung an mein mannigfaltiges Ungemach, nahm ich die doppelte Menge dieses Giftes ein und fiel alsbald in einen profunden Schlaf. Doch erlöste derselbe mich nicht von den Gedanken an mein Elend, und so führten meine Träume mir tausend erschreckende Dinge vor Augen. Gegen Morgen ward ich sogar von einer Art Nachtmahr überkommen: ich fühlte, wie die Krallen des Unholds sich um meine Kehle schnürten, und vermochte nicht, mich von seinem Würgegriff zu befreien. Noch im Schlafe vernahm ich mein gräßliches Stöhnen und Schreien! Mein Vater aber, der an meinem Lager wachte, ward meiner Heimsuchung inne und weckte mich. Danach war rundum nichts zu vernehmen als das klatschende Geräusch der Wogen. Über mir graute ein wolkenverhangener Himmel, und kein Unhold war zu sehen! Ein Gefühl der Geborgenheit überkam mich, und das Bewußtsein, daß ein zeitweiliger Friede zwischen der gegenwärtigen Stunde und der unwiderruflich herannahenden, verderblichen Zukunft geschlossen war, wiegte mich in eine Art ruhevollen Vergessens, dem der Menschengeist ja seiner ganzen Anlage nach nur allzugern aufgeschlossen ist.

Zweiundzwanzigstes Kapitel

Doch auch diese Reise fand einmal ihr Ende. Wir gingen an Land und setzten unsern Weg in Richtung Paris fort. Alsbald aber mußte ich erkennen, daß ich meine Kräfte überschätzt und vor der Weiterfahrt eine Ruhepause nötig hatte. Meines Vaters fürsorgliche Pflege kannte nicht Rast noch Ruh'. Da er aber der Ursache meiner Leiden unkundig war, verfiel er auf allerlei wenig geeignete Mittel, dies unheilbare Übel zu kurieren. So empfahl er mir, Zerstreuung in der Gesellschaft zu suchen! Mir aber waren die Gesichter der Menschen abscheulich. Doch nein – nicht dies Wort! Es waren ja meine Brüder, waren von der nämlichen Art wie ich, und selbst zum Widerwärtigsten von ihnen fühlte ich mich hingezogen als zu einer von himmlischen Eingebungen geleiteten Engelsnatur! Doch hielt ich mich für unwert, an solchem Verkehre teilzuhaben, dieweil ich ja einen Widersacher auf die Menschen losgelassen, dessen ganze Daseinslust darin bestand, ihr Blut zu vergießen und sich an ihrem Stöhnen zu erlaben! Wie würden sie mich allesamt verabscheuen, ja mich aus ihrer Welt verstoßen, wüßten sie erst um meine unheiligen Taten und um all die Verbrechen, welche ihren Ursprung in mir hatten!

Mein Vater ließ schließlich davon ab, mich zum gesellschaftlichen Leben zu ermuntern, mühte sich aber, mir mit allerlei Beweisführungen meine Verzweiflung auszureden. Bisweilen glaubte er, den Grund für dieselbe in der Erniedrigung erkannt zu haben, die mir durch jene Mordanklage widerfahren war, und so versuchte er, mir die Eitelkeit allen Stolzes vor Augen zu führen.

»Ach, teuerster Vater«, so sagte ich darauf, »wie wenig kennt Ihr mich doch! Die gesamte Menschheit, sie wäre in all ihren Empfindungen und Leiden in der Tat erniedrigt, würde ein Elender wie ich sich erdreisten, irgendwelchen Stolz zu empfinden! Justine, die arme, unglückliche Justine, sie war so unschuldig wie ich und mußte es doch leiden, des nämlichen Verbrechens angeklagt zu sein! Dies kostete sie das Leben! Ich aber bin die Ursache solchen Todes – ich bin ihr Mörder! Wilhelm, Justine und auch Henri – sie alle sind von meiner Hand gestorben!«

So manches Mal im Verlaufe meiner Kerkerhaft hatte mein Vater die nämliche Versicherung von mir vernommen und schien, sobald ich mich dergestalt bezichtigte, bisweilen eine nähere Erklärung solcher Worte begehrt zu haben. Dann wiederum mochte er meine Reden für eine Ausgeburt meines Fieberwahnes nehmen, für eine fixe Idee, die sich während meiner schweren Krankheit in mir festgesetzt hatte und mich hin und wieder auch noch während meiner Genesung heimsuchte. Ich aber vermied es, irgendwelche Erklärungen abzugeben, und bewahrte in Ansehung des Unholds, welchen ich geschaffen, ein unverbrüchliches Schweigen. Ich war ja nahezu überzeugt, daß man mich für einen Verstörten ansah, und dies allein schon wäre Grund genug gewesen, mir die Lippen für alle Zeiten zu versiegeln. Und überdies brachte ich's ja nicht über mich, ein Geheimnis preiszugeben, das meinen greisen Zuhörer mit Bestürzung erfüllen und seinem Busen den angstvollsten Schrecken einflößen mußte. So bezähmte ich denn mein drängendes Begehr nach Anteilnahme und hüllte mich in Schweigen, obschon ich doch eine Welt darum hingegeben hätte, nur einem einzigen Menschen mein fatales Geheimnis beichten zu dürfen. Und doch begab sich's immer wieder, daß ähnliche Andeutungen wie die obengenannten ganz gegen meinen Willen aus mir hervorbrachen. Zwar konnte ich sie niemandem erklären, doch auch dies teilweise Eingeständnis der Wahrheit erleichterte mir die Bürde meines verborgenen Wehs.

Bei der hier in Rede stehenden Gelegenheit wandte sich mein Vater mit grenzenloser Verwunderung an mich und sprach: »Teuerster Viktor, was ficht dich an? Mein Sohn, ich beschwöre dich, laß derlei Dinge hinfort nimmer über deine Lippen kommen!«

»Ich bin bei klarem Verstande!« rief ich voll Nachdruck. »Die Sonne und der Himmel, sie haben auf mein Tun herabgeblickt und können die Wahrheit meiner Worte bezeugen! Kein anderer als ich ist der Würger dieser durch und durch unschuldigen Opfer! Meine Machenschaften sind's, denen jene erliegen gemußt! Wohl tausendmal hätt' ich lieber mein eigen Blut vergossen, Tropfen für Tropfen hätt' ich es hingeben mögen, nur um diese mir so teuren Leben zu retten. Allein, ich konnte ja nicht, oh Vater, ich konnt' ja wirklich nicht die gesamte Menschheit der Vernichtung überantworten!«

Diese letzten Worte bestärkten meinen Vater in der Überzeugung, daß ich im Geiste verstört sei, und so wechselte er sogleich den Gegenstand unseres Gesprächs in dem Bestreben, mich auf andere Gedanken zu bringen. Er wünschte ja, so gut es ging, in mir die Erinnerung an all die Vorfälle auszulöschen, welche sich in Irland begeben hatten, und tat derselben mit keinem Worte mehr Erwähnung, ja mochte auch nimmer leiden, daß ich aus eigenem auf mein Ungemach zu sprechen kam.

Indes, über dem Hingang der Tage und Wochen ward ich allmählich ruhiger. Zwar hatte das Elend seinen Wohnsitz in meinem Herzen aufgeschlagen, doch redete ich nicht länger in der früheren, unzusammenhängenden Weise von meinen Verbrechen. Mein wortloses Wissen wog mir schon schwer genug! Mit härtester Selbstzucht zügelte ich die gebieterische Stimme meines Unglücks, das sich bisweilen der ganzen Welt offenbaren wollte. Dergestalt ward mein Gehaben ruhiger und gefaßter, als es seit meiner Flucht in das ewige Eis der Gletscher jemals gewesen.

Wenige Tage, ehe wir aus Paris nach dem schönen Schweizerland abreisten, erhielt ich den folgenden Brief von meiner Elisabeth:

»Geliebter Freund!
Das aus Paris datierte Schreiben meines Oheims hat mich mit der größten Freude erfüllt: nicht länger trennt Dich ja eine unüberbrückbare Entfernung von mir, und so darf ich hoffen, Dich in kaum zwei Wochen umarmen zu können! Mein ärmster Cousin, wie sehr mußt Du gelitten haben! Mich soll's nicht wundernehmen, Dich bei Deiner Ankunft noch kränker zu sehen denn zum Zeitpunkt Deiner Abreise aus Genf! Den vergangenen Winter hab' ich recht elend hingebracht, beständig gequält wie ich war von all der angstvollen Erwartung. Dennoch hoffe ich, Deine Züge vom Frieden geglättet, Dein Herz nicht völlig bar allen Trostes und aller Ruhe zu finden!

Allein, ich fürchte, daß jene Empfindungen, welche Dich vor Jahresfrist so elend gemacht, noch immer in Dir wohnen, ja vielleicht sogar mit der Zeit noch heftiger geworden sind, und würde Dich in einem Augenblicke, da so viel Ungemach Dich niederdrückt, auf keine Weise beunruhigen mögen, erforderte nicht ein Gespräch, welches ich mit meinem Oheim vor dessen Abreise geführt, noch vor unserem Wiedersehen einige Erklärungen. ›Erklärungen!‹ so sehe ich Dich rufen. ›Was will meine Elisabeth mir schon zu erklären haben?‹ Falls dies zutrifft, so sind all meine Fragen beantwortet, all meine Zweifel gelöscht. Indes, Du weilst ja fern von mir, und so mag es sein, daß Du diesen meinen Erklärungen mit einer angstvollen Freude entgegensiehst. Angesichts solcher Möglichkeit wag' ich's aber nicht länger, Dir in diesem Briefe zu verschweigen, was ich Dir während Deines Fernseins so oft und oft sagen gewollt, ohne auch nur den Mut für das erste Wort aufzubringen.

Du weißt nur zu gut, Viktor, daß unsre Vereinigung seit unsern Kindertagen der Herzenswunsch Deiner Eltern gewesen ist! Schon in frühester Jugend ward er uns mitgeteilt, wurden wir gelehrt, solches Ereignis als ein mit Gewißheit zu erwartendes anzusehen. So waren wir in unserer Kindheit die liebevollsten Gespielen und späterhin, so glaube ich, einander aufs innigste zugetane Freunde. Allein, könnt' es nicht sein, daß wir, ganz wie dies oftmals in liebevoller geschwisterlicher Zuneigung der Fall zu sein pflegt, einander anhangen, ohne irgendwelche fleischliche Begierde zu empfinden? So sag mir denn, teuerster Viktor, wie Dir ums Herz ist! Antworte mir, ich beschwöre Dich im Namen von unser beider Glückseligkeit, schlicht und aufrichtig: Ist's denn wirklich wahr, daß Du keine andere liebst?

Du bist lange unterwegs gewesen – hast so manches Jahr Deines Lebens im fernen Ingolstadt verbracht, und ich bekenne vor Dir, mein Freund, daß ich, als ich im letzten Herbste Dich so unglücklich gesehen, so auf der Flucht in die Einsamkeit, so alle Gesellschaft meidend –, daß ich damals unwillkürlich vermutet habe, Dich könnte unsere Verbindung gereuen, Du fühltest Dich aber dennoch den Wünschen

Deiner Eltern verpflichtet, wiewohl dieselben Deiner eigenen Neigung zuwiderliefen! Doch wäre nichts falscher, als so zu denken! Ich bekenne vor Dir, mein Freund, daß ich Dich liebe, und daß in den Luftschlössern, welche ich unserer Zukunft gebaut, einzig Du mein Freund und Gefährte gewesen! Doch ist's nicht minder um Deines als auch um meines Glückes willen, wenn ich Dir nunmehr eröffne, daß unsre Vermählung mich in Ewigkeit zum unglücklichsten Geschöpfe machen würde, erfolgte sie nicht aus Deiner freien Wahl! Noch über diesem Briefe treibt's mir die Tränen in die Augen bei dem Gedanken, daß Du, niedergebeugt von den grausamsten Schicksalsschlägen, angesichts des Wörtchens *Ehre* alle Hoffnung auf jene Liebe und Glückseligkeit ersticken müßtest, die allein Deine Gesundheit wiederherzustellen vermöchten! Ich, die ich Dir in so selbstloser Zuneigung anhange, ich sollte Deinen Wünschen ein Hindernis sein, ich sollte Dein Elend tausendfach vermehren? Nein, und abermals nein! Sei versichert, Viktor, daß Deine Cousine und Gespielin eine viel zu aufrichtige Liebe für Dich empfindet, als daß solche Wendung der Dinge sie nicht elend machen würde! So werde denn glücklich, mein Freund, und bleib in der Erfüllung dieser meiner Bitte überzeugt, daß nichts auf dieser Welt imstande sein wird, meinen Seelenfrieden zu stören!

Laß Dich von diesem Briefe nicht beunruhigen. Auch sollst Du mir nicht schon morgen oder übermorgen antworten, ja nicht einmal bis zu Deinem Eintreffen, wenn Dir das Schreiben Qual bereitet. Mein Oheim wird mir über Deinen Gesundheitszustand treulich berichten. Sollte aber unser Wiedersehen auch nur ein einziges Lächeln auf Deine Lippen zaubern, ein Lächeln, welches mir gilt, sei's nun um dieses Briefes oder um andrer Dinge willen, so soll es mir Glückes genug sein!

Elisabeth Lavenza

Genf, den 18. Mai 17 – –«

Dieser Brief weckte in mir die Erinnerung an etwas, woran ich gar nicht mehr gedacht hatte – nämlich an des Unholds Drohung: *»Ich werde dich besuchen in deiner Hochzeitsnacht!«* Sie also war mein Richtspruch, und so würde der Dämon in jener Nacht all seine Künste daran wenden, mich zu vernichten und dergestalt dem Schimmer von Glück zu entreißen, welcher imstande gewesen wäre, mich wenigstens zum Teil in all meinen Leiden zu trösten. In jener Nacht, so hatte er beschlossen, sollte sein finsteres Werk durch meinen Tod seine Krönung finden. Nun denn, was verschlug's! Gewißlich stand ein Kampf auf Tod und Leben zu erwarten, darin, im Fall mein Feind mich überwände, ich endlich meinen Frieden finden mußte – und seine Macht ihr Ende! Doch unterlag er mir, so war ich frei! Ach! Sagt' ich frei? Und ist's denn Freiheit, die der Landmann fühlt, vor dessen Augen man die Lieben mordet, die Hütte niederbrennt, das Land verwüstet, so daß er unstet sich hinfort umhertreibt, bar aller Mittel, ohne Obdach, ganz allein – doch frei? Dies aber war die Freiheit, welche mir bevorstand, wär' nicht Elisabeth mein wahrer Schatz gewesen. Doch ach! Ward solcher Schatz nicht aufgewogen durch all den Schrecken meiner Schuld und und Reue, der bis zum Tode mich verfolgen würde?

Elisabeth, du Süße und Geliebte! Ach, stets aufs neue las ich ihren Brief, ein sanftes Fühlen stahl sich mir ins Herz und wiegte es in Paradieseswonnen! Doch war der Apfel schon vom Baum gepflückt, des Engels Flammenschwert schon aus der Scheide, mich aus dem Garten Eden zu vertreiben! Dennoch: ich war bereit, für der Geliebten Glück mein Leben hinzugeben! Wenn jener Unhold weiterhin zu seiner Drohung stand, so mußte diese Heirat ja meinen Tod bewirken. Und abermals erwog ich, ob denn gewißlich solcher Akt dies Los befördern würde. Was tat es schon, wenn mein Ende tatsächlich ein paar Monate früher erfolgte! Sollte aber mein Peiniger argwöhnen, daß ich unterm Einfluß seiner Drohungen die Hochzeit hinauszögerte, so würde er mit Sicherheit andere, noch entsetzlichere Mittel und Wege finden, sich an mir zu rächen. Er hatte ja geschworen, *mit mir zu sein in meiner Hochzeitsnacht,* doch bedeutete dies Gelöbnis nicht, daß er sich inzwischen ruhig verhalten werde. Hatte er denn nicht, bloß um mir seinen noch immer nicht gestillten Blutdurst vor Augen zu führen, unmittelbar nach Ausstoßung seiner Drohung den armen Clerval umgebracht? Deshalb beschloß ich, im Falle die baldige Vereinigung mit meiner Cousine irgend etwas zu ihrem oder meines Vaters Glücke beitragen mochte, des Widersachers Anschläge gegen mein Leben auch nicht eine Stunde länger als ein Hindernis für den Vollzug solcher Heirat anzusehen.

In dieser Gemütsverfassung schrieb ich an Elisabeth. Mein Brief war gefaßt und liebevoll. »Ich fürchte, geliebtes Mädchen«, so schrieb ich, »daß uns auf dieser Welt nur mehr wenig Glück beschieden ist. Indes, dies wenige, dessen ich mich eines Tages noch erfreuen mag, liegt ganz allein in Dir beschlossen. So verscheuch' denn Deine müßigen Sorgen! Du allein bist's ja, der ich mein Leben weihe, in Dich nur setz' ich all meine Hoffnungen auf ein künftiges Glück. Doch trag' ich, oh, Elisabeth, ein Geheimnis im Busen, und es ist von fürchterlicher Art. Sobald es dir erst offenbar ist, wird Dich Entsetzen bis ins Mark durchschaudern, ja Du wirst, weit entfernt davon, ob meines Elends verwundert sein, nur mehr darüber staunen, daß ich unerachtet meines Duldertumes noch immer am Leben bin! Ich will Dir diesen Elends- und Schreckensbericht am Tage nach unsrer Vermählung erstatten, denn, liebste Cousine, zwischen uns muß uneingeschränktes Vertrauen bestehen. Bis dahin aber, ich beschwöre Dich, erwähn' all das mit keinem Worte und laß auch keinerlei Anspielung verlauten! Dies flehe ich Dich in allem Ernste an und bin gewiß, Du wirst Dich daran halten!«

Etwa eine Woche nach dem Eintreffen von Elisabeths Brief kehrten wir nach Genf heim. Das liebe Mädchen hieß mich unter allen Anzeichen der innigsten Zuneigung willkommen, doch traten ihr Tränen in die Augen, nachdem sie meiner abgezehrten Gestalt und meiner fieberglühenden Wangen ansichtig geworden. Auch sie, ich sah es, hatte sich verändert. Sie war jetzt schmäler und hatte viel von jener himmlischen Lebhaftigkeit verloren, von der ich einstmals so sehr bezaubert gewesen. Doch machten ihre Sanftheit und ihr stiller Mitleidsblick sie nur noch tauglicher zur Gefährtin für einen, der so niedergeschmettert und elend war wie ich.

Allein, die Seelenruhe, die ich nun empfand, war nicht von langer Dauer. All mein Erinnern war dem Wahn verhaftet, und wenn ich überschlug, was sich begeben, ward mir mein Denken vollends verstört. Bisweilen übermannte mich der Grimm, und ich verfiel in Raserei. Bisweilen auch saß ich nur da und starrte in Trübsal vor mich hin. Dann hatte ich nicht Wort noch Blick für meine Nächsten, sondern war wie gelähmt, und das Elend, das mich überkam, verwirrte mir den Geist.

Einzig Elisabeth war's gegeben, mich aus diesen Affektionen der Raserei und der Schwermut zu reißen. Ihre sanfte Stimme glättete alsbald die Wogen meiner Leidenschaft oder hauchte meiner Starre ein menschlich Fühlen ein. Und weinte ich, so weinte sie mit mir, und blieb ich tränenlos, so weinte sie für mich. War ich aber bei Sinnen, so kam sie mir mit allerlei Einwürfen und versuchte, mich zur Ergebung in mein Schicksal zu bewegen. Doch ach! Der Unglückliche mag freilich Trost finden in der Ergebung – für den Schuldbeladnen aber gibt's keinen Frieden! Die Seelenqualen der Gewissenspein vergiften ja noch die traurige Wollust, welche schuldloses Elend bisweilen in der schwelgerischen Hingabe an das Übermaß seines Schmerzes empfinden mag!

Bald nach unserer Ankunft tat mein Vater der bevorstehenden Heirat Erwähnung. Ich aber blieb stumm.

»So ist dein Herz schon anderwärts gebunden?«

»Mitnichten! Ich lieb' auf Erden einzig Elisabeth und sehe unserer Vereinigung mit Entzücken entgegen. Laß uns darum den Tag festsetzen, an dem ich mich im Leben wie im Tode dem Glück meiner Cousine weihen will!«

»Mein lieber Viktor, nicht solche Worte! Zwar hat uns schweres Unglück heimgesucht, doch laß uns darum dem wenigen, das uns verblieben, nur um so fester anhangen, und laß uns jene Liebe, die bislang unsern teuren Verblichenen gegolten, den noch Lebenden zuwenden! So wird unser Kreis zwar ein kleiner, doch durch die Bande der Liebe und des gemeinsamen Ungemachs ein nur noch festerer sein! Und hat die Zeit erst deine Wunden vernarben lassen, dann ist vielleicht schon so manches neue, teure Unterpfand der Liebe geboren und mag jene andern ersetzen, derer wir auf so grausame Weise beraubt worden sind!«

So etwa lauteten die Weisheitslehren meines Vaters. Mir aber kamen aufs neue die Worte jener Drohung in den Sinn, und so mag's Euch, teuerster Sir, nicht wunder nehmen, daß mein Widersacher mir angesichts der Allmacht, welche er in seinen Bluttaten bislang an den Tag gelegt, als nahezu unbesiegbar, ja, daß mir seine Drohung in Anhörung der Worte »Ich werde dich besuchen in deiner Hochzeitsnacht« als ein unausweichliches Schicksal erscheinen mußte. Doch barg der Tod nichts Schreckliches für mich, wenn der Geliebten Leben ich damit erkaufen konnte! Und so kam ich zufriednen, ja freudigen Angesichts mit meinem Vater überein, daß, sollte meine Cousine einwilligen, die Vermählung nach Ablauf von zehn Tagen in aller Form erfolgen und, wie ich glaubte, mein düsteres Los besiegeln solle.

Allmächtiger! Hätt' ich auch nur für einen Augenblick erahnt, von welch höllischen Ränken mein satanischer Widersacher besessen war, ich wär' viel lieber als ein freiwillig Verbannter aus meinem Heimatland geflohn und hinfort ohne alle Freunde als ein Ausgestoßner durch die Welt geirrt, als daß ich dieser unseligen Heirat zugestimmt hätte! Allein, das Ungeheuer, als wär's mit zaubrischen Kräften begabt gewesen, hatte mich ja blind gemacht für seine wahren Absichten! So kam's, daß ich in dem Glauben, einzig meinen eigenen Tod vorzubereiten, die Hinopferung eines mir viel teureren Menschen beförderte!

Je näher der festgesetzte Tag unserer Eheschließung heranrückte, desto tiefer sank mir – ob nun aus Zaghaftigkeit oder einer düsteren Vorahnung – das Herz im Busen. Doch verbarg ich meine Gefühle hinter einer vorgeschützten Heiterkeit, welche in meines Vaters Antlitz eitel Freude hervorrief, doch nimmermehr den leidgeschärften Blick meiner Elisabeth zu täuschen vermochte. So blickte sie unsrer Vereinigung mit einer stillen Gefaßtheit entgegen, die dennoch nicht frei war von der durch vergangenes Ungemach hervorgerufnen Furcht, daß, was gegenwärtig noch ein so sicheres und greifbares Glück schien, alsbald zu einem leeren Wahn zerflattern und nichts zurücklassen könnte denn tiefe, unablässige Trauer.

Allenthalben ward nun die Zurüstung zu dem Feste betrieben. Die Nachbarn brachten ihre Glückwünsche dar, und jedermann war eitel Lächeln und Freudigkeit. Ich aber verschloß nach Kräften die nagende Angst in meinem Herzen und ging mit der bereitwilligsten Ernsthaftigkeit auf des Vaters Pläne ein, obschon dieselben bloß zum Leichengepränge meines frühen Todes taugen mochten. Zufolge der Anstrengungen des alten Herrn war von den Österreichern ein Teil von Elisabeths Erbschaft zurückerstattet worden, und so durfte die junge Braut jetzt eine kleine Liegenschaft am Gestade des Comersees ihr eigen nennen.

Also ward beschlossen, daß wir gleich nach unsrer Vereinigung zu der Villa Lavenza aufbrechen sollten, um dortselbst am Strand jenes herrlichen Sees die ersten Tage unsres jungen Glücks zu genießen.

In der noch verbliebenen Zeit ergriff ich jede Vorsicht in Ansehung meiner Selbstverteidigung, falls mein Widersacher mich offen anfallen sollte. Beständig trug ich nun ein Paar Pistolen und einen Dolch mit mir herum und war vor aller Hinterlist auf der Hut. Dergestalt ward auch meine innere Ruhe befestigt, und so erschien mir jene Drohung mit jedem Tage weniger beachtenswert, wogegen das Glück, welches ich durch meine Eheschließung zu erlangen hoffte, einen immer größeren Anschein von Gewißheit erlangte. Beständig hörte ich ja von meiner Heirat als von einem Ereignis reden, dem sich nun so gut wie nichts mehr in den Weg stellen könne.

Elisabeth schien glücklich zu sein. Mein gelassenes Gehaben trug ja ganz beträchtlich zu ihrer Seelenruhe bei. An dem Tag aber, der sowohl meine Wünsche erfüllen als auch mein Geschick besiegeln sollte, ward sie von Trübsal heimgesucht und von dem Vorgefühle nahenden Unheils überkommen. Vielleicht ging ihr das gräßliche Geheimnis nicht aus dem Sinn, das ich ihr am Tage nach unsrer Hochzeit zu enthüllen versprochen. Mein Vater aber, der all die Zeit hindurch der glücklichste Mensch war, erblickte über all dem Wirbel der Zurüstungen in der Niedergeschlagenheit seiner Nichte nichts als den Ausdruck bräutlicher Schüchternheit.

Nachdem der Trauungsakt vollzogen war, versammelte sich unter meines Vaters Dache eine zahlreiche Hochzeitsgesellschaft. Elisabeth und ich aber, so ward ausgemacht, sollten sogleich unsere Fahrt antreten, und zwar zunächst über den See bis Evian, wo wir übernachten würden, um unsere Reise am nächsten Tage fortzusetzen. Das Wetter war schön, der Wind günstig, und so gab's bei unserer hochzeitlichen Einschiffung nur vergnügte und lachende Gesichter.

Es war dies zum letztenmal in meinem Leben, daß ich etwas wie Glück empfinden durfte. Wir kamen gut voran. Die Sonne brannte zwar recht heiß hernieder, doch schützte uns eine Art Sonnensegel vor ihren Strahlen, so daß wir uns ganz dem Genusse der vorüberziehenden Landschaft hingeben konnten. Zuweilen taten wir dies von der Seeseite aus, im Angesicht des Mont Salêve, des reizenden Ufers von Montalègre sowie der gesamten Assemblee schneebedeckter Berge, die vergebens mit dem von ferne alles überragenden, herrlichen Montblanc zu wetteifern versuchen. Dann wieder näherten wir uns der anderen Seite und erblickten den mächtigen Jura, wie er mit seinen dunklen Hängen den Wanderer am Verlassen des Heimatlandes hindern zu wollen scheint und gleichzeitig allen beutelüsternen Feinden, die es etwa unterjochen wollten, ein fast unübersteigbares Bollwerk entgegensetzt.

Ich griff nach Elisabeths Hand. »Wie kummervoll du bist, meine Liebe! Ach! Wüßtest du, was ich gelitten habe und was mir noch an Leid bevorstehn mag, du würdest alles daransetzen, mich den Frieden dieses einen Tages auskosten zu lassen, jetzt, da mir noch einmal Ruhe vor aller Verzweiflung gewährt ist!«

»Sei du immer glücklich, mein lieber Viktor«, versetzte die Angeredete. »Hier gibt's ja nichts, was dich verstören könnte. Dies hoffe ich von Herzen und versichere dir, daß ich im Innern froh und zufrieden bin, mag auch auf meinen Zügen sich keine lebhafte Freude malen. Eine innere Stimme warnt mich ja, nicht zu sehr auf das rosige Zukunftsbild zu bauen, welches sich gegenwärtig vor unsern Blicken breitet. Indes, ich will so düsterer Einflüsterung nicht länger lauschen! Schau doch, wie rasch wir vorankommen und wie die ziehenden Wolken, indem sie den Gipfel des Montblanc bald verhüllen, bald freigeben, die herrliche

Landschaft noch wechselvoller gestalten! Und vergiß auch nicht, hinabzublicken in die klaren Fluten, wo sich die Fische in unzählbaren Schwärmen tummeln, und auf dem Grunde jeder Kiesel klar erkennbar ist! Welch himmlischer Tag! Wie glücklich und heiter doch alle Natur ringsum sich darbietet!«

Auf solche Weise versuchte Elisabeth, ihre und meine Gedanken von alldem abzulenken, was uns in niedergedrückte Stimmung hätte versetzen können. Trotzdem war ihr Gemüt nicht ausgeglichen: immer wieder wich ja die Freude, welche ab und zu in ihren Augen aufleuchtete, einer träumerischen Zerstreutheit.

Schon stand die Sonne tiefer am Himmel. Wir kamen am Drance-Flusse vorüber und folgten mit den Blicken seinem Lauf durch die Täler der sanfteren bis hinein in die Klüfte der hohen Berge. Die Alpen treten hier enger ans Wasser heran, und wir näherten uns nun jenem felsigen Amphitheater, welches den See gegen Osten hin abschließt. Schon leuchtete der Kirchturm von Evian aus den die Ortschaft umgebenden Wäldern und dem Dunkel der hinter ihm aufragenden Bergketten.

Mit Sonnenuntergang flaute der Wind, welcher uns bisher mit überraschender Schnelligkeit vorangetragen hatte, zu einer sanften Brise ab. Die leichte Luft kräuselte die Wasserfläche nur ganz zart und hing, da wir uns dem Ufer näherten, als ein gelindes Rauschen in den Baumkronen. Auch trug sie uns den köstlichsten Blumenduft und Heugeruch herüber. Als wir am Strande anlangten, schickte die Sonne sich eben an, hinterm Horizont zu verschwinden. Da ich aber den Fuß an Land setzte, erhoben sich in mir aufs neue all jene Sorgen und Ängste, welche nur zu bald nach mir greifen und sich für immer an mich hängen sollten.

Dreiundzwanzigstes Kapitel

Es war acht Uhr abends, als wir landeten. Ein wenig wandelten wir noch am Ufer hin, um das scheidende Tageslicht zu genießen, und begaben uns danach in den Gasthof, von wo aus wir uns des anmutigen Ausblicks auf Wasser, Wälder und Berge erfreuten, deren Umrisse, wiewohl es schon dunkelte, noch immer erkennbar waren.

Der Wind, welcher im Süden zur Ruhe gegangen war, pfiff nun mit großer Heftigkeit von Westen heran. Schon hatte der Mond seinen höchsten Stand erklommen und war nun im Sinken begriffen. Gleich Geierschwärmen zogen die Wolken unter ihm dahin und verdunkelten immer wieder seinen Schein, während der See die Bewegtheit solchen Himmels widerspiegelte, selber noch stärker bewegt durch die Wogen, welche nun höher zu gehen begannen. Und plötzlich öffnete der Himmel seine Schleusen, so daß ein gewaltiger Regen herniederrauschte.

Den ganzen Tag lang war ich ruhig gewesen. Sobald aber die Formen der Dinge im Dunkel zu verschwimmen begannen, erwachte tausendfältig die Angst in mir. Beständig hielt ich nun die Hand am Griff der in meiner Busentasche verborgenen Pistole, und meine Sinne waren aufs äußerste angespannt. Doch wiewohl jedwedes Geräusch mir neues Entsetzen einjagte, war ich fest entschlossen, mein Leben so teuer wie möglich zu verkaufen und in solchem Kampf nicht eher zu weichen, als bis entweder mein eigenes Dasein, oder aber dasjenige meines Erzfeindes ausgelöscht wäre!

Elisabeth beobachtete meine Aufgewühltheit eine Zeitlang in zaghaftem, furchtsamem Schweigen. Irgend etwas in meinen Blicken mochte aber mein Entsetzen auf sie übertragen haben, und so fragte sie mich schließlich unter Zittern und Beben: »Was ist's nur, das dich so sehr ängstigt, mein lieber Viktor? Wovor fürchtest du dich?«

»Oh, still, nur still – gib Frieden, Liebste!« versetzte ich. »Nur noch diese eine Nacht, und alles ist wieder gut! Doch diese Nacht ist lang, entsetzlich lang!«

Wohl schon eine volle Stunde hatte ich in solcher Gemütsverfassung hingebracht, als mir plötzlich in den Sinn kam, wie schrecklich der Kampf, dessen ich jetzt in jedem Momente gewärtig war, meinem Weibe sein mußte! Deshalb bat ich sie aufs dringlichste, sie möge sich in ihr Zimmer zurückziehen, und war entschlossen, mich nicht eher dahin zu verfügen, als bis ich nicht Gewißheit über den Aufenthalt meines Widersachers erlangt hätte.

So verließ sie mich denn, dieweil ich selbst noch eine Zeitlang die Gänge des Hauses durchstreifte und in jede Ecke spähte, welche meinem Feinde einen Unterschlupf hätte gewähren können. Indes, ich konnte keine Spur von ihm entdecken und wollte aus meiner vergeblichen Suche schon den Schluß ziehen, irgendein Glücksumstand habe den Unhold an der Ausführung seines mörderischen Vorhabens gehindert, als urplötzlich ein schriller, markerschütternder Aufschrei durch das Haus gellte! Dies war aus Elisabeths Zimmer gekommen! Die ganze, fürchterliche Wahrheit schoß mir durch den Sinn, die Arme fielen mir herab, ich war wie gelähmt und nicht der kleinsten Bewegung mehr fähig! Einzig das Blut konnt' ich noch spüren, wie's mir durch alle Adern bis in die Fingerspitzen pochte! Doch währte meine Erstarrung kaum eine Sekunde, und schon der nächste Aufschrei sah mich in Elisabeths Zimmer!

Allmächtiger! Warum nur bin ich damals nicht entseelt zusammengestürzt! Warum nur sitz' ich hier und muß von der Zerstörung meiner schönsten Hoffnung, von der Vernichtung des reinsten Geschöpfes auf Gottes Erdboden berichten? Sie lag vor mir, leblos

und entseelt, querüber hingeworfen auf das Bett, mit
hängendem Kopf, das bleiche, verzerrte Antlitz halb
vom wirren Haar überhangen! Wohin ich mich auch
wenden mag, immerdar hab' ich diese Gestalt vor
Augen – die blutlosen Arme, den kraftlosen Leib,
einfach hingeworfen von dem Würger auf so bräut-
liche Totenbahre! War's denn wirklich möglich, solches zu erblicken – und dennoch zu leben? Ach!
Nichts ist hartnäckiger denn das Leben, und wo's
uns am ärgsten verhaßt ist, dort hängt sich's am
zähesten an uns! Nur für einen kurzen Augenblick ver-
ließen mich die Sinne, und ich stürzte leblos zu Boden!

Da ich wieder zu mir kam, fand ich mich von den
Wirtsleuten und dem Gesinde umstanden. Ihre Züge
waren von atemraubendem Entsetzen gezeichnet –
doch war ihr Schrecken nur eine üble Posse, nur ein
Schatten gegen jene Empfindungen, welche mit Bergeslast auf mir lagen! Ich riß mich von den mich Um-
drängenden los und stürzte in das Zimmer, darin der
Leichnam meiner Elisabeth lag, meiner Geliebten,
meines Weibes, die eben noch so lebensvoll gewesen,
mir so teuer und so wert! Sie lag nicht mehr so, wie
ich sie zuvor erblickt hatte. Nunmehr, mit ihrem
Kopf auf dem Arm und dem über Gesicht und Hals
gebreiteten Taschentuch, machte sie den Eindruck
einer Schlafenden. Ich stürzte auf sie zu, schlang leidenschaftlich die Arme um sie – allein, die totenhafte
Starre und Kälte ihrer Glieder bewiesen mir nur zu
deutlich, daß der Körper, den ich da umfangen hielt,
aufgehört hatte, jene Elisabeth zu sein, die ich so
zärtlich geliebt! Sie trug ja die mörderischen Würgespuren des Unholds an ihrem Hals, und nicht länger
entströmte der belebende Atem ihrem Munde! Dieweil ich so in aller Seelenpein der Verzweiflung an
ihr hing, hob ich unwillkürlich den Blick, und mich
durchzuckte ein eisiger Schrecken: eben noch waren
ja die Zimmerfenster verhängt gewesen, nun aber
sah ich das fahlgelbe Licht des Mondes hereinfallen.

Jemand hatte die Fensterläden aufgestoßen! In dem offenen Fenstergevierte aber erblickte ich mit unbeschreiblichem Entsetzen jene gräßliche, abscheuliche Ungestalt! Ein satanisches Grinsen verzerrte die Züge des Monstrums, das meiner zu höhnen schien, wie's nun mit teuflischem Finger auf den Leichnam meines Weibes zeigte. Ich eilte zum Fenster, riß die Pistole aus der Busentasche und feuerte! Er aber duckte sich, war mit einem Sprung von seinem Beobachtungsplatze verschwunden, rannte blitzgeschwind davon und stürzte sich in den See!

Der Pistolenknall rief sämtliche Hausbewohner auf den Plan. Ich wies auf die Stelle, an welcher der Unhold verschwunden war, und wir machten uns in Booten an seine Verfolgung. Sogar Netze wurden ausgeworfen, doch blieb alle Mühe vergebens. Nachdem wir mehrere Stunden an unsere Suche gewendet hatten, kehrten wir entmutigt zurück, wobei die meisten meiner Helfer glaubten, sie seien bloß hinter einer Ausgeburt meiner Phantasie hergewesen. Wieder an Land, machten sie sich daran, die Umgebung zu durchstreifen, indem sie gruppenweise und in verschiedenen Richtungen gegen die Wälder und Weinberge hin ausschwärmten.

Ich wollte ihnen folgen und hatte mich schon ein weniges vom Haus entfernt. Indes, mir drehte sich alles im Kopfe, und meine Schritte glichen denjenigen eines Betrunkenen. Schließlich verfiel ich in einen Zustand äußerster Erschöpfung: der Blick umflorte sich mir, und ein hitziges Fieber wollte mir schier die Haut austrocknen. In solcher Verfassung und ohne recht zu wissen, was da vorgefallen, ward ich zurückgebracht und auf ein Ruhelager gebettet. Mein verstörter Blick irrte durch den Raum wie auf der Suche nach etwas, das ich verloren hatte.

Nach einiger Zeit raffte ich mich auf und schleppte mich, von einem unbewußten Antriebe geleitet, in das Zimmer, darein man den Leichnam meiner Geliebten geschafft. Weinende Frauen standen herum, ich aber warf mich auf die Tote und vereinte meine heißen Zähren mit denjenigen der Weiber, ohne jedoch irgendeinen klaren Gedanken fassen zu können. Mein Denken schweifte ja unstet von einem Ding zum andern und brachte all mein Mißgeschick, brachte Ursache und Wirkung in die verworrensten Zusammenhänge, da ich ja inmitten meines fassungslosen Entsetzens wie in einem Nebel umhertappte. Der arme Wilhelm tot – Justine hingerichtet – Clerval gemordet – und nun auch noch mein Weib! Und auch von den letzten, mir verbliebenen Freunden wußte ich nicht, ob sie vor dem boshaften Zugriff des Unholdes sicher waren! In eben dem Momente mochte ja mein Vater schon unter den Krallen des Würgers sein Leben aushauchen, schon mochte auch Ernest entseelt zu seines Mörders Füßen liegen! Dieser Gedanke machte mich erschaudern und rief mich erneut zur Tat! Ich sprang auf, entschlossen, so rasch als irgend möglich nach Genf zurückzueilen.

Indes, es waren keine Pferde aufzutreiben, und so verblieb mir nur der Weg über den See. Doch es wehte ein widriger Wind, und der Regen stürzte in Kaskaden hernieder. Immerhin, noch war's vor Morgengrauen, und das ließ mich hoffen, noch am Abend in Genf anzulangen! So mietete ich denn einige Ruderer und beschloß, auch selbst mit Hand anzulegen. Schon immer hatte ich ja in körperlicher Arbeit Erleichterung von meinen seelischen Qualen gefunden. Doch das Übermaß an Elend, welches ich nun empfand, die äußerste Aufgewühltheit, der ich jetzt unterworfen war, machten mich für jede körperliche Anstrengung unfähig. So ließ ich denn das Ruder fahren, legte den Kopf in die Hände und gab mich all den düsteren Gedanken hin, welche mich nun überkamen. Sobald ich aufsah, hatte ich jene Landschaft vor Augen, die mir aus meinen glücklicheren Tagen vertraut war und die ich erst gestern in der Gesellschaft derjenigen betrachtet hatte, die nunmehr nichts als ein Schatten in meiner Erinnerung war! Tränen entstürzten meinen Augen. Der Regen setzte aus, und so sah ich die Fische sich im Wasser tummeln, wie sie's erst vor wenigen Stunden getan, da noch meine Elisabeth ihnen zugesehen. Nichts ist ja dem menschlichen Gemüte so schmerzlich wie ein großer und plötzlicher Wandel! Mochte die Sonne scheinen, oder mochten die Wolken sich noch tiefer herabsenken – mir galt es gleich! Nichts hätte mir auf die nämliche Weise erscheinen können, wie's mir am Tag zuvor erschienen war. Ein böser Feind hatte mich aller Hoffnung auf zukünftige Glückseligkeit beraubt! Kein Geschöpf auf Gottes Erdboden war je so elend gewesen, wie ich es jetzt war! Solch entsetzliche Begebenheit, sie stand in den Annalen des gesamten Menschengeschlechtes einzig da!

Doch weshalb mich noch länger bei den Vorfällen verweilen, welche diesem letzten, überwältigenden Ereignisse folgten? Mein Leben, es ist eine Kette von Schrecknissen gewesen. Nun hab' ich den Gipfelpunkt meiner Leiden erklommen, und was mir jetzt noch zu berichten bleibt, mag Euch bloß Langeweile verursachen. So wisset denn, teuerster Sir, daß meine Freunde einer um den andern von mir hinweggenommen wurden. Einzig ich blieb in Hoffnungslosigkeit allein! Nun bin ich am Ende meiner Kräfte, und so bleibt mir nur, in wenigen Worten das zu sagen, was meinen gräßlichen Bericht zum Abschluß bringen soll.

Ich traf in Genf ein. Mein Vater und Ernest waren zwar noch am Leben, doch dem ersteren versetzte die üble Zeitung, welche ich mit mir brachte, den Todesstoß. Wie hab' ich ihn noch vor Augen, den vortrefflichen, verehrungswürdigen Greis! Sein Blick irrte ziellos und blöde umher, beraubt seines letzten Entzückens, beraubt seiner Elisabeth, welche ihm mehr denn eine Tochter gewesen und an der er gehangen mit all der zärtlichen Liebe, welche einem Manne am Ende seiner Tage noch verbleibt, einem Manne, der sich um so mehr an das wenige klammert, das noch sein ist! Verflucht, dreimal verflucht sei der Unhold, welcher solches Unglück über dieses ehrwürdige, schneeigte Haupt gebracht und es dazu verdammt hat, sein Leben in Jammer zu beschließen! Nicht länger vermocht' er ja, das Übermaß des rings auf ihn gehäuften Elends zu ertragen! Der Lebensnerv, nun war er ihm durchschnitten: der Ärmste konnte sich nimmermehr von seinem Lager erheben, und schon nach wenigen Tagen hauchte er in meinen Armen seine Seele aus.

Ihr fragt, was danach aus mir geworden? Ich weiß es nicht. Ich war ja völlig von Sinnen gekommen und ward nur der Last von Ketten und der Dunkelheit gewahr. Bisweilen träumte ich freilich, in Gesellschaft der Freunde meiner Jugend über blumige Wiesen hinzuwandeln und in anmutigen Tälern mich zu ergehen. Da ich aber erwachte, fand ich mich in einem Kerkerloche wieder! Danach überfiel mich die Schwermut. Mit der Zeit aber gewann ich ein klares Bild meines Elends und meiner Lage, und so ward ich aus der Haft entlassen. Nämlich, man hatte mich für wahnsinnig erklärt und mich, wie ich erst jetzt erfuhr, für viele Monate in eine Tobzelle geworfen!

Indes, die Freiheit, sie wär' mir ein müßiges Geschenk gewesen, hätte sich mit dem Erwachen nicht auch der glühendste Rachedurst meiner bemächtigt! Sobald die Erinnerung an all mein vergangenes Ungemach wieder auf mich einstürzte, begann ich auch, über dessen Ursache nachzudenken – über jenes Ungeheuer, das ich geschaffen, jenen elendiglichen Dämon, den ich zu meinem eigenen Verderben in die Welt gesetzt hatte! So ward ich von einem aberwitzigen Ingrimm besessen und von dem glühenden Wunsche, meines Widersachers habhaft zu werden, um einzigartige Vergeltung und Rache an ihm zu üben! Doch verzettelte mein Haß sich nicht lange in nutzlosen Wunschträumen, sondern ich begann, über die beste Methode nachzusinnen, auf welche man sich des Mörders versichern könnte. Zu diesem Zwecke begab ich mich etwa einen Monat nach meiner Entlassung zu einem Strafrichter in die Stadt und teilte ihm mit, ich hätte eine Anzeige zu machen, dieweil mir der Vernichter meiner Familie bekannt sei, weshalb ich die Gerichtsbarkeit aufforderte, ihren ganzen Einfluß aufzubieten, den Mörder dingfest zu machen.

Der Richter hörte mich aufmerksam und in aller Freundlichkeit an. »Seid versichert, mein Herr«, so sprach er, »daß ich es an Mühe und Anstrengung nicht fehlen lassen werde, jenen Schurken ausfindig zu machen.«

»Ich danke Euch«, versetzte ich. »Hört deshalb meine Aussage an. Sie klingt in der Tat so befremdlich, daß ich fast fürchten müßte, nicht den rechten Glauben vorzufinden, wäre mein Bericht, wie verwunderlich er immer sein mag, nicht so überzeugend. Die Reihe der Begebnisse ist viel zu folgerichtig, als daß man sie für einen bloßen Traum nehmen könnte, und überdies habe ich ja keinerlei Beweggrund, Euch zu täuschen.« Während ich so sprach, trug ich ein eindrucksvolles, gefaßtes Wesen zur Schau. Ich war ja im innersten Herzen entschlossen, meinen Widersacher bis zu dessen Tode zu verfolgen, und dies Ziel beschwichtigte im Momente all meine Seelenqual, ja band mich für kurze Zeit sogar wieder ans Leben. So gab ich denn meine Geschichte zum besten, zwar in gedrängter Form, doch mit Überzeugungskraft und Genauigkeit, indem ich mit aller Klarheit meine Angaben machte und mir keinerlei Ausbrüche und Gefühlsabschweifungen gestattete.

Anfangs schien der Richter meinen Worten keinen Glauben zu schenken, doch je weiter ich in meinem Berichte voranschritt, desto aufmerksamer und gebannter lauschte er meinen Worten. Bisweilen sah ich ihn sogar vor Entsetzen erschaudern, bisweilen malte sich auch die lebhafteste, von keinerlei Unglauben getrübte Überraschung auf seinen Zügen.

Sobald ich mit meiner Erzählung zu Rande war, sagte ich: »Dies also ist das Wesen, welches ich des vielfachen Mordes bezichtige, und um dessen Ergreifung und Bestrafung willen ich Euch auffordere, alle Euch zu Gebote stehende Macht aufzubieten. Es ist dies Eure richterliche Pflicht, und ich glaube und hoffe fest, daß in diesem Falle auch Eure menschlichen Gefühle Euch nicht von der Ausübung Eures Amtes abhalten werden.«

Solche Anrede bewirkte einen beträchtlichen Wandel in meines Zuhörers Miene. Er hatte meiner Geschichte ja nur mit jenem halben Glauben gelauscht, welchen man Geistergeschichten oder sonstigen übernatürlichen Begebenheiten entgegenzubringen pflegt. Da er sich aber aufgefordert sah, kraft seines Amtes einzuschreiten, kehrte sein Unglaube mit Macht zurück. Dennoch fiel seine Antwort recht behutsam aus: »Ich würde Euch ja gern jede Hilfe in Verfolgung Eures Vorhabens angedeihen lassen, doch scheint jene Kreatur, von der Ihr sprecht, mit Kräften ausgestattet zu sein, welche all meine Anstrengungen zum Scheitern bringen müssen. Wer könnte denn ein Wesen verfolgen, welches das Eis der Gletscher zu überwinden und in Spalten und Abgründen zu hausen vermag, die kein Mensch je zu betreten wagte? Überdies sind seit Verübung jener Untaten mehrere Monate hingegangen, so daß wir keinerlei Anhaltspunkt mehr dafür haben, welchen Aufenthaltes der Übeltäter gegenwärtig sein mag!«

»Ich zweifle nicht, daß er sich noch immer in der Nähe meines Wohnsitzes herumtreibt. Und hat er tatsächlich im Gebirge Zuflucht gesucht, so könnte man ihm ja nachstellen wie der Gemse und ihn gleich einem jagdbaren Tiere erlegen! Doch ich durchschaue Eure Gedanken: Ihr schenkt ja meiner Erzählung keinen Glauben und denkt gar nicht daran, meinen Feind der wohlverdienten Strafe zuzuführen!«

Diesen Worten ließ ich einen zornfunkelnden Blick

folgen, der den Richter sichtlich einschüchterte. »Ihr seid im Irrtume«, versetzte er. »Ich will sehr wohl alle Anstrengungen unternehmen! Und steht's in meiner Macht, des Monstrums habhaft zu werden, so seid versichert, daß es die seinen Untaten angemessene Strafe erleiden soll! Indes, ich fürchte, dies wird in Ansehung all der Fähigkeiten, von denen Ihr mir berichtet habt, ein Ding der Unmöglichkeit sein, und so solltet Ihr, dieweil wir alle vernünftigen Maßnahmen ergreifen, Euch schon jetzt darauf gefaßt machen, daß dieselben zu nichts führen werden.«

»Nimmermehr! Doch was soll mir jedes weitere Wort! Meine Rache bedeutet Euch nichts! Und ob sie auch sündhaft sein mag, so bekenne ich doch, daß sie die verzehrende und einzige Leidenschaft meiner Seele ist! Mein Grimm kennt keine Grenzen, sobald ich daran denke, daß der Mordbube, den ich auf die menschliche Gesellschaft losgelassen, noch immer am Leben ist. Ihr weist mein Ansinnen zurück, obwohl's doch nichts als recht und billig ist. Nun gut! So verbleibt mir nur mehr eine letzte Hilfsquelle: ich selbst verschreibe mich auf Leben oder Tod der Vernichtung jenes Unholds!«

Bei diesen Worten erbebte ich im Übermaße meiner Aufgewühltheit. Ich war besessen von meiner Wut und auch von etwas, das, ich zweifle nicht, jener hoheitsvollen Standhaftigkeit glich, die man den Märtyrern früherer Zeiten nachrühmt. Doch in den Augen eines Genfer Richters, dessen Sinn mit ganz anderen Dingen befaßt war denn mit Hingabe und Heroismus, mußte solch hochgemutes Fühlen viel eher dem Wahnwitze gleichen. So versuchte er denn, mich zu beschwichtigen, wie eine Amme dies mit dem Säugling tut, indem er mir meinen Bericht als eine Ausgeburt des Fieberwahnes hinzustellen versuchte.

»Oh, Mensch!« so rief ich. »Wie verblendet verharrest du doch in deinem Weisheitsdünkel! Genug! Ihr wißt ja nicht, wovon Ihr redet!«

Zornentbrannt und aufgewühlt stürzte ich von dannen und kehrte nach Hause zurück, um über geeignetere Schritte nachzusinnen.

Vierundzwanzigstes Kapitel

Meine gegenwärtige Verfassung war eine solche, daß sie jeden überlegten Gedankengang unmöglich machte. Alles und jedes in mir ward von einem übermächtigen Zorne hinweggeschwemmt, und einzig der Gedanke, mich zu rächen, verlieh mir noch Kraft und Fassung. Er allein regierte all mein Fühlen und setzte mich in den Stand, dort in Ruhe zu überlegen, wo ich sonst eine Beute des Wahnsinns oder gar des Tods geworden wäre.

Fürs erste beschloß ich, Genf für immer den Rücken zu kehren. Mein Heimatland, das mir in den glücklicheren Tagen des Geliebtseins so teuer gewesen, nun, in den Zeiten des Ungemachs, ward's mir verhaßt. So versah ich mich mit einer Summe baren Geldes sowie mit einigen Pretiosen aus dem Besitze meiner Mutter und schüttelte den Staub der Vaterstadt von den Schuhen.

Damit aber begann die Zeit jenes unsteten Umherirrens, das erst mit meinem Tode sein Ende finden wird. Ich habe einen großen Teil des Erdkreises durchmessen und all jene Entbehrungen erduldet, wie sie dem Reisenden in Einöden und barbarischen Ländern zu widerfahren pflegen. Wie ich am Leben geblieben bin, weiß ich kaum. So manches Mal hab' ich die versagenden Glieder auf den Sand hingestreckt und um ein rasches Ende gebetet, doch hielt mein Rachedurst mich immer wieder am Leben: ich wagte ja nicht, zu sterben, solange mein Widersacher noch auf Erden wandelte.

Nachdem ich Genf verlassen hatte, galten meine ersten Anstrengungen einem Fingerzeige, mit dessen Hilfe ich die Schritte meines satanischen Feindes verfolgen konnte. Doch hatte ich keinen festen Plan, und so umkreiste ich mehrere Stunden lang die Gemarkungen der Stadt, ohne mich für einen bestimmten Weg entscheiden zu können. Mit dem Hereinbruch der Nacht fand ich mich vorm Tore des Kirchhofes, auf welchem Wilhelm, Elisabeth und mein Vater in geweihter Erde ruhten. Ich betrat den Gottesacker und suchte den Stein auf, welcher über ihrer letzten Ruhestätte errichtet ist. Die Stille des Todes herrschte ringsum. Einzig die Blätter der Bäume säuselten in dem leichten Abendwind. Nahezu schwarz senkte die Nacht sich hernieder. Sogar einen gleichgültigen Beobachter hätte der Schauplatz feierlich und bewegt gestimmt. Die Geister der Abgeschiedenen schienen um diesen Ort zu schweben und ihren zwar nicht sichtbaren, doch um so deutlicher gefühlten Schatten übers Haupt des Trauernden zu werfen.

Der tiefe Gram, welchen dies Schauspiel zunächst in mir ausgelöst, gab nur zu bald der Wut und der Verzweiflung Raum. Da lagen sie nun, tot für immer – ich aber lebte! Und auch ihr Mörder war ja noch am Leben. Ihn zu zerstören, mußte ich mein müdes Dasein weiterschleppen! So fiel ich denn im Grase auf die Knie, küßte den Erdboden und rief mit bebenden Lippen: »Bei der geheiligten Erde, auf welcher ich hier kniee, bei den Schatten, welche mich umschweben, bei dem tiefen und ewigen Grame, den ich empfinde, schwör' ich, und auch in deinem Namen, oh Nacht, und auch im Namen der Geister, welche dich regieren, bei all dem schwör' ich, daß ich den Dämon, welcher dies Elend verursacht hat, jagen will, bis er oder ich in diesem tödlichen Ringen auf der Strecke bleiben! Nur zu solchem Ende will ich weiterleben! Einzig um so teure Rache zu vollziehen, will ich aufs neue die Sonne aufgehn sehen, will ich erneut über den grünen

Teppich der Erde schreiten, der im andern Falle für immer vor meinen Augen verblassen sollte! Und ich flehe Euch an, Ihr Geister der Toten, und auch Euch, Ihr ewig ruhelosen Furien der Rache: helft mir und weist mir den Weg in meinem Werke! Und laßt jenes verfluchte und satanische Monstrum einen tiefen Trunk aus dem Brunnen aller Seelenqual tun, laßt ihn all die Verzweiflung auskosten, deren Martern jetzt nur ich allein verspüre!«

Ich hatte meine Anrufung mit so hochgestimmtem und ehrfurchtsvollem Sinne begonnen, daß ich nahezu sicher war, von den Schatten meiner gemeuchelten Freunde verstanden und erhört zu werden. Allein, im weitern ward ich wie von Furien gepeitscht, und der Grimm erstickte mir jedes verständliche Wort.

Inmitten der nächtlichen Stille ward mir ein lautes, dämonisches Gelächter zur Antwort, das mir lange und dröhnend in den Ohren hallte. Die Berge warfen es zurück, und dies Echo tönte, als hätte die Hölle den Schlund aufgetan, mich mit all ihrem Hohn und Spott zu überschütten. Ganz gewiß wär' ich ja in jenem Monate eine Beute des Wahnsinns geworden und hätte Hand an mein elendes Leben gelegt, wäre nicht mein Schwur erhört und somit meine Person für den Vollzug der Rache ausersehen worden. Das Gelächter erstarb, und gleich darauf raunte eine mir wohlbekannte, widerwärtige Stimme mir aus nächster Nähe zu: »Ich bin's zufrieden, elender Wurm! So hast du denn beschlossen, am Leben zu bleiben! Ich bin's zufrieden!«

Ich stürzte in die Richtung, aus welcher die Stimme erklungen war, doch der Unhold entzog sich meinem Zugriff. Dann stand plötzlich der volle Mond am Himmel und beschien des Fliehenden gespenstische Mißgestalt, wie sie mit übermenschlicher Schnelligkeit das Weite suchte. Sogleich nahm ich die Verfolgung auf, und dies Geschäft sollte nun für viele Monate meine Aufgabe bleiben. Von kaum merklichen Anzeichen geleitet, folgte ich dem gewundenen Verlaufe der Rhône, ohne jedoch Erfolg zu haben. Schließlich stand ich an den Gestaden des blauenden Mittelmeers und konnte, begünstigt von einem sonderbaren Zufall, sehen, wie der Unhold bei Nacht in einem Schiffe unterkroch, welches nach dem Schwarzen Meere bestimmt war. So schiffte auch ich mich auf jenem Fahrzeug ein. Mein Todfeind indes entwischte mir abermals, ich weiß nicht wie.

Auch durch die weite, tatarische Steppe und Rußlands unermeßliche Ebenen blieb ich ihm auf den Fersen, obschon er mich niemals zu nahe an sich herankommen ließ. Bisweilen wiesen mir die Bauern, entsetzt ob seiner fürchterlichen Erscheinung, den rechten Weg, bisweilen auch war er selbst es, welcher mir Merkzeichen hinterließ, da er befürchten mochte, ich könnte seine Spur verlieren und darüber den Tod finden. Der Schnee des Winters senkte sich hernieder, und ich erblickte die riesenhaften Stapfen auf dem weißen Plane. Wie aber könntet Ihr, teuerster Sir, der Ihr erst an der Schwelle Eures Lebens steht und unkundig seid aller Sorge und Seelenpein, wie aber könntet Ihr nachempfinden, wie's mir ums Herz gewesen und jetzt noch ist! Kälte, Hunger und Müdigkeit, es sind noch die geringsten Qualen, welche mir auferlegt waren! Stöhnend unter der Last eines satanischen Fluches, schleppte ich ja meine eigene Hölle mit mir herum! Und dennoch: allzeit war da auch ein guter Geist um mich, welcher meine Schritte leitete und mir, wenn ich schon fast am Ende meiner Kräfte war, mit einem Mal über die scheinbar unüberwindlichen Hindernisse hinweghalf. Bisweilen, wenn meine schwache Menschennatur unter der Last des Hungers und der körperlichen Erschöpfung schon zusammenbrechen wollte, ward mir inmitten der Wüste eine Mahlzeit bereitet, die meine Kräfte aufs neue belebte und mir den Geist befeuerte. Solche Atzung war freilich eine überaus kärgliche und bestand bloß aus dem wenigen, womit die Bewohner jener Landstriche ihr kümmerliches Dasein fristen, indes, ich zweifle nicht, daß jene Stärkung mir inmitten aller Ödnis von den Geistern kredenzt ward, die ich um Hilfe angefleht. Und nur zu oft, wenn alles ringsum in der verderblichsten Dürre schmachtete, wenn keine Wolke sich am Himmel zeigen mochte, wenn ich schon ganz ausgedörrt war und dem Verschmachtungstode nahe, begab sich's, daß ein zartes Wölkchen einherschwebte, die wenigen zu meiner Belebung nötigen Tropfen zu vergießen und alsbald zu entschwinden.

Ich folgte, so oft mir's möglich war, dem Lauf der Flüsse. Im allgemeinen aber vermied der Dämon dieselben, denn ihre Ufer waren's ja, an denen die Bevölkerung jener Gegenden sich angesiedelt hatte. Ansonsten traf man selten genug auf ein menschliches Wesen, und so fristete ich mein Leben gemeinhin von den wilden Tieren, welche meinen Pfad kreuzten. Doch war ich mit genug barem Geld versehen, durch dessen Verteilung ich mir die Geneigtheit der Dorfbewohner erkaufte. Oder aber ich schleppte ein Stück selbsterlegten Wildes mit mir, von dem ich nur ein weniges zu genießen pflegte, um den Rest stets aufs freigebigste an jene zu verschenken, welche mich mit Feuer und Kochgerätschaft versehen hatten.

Das Leben, welches ich dergestalt führte, war in der Tat ein widerwärtiges, und so mochte es einzig während des Schlafes sein, daß ich etwas wie Freude empfand. Oh, gesegneter Schlummer! So manches Mal entschlief ich inmitten des tiefsten Elends, um dennoch von meinen Träumen alsbald in einen Taumel der Entzückung entrückt zu werden! Meine Schutzgeister hatten solche Augenblicke, ja mehr noch, solche Stunden des Glückes für mich aufgespart, auf daß ich wieder zu Kräften käme, meine Pilgerschaft zu erfüllen. Ohne dies Labsal wär' ich gewißlich all den Entbehrungen zum Opfer gefallen. So aber ward ich tagsüber aufrechterhalten und befeuert durch die Hoffnung auf die Nacht: im Schlafe erblickte ich ja all meine Lieben, mein Eheweib und mein geliebtes Heimatland! Aufs neue sah ich das gütige Vateraug' auf mich gerichtet, vernahm ich meiner Elisabeth silberhelle Stimme, erfreute ich mich der Gesundheit und Jugend meines Clerval. Und nur zu oft, ermattet durch die Mühsal eines beschwerlichen Fußmarsches, suchte ich mir einzureden, daß ich dies alles ja bloß träumte und, sobald die Nacht erst herankäme, die Wirklichkeit in den Armen meiner teuersten Freunde in vollen Zügen genießen würde. Oh, von welch verzehrender Liebe zu ihnen war ich damals erfüllt! Wie klammerte ich mich an ihre teuren Gestalten, welche mich bisweilen sogar in meinen wachen Stunden umschwebten, wie bildete ich mir ein, sie seien noch immer am Leben! In solchen Momenten erstarb alle mir im Herzen brennende Rache, und ich erblickte in der Zerstörung des Dämons viel eher eine mir vom Himmel zugemessene Aufgabe oder den Antrieb einer mir unbekannten Macht, nicht aber den brennenden Wunsch meiner eigenen Seele.

Von welcher Art aber die Gefühle dessen waren, den ich so beständig vor mir herjagte, kann ich nicht wissen. Doch ist es wahr, daß er zuweilen Zeichen in die Rinde der Bäume grub oder aber in den Stein ritzte, welche mir weiterhalfen und meinen Ingrimm aufs neue anstachelten. »Meine Herrschaft ist noch nicht zu Ende« (dies war in einer jener Botschaften lesbar). »Noch lebst du, und meine Macht triumphiert. So folg mir denn weiterhin! Ich bin unterwegs nach der ewigen Gefrörnis des Nordens, wo du all die Kälte und den Frost erdulden sollst, welche nichts über mich vermögen. Unweit von hier findest du, falls du meinen Worten ohne Verzug folgst, einen toten Hasen. Stärke dich, indem du davon issest! Immer voran, mein Feind! Noch steht uns der tödliche Zweikampf bevor, doch so manche harte und jammervolle Stunde mußt du noch erdulden, bis seine Zeit herangekommen ist!«

Höhne du nur, verfluchte Ausgeburt der Hölle! Ich aber schwör' dir zum andern Male Rache, zum andern Male weih' ich dich, elender Bösewicht, dem qualvollsten Tode! Nimmermehr will ich in meiner Verfolgung erlahmen, ehe nicht er oder ich an ihr zuschanden geworden! Dann aber – mit welcher Entzückung will ich meine Elisabeth umarmen, sie und all meine dahingegangenen Freunde, die jetzt schon daran wirken, mir all die Müh und Plage, all meine fürchterliche Pilgerschaft aufs reichlichste zu lohnen!

Dieweil ich so der nordwärts führenden Spur folgte, ward der Schnee immer tiefer, steigerte die Kälte sich in nahezu unerträglichem Maße. Die Bewohner jener Landstriche hatten sich in ihren Hütten verkrochen, und nur die Verwegensten, Abgehärtetsten von ihnen wagten sich ins Freie, um jener Tiere habhaft zu werden, welche der drohende Hungertod aus ihren Schlupfwinkeln auf die Jagd getrieben hatte. Dickes Eis bedeckte die Flüsse, so daß auch der Fischfang nicht mehr möglich war, und ich mich meiner Hauptnahrungsquelle beraubt sah.

Der Triumph meines Feindes ward mit meiner zunehmenden Mühsal ein immer größerer. Einmal hinterließ der Unhold mir die folgende Botschaft: »Sieh dich vor! Dies ist erst der Anfang deiner Plagen! Hüll dich in Pelze und versieh dich mit Nahrung! Nur zu bald geht's jetzt auf eine Reise, in deren Verlauf deine Martern meinen unauslöschlichen Haß stillen werden!«

Doch ward mein Mut und meine Widerstandskraft durch so höhnische Worte nur aufs neue angefeuert, und ich beschloß, in meinem Vorhaben nicht zu erlahmen. Indem ich den Himmel um Hilfe anrief, fuhr ich mit unermüdlichem Eifer fort, die grenzenlosen Einöden zu durchqueren, bis schließlich in der Ferne der Ozean vor mir auftauchte und den gesamten Horizont einnahm. Oh! Wie wenig glich er doch den blauen Fluten südländischer Meere! Seine unermeßliche Eiswüste unterschied sich ja vom festen Lande einzig durch ihre noch größere Wildheit und Zerklüftung. Die Alten Griechen, sie hatten noch Tränen vergossen im Angesichte der purpurnen Fluten des Mittelmeers und hatten, da sie seiner von Asiens Bergen her ansichtig geworden, mit Jubel das Ende ihrer Plagen begrüßt. Ich aber weinte nicht, sondern kniete bloß nieder und dankte meinem Schutzgeiste aus vollem Herzen dafür, daß er mich sicheren Fußes bis hierher geleitet, wo ich hoffen durfte, trotz allem Hohn auf meinen Widersacher zu stoßen und mit ihm handgemein zu werden!

Schon Wochen zuvor hatte ich mir einen Hundeschlitten zu verschaffen gewußt und in demselben die schneebedeckten Ebenen mit unvorstellbarer Eile durchmessen. Ich weiß nicht, ob der Unhold über den nämlichen Vorteil verfügte, doch wurde ich gewahr, daß ich nicht wie ehedem täglich an Boden verlor, sondern meinem Feinde immer näher auf den Leib rückte. Dies ging so weit, daß ich, als ich den Ozean erstmals erblickte, dem Widersacher seinen Vorsprung schon bis auf einen Tag abgejagt hatte, so daß ich hoffen konnte, ihm nun vor der Küste den Weg abzuschneiden. So stürmte ich denn mit frisch beseeltem Mute voran und erreichte innerhalb zweier Tage eine letzte, elende Siedlung am Rande des Eismeers. Dort stellte ich unter den Einwohnern Nachforschungen über den Verbleib des Unholds an und erhielt denn auch genauesten Bescheid. Ein riesenhaftes Ungeheuer, so wußte man mir zu berichten, sei in der voraufgegangenen Nacht in dem Dorfe erschienen, bewaffnet mit einer Flinte und vielen Pistolen, habe die Insassen einer abgelegenen Hütte schon durch die bloße Entsetzlichkeit seiner Erscheinung verjagt, sich hernach ihrer Wintervorräte bemächtigt, dieselben in einem Schlitten verstaut und für dessen Vorspann eine große

Zahl von Schlittenhunden eingefangen. Danach habe das Ungetüm dieselben angeschirrt und sei noch in der nämlichen Nacht zur großen Freude der schreckgelähmten Dorfbewohner nach Norden davongefahren, und zwar in Richtung aufs Meer. So ward denn allgemein vermutet, daß der Unhold alsbald inmitten des aufbrechenden Eises umkommen oder aber der ewigen Kälte zum Opfer fallen müsse.

Dies angehört, überkam mich für kurze Zeit die hoffnungsloseste Verzweiflung. Nun war er mir doch noch entkommen! Ich aber sah mich dazu verurteilt, alle Not und Gefahr einer nahezu endlosen Reise durch die Eisgebirge des Ozeans auf mich zu nehmen, inmitten einer Kälte, welche die wenigsten der hier lebenden Menschen auf die Dauer zu ertragen vermochten, und die ich als ein in freundlichen, sonnigen Klimaten Geborener nimmer hoffen durfte zu überleben. Doch bei dem Gedanken, daß jenes Scheusal am Leben bleiben und triumphieren sollte, kehrte mir aller Ingrimm und Rachedurst erneut zurück und überschwemmte gleich einer mächtigen Woge jede andere Regung. Nach einer kurzen Rast, in deren Verlaufe die Geister der Abgeschiedenen mich umschwebten und mich zu neuen Mühen und neuer Vergeltung anstachelten, schickte ich mich an, die Verfolgung wieder aufzunehmen.

Ich tauschte meinen bisherigen Schlitten gegen einen, welcher die Unebenheiten des gefrorenen Eismeers besser zu überwinden vermochte, und wagte mich, nachdem ich mich aufs reichlichste mit Nahrungsmitteln versehen hatte, auf die Eisdecke des Ozeans hinaus. Unmöglich zu sagen, wie viele Tage seither verstrichen sind. Doch hab' ich inzwischen Entbehrungen erduldet, die zu ertragen mich einzig die mir im Herzen brennende, ewige Gewißheit einer gerechten Vergeltung befähigt haben kann. Immer wieder türmten sich ungeheure, zerklüftete Eisgebirge vor mir auf, und nur zu oft vernahm ich das donnernde Getöse der Grundsee, die mich mit Vernichtung bedrohte. Doch abermals brach die Kälte des Winters herein und ließ mich in Sicherheit vorankommen.

Zufolge der Abnahme meines Mundvorrats muß ich mich etwa drei Wochen so vorangequält haben. Dabei hat die beständige Hinauszögerung der immer wieder in meinem Herzen aufkeimenden Hoffnung mir oftmals die bittersten Zähren der Trauer und des Grams in die Augen getrieben. Schon hatte ja die Verzweiflung sich ihres Opfers bemächtigt, und nur zu bald mußte ich all meinem Elend erliegen! Einmal, nachdem die armen Zugtiere mich mit unglaublicher Anstrengung auf den Gipfel eines steilen Eisberges hinaufgeschleppt hatten, wobei eines davon unter der Überanstrengung zusammenbrach und verstarb, wollte die unermeßlich vor mir sich dehnende Weite mich schon mit Angst erfüllen, als ich urplötzlich eines dunklen Flecks inmitten der verdämmernden Ebene ansichtig ward. Ich strengte meine Augen an, um auszumachen, was ich da vor mir hatte, und stieß einen wilden Entzückungsschrei aus, sobald ich in einem Schlitten die mir wohlbekannte, ungeschlachte Gestalt unterscheiden konnte. Oh, mit welch brennendem Schwalle schoß mir aufs neue die Hoffnung ins Herz! Heiße Freudentränen verschleierten mir den Blick, ich aber wischte dieselben eilends hinweg, auf daß sie mir nicht die Sicht benähmen, welche ich soeben auf den Dämon gewonnen hatte! Doch blieb das Aug' mir weiterhin getrübt durch die brennenden Zähren, bis ich meinen Gefühlen freien Lauf ließ und laut aufweinte.

Allein, die Stunde duldete keinen Verzug! Ich befreite das Hundegespann von seinem toten Gefährten, warf den Tieren reichlich Nahrung vor, gönnte ihnen auch eine Stunde der absolut erforderlichen, mir aber höchst unwillkommenen Ruhe, und setzte dann meine Verfolgung fort. Der Schlitten vor mir war noch immer in Sicht und kam mir nur aus den Augen, wenn die gezackten Formen eines Eisbergs sich zwischen ihn und mich schoben. Ich holte jetzt sichtbarlich auf, und als ich nach einer nahezu zwei Tage währenden Verfolgungsjagd meinen Todfeind nur mehr zwei Meilen vor mir erblickte, schlug mir das Herz bis zum Halse.

Nun aber, da ich fast bis auf Reichweite an meinen Widersacher herangekommen war, wurden all meine Hoffnungen mit einemmal zunichte gemacht, und ich verlor jede Spur von ihm, gründlicher als dies bisher je der Fall gewesen! Nämlich, die Grundsee machte sich plötzlich bemerkbar. Das Donnern der unter mir rollenden und anschwellenden Wogen ward vom einen Moment auf den andern bedrohlicher und von größerer Furchtbarkeit! Ich schlug aus Leibeskräften auf die Hunde ein, doch war's vergebens! Der Wind erhob sich, die See brüllte auf und brachte mit der maßlosen Erschütterung eines Erdbebens und unter ungeheurem Krachen und überwältigendem Toben die Eisdecke zum Bersten! Bald war alles vorüber: schon wenige Minuten später wogte eine aufgewühlte See zwischen meinem Feinde und mir, der ich allein zurückblieb, treibend auf einer Eisscholle, welche beständig kleiner wurde und mir dergestalt mein gräßliches Ende vor Augen führte.

Auf diese Weise verflossen viele fürchterliche Stunden. Mehrere meiner Schlittenhunde verstarben, und ich selbst war schon drauf und dran, dem Übermaß meines Kummers zu erliegen, als ich Euer ankerndes Schiff erblickte! Oh, gestaltgewordene Hoffnung auf Sukkurs und Leben! Nie wäre mir in den Sinn gekommen, daß irgendein Fahrzeug jemals in diese nördlichen Breiten vorstoßen könnte, und so erstaunte mich sein Anblick um so mehr. Sogleich zerlegte ich meinen Schlitten, um mir Ruder anzufertigen, und war so in den Stand gesetzt, mein Floß aus Eis mit unendlicher Anstrengung bis zu Euch zu dirigieren. Zwar war ich entschlossen, im Falle Ihr auf Südkurs wäret, mich lieber auf Gnade und Ungnade der See anzuvertrauen, anstatt von meinem Vorhaben abzustehen, doch hoffte ich, von Euch ein Boot zu erbitten, darin ich hinter meinem Feinde hersetzen könnte. Ihr aber wolltet ebenfalls nach Norden und nahmt den Erschöpften an Bord, der jetzt nur zu bald infolge all der vielfältigen Entbehrungen einem Tod in die Arme sinken wird, den er noch immer fürchtet: meine Aufgabe, sie ist ja noch immer nicht erfüllt!

Oh! Wann wird mein Schutzgeist mich endlich den Dämon und damit jene Ruhe finden lassen, nach der's mich so innig verlangt! Oder muß ich verderben, indes der andere am Leben bleibt? Trifft dies zu, so schwört mir, teuerster Walton, daß er dennoch nicht entrinnen soll – daß Ihr nach ihm suchen und meine Rache durch seinen Tod erfüllen werdet! Wag' ich's denn wirklich, von Euch zu verlangen, an meiner Statt die Pilgerschaft auf Euch zu nehmen und all die Entbehrungen zu erdulden, denen ich mich unterzogen habe? Nimmermehr! So eigensüchtig bin ich nicht! Nur eines erbitt' ich von Euch: sollte der Unhold nach meinem Tode sich Eurem Auge zeigen; sollten die Furien der Rache ihn zu diesem Schiffe treiben, so schwört mir, daß Ihr ihn nicht mit dem Leben davonkommen laßt – schwört, daß er nimmer über mein aufgehäuftes Weh triumphieren, daß er nicht überleben soll, um seine Untaten noch fürder zu vermehren! Seine Eloquenz ist groß und voll der Überredungskraft: einstmals haben seine Worte ja sogar vermocht, mein eigen' Herz mit Sanftmut zu erfüllen! Ihr aber dürft ihm nimmermehr Vertrauen schenken! Seine Seele ist ja nicht minder des Teufels wie seine Erscheinung satanisch ist, und steckt voll Verräterei und höllischer Bosheit! Leiht seinen Worten kein Gehör, sondern stoßt ihm unter Anrufung der Namen meines Wilhelm, meiner Justine, Clervals und Elisabeths, des Namens meines Vaters und nicht zuletzt unter Anrufung des unseligen Viktor Euren Degen ins Herz!

Mein Geist wird Euch umschweben und Euch den Arm führen, auf daß Euer Stoß ein unfehlbarer sei!

WALTON, in Fortsetzung seines Briefes

—, den 26. August 17——
Du hast, liebste Margaret, nun diese sonderbare und erschreckende Geschichte zu Ende gelesen. Fühlst Du nicht Dein Blut in dem nämlichen Entsetzen erstarren, welches mir sogar noch jetzt das meine gerinnen macht? Bisweilen vermochte der Erzähler unter dem plötzlichen Ansturm seiner Seelenqual nicht, diesen Bericht fortzusetzen, bisweilen auch konnte er seine Worte nur mühsam und mit gebrochener, doch herzergreifender Stimme hervorwürgen, so sehr drückte ihm die innere Pein das Herz ab. Bald waren seine großen, wunderschönen Augen in Entrüstung entflammt, bald von kummervoller Niedergeschlagenheit verdunkelt, ja erloschen in unsäglichem Elend. Manches Mal bezwang er seine Aufgewühltheit und berichtete mit ruhiger Stimme und unbewegter Miene die schrecklichsten Dinge, dann wieder brach die Wut aus ihm hervor wie der glühende Lavastrom aus einem Vulkan, und er stieß die wildesten Verwünschungen gegen seinen Verfolger aus.

Im ganzen eignet seiner Erzählung ein logischer Zusammenhang, ihrem Vortrage die treuherzigste Wahrheit. Dennoch darfst Du meiner Versicherung glauben, daß die Briefe von Felix und Safie, welche er mir vorgelegt, im Verein mit dem Erscheinungsbilde jenes Monstrums, das wir vom Schiffe aus gesichtet, meinen Glauben an die Wahrheit solchen Berichtes stärker befestigt haben denn alle Beteuerungen, wie ernsthaft und einleuchtend sie immer gewesen sein mögen. So gibt's denn in der Tat solch ein

Ungeheuer, so wandelt's denn in Fleisch und Bein über diese Erde! Ich kann nicht länger daran zweifeln, wiewohl Bestürzung und Verwunderung mich ganz konfus machen! Mehrere Male suchte ich von Frankenstein nähere Einzelheiten über die Schaffung seines Geschöpfes zu erfahren, allein, in diesem Punkte bewahrt er ein unverbrüchliches Schweigen.

»Seid Ihr von Sinnen, mein Freund?« so frug er. »Seht Ihr denn nicht, wohin solch unbedachte Neugierde Euch führt? Wollt denn auch Ihr der Welt und Euch selbst einen so diabolischen Widersacher schaffen? Gebt Frieden, ich beschwöre Euch, und laßt die Finger davon! Lernt aus meinem Ungemach und wollet nicht noch das Eure befördern!«

Da Frankenstein inne geworden, daß ich mir in Anhörung seiner Geschichte etwelche Notizen gemacht, begehrte er, dieselben zu lesen, und versah sie mit allerlei Verbesserungen und Zusätzen, hauptsächlich an jenen Stellen, welche von der Lebensgeschichte des Unholds und den mit ihm geführten Gesprächen handeln. »Wenn Ihr schon meine Erzählung festgehalten habt«, sagte er, »so möchte ich nicht, daß sie unvollständig auf die Nachwelt komme.«

Über dem Anhören dieser befremdlichsten aller Geschichten, welche Menschengeist je ausgesonnen, ist nun eine volle Woche verstrichen. All meine Gedanken, jede Seelenregung, sie sind aufgegangen in der Anteilnahme für meinen Gast, die geweckt ward durch seine Erzählung und sein hochgemutes, vornehmes Gehaben. Könnt' ich ihm doch seine Seelenruhe wiedergeben! Allein, vermag ich's denn, solch namenlos elenden, aller Hoffnung und jeglichen Trostes beraubten Menschen zum Leben zu überreden? Oh, nein! Die einzige Freude, die seiner zertretenen Seele noch werden kann, ist die friedvolle Ruhe des Tods. Ein letzter Trost freilich ist ihm verblieben, ein Trost, der recht eigentlich aus der Einsamkeit und dem Fieberwahne kommt: der Bedauernswerte glaubt ja, daß es keine Wahngebilde sind, wenn er sich im Traume mit seinen teuren Verblichenen unterredet und aus solchem Verkehre Trost für sein Elend oder Ansporn für seine Rache zieht, sondern daß jene Wesen wirklich und wahrhaftig aus dem Jenseits zu ihm kommen! Solcher Glaube verleiht seinen Träumereien einen so feierlichen Ernst, daß sie mich ebenso eindrucksvoll und fesselnd anmuten wie die reinste Wahrheit.

Nicht immer befassen sich unsere Gespräche mit der Geschichte und dem Ungemach meines Gastes. Er zeigt sich ja in jedem Punkte aufs beste beschlagen und legt ein nahezu unbegrenztes Wissen, sowie einen raschen und bohrenden Verstand an den Tag. Seine Beredsamkeit zwingt den Zuhörer in ihren Bann, und ich vermag meinen Tränen nimmer zu gebieten, sobald er von einem ergreifenden Begebnis berichtet oder mich zu Mitleid und Liebe hinzureißen sucht. Welch strahlendes Geschöpf muß er in den Tagen seines Wohlergehens gewesen sein, wenn er noch im tiefsten Elend von so göttergleichem Edelmute überströmt! Doch scheint er sich des eignen Wertes nicht minder bewußt zu sein wie der Tiefe seines Sturzes.

»In meinen Jünglingsjahren«, so bekannte er, »glaubte ich mich für Großes ausersehen. Ich war freilich ein empfindsames Gemüt, doch eigneten mir eine kühle Urteilskraft und ein rechnender Verstand, was mich für große Dinge tauglich machte. Dies Gefühl des eigenen Wertes war mir dort ein Ansporn, wo andere unterlegen wären. Mir schien's ja einem Verbrechen gleichzukommen, in unnützer Selbstbeweinung jene Geistesgaben von mir zu werfen, die meinen Mitmenschen vom größten Nutzen sein konnten. Und da ich das Werk betrachtete, das ich vollendet – und es war ja nichts Geringeres denn die Erschaffung eines empfindungs- und vernunftbegabten Wesens –, konnte ich mich nicht mehr mit der großen Schar gemeiniglicher Erfinder gleichsetzen. Indes, solche Selbsteinschätzung, die mir am Anfang meiner Laufbahn eine Stütze gewesen, dient nun einzig dazu, mich noch tiefer in den Staub zu stoßen! All meine Mutmaßungen und Pläne, all meine Hoffnungen sind mir ja unter den Händen zu nichts zerronnen! Gleich dem Erzengel, der da auf die Allmacht aus war, seh' ich mich nun auf ewig angekettet im Abgrund der Hölle! War schon meine Einbildungskraft eine überaus lebhafte, so ward sie noch übertroffen von meinem zergliedernden Verstande und meiner Fähigkeit, diese Gaben auch nach Gebühr anzuwenden. Insgesamt flößten ja sie mir erst die Idee zur Schaffung eines Menschen ein, befähigten erst sie mich dazu, dies Vorhaben auch in die Tat umzusetzen. Sogar noch jetzt erfüllt der Gedanke an die Träume, denen ich vor der Vollendung meines Werkes nachgehangen, mich mit Leidenschaft. Im Geiste wandelte ich schon im Himmel, bald frohlockend ob meiner Macht, bald entbrennend in Ansehung ihrer Auswirkungen. Von Kindesbeinen an ward ich ja durchdrungen von weitgespannten Hoffnungen und dem hochgemutesten Ehrgeiz. Allein, wie tief bin ich gefallen! Ach! Hättet Ihr, mein Freund, mich als den gekannt, der ich einst gewesen, Ihr würdet mich in meiner gegenwärtigen Erniedrigung nimmer wiedererkennen! Damals aber wußte mein Herz von keiner Entmutigung, und meine hohe Bestimmung, so schien mir, trug mich voran bis zu dem Punkte, da ich abstürzen sollte, um mich nimmermehr zu erheben!«

Soll ich denn wirklich diesen bewundernswerten Menschen verlieren? So sehr hab' ich mich nach einem Freunde gesehnt! Stets war ich auf der Suche nach einem Wesen, das Anteil an mir nehmen, das mich lieben würde! Und siehe da, auf diesem weltverlassnen Meere hab' ich gefunden, was ich suchte! Allein, ich fürchte, dies ist nur geschehen, das Wertvolle solch eines Menschen zu erkennen, und ihn alsbald zu verlieren! Wie gern möcht' ich ihn dem Leben wiedergewinnen! Er aber weist jedweden Gedanken daran zurück.

»Ich danke Euch, Walton«, so sagte er, »für alle Freundlichkeit, die Ihr einem so jammervollen Geschöpfe wie mir entgegenbringt. Doch wenn Ihr schon von neuen Bindungen und frischer Zuneigung sprecht, glaubt Ihr dann auch daran, daß irgendeine davon die alten ersetzen könnte? Kann denn irgendein Mensch mir jemals wieder das sein, was Clerval mir gewesen? Und welche Frau käme meiner Elisabeth gleich? Selbst wenn unsre Zuneigungen nicht so stark von den besonderen Vorzügen regiert wären, übten die Gespielen der Kindheit doch eine Macht auf unser Gemüt, wie sie kein späterer Freund mehr zu erringen vermag. Den Gefährten unsrer frühen Tage eignet ja das Wissen um all die kindlichen Anlagen, die, wie sehr sie sich auch im Laufe des Lebens wandeln mögen, doch niemals zur Gänze gelöscht werden. So können solche frühen Weggenossen schon in unsern bloßen Handlungen mit größerer Gewißheit als jeder andere die Lauterkeit unsrer Beweggründe erkennen. Geschwister können einander nimmer des Betruges oder der üblen Handlungsweise verdächtigen, es wäre denn, solche Anzeichen hätten sich schon sehr früh gezeigt. Der Freund aber, wie eng er uns immer verbunden sein mag, schöpft Verdacht. Ich jedoch hatte Freunde mein eigen genannt, welche mir nicht nur durch Gewohnheit und langes Beisammensein teuer gewesen, sondern um ihrer eignen Verdienste willen! Und wo immer ich bin, tönt mir die sanfte Stimme meiner Elisabeth im Ohr, vernehm' ich das traute Gespräch meines teuren Clerval! Nun sind sie tot und dahin, und so könnte mich in meiner Vereinsamung nur ein einziges Gefühl dazu bringen, dies Leben weiterhin auf mich zu nehmen: hätt' ich ein hohes Unternehmen, einen Plan im Auge, der für die Menschheit von größtem Nutzen wäre, ich würde weiterleben, ihn zu erfüllen! Indes, dies ist nicht länger meine Bestimmung. Was mir noch zu tun bleibt, ist die Verfolgung und Vernichtung jenes Wesens, dem ich zum Leben verholfen. Dies getan, ist mein Erdenlos erfüllt, und ich kann in Frieden sterben.«

2. September

GELIEBTE SCHWESTER! Ich schreibe Dir, umgeben von Gefahr, nicht wissend, ob es mir jemals noch vergönnt sein wird, mein teures England wiederzusehen und die mir noch teureren Freunde, welche darin wohnen. Ich sehe mich umschlossen von Eisgebirgen, die alles Entkommen unmöglich machen und in jedem Momente mein Schiff mit der Vernichtung bedrohen. Hilfesuchend blicken die wackeren Kerle, welche ich dazu übermocht, mich auf meiner Fahrt zu begleiten, auf mich. Ich aber kann ihnen nicht helfen. Unsre Lage ist aufs fürchterlichste angespannt, doch haben Mut und Hoffnung mich noch nicht verlassen. Freilich ist mir der Gedanke schrecklich, daß ich es bin, der das Leben all dieser Männer in Gefahr gebracht! Falls wir untergehen, so sind meine aberwitzigen Pläne daran schuld!

Und wie, teuerste Margaret, wird's dann erst in Dir aussehen! Du wirst ja nichts von meinem Untergange wissen und in peinvoller Ungeduld meiner Heimkehr entgegenharren! Jahre werden darüber hingehen, Verzweiflung und Hoffnungslosigkeit werden Dich überkommen – und dennoch wird Dich beständig die Hoffnung quälen! Ach! Geliebtes Schwesterherz, dies trostlose Ausbleiben Deiner innigst erwarteten Wunscherfüllung ist mir weitaus schrecklicher denn mein eigener Tod! Indes, Du hast ja Deinen Ehegemahl und Deine allerliebsten Kinder, und so magst Du wieder glücklich werden. Der Himmel segne Dich und gönne Dir Dein Glück!

Mein unseliger Gast blickt mit der innigsten Anteilnahme auf mich und ist bestrebt, mir Hoffnung einzuflößen. Er redet plötzlich, als schiene ihm das Leben ein begehrenswertes Gut, und gemahnt mich daran, daß auch andere Seefahrer, welche sich auf dies nördliche Meer gewagt, oft genug in der nämlichen Bedrängnis gewesen sind. So erfüllt er mir das Herz gegen mein besseres Wissen mit neuem Lebensmut. Sogar das Schiffsvolk erliegt der Macht solcher Überredungskunst: spricht der Kranke zu den Leuten, so verzweifeln sie nicht länger. Er stachelt ja ihre Energien an, so daß sie in Anhörung seiner Stimme all die riesigen Eisberge ringsum für nichts denn Maulwurfshügel halten, welche der menschlichen Entschlußkraft nimmer Trotz bieten können. Doch sind derlei Gefühle nur von kurzer Dauer, und jeder weitere Tag enttäuschter Erwartungen vergrößert die Furcht dieser Männer, so daß ich wahrhaftig schon fürchte, ihre Verzweiflung könnte sie zur Meuterei treiben.

5. September

Soeben hat sich etwas so Ungewöhnliches und Bedeutsames ereignet, daß ich, wiewohl diese Blätter Dich kaum jemals erreichen mögen, nicht umhin kann, Dir davon zu berichten.

Noch immer sind wir von Eisbergen umschlossen, noch immer in der äußersten Gefahr, zwischen den Eismassen zerrieben zu werden. Die Kälte übersteigt jedes Maß, und so mancher meiner unglücklichen Gefährten hat inmitten der Ödnis schon sein nasses Seemannsgrab gefunden. Frankensteins Gesundheit verschlechtert sich mit jedem Tage. Zwar erstrahlen seine Augen noch im Fieberglanze, doch ist er aufs äußerste erschöpft und sinkt bei der geringsten plötzlichen Anstrengung alsbald in eine tiefe Bewußtlosigkeit.

Am Schlusse meines letzten Briefabschnittes habe ich Dir von meinen Befürchtungen in Ansehung einer Meuterei gesprochen. Heute morgen – ich saß an meines Freundes Lager und ließ den Blick auf dem bleichen Antlitz dessen ruhen, der da mit halbgeschlossenen Augen und kraftlosen Gliedern vor mir lag –, heute morgen ward ich von einem Halbdutzend Matrosen aus meinem Brüten geschreckt. Sie begehrten Einlaß. Da sie aber eingetreten waren, wandte ihr Sprecher sich an mich und teilte mir mit, er und seine Gefährten seien von der übrigen Mannschaft als eine Deputation zu mir gesandt worden, um eine Forderung zu stellen, die ich billigerweise nicht abschlagen könne. Wir seien vollkommen vom Eise eingeschlossen und würden möglicherweise niemals mehr freikommen. Doch hegten die Leute die Befürchtung, daß ich, im Falle das Eis doch noch nachgeben und uns freie Durchfahrt gewähren sollte, unbesonnen genug sein könnte, den alten Kurs beizubehalten und meine Untergebenen dergestalt nach glücklicher Überwindung der einen Gefahr in eine neue zu führen. Daher müsse man auf der Abgabe meines feierlichen Versprechens bestehen, im Falle unseres Freikommens sogleich auf Südkurs zu gehen.

Ich war ob solchen Ansinnens wie vor den Kopf geschlagen. Mein Mut war ja noch ungebrochen, und so hatte ich nicht einmal im Traume ans Umkehren gedacht. Indes, hatte ich denn das Recht, oder auch nur die Möglichkeit, dies Begehren zurückzuweisen? Noch zögerte ich mit der Antwort, als Frankenstein, welcher zunächst stille geschwiegen, ja in der Tat viel zu kraftlos geschienen hatte, der Szene zu folgen, sich aufrichtete! Seine Augen blitzten, und die plötzlich zurückgekehrte Kraft rötete ihm die Wangen. Er wandte sich an die Männer und sprach:

»Was muß ich hören? *Was* begehrt ihr von eurem Schiffsherrn? So leicht ist's also, euch von eurem Pfade abzubringen? Habt ihr nicht selber von einer glorreichen Ausfahrt gesprochen? Was aber hat sie zu einer solchen gemacht? Nicht die Glätte und Ruhe der südlichen Meere, sondern die Schrecken und Gefahren dieser unwirtlichen Breiten! Die Standhaftigkeit, welche ihr aufbringen gemußt, und der Mut, den ihr bewiesen! Der Umstand, daß ihr Gefahr und Tod, welche euch rings umdräuten, so wacker überwunden! Nur dies hat euer Unternehmen bisher zu einem glorreichen und ehrenhaften gemacht. Nur dies hat euch bisher in den Stand gesetzt, späterhin als Wohltäter der Menschheit gerühmt zu werden, als Männer, deren Namen man mit Bewunderung im Munde führt, als diejenigen von Tapferen, welche dem Tod um der Ehre, ja um des Vorteils aller Menschen willen ins Auge gesehen! Und nun, was muß ich erblicken? Im Angesichte der ersten Gefahr oder meinethalben der ersten großen und furchtbaren Mutprobe schreckt ihr zurück und wollt's zufrieden sein, als verächtliche Memmen zu gelten, welche nicht genug Stärke aufgebracht, der Kälte und Gefahr zu trotzen? Ach – als die Hasenfüße gewahrten, daß es draußen kalt sei, kehrten sie an ihre warmen Feuerstellen zurück! Wie! Und zu solchem Ende all die Anstrengungen? So weit nach Norden gesegelt, einzig um eurem Schiffsherrn die Schamröte der Niederlage in die Wangen zu treiben und Euch selbst als Feiglinge zu erweisen? Oh, daß ihr doch Männer wäret, nein, mehr denn Männer! Bleibt eurem Vorsatz treu und seid unerschütterlich wie der Felsen! Dies Eis ist lange nicht so fest, wie eure Herzen es sein könnten! Es kann euch nimmer widerstehen und hebt sich hinweg, sobald ihr's ihm gebietet! Kehrt nicht zu euren Lieben zurück mit dem Brandmal der Schande auf euren Stirnen, sondern kehrt heim als Helden, welche gekämpft und gesiegt, welche noch keinem Feinde den Rücken gekehrt haben!«

Dies alles sprach er mit einer von der Vielfalt seiner Empfindungen zutiefst bewegten Stimme, wobei sein Auge erfüllt ward von den erhabensten, heroischesten Visionen. Kann's Dich da noch wunder nehmen, daß sogar diese Männer eine innere Bewegung verspürten? Sie blickten einander an, und keiner brachte ein Wort hervor. Danach sprach ich zu ihnen, indem ich ihnen zuredete, sie mögen sich zurückziehen und das Gehörte in Ruhe überdenken. Im übrigen würde ich, falls sie durchaus darauf bestünden, sie nicht weiter nordwärts führen. Doch sei es meine Hoffnung, daß ihnen nach einigem Nachdenken der Mut zurückkehren werde. So stampften sie denn hinaus, und ich wandte mich wieder meinem Freunde zu. Indes, er war in eine nahezu totenähnliche Starre verfallen.

Wie dies alles noch ausgehen mag – ich weiß es nicht. Doch würd' ich lieber sterben, denn schmachbedeckt zurückkehren, ohne meine Absichten verwirklicht zu haben! Allein, ich fürchte, eben dies wird mein Schicksal sein! Die Männer, welche ja der Stütze allen ruhmreichen und ehrenhaften Denkens entraten, können die gegenwärtigen Entbehrungen wohl niemals aus freien Stücken weiterhin auf sich nehmen!

7. September

Die Würfel sind gefallen: ich habe eingewilligt, im Falle unseres Freikommens umzukehren. So sind denn meine Hoffnungen an der Feigheit und Zaghaftigkeit anderer zuschanden geworden! Nun komm' ich unwissend und zutiefst enttäuscht zurück. Solches Unrecht in Geduld zu tragen – dies bedarf größerer Weisheit, als ich sie besitze!

12. September

Nun hat sich mein Los erfüllt: ich bin auf der Heimfahrt nach England. Zerronnen sind meine Hoffnungen, der Menschheit von Nutzen zu sein und Ruhm zu erwerben! Und auch den Freund hab' ich verloren. Doch will ich versuchen, Dir, teuerste Schwester, all die bitteren Umstände im einzelnen zu schildern. Und dieweil's mich ja auf England zutreibt und Dir entgegen, will ich nicht kleinmütig werden!

Den neunten September geriet das Eis in Bewegung und, so oft die Eisdecke nach allen Richtungen hin aufgebrochen und zersplittert ward, erscholl's wie fernes, donnerartiges Grollen. Wir schwebten in der höchsten Gefahr. Da wir aber zur Untätigkeit verurteilt waren, wandte ich mein Hauptaugenmerk unserm unglücklichen Gaste zu, dessen Gesundheit sich dermaßen verschlechtert hatte, daß er nun auf Dauer ans Bett gefesselt war. Rings um uns krachte und donnerte das Eis und ward mit Macht gegen Norden abgetrieben. Ein frischer West kam auf, und am Elften war die Südpassage vollkommen frei. Sobald aber die Leute des offenen Fahrwassers und damit des so sichtbarlich unbehinderten Heimweges ansichtig geworden, vollführten sie wahre Freudentänze und brachen in ein lautes, lang anhaltendes Jubelgeheul aus. Frankenstein, der vor sich hingedöst hatte, erwachte darüber und fragte nach der Ursache solchen Aufruhrs. »Sie machen ihrem Entzücken Luft«, versetzte ich, »weil sie in Bälde wieder in England sein werden.«

»So kehrt Ihr denn wahrhaftig um?«

»Mir bleibt, ach, keine andre Wahl! Ich kann mich den Forderungen nicht länger widersetzen, kann meine Leute nicht gegen ihren Willen der Gefahr in die Arme führen! Nein, ich muß umkehren.«

»So tut nach Eurem Willen – doch ohne mich! Ihr mögt immerhin Eurem Vorhaben untreu werden. Mein Ziel aber ist mir vom Himmel vorgezeichnet, und so muß ich ihm wohl treu bleiben. Zwar bin ich ganz entkräftet, doch zweifle ich nicht, daß die Geister, welche mir in meiner Rache beistehen, mich alsbald mit der erforderlichen Stärke ausstatten werden.« Dies gesagt, versuchte er, von seinem Lager aufzuspringen, doch war die Anstrengung zu groß für ihn: er fiel zurück und verlor das Bewußtsein.

Es dauerte lange, bis er wieder zu Sinnen kam, und so manches Mal hielt ich sein Leben schon für erloschen. Schließlich aber schlug er doch noch die Augen auf. Er atmete nur mühsam und konnte kein Wort hervorbringen. Der Schiffsarzt verabreichte ihm einen stärkenden Trank und befahl uns, den Kranken nicht länger zu stören. Danach bedeutete er mir, daß mein Freund gewißlich nur mehr wenige Stunden zu leben habe.

So war denn das Todesurteil gesprochen, und ich konnte mich bloß noch der gramvollen Geduld hingeben. Ich blieb an des Sterbenden Lager und wandte kein Auge von ihm. Er hielt die Lider geschlossen, so daß ich ihn schlafend wähnte. Indes, alsbald rief er mit schwacher Stimme meinen Namen und bat mich, näher zu kommen. »Ach!«, so sprach er. »Die Kraft, auf welche ich vertraut, nun ist sie dahin. Schon fühl' ich den kalten Anhauch des Todes. Jener andre aber, mein Feind und Verfolger, mag noch immer unter den Lebenden weilen. Ihr müßt nicht denken, Walton, daß ich in den letzten Augenblicken meines Erdenwallens noch immer den brennenden Haß und glühenden Rachedurst verspüre, welchen ich einstmals in Worte gekleidet. Allein, ich fühle mich gerechtfertigt in dem Verlangen nach dem Tode meines Widersachers. Während dieser letzten Tage war ich damit befaßt, mein vergangnes Leben zu überdenken. Ich kann nichts Tadelnswertes daran finden. In einem Anfall aberwitziger Begeisterung schuf ich eine vernunftbegabte Kreatur, der ich freilich, soweit dies in meinen Kräften gestanden, zu Glück und Wohlbefinden hätte verhelfen müssen. Jawohl, dies wär' meine Pflicht gewesen, doch war da auch die andre, noch größere Verpflichtung, nämlich diejenige gegen meine Mitmenschen. Sie aber erforderte mein Hauptaugenmerk, da hier weit mehr Glückes oder Ungemachs auf dem Spiele stand. Unter solchem Aspekte weigerte ich mich, und dies zu Recht, meinem ersten Geschöpfe ein zweites als Gefährtin beizugeben. Hat er denn nicht in all seinen Übeltaten eine Bosheit und Selbstsucht ohnegleichen an den Tag gelegt? Hat er denn nicht meine Freunde hingemordet? Hat er nicht Geschöpfe dem Untergange geweiht, welche von den trefflichsten Empfindungen, von Glück und Weisheit erfüllt waren? Weiß ich denn, wo sein Rachedurst haltmachen wird? Wie elend dies Monstrum auch sein mag, so muß es dennoch sterben, auf daß es nicht andere ebenso elend mache! In meine Hände ward's gelegt, es zu zerstören, allein, ich hab' versagt. In einem Anfalle von Eigensucht und verwerflichen Motiven verlangte ich von Euch, daß Ihr mein Werk vollenden möget. Nun aber, da einzig Vernunft und Tugend mich leiten, erneure ich diese meine Bitte.

Indes, ich kann von Euch nicht fordern, Heimat und Freunde zu verlassen um der Erfüllung dieser Aufgabe willen. Da Ihr nun aber nach England zurückkehrt, werdet Ihr kaum noch Gelegenheit haben, auf jenen Unhold zu stoßen. Doch stelle ich die Erwägung dieser Gesichtspunkte und die gerechte Erörterung dessen, was Ihr für Eure Pflicht haltet, Euch selbst anheim. Meine Urteilskraft und mein Denken sind ja schon vom herannahenden Tode getrübt. So wag' ich's nimmer, von Euch zu verlangen, was ich für richtig halte, dieweil ja noch immer meine Leidenschaften mich mißleiten mögen.

Daß mein Widersacher als ein Werkzeug des Unheils weiterleben soll, läßt mir keine Ruhe. Anderseits ist diese Stunde, darin ich in jedem Momente meine Erlösung erwarte, die einzig glückliche, welche ich seit Jahren voll Freude herbeigesehnt habe. Schon umschweben mich ja die Gestalten meiner teuren Toten, und ich eile, mich in ihre Arme zu werfen! Lebt wohl, Walton! Sucht Euer Glück in der Beschaulichkeit, geht allem Ehrgeiz aus dem Wege, und wär's auch nur der so augenfällig unschuldige, Euch in den Wissenschaften oder Entdeckungen hervorzutun! Allein, wie kommt's mir zu, solches zu sagen! Bin ich gleich selbst in meinen Hoffnungen gescheitert, so mag doch einem andern mehr Glück beschieden sein!«

Dieweil er so zu mir geredet, war seine Stimme immer schwächer geworden, bis er, von der Anstrengung erschöpft, verstummte. Etwa eine halbe Stunde später wollte er aufs neue etwas sagen, brachte aber keinen Laut mehr hervor. Mit kraftlosem Drucke umfaßte seine Rechte die meine. Dann schlossen seine Augen sich für immer, dieweil der Schimmer eines sanften Lächelns über seine Lippen huschte – und verschwand.

Margaret! Was bleibt mir noch zu sagen im Angesichte des unzeitigen Verlöschens so strahlenden Geistes? Wie fang ich's an, Dir die Tiefe meiner Trauer begreiflich zu machen? All meine Worte, sie würden nicht ausreichen, sie wären zu schwach. So laß' ich meinen Tränen freien Lauf, dieweil mir doch der Geist verdüstert ist durch die lastende Wolke der Enttäuschung! Indes, nun geht's ja heimwärts gegen England, und so mag dortselbst ich Trost und Zuspruch finden.

Ich werde unterbrochen. Was hat der Lärm zu bedeuten? Soeben ist's Mitternacht geworden. Der Wind ist günstig, und die Deckwache kaum zu hören. Da – wieder! Wie eine Menschenstimme klingt's, nur rauher! Es kommt aus der Kabine, darin Frankensteins irdisches Teil noch immer ruht. Ich muß hinüber, mich zu überzeugen! Gute Nacht denn, Schwesterherz!

Allmächtiger! Welch eine Szene hat sich mir vor Augen soeben abgespielt! Mich schwindelt's, wenn ich daran denke! Ich weiß nicht, woher ich die Kraft nehmen soll, Dir den Vorfall im einzelnen zu schildern. Doch wär' das Wunderbare, das ich Dir berichtet, ohne rechtes Ende, verschwieg' ich Dir diese letzte, schicksalhafte Begegnung.

Ich betrat die Kabine, darin die sterblichen Überreste meines unseligen und doch so bewundernswerten

Freundes ruhen. Eine Gestalt stand über dieselben gebeugt, die zu beschreiben ich nach Worten ringe. Von riesenhafter Statur, war sie dennoch ungefüg und verzerrt in ihren Proportionen. Wie der Unbekannte sich so über den offenen Sarg neigte, verhüllten lange, zottige Haarsträhnen sein Antlitz. Doch konnte ich eine gewaltige, ausgestreckte Hand erblicken, welche in Farbe und Beschaffenheit derjenigen einer Mumie glich! Sobald der Eindringling meine Schritte vernahm, ließ er von seinen Grames- und Entsetzensrufen ab und stand mit einem Sprunge am Fenster. Niemals in meinem Leben hab' ich etwas so Schauerliches erblickt wie dies Gesicht in all seiner ekelhaften und doch so furchteinflößenden Gräßlichkeit! Gegen meinen Willen mußte ich die Augen schließen, während ich versuchte, mir über meine Pflichten in Ansehung dieses Würgengels klarzuwerden. »Steh!« rief ich ihm zu.

Er hielt inne und maß mich mit erstauntem Blicke. Gleich darauf aber, indem er sich aufs neue der leblosen Gestalt seines Schöpfers zuwandte, schien er meiner Gegenwart vollkommen vergessen zu haben, denn jeder Zug seines Gesichtes, jede Bewegung, die er vollführte, sie schienen regiert von einer zur höchsten Raserei angestachelten, unbezähmbaren Leidenschaftlichkeit.

»Nun ist auch dieser da mir zum Opfer gefallen!« so rief er. »Und mit seiner Ermordung sind meine Untaten abgeschlossen! Die Elendskette meines Erdenwallens, nun ist sie abgelaufen bis zu ihrem Ende! Oh, Frankenstein! Großherziges, dem eignen Untergang verschriebenes Wesen! Was tut's, daß ich dich nun um Vergebung bitte? Ich, der ich dich so unwiderruflich und Stück um Stück vernichtet habe, indem ich einen um den andern diejenigen ausgelöscht, welche du geliebt! Ach! Da liegt er nun so kalt und starr und kann mir nimmer Antwort geben!«

Die Stimme erstarb ihm. Und mein erster Antrieb,

welcher mich an die Pflicht gemahnt hatte, meines toten Freundes letzte Bitte zu erfüllen, indem ich seinen Feind vernichtete, ward nun verdrängt durch ein zwischen Neugierde und Mitleid schwankendes Gefühl. Ich trat auf dies ungeheuerliche Wesen zu, wagte aber nicht, meinen Blick erneut zu dem fürchterlichen Antlitz zu erheben, so beängstigend, ja unirdisch war es in seiner Häßlichkeit. Ich setzte zur Rede an, indes, die Worte erstarben mir auf den Lippen. Das Monstrum aber fuhr fort, die wildesten, unzusammenhängenden Selbstvorwürfe auszustoßen. Schließlich hatte ich mich so weit in der Gewalt, daß ich in einer Atempause solchen Wirbelsturmes der Leidenschaft zu Worte kommen konnte. »Deine Reue«, so sprach ich, »kommt zu spät! Hättest du beizeiten der Stimme des Gewissens gelauscht und auf dein beßres Ich gehört, noch eh' du deine satanische Rache bis zu ihrem äußersten Punkte vorangetrieben – Frankenstein könnte noch unter den Lebenden wandeln!«

»Du träumst!« versetzte da der Dämon. »Wie kannst du glauben, ich wäre damals taub gewesen gegen alle Seelenpein und Reue? Der da«, so fuhr er fort, indem er auf den Leichnam wies, »er hat in der Vollstreckung meiner Taten nicht den hundertsten, ach, nicht den tausendsten Teil jener Seelenqual empfunden, die mir im Verlaufe so langwierigen Geschäftes auferlegt gewesen! Ich war ja vorangepeitscht von einer fürchterlichen Eigensucht, dieweil Gewissensbisse mir das Herz zernagten! Glaubst du denn wirklich, Clervals ersticktes Röcheln sei mir Musik gewesen in den Ohren? Mein Herz, es war geschaffen, Anteil zu nehmen, Liebe zu empfinden! Und da es durch mein Ungemach zu Lasterhaftigkeit und Haß verbogen worden, vollzog sich solcher Wandel unter Qualen, die deinen schlimmsten Phantasien spotten!

Nachdem ich Clerval erwürgt hatte, kehrte ich ins Schweizerland zurück, gebrochenen Herzens und vom Mitleid überwältigt. Ich beklagte Frankenstein, und mein Mitgefühl nahm in so entsetzlichem Maße zu, daß ich den größten Abscheu vor meinen Untaten empfand. Da ich aber gewahren mußte, daß er, der Urheber sowohl meiner Existenz als auch ihrer unsäglichen Martern, es wagte, nach Glückseligkeit zu streben; daß er, dieweil er Elend und Verzweiflung auf mich häufte, der eigenen Lustbarkeit in leidenschaftlichen Gefühlen nachging, von deren Genusse ich für immer ausgeschlossen war: da ich dies gewahren mußte, erfüllten ohnmächtiger Neid und bitterste Enttäuschung mir das Herz mit unersättlichem Rachedurste! Ich gedachte meiner Drohung und beschloß, dieselbe unverzüglich in die Tat umzusetzen. Zwar wußt' ich nur zu gut, daß ich drauf und dran war, mir dergestalt die tödlichsten Qualen zu bereiten, allein, ich war ja nicht mehr Meister, ich war der Sklave eines innern Antriebs, den ich verabscheute und doch nicht von mir weisen konnte. Wenn sie nun stürbe! Ha! Ihr Tod, er mußte das Ende meines Jammers bedeuten! Ich hatte alle Empfindung in mir ausgelöscht, allen Seelenschmerz unterdrückt, nur um mich der ganzen Wut meiner Verzweiflung hinzugeben. So ward das Übel mir zum einzigen Gut. Vorangetrieben bis zu diesem Punkte, verblieb mir keine andere Wahl, denn meine ganze, innere Natur auf etwas einzustellen, dem ich mich aus freien Stücken anheimgegeben. So ward mir der Vollzug meiner dämonischen Bestimmung zur unstillbaren Leidenschaft. Nun bin ich damit zu Rande – hier liegt mein letztes Opfer!«

Zunächst hielt die Beredtheit, mit der dieser Unhold sein Elend geschildert, mich im Innersten gepackt. Indes, sobald ich mir ins Gedächtnis rief, was Frankenstein in Ansehung der Macht solcher zungengewandten Überredungskunst gesagt, und sobald ich meinen Blick neuerlich auf des Freundes lebloser Gestalt ruhen ließ, entzündete sich meine Entrüstung zum andern Mal. »Nichtswürdiger!« so rief ich.

»Reizend steht's dir zu Gesichte, hierherzukommen und das Unglück, das du selber angerichtet, zu bejammern! Du wirfst die Brandfackel in die Behausungen der Menschen und sitzest danach inmitten von rauchenden Trümmern, um die Zerstörung zu beweinen! Oh, du satanischer Heuchler! Lebte jener noch, den du beklagst, er wär' wie eh und je der Gegenstand deines Hasses und fiele aufs neue deinem fluchwürdigen Rachegelüst zur Beute! Nicht Mitleid ist's, was du empfindest: dein Lamentieren gilt ja bloß dem Umstand, daß dies Opfer deiner Bosheit nunmehr dem Zugriff deiner Macht entrückt ist!«

»Nimmermehr – oh, nein, dies trifft nicht zu!« unterbrach mich da dies Geschöpf, »wiewohl du ja meine Handlungsweise in keinem andern Licht erblicken kannst. Doch suche ich kein mitfühlend Herz in meinem Leide. Mir ist's auf immer versagt, Anteilnahme zu finden. Da ich sie erstmals gesucht, war's noch in aller tugendhaften Liebe, war's in dem heißen Wunsche, die Menschen teilhaben zu lassen an all den Gefühlen der Glückseligkeit und Zuneigung, von denen mein ganzes Wesen überströmte! Nun aber, da mir alle Tugenden zu Schatten geworden, da mir Glückseligkeit und Zuneigung in bittre und ekelhafte Verzweiflung umgeschlagen sind, auf welche Weise sollte ich noch Anteilnahme finden? So bin ich's denn zufrieden, in Einsamkeit all meine Leiden zu ertragen und nach dem Hinscheiden mein Andenken mit Abscheu, Schimpf und Schande beladen zu sehen. Einst träumte ich von Tugend, Ruhm und Freude, ja, gab mich der trügerischen Hoffnung hin, auf Wesen zu treffen, welche um meiner inneren Vortrefflichkeit willen über meine äußere Ungestalt hinwegsehen und mich lieben würden. Durchdrungen war ich von hoher, ehrenhafter, hingebungsvoller Denkungsart. Nun aber haben Untat und Verbrechen mich noch tiefer sinken lassen als jedes Tier! Wo ist die Schuld, wo das Ungemach, wo die Bosheit und das Elend, welche den meinen gleichkämen? Im Angesicht der grauenvollen Reihe meiner Sünden vermag ich nicht länger zu glauben, daß auch ich ein Wesen war, dessen Denken erfüllt gewesen von den trefflichsten, erhabensten Visionen der Schönheit und von der Majestät des Guten. Und dennoch, dies alles ist nur zu wahr! Der gefallene Engel, er ward zum boshaften Teufel! Nur, daß sogar jener Erzfeind Gottes und aller Menschen noch Freunde und Genossen in seiner Verzweiflung gefunden, dieweil ich ganz allein und verlassen bin!

Du, der du dich einen Freund Frankensteins nennst, scheinst um meine Untaten und Mißgeschicke zu wissen. Doch konnt' er dir mit allen Einzelheiten nicht das volle Elend jener Tage, Wochen und Monate vermitteln, welches ich in ohnmächtigem Erleiden auf mich zu nehmen hatte. Konnt' ich denn in der Zerstörung seiner Hoffnungen die Erfüllung meiner eigenen Begierden finden? Oh, nein! Sie brannten nicht minder sehnsuchtsvoll in mir fort! Noch immer verlangte mich's ja nach Liebe und Gemeinschaft – noch immer ward dies Verlangen mit Füßen getreten! Solches Los, es soll gerecht gewesen, und einzig ich der Übeltäter sein, wo doch alle Menschheit sich an mir versündigt hat? Warum gilt denn dein Haß nicht jenem Felix, der seinen Freund mit Schimpf und Schande von der Schwelle gejagt? Was fluchst du denn nicht jenem Landmanne, der dem Retter seines Kindes nach dem Leben getrachtet? Doch nein, sie alle sind ja tugendhafte, fleckenlose Wesen! Nur ich, der Jammervolle und Verlaßne, ich bin die Ausgeburt, die man mit Füßen stößt, bin der Getretene, den man zu Tode trampelt! Noch jetzt bringt der Gedanke mir das Blut zum Kochen!

Ich bin ein Scheusal, dies ist nur zu wahr. Die Arg- und Hilflosen hab' ich gemordet, im Schlafe hab' die Unschuld ich erwürgt, hab' jenem, der mir nichts getan, nicht mir und keinem andern Lebewesen, die Gurgel zugeschnürt! Und noch den Schöpfer meines eignen Lebens hab' ich dem Untergang geweiht, ihn, diesen Auserwählten unter allen, die der Bewunderung und der Liebe wert sind! Verfolgt hab' ich ihn bis zu diesem unabänderlichen Ende! Hier liegt er vor mir, bleich und kalt im Tode. Ich weiß, du hassest mich, und dennoch kommt dein Abscheu auf keine Weise dem Entsetzen gleich, mit dem ich selber auf mein Leben schaue! Ich blick' auf diese blutbefleckten Hände, denk' an das Herz, das all dies ausgeheckt, und sehn' den Augenblick herbei, da diese Hände mir die Augen decken, und solche Bilder mich nicht mehr verfolgen!

Du mußt nicht fürchten, daß ich mich zum Werkzeug eines weitren Unheils mache! Mein Werk ist nahezu getan. Dein Tod ist nicht mehr nötig, so wenig wie der Tod von andern Menschen, mein Leben zu erfüllen, die Reihe meiner Taten abzuschließen! Was fehlt, ist einzig noch mein eignes Ende. Glaub nicht, daß ich noch lange zögern werde! Das mich hierhergebracht, das Floß von Eis, noch liegt's an deinem Schiffe: denn so, wie ich gekommen, will ich von hinnen gehen! Das Eis soll mich zum Eis des Nordpols tragen, wo ich den Scheiterhaufen mir errichte, um diesen ungestalten Leib zu Asche zu verbrennen! Und nichts davon soll übrig bleiben, nicht der geringste Rest soll Kunde von mir geben, auf daß vermeßne, unheilige Neugier nicht abermals auf den Gedanken komme, ein Wesen, das mir gleicht, hervorzubringen! Ich werde sterben – werde dann nicht länger die Qualen spüren, die mich jetzt verzehren, noch auch die Beute von Gefühlen sein, die nimmermehr befriedigt werden können. Der mich ins Leben rief, nun ist er tot. Und bin's auch ich, so wird's nicht lange währen, bis unser beider Angedenken stirbt! Nicht länger werde ich die Sonne schauen, der Schein der Sterne wird sich mir verdunkeln, kein Wind wird mir hinfort die Wangen kühlen. Ach, all mein Fühlen, Denken, all mein Trachten, es wird entschwinden mit dem Licht des Tags, und nur im Tode kann ich Frieden finden. Und doch, nur wenige Jahre ist es her, daß ich die Welt und ihre holden Bilder mit Lust geschaut, daß ich des Sommers lebensvolle Wärme empfunden, im Ohr nur Waldesrauschen und süßen Vogelschall! Dies war mein ein und alles, und der Gedanke an den Tod trieb mir die Tränen in die Augen. Jetzt aber ist der Tod mein einziger Trost. Befleckt von Untat und zernagt von Reue, wo soll ich Frieden finden, wenn nicht dort?

Leb wohl! In dir nehm' ich ja Abschied von dem letzten Menschenwesen, das diese Augen je erblicken werden. Leb wohl auch, Frankenstein! Ach, wärst du noch am Leben und immer noch vom Rachedurst erfüllt, an meinem Tode läge dir nicht länger, nun würdest du zum Leben mich verdammen! Doch war's nicht Rache, die dich dazu trieb, das Werk der eignen Hände auszutilgen: es war nur Angst vor weitrer Missetat! Und selbst, wenn du auf irgendeine Weise, die auszusinnen mir nicht möglich ist, auch weiterhin des Fühlens mächtig wärest, du könntest nimmer jenen Groll empfinden, den ich nun gegen mich empfinden muß. Wie elend ich dich immer auch gemacht, stets überstieg mein eigner Schmerz den deinen! Ach, unablässig wird die bittre Reue mit ihrem Stachel mir das Herz zerfleischen, und erst der Tod wird solche Wunde schließen!

Doch nur zu bald«, so rief in feierlicher und düsterer Begeisterung er aus, »werd' ich nicht länger fühlen, was ich fühle! Dann wird der Brand in mir erloschen sein. So will den Scheiterhaufen ich besteigen und triumphierend jubeln in der Qual der Flammen, welche meinen Leib verzehren! Und da der Feuerbrand zusammensinkt, mag meine Asche übers Meer verwehen. Dann wird wohl auch mein Geist in Frieden schlafen, und bleibt mein Denken dennoch wach, so ist's ein andres Denken! Leb wohl!«

Dies gesagt, schwang er sich durch das Fenster der

Kabine auf sein Floß aus Eis hinab, welches noch immer an der Bordwand lag. Alsbald ward er von den Wogen hinweggetragen und verschluckt von Dunkel und Ferne.

Nachwort

> »Shall I ever be a philosopher?«
> Mary W. Shelley, Tagebuch am
> 17. September 1826

Wie Buridans Esel schwankt die Literaturwissenschaft zwischen der Überzeugung, das literarische Produkt spreche für sich selbst, und der anderen Überzeugung, die Biographie des Autors und die Entstehungsgeschichte des Werkes könnten zur Deutung und Erhellung beitragen. Nichts gibt Buridan und diesem Vergleich mehr Recht, als schwarze Literatur und Horrorfilm. Dem Freund Frankensteins im Kinoparkett, der den Namen Mary Shelley nie gehört hat, läuft die gleiche Gänsehaut über den Rücken wie dem Spezialisten, der neben ihm sitzt, der in Frankenstein Prometheus erkennt und Frankensteins Monster mit Golem und Androide vergleicht, der Mary Shelleys Lebensumstände im Roman und auf der Leinwand wiederentdeckt und selbst seine eigene Gänsehaut einer nüchternen Analyse unterzieht.

Eine Bedingung nur: man muß mitmachen. Schwarze Literatur und Horrorfilm, so gewalttätig und brutal ihr Zugriff auch erscheint, haben eines gemeinsam mit den Gespenstern, die sie darstellen: sie bleiben tot, wenn man sich nicht auf sie einläßt. Wer nicht mitspielt, für den sind Gespenster und Nachtmare leblose Schemen, für den bleibt die schwarze Literatur Papier und Druckerschwärze, Objekt der Kulturgeschichte oder Objekt für stilistische Studien.

Mary Shelleys *Frankenstein* ist beides geworden: Leitfossil der Ära des Films und philologischer Evergreen. Seit anderthalb Jahrhunderten ist die Geschichte Frankensteins und seines Geschöpfes eine fündige Goldgrube der Unterhaltungsindustrie, ein Mythos fast der Moderne. Seit anderthalb Jahrhunderten aber auch ist Frankenstein ein unerschöpfliches Sujet für literaturwissenschaftliche Analysen und Dissertationen, für Anmerkungen und Exkurse. Frankenstein ist Prometheus oder Boris Karloff, Hamlet oder Big Frankie – das zwei Fuß hohe Plastikmodell mit beweglichen Armen und Kette.

Frankensteins zwei Gesichter sind mehr als eine literargeschichtliche Kuriosität. Sie sind eine Konsequenz aus den Gesetzen des Genres. *Frankenstein* ist ein paradigmatischer Roman. Seine Figuren, seine Konstruktion, seine Stimmungen zeigen alle Möglichkeiten und alle Grenzen der schwarzen Literatur. *Frankenstein* verbindet die beiden Extreme der Gattung: die Vision und das nüchtern kalkulierte Entsetzen. Der Leser findet in ihm die Angstträume der Kindheit, ein mythisches Weltbild, und den dosierten Schauder aus der Welt der Erwachsenen: Mary Shelley war noch nicht einmal neunzehn Jahre alt, als sie die Arbeit am *Frankenstein* begann.

Mary Wollstonecraft Shelley ist am 30. 8. 1797 in London geboren. Ihr Vater war der Schriftsteller William Godwin (1756–1836), ihre Mutter die Schriftstellerin und Frauenrechtlerin Mary Wollstonecraft, die wenige Tage nach der Geburt Marys stirbt. 1812 lernt die Familie Godwin den Dichter Percy Bysshe Shelley kennen. Zwischen Godwin und Shelley entsteht Freundschaft. Zwei Jahre später fliehen Shelley und Mary Godwin, begleitet von Marys Stiefschwester Claire Clairmont, aus England und unternehmen eine erste Reise durch Frankreich und die Schweiz. Im Herbst 1814 kehren sie nach England zurück, im Februar 1815 wird ihnen eine Tochter geboren, die aber bald stirbt. Im Januar 1816 wird ihr Sohn William geboren, von Mai bis September sind sie wieder auf dem Kontinent, im Dezember begeht Shelleys Frau Harriet Selbstmord. Ende Dezember heiratet Shelley Mary Godwin. Im September 1817 wird eine Tochter Clara geboren, die im Jahr darauf in Venedig stirbt. Im Juni 1819 stirbt in Rom William. Im November 1819 wird ihr Sohn Percy Florence geboren. 1822 ertrinkt Shelley. Mary Shelley kehrt im nächsten Jahr, 1823, aus Italien nach England zurück. Sie stirbt 1851 in London.

Ihre literarische Hinterlassenschaft umfaßt sechs Romane, zwei Dutzend Erzählungen, Reisebeschreibungen, Ausgaben von Shelleys Werken, Fragmente zu einer Biographie Godwins, biographische Lexikonartikel, einige Gedichte. Mary Shelley war Berufsschriftstellerin. Sie lebte von dem, was sie schrieb. In ihrem Tagebuch heißt es am 3. September 1824: »Ich habe gerade mein 27. Lebensjahr vollendet und in solchem Alter sind Hoffnung und Jugend noch in ihrer Blüte, und die Schmerzen, die ich fühle, sind darum in mir immer wach und lebendig. Was soll ich tun? Nichts! Ich studiere, das vertreibt die Zeit. Ich schreibe, manchmal macht es mir Spaß; obwohl mich doppelter Schmerz überfällt, wenn ich fühle, daß Shelley nicht mehr liest und billigt, was ich schreibe; außerdem: ich setze keinen großen Glauben in meinen Erfolg. Ein Werk zu verfassen, ist ein Vergnügen, aber wenn man kein Mitgefühl für das, was man schreibt, von seinen Mitgeschöpfen erwartet, dann ist das Vergnügen beim Schreiben von kurzer Dauer.« Die Werke, die sie nach Shelleys Tod verfaßt, sind vergessen. Die Quintessenz ihres Lebens ohne Shelley, ihrer Arbeit ohne Shelley, findet sich in einem Tagebucheintrag vom 30. Juni 1834: »My race is run« – mein Rennen ist gelaufen. Vom öffentlich-literarischen Leben hielt sich Mary Shelley fern. Ihre Arbeiten erschienen anonym, allenfalls mit dem Hinweis: vom Verfasser *Frankensteins*.

Das literarische Ergebnis der ersten Reise auf dem Kontinent (1814) war eine *History of a six week's tour through a part of France, Switzerland, Germany and Holland*, die 1817 ohne Verfasserangabe in

London erschien. Mary hatte für diese Reisebeschreibung ein von ihr und Shelley gemeinsam geführtes Tagebuch bearbeitet. Außerdem enthielt der schmale Band Briefe, die Shelley und Mary Shelley während ihres zweiten Aufenthaltes auf dem Festland (1816) geschrieben hatten. 1816 begann auch die Arbeit am *Frankenstein*. Am 3. Mai des Jahres hatten Shelley, die achtzehnjährige Mary und ihre Stiefschwester Claire Clairmont, die Geliebte Byrons, England zum zweitenmal verlassen. Auch William, der wenig älter als ein Vierteljahr ist, wird auf die Reise mitgenommen. Mitte Mai erreicht die Gesellschaft Genf. Shelley mietet das Haus »Campagne Chapuis« oder »Campagne Mont Alègre«, zwei Meilen vor der Stadt, am Südufer des Sees, in Richtung Cologny. Der Grund für die Flucht aus England ist vermutlich in der verworrenen Situation von Shelleys Privatleben, auch in der verworrenen Situation seiner Finanzen zu finden. Ende Mai kommt auch Lord Byron, begleitet von seinem Leibarzt Dr. William Polidori, nach Genf. Am 10. Juni bezieht er die Villa Diodati, in der am 10. Juni 1639 Milton den Genfer Theologen Diodati besucht hatte. Die Villa Diodati liegt oberhalb der Campagne Mont Alègre, getrennt von ihr durch einen Weinberg. Mitte August kommt schließlich noch »Monk« Lewis in die Villa Diodati. Für kurze Zeit wird das altehrwürdige Haus ein schwarzer Parnaß.

Mitte Juni hatte man gemeinsam eine Sammlung von Schauergeschichten gelesen: *Fantasmagoriana, ou recueil d'histoires d'apparations, de spectres, revenans etc. Traduit de l'Allemand par un amateur.* Es gab mindestens zwei Ausgaben dieser *Fantasmagoriana*: eine bei Lenormant et Schoell (1811) und eine, in 2 Bänden, bei F. Schoell, rue des Fossés-Montmartre (1812). Als deutsche Quelle für diese Sammlung hat man das *Gespensterbuch* nachgewiesen, das 1810/11 von A. Apel und F. Laun (= Friedrich August Schulze) herausgegeben wurde. Fünf der dreiundzwanzig Geschichten des *Gespensterbuches* sind in den *Fantasmagoriana* enthalten. Eine weitere Geschichte stammt aus dem Berliner Unterhaltungsblatt *Der Freimütige* vom 9. und 10. April 1810.

Lord Byron machte den Vorschlag, jeder von ihnen solle eine Gespenstergeschichte schreiben. Byron selbst begann ein Vampir-Thema zu bearbeiten. Die Geschichte, die Fragment blieb, ist datiert vom 17. Juni 1816 und wurde 1819 zusammen mit *Mazeppa* veröffentlicht. Auch Shelley kam mit seiner Geschichte, in der er ein Jugenderlebnis verarbeiten wollte, nicht weit. Ebenso blieb Polidoris Beitrag im Ansatz stecken: die Geschichte einer Frau mit einem Totenkopf.

Welche Stimmung bei den Abenden in der Villa Diodati herrschte, zeigt ein Ereignis, das Polidori aus den gleichen Tagen berichtet: Byron hatte aus Coleridges neuem Poem *Christabel* rezitiert, die Passage, die den widerlichen, grauenerregenden Busen der Hexe Geraldine beschreibt. Plötzlich schlägt Shelley die Hände vor den Kopf und stürzt schreiend aus dem Zimmer. Polidori muß ihn mit Wasser und Äther beruhigen. Shelley erklärt, er habe Mary angeschaut und plötzlich die Vision einer Frau gehabt, die Augen anstelle der Brustwarzen hatte.

Mary Shelley, so wenigstens schreibt sie im Vorwort zur dritten Auflage des *Frankenstein,* fühlte »blanke Einfallslosigkeit, die das größte Elend der Schriftstellerei ist«. Gespräche zwischen Byron und Shelley lenkten schließlich ihre Gedanken in eine bestimmte Richtung, Gespräche, in denen über das Prinzip des Lebens diskutiert wurde: ob eine Möglichkeit bestehe, es jemals zu entdecken. Über angebliche Experimente des Dr. Erasmus Darwin wurde gesprochen, in denen zerhackte Würmer in einem Glasbehälter durch bestimmte Praktiken wieder belebt worden seien.

Erasmus Darwin (1731–1802), der Großvater Charles Darwins, Dichter und Naturwissenschaftler, hatte in seinen Schriften eine »romantische« Theorie der Biologie vertreten. In seinem Lehrgedicht *Botanic Garden* schilderte er die geheimnisvollen Kräfte der Natur, im zweiten Teil des Gedichts etwa beschrieb er »the loves of the plants«, indem er die Pflanzen im Linnéschen System personifizierte. Darwins wissenschaftliches Hauptwerk *Zoonomia, or the Laws of Organic Life* wandte sich gegen die Theorie, daß Leben mit einer hydraulischen Maschine vergleichbar sei. Ein kurzer Passus des Werkes spekulierte auch mit der Möglichkeit künstlichen Lebens.

Schließlich sprach man im Diodati-Kreis auch über galvanische Elektrizität und galvanische Batterien: vielleicht wäre die immaterielle Kraft des Stroms geeignet, den »Lebensfunken« zu spenden, aus einer Summe toter Teile ein lebendiges Ganzes zu machen.

Halb schlafend, halb wachend fand Mary Shelley endlich den Kern ihrer Geschichte. Sie begann mit den Worten: »Es war eine trübe Novembernacht...«, die jetzt den Anfang des 5. Kapitels bilden. Ursprünglich wollte Mary Shelley nur eine kurze Erzählung schreiben, aber auf Drängen Shelleys rankte sie um diesen »Urfrankenstein« die Handlung und die Rahmenhandlung des Romans.

Die Tagebücher Mary Shelleys für die Zeit vom Mai 1815 bis zum 20. Juli 1816 sind verlorengegangen. Von Ende Juli ab aber findet sich in ihren Aufzeichnungen immer wieder die lakonische Eintragung »write« – schreibe. Am 10. April 1817, die Shelleys sind wieder in England, heißt es: »correct Frankenstein«. Dieser Eintrag wiederholt sich eine Woche lang. Dann heißt es, am Montag, den 26. Mai: »Murray likes *Frankenstein*.« Murray ist Verleger. Am 18. Juni: »*Frankenstein* sent back.« Der Verleger hatte abgelehnt. Am 25. August: »Feilsche mit Lackington betreffs *Frankenstein*.« Am 24. September an Shelley: »Ich schicke Dir, mein Liebster, einen weiteren Korrekturbogen, der heute Abend ankam;

beim Durchschauen fiel mir eine gewisse Schroffheit auf, ich habe mich bemüht, dem abzuhelfen – aber ich bin müde und nicht sehr klar im Kopf, darum gebe ich Dir *carte blanche*, alle Änderungen, die Du möchtest, vorzunehmen.« Im März 1818 erscheint bei Lackington, Allen and Company in drei Bänden *Frankenstein, or the Modern Prometheus*.

Die Widmung des Romans – »To William Godwin, Author of *Political Justice*, *Caleb Williams* etc« – ist mehr als eine Reverenz der Autorin vor ihrem Vater. Godwins *The Inquiry concerning Political Justice, and its Influence on General Virtue and Happiness* war zur Programmschrift der englischen Romantik geworden. Godwins politische Überzeugungen waren liberal und egalitär, sein philosophischer Standpunkt war der eines Radikalen. Seine Kritik galt gleichermaßen dem Staat, dem Besitz, der Ehe, der Strafjustiz. Auch in den Romanen Godwins, vor allem dem *Caleb Williams (Things as they are, or: the Adventures of Caleb Williams)* von 1794, war hinter der »gotischen« Kulisse der aufklärerisch-liberale Geist zu spüren.

Die Widmung ist Programm. Gleichzeitig aber wußte der Leser der Zeit, was ihn bei einem Roman mit dem Titel »Frankenstein« erwartete: German Horror. Von 1790 bis 1818 sind in England über dreihundert Schauerromane erschienen. 1818, zusammen mit dem *Frankenstein*, tauchen die ersten Parodien und Satiren auf: *Nightmare Abbey* und *Northanger Abbey*. Die Schauerromantik ging zu Ende, obwohl noch Jahr für Jahr der konfektionierte Lesestoff für die Liebhaber der schwarzen Literatur erschien. Gut die Hälfte der Produzenten im übrigen waren Frauen.

German Horror, wie der *Frankenstein*, war eine Spezialität des Genres, so wie es die Schloßgeschichten waren, die Gespenstergeschichten, die Mönchs- und Klosterromane mit der aufklärerischen Attitüde.

Mathew Gregory (»Monk«) Lewis hatte diesem letzten Typ mit seinem *Mönch* (1795) das Modell geliefert. Beckford hatte mit seinem *Vathek* (1786) auf exotisch-orientalischen Horror gesetzt und William Godwin hatte mit *Caleb Williams* und den *Travels of St. Leon* eine Mischung aus handfestem Schrecken und rationalistischer Philosophie gegeben.

Mary Shelleys *Frankenstein* bringt ein neues Thema und ein neues Motiv in die schwarze Literatur: das Thema »Wissenschaft« und das Motiv »künstliches Leben«. Allerdings trennen nicht nur anderthalb Jahrhunderte den *Frankenstein* von der Science-Fiction. Science-Fiction gibt literarisch verkleidete Konstruktionspläne, und eine ganze Reihe von Erfindungen wurden vor ihrer technischen Realisierung von der Science-Fiction exakt beschrieben. Im Vorwort zum *Frankenstein* dagegen heißt es: die Verfasserin glaube durchaus nicht an die Möglichkeit eines künstlichen Menschen. Bis hin zu Jules Verne gab die utopische Literatur nur technische Wunschbilder, Tagträume, und selbst Jules Verne verwandelt nur das Wissen seiner Zeit in monströse Theatermaschinerien. Mit einem dramaturgischen Trick breitet Mary Shelley überdies den Schleier des Geheimnisses über das wissenschaftliche Kernproblem des Romans: Aus Gründen, die der Leser respektieren muß, verschweigt Frankenstein vor Walton seine entscheidende Entdeckung. Bei der Schilderung jener Novembernacht, in der das Monster zum Leben erweckt wird, beschränkt er sich darauf, das »Instrumentarium des Lebens« zu erwähnen, mit dem er den lebensspendenden Funken erzeugen will. Da die erste Lebensäußerung des Monsters eine »konvulsivische Bewegung« ist, darf man etwa an eine galvanische Batterie, ein galvanisches Element denken. Ein weiterer Hinweis findet sich am Ende des zweiten Kapitels, wo Frankenstein eine neue Theorie der Elektrizität und des Galvanismus kennenlernt. Genaueres erfährt der Leser nicht, und Genaueres hat wohl auch

Mary Shelley nicht gewußt. Für sie ist der elektrische Funke das Verbindungsglied zwischen Physik und Metaphysik. Biologisch gesehen ist das entstehende Monster, zusammengestückelt aus Leichenteilen und Resten von Tierkadavern, ein vollwertiges Geschöpf.

Das Abendland hat drei verschiedene Praktiken entwickelt, um sich dem Problem des künstlichen Lebens zu nähern: eine magisch-mythische, eine mechanische und eine biologische. Der älteste Weg war der magisch-mythische, der zuerst in der jüdischen Tradition gegangen wurde. Aus ihr stammt der Golem, ein aus Lehm oder Staub geschaffenes Wesen, das in einem magischen Ritual unter Zuhilfenahme von Gottes Namen zu einem Halbleben erweckt wird. In der Neuzeit ranken sich die Golemsagen um Elijah von Chelm und vor allem um Juda Löw ben Bezalel, den Hohen Rabbi Löw aus Prag. Er soll 1580 am Moldauufer einen Golem geschaffen haben, der dann die Rolle eines Hausknechts übernahm. Dieses scheinbar prosaische Resultat einer Imitatio Gottes ist symbolisch leicht zu deuten. Der Golem ist der Knecht des Menschen, so wie der Mensch Gottes Knecht ist. Die Kabbala knüpft an die Geschichten vom Golem eine ganze Reihe von Vorschriften und Fragen: Zum Sabbat muß dem Golem der Schem, der Name Gottes, von der Sitrn oder aus dem Mund genommen werden. Darf ein Golem am Sabbat geschaffen werden? Darf man einen Golem töten?

Der zweiten Methode, einen künstlichen Menschen herzustellen, der mechanischen Methode, haben Denker wie Descartes, Bayle oder La Mettrie den Weg geebnet. Sie beschrieben das Leben als einen physikalischen Prozeß, psychische und physiologische Vorgänge als mechanische. Descartes beschrieb »la Bête machine«, das Tier als Maschine. Die Lebensgeister, die *spiritus animales*, zirkulierten in einem hydrostatischen Modell, das von Ventilen im Schädel gesteuert wurde. La Mettrie beseitigte mit seinem *l'Homme machine* die Sonderstellung des Menschen. Auch der Mensch ist nichts als eine Maschine. »Er ist im Vergleich zum Affen, zu den klügsten Tieren das, was die Planetenuhr von Huygens im Vergleich zu einer Uhr des Julien le Roi ist. Wenn man mehr Instrumente benötigte, mehr Räder und mehr Federn, um die Bewegungen der Planeten anzuzeigen, als man benötigte, um die Stunden anzuzeigen... wenn Vaucanson mehr Kunst für seinen ›Flötenspieler‹ als für seine ›Ente‹ aufwenden mußte, so hätte er noch mehr aufwenden müssen, um einen ›Redner‹ zu machen; eine Maschine, die man nicht mehr für unmöglich halten kann, schon gar nicht unter den Händen eines neuen Prometheus.«

Die immer raffinierteren Konstruktionen der Automatenbauer schienen den Philosophen Recht zu geben. Schon mit seinem ersten großen Werk, dem »Flötenspieler«, hatte Jacques de Vaucanson (1709-1782) ungeheures Aufsehen erregt: auf einer Querflöte spielte der fast lebensgroße Automat zwölf verschiedene Melodien. La Mettrie hatte angenommen, der »Flötenspieler« sei komplizierter als die »Ente«. In Wirklichkeit verhielt es sich umgekehrt. Der »Flötenspieler« imitierte mechanische Vorgänge: Bewegungen, Erzeugung eines Luftstromes, Erzeugung von Tönen. Mit der »Ente« wollte Vaucanson demonstrieren, wie sich biologische Prozesse auf chemisch-mechanische reduzieren lassen: die Ente besaß einen Verdauungstrakt. 1805 konnte Goethe in Helmstedt die beiden Automaten noch besichtigen: »Die Ente, unbefiedert, stand als Gerippe da, fraß den Haber noch ganz munter, verdaute jedoch nicht mehr.« Ähnlich fasziniert war Europa von den Androiden, die Vater und Sohn Jaquet-Droz hergestellt hatten: dem »Zeichner«, dem »Schreiber«, der »Klavierspielerin«, die heute noch in Neuchâtel zu sehen sind.

Der dritte Weg zum künstlichen Menschen, der einzige auch, der heute noch gangbar scheint, ist der biologische. Er versucht die Natur ganz direkt nachzuahmen. Ein einigermaßen erstaunliches Rezept gibt Paracelsus, und der Leser erinnert sich, daß der junge Frankenstein die Schriften Paracelsus studiert hat: Menschliche Samenflüssigkeit wird in eine Retorte gegeben, vierzig Tage bei Körpertemperatur gehalten und dann bis auf vierzig Wochen mit dem »Arcanum« des menschlichen Bluts genährt. Der dann fertige Mensch soll lediglich kleiner als ein normal geborener sein: ein Homunculus. So sachlich die Angaben dieses Rezeptes auch sind, mit dem geheimnisvollen »Arcanum«, wohl der Quintessenz des Bluts, rückt es doch wieder in das Dunkel mittelalterlicher Alchimie.

Paracelsus spricht von der »Putrefaction« des Sperma, einem Zersetzungs- oder Verwesungsprozeß. Auch bei Cornelius Agrippa spielen Verwesungsprodukte eine Rolle. In Dung etwa ist nach ihm spontane Zeugung möglich. Frankenstein schließlich, der Cornelius Agrippa ebenfalls gelesen hat, erwähnt die »minutiöse Kausalität, darin das Überwechseln des Lebens zum Tode schon Hand in Hand geht mit des letzteren Wandlung zu neuen Formen des Lebens«.

Zum Thema der Literatur wurden künstliche Wesen erst am Ausgang des achtzehnten Jahrhunderts. Wagner in Goethes *Faust* ist offensichtlich Schüler des Paracelsus, während hinter E. T. A. Hoffmanns Olympia (aus: *Der Sandmann*) und Jean Pauls Maschinenmann die mechanischen Androiden stehen. Doch bei keiner dieser Figuren liegt das Interesse des Autors auf dem Prozeß der Herstellung. Er wird erst am Ende des neunzehnten Jahrhunderts wirklich beschrieben: von Villiers de l'Isle-Adam in seinem Roman *Die Eva der Zukunft*. Die Konstruktion dieser künstlichen Frau wird dem Leser in allen Einzelheiten mitgeteilt. Mechanische oder elektromagnetische Prozesse steuern den Organismus. Die Mimik ist nicht vergessen, ebensowenig Wärme und Geschmeidigkeit der Haut, Mund- und Körpergeruch, schließlich, im

Brustkasten eingebaut, eine Diskothek mit Gesprächs- und Gesangsplatten, vom schmachtenden Ah und Oh über den philosophischen Monolog und das leichte Geplauder bis zur Arie »Casta Diva« aus Bellinis *Norma*.

Mary Shelley hat sich auf Details der Konstruktion nicht eingelassen, sie hat sich vermutlich auch dafür nicht sehr interessiert. Bei ihr liegt der Akzent auf der geistigen Menschwerdung des Monsters. Der große Monolog des namenlosen Geschöpfes (Kapitel XI-XVI) steht im Mittelpunkt des Romans. In diesem Monolog schildert es das langsame Erwachen der Sinne, den Prozeß der Bewußtwerdung und den Prozeß der Bildung. Mary Shelley hätte sich damit begnügen können, das Monster in einem tierisch-wilden Zustand zu belassen. An groben Schauereffekten wäre das Buch dadurch nicht unbedingt ärmer geworden. Dennoch hat Mary Shelley eine einigermaßen umständliche Geschichte erfunden, um ihrem Monster das geistige Weltbild eines gebildeten Europäers am Ende des achtzehnten Jahrhunderts zu vermitteln. In seinem Unterschlupf bei den De Laceys liest das Geschöpf paradigmatische Werke: für ein Kapitel wird der *Frankenstein* zu einem philosophischen Roman, in dem nicht mehr die Handlung, sondern die pädagogische Absicht dominiert.

C. F. Volneys *Les Ruines, ou Meditations sur les Ruines des Empires* (1792) war ein Standardwerk der Zeit, das in Form einer romanhaften Reisebeschreibung staatspolitische Kritik übte und Reformvorschläge gab. In ihm erkennt das Monster die Struktur der menschlichen Gesellschaft. Plutarch vermittelt ihm die Bürgertugenden und die *Leiden des jungen Werther* wecken das Ich, die Seele. Seinen Standort in einem metaphysischen Bezugssystem erfährt das Monster in Miltons *Paradise Lost*.

Man hat Frankensteins Geschöpf mit der Figur des guten Wilden verglichen, die in der Geistesgeschichte des achtzehnten Jahrhunderts eine große Rolle spielt.

Der gute Wilde diente als Demonstrationsobjekt für alle Theorien, die beweisen wollten, daß der Mensch im Urzustande gut ist, daß nur die Gesellschaft ihn verdirbt. Mary Shelleys Roman ist ein spätes Beispiel für diese Theorien. Das Monster ist nicht nur biologisch ein Geschöpf »aus der Retorte«, sondern auch soziologisch, es ist eine tabula rasa, in die die Gesellschaft das Zeugnis ihrer eigenen Verderbtheit einprägt. *Frankenstein* ist ein Roman, wie er pessimistischer nicht gedacht werden kann.

Allerdings muß man sich hüten, den *Frankenstein* als einen Roman zu deuten, der bestimmte gesellschaftliche Institutionen im Auge hat. Nur ein einziges Mal werden die »republikanischen Einrichtungen« der Schweiz erwähnt – das ist alles, was an konkreter gesellschaftlicher Gegenwart in den Roman eingegangen ist. Die Kritik im *Frankenstein* setzt auf einer viel tieferen, archaischeren Ebene an: auf der Ebene des ursprünglichen, noch nicht institutionalisierten Kontaktes zwischen den Individuen. Die repräsentative Auswahl von Menschen, mit denen das Monster in Berührung kommt, ist deshalb nicht nach Ständen, Berufen oder ähnlichem vorgenommen, sondern nach dem Alter. Darüber hinaus stellt der Roman Familienbeziehungen dar, aber, wie man schnell sieht, durchaus unrepräsentative Beziehungen.

In der Rahmenerzählung wird eine Bruder-Schwester-Beziehung dargestellt: Walton und seine Schwester Margaret. Zwischen den Eltern Viktor Frankensteins besteht ein ungewöhnlich großer Altersunterschied. Viktor Frankenstein ist der älteste Sohn, er wird später Elisabeth Lavenza heiraten, die Adoptivtochter seiner Eltern, die »wie eine Schwester« mit ihm aufgewachsen ist. Die Familie der De Laceys besteht aus Vater und wieder Bruder und Schwester. Eine durchschnittliche Beziehung zwischen Mann und Frau, eine Ehe »wie alle anderen«, fehlt im *Frankenstein*.

Man könnte sich daran machen, die vertrackten Familienbeziehungen der Godwins, Shelleys und Byrons im *Frankenstein* wiederzusuchen, aber das führt nicht weit. Interessanter ist, mit welcher Konsequenz Mary Shelley eine der wichtigsten Komponenten ihres Themas ausklammert: die erotisch-sexuelle. Der künstliche Mensch übt eine eigenartige, erotische Faszination aus und wenige Autoren haben auf diesen Aspekt verzichtet. Seine künstlerische Spannweite reicht etwa von E. T. A. Hoffmanns *Der Sandmann* bis zu *La Femme endormie* einer Madame B. (Paris, 1899). Im letzteren Oeuvre bleibt von der erotischen Faszination nur der sexuelle Bodensatz: ein weiblicher Roboter beherrscht die diversen sexuellen Praktiken, ohne dabei die Männer mit Ziererei oder Widerstand zu behelligen. Mary Shelleys Auffassung des Stoffes ist unorthodox. In den Geschichten von künstlichen Menschen sind diese im allgemeinen nur Gegenstand von Gefühlen: sie werden geliebt oder gehaßt. Bei Mary Shelley aber ist es das Monster, dessen Gefühlsleben im Mittelpunkt steht. Freilich sind die Wünsche des Geschöpfes nach einer Gefährtin nicht Ausdruck erotischer oder sexueller Bedürfnisse, sie sind nichts als Chiffren für die Sehnsucht nach ganz undifferenzierten menschlichen Kontakten, nach irgendeinem Wesen.

Neben der Bruder-Schwester-Beziehung stellt der Roman Freundschaftsbeziehungen dar: Robert Walton und Frankenstein, Henri Clerval und Frankenstein. Die diffizilste Beziehung des Romans aber ist die zwischen Frankenstein und seinem Geschöpf. Sie schwankt zwischen Liebe und Haß. Aus Haß mordet das Monster Frankensteins Familie, aus Liebe verschont es Frankenstein. Besonders die Schlußpartien des Romans machen dieses doppelte Gefühl sinnfällig. Das Monster flieht vor Frankenstein und sorgt gleichzeitig für seinen Verfolger, es flieht und müht sich, seine Spuren nicht zu verwischen. Die Sentenz des Monsters »Du bist mein Schöpfer, doch ich bin dein

Herr« ist eine groteske Illustration der Hegelschen Dialektik von Herr und Knecht.

Im Sagenkreis um den Golem ist diese unauflösbare Beziehung zwischen Schöpfer und Geschöpf noch weiter reduziert worden, auf einen Kern, der vielleicht überhaupt der Ursprung des Golemmythos ist. In dieser Sicht wäre der Golem ein Produkt mystischer Selbstversenkung, eine visionäre Erscheinung des eigenen Ich. Im Volksglauben ist der Golem der Möglichkeit nach darum auch immer ein Doppelgänger. Gustav Meyrink etwa hat in seinem Roman *Der Golem* (1913/14) diesen Aspekt der Überlieferung besonders herausgearbeitet. Mary Shelley hat offenbar den Themen- und Motivkreis der Golemsagen nicht gekannt. Dennoch taucht am Rande das Motiv des Doppelgängers auf. An einer Stelle bemerkt Frankenstein über sein Geschöpf: »nachgerade erschien es mir als mein eigener Vampir, als mein aus dem Grabe auferstandener Leichnam«. Und genau wie das Frankensteinsche Monster riesenhaft groß ist, so steckt auch in den Golems die Fähigkeit zu wachsen, riesenhaft zu werden. Das Geschöpf wächst über den Schöpfer hinaus. Oder: im Doppelgänger sind die Züge des menschlichen Urbildes vergrößert und vergröbert, weil der Doppelgänger die bösen Kräfte des Ich symbolisiert.

Was bleibt dem Helden? Frankenstein ist von Mary Shelley mit Sympathie geschildert worden, aber man darf nicht übersehen, daß Frankenstein nicht eigentlich eine sympathische Figur ist. Er läuft vor seinem Geschöpf davon, er unternimmt zwar vieles, aber nie etwas Wirkungsvolles. Wenn Frankenstein nur wirklich gewollt hätte, dem Ungeheuer wäre recht schnell der Garaus gemacht worden. Frankenstein steckt in einem undurchdringlichen Panzer von Selbstmitleid. Frankenstein ist Hamlet, unentschlossen, getrieben, aber nie treibend, von Skrupeln und Gewissensbissen geplagt, sich selbst zum großen Dulder hinaufstilisierend. Frankenstein ist ein Hypochonder.

Aber Mary Shelley hat Frankenstein gleichzeitig in mythologische Höhen gerückt, im Untertitel des Romans ist Frankenstein der moderne Prometheus. La Mettrie hatte nach einem modernen Prometheus gerufen und offensichtlich ist auch im Diodati-Kreis der Prometheus-Mythos diskutiert worden: Lord Byron schreibt im Juli 1816 die Ode *Prometheus*, Shelley beginnt zwei Jahre später seinen *Prometheus Unbound*. In beiden Dichtungen ist Prometheus vor allem der leidende Prometheus. Mary Shelley sieht in Prometheus zuerst den schöpferischen Titan, so wie ihn im Gegensatz zur griechischen die römische Tradition gesehen hatte. Als Quelle für Mary Shelleys Prometheusbild hat man neben den *Metamorphosen* des Ovid Shaftesbury nachgewiesen. Shaftesbury hat zu Beginn des achtzehnten Jahrhunderts Prometheus als schöpferischen Geist, als Künstler gedeutet, gleichzeitig aber auch ein negatives Prometheusbild gezeichnet: da Gott oder die Natur allmächtig sind, ist es unmöglich, daß neben ihnen noch ein Schöpfer steht. Wieder ein Jahrhundert zuvor hatte Bacon in seinem Essay *Prometheus, sive de statu hominis* eine allegorische Deutung der Prometheusfabel gegeben, die Mary Shelley wohl ebenfalls gekannt hat: Das Schicksal des Prometheus entspricht nach Bacon dem Schicksal des nach Erkenntnis strebenden Naturforschers.

Nimmt man den Untertitel des *Frankenstein* ernst, den Roman als Variation der Prometheusfabel –, dann hat man auch das »fabula docet« zu bedenken. Was also wäre die Moral, die man aus dem *Frankenstein* herausdestillieren könnte? Am Ende des Romans sühnt der schuldige Frankenstein mit dem Tod, desgleichen sein schuldig-unschuldiges Geschöpf. Robert Walton erkennt die »Moral der Geschichte« und segelt zurück nach England: er wird die Götter nicht versuchen. Am Schluß des Buches steht also eine recht konservative Moral denkerischer Selbstbescheidung und des Respektes vor bestehenden Grenzen.

Allerdings: Mary Shelley hat keine moralische Erbauungslektüre geschrieben. Wenn man den Roman schon in die herkömmlichen Kategorien einordnen will, dann ist der *Frankenstein* ein psychologischer Roman, psychologisch, weil die Autorin die Psychologie ihrer Helden entwickeln will, psychologisch aber vor allem, weil der Roman den Leser zu höchst diffizilen psychologischen Reaktionen provoziert. Im Deutschen bezeichnet man diese Reaktionen ziemlich pauschal mit »Schrecken« oder »Schauder«. Das Englische differenziert zwischen handfestem »horror« und dem subtileren »terror«. Der Unterschied zwischen »terror« und »horror«, so definiert es Devendra P. Varma, ist der Unterschied zwischen schrecklicher Vorstellung und ekelerregender Verwirklichung, zwischen dem Hauch des Todes und dem Stolpern über einen Leichnam. Horror also ist handfest. Er kennt nicht die vage Andeutung, die Angst vor dem Ungewissen, er läßt nichts im Dunkel. Horror verwandelt Probleme in Akteure, Stimmungen in Aktion.

In dieser Definition freilich unterscheidet sich der Horrorroman nicht wesentlich von blutrünstigen Abenteuergeschichten oder auch realistischen Kriegsromanen. Das psychologische Schockerlebnis, das ein Horrorroman auslösen kann, bleibt unerklärt, die Mechanik dieses »Horroreffektes« bleibt hinter der gotischen Gruselkulisse verborgen.

Wodurch wird das spezifische Unbehagen ausgelöst, das der Leser von schwarzer Literatur oder der Besucher von Horrorfilmen empfindet? Blickt man sich in der Schreckenskammer der schwarzen Literatur um, so stößt man auf ein bemerkenswertes Paradox: Phantastische Literatur braucht sich nicht an das zu halten, was man bei anderer Literatur als Glaubwürdigkeit bezeichnet. Schwarze Literatur darf ungestraft zur Wirklichkeit, auch zur poetischen Wirklichkeit hinzuerfinden, darf andere Formen des Lebens beschreiben, ganz neue Welten ersinnen, neue

Menschen, was immer ihr einfällt. Zu vermuten wäre also, daß der Themenkreis der schwarzen Literatur unbegrenzt ist. Aber genau das Gegenteil ist der Fall. Die schwarze Literatur begnügt sich damit, ein halbes Dutzend von Themen immer von neuem zu variieren. Horror ist für Autor und Leser Ritual oder Puzzlespiel: die immer gleichen Elemente werden immer wieder zu neuen Kombinationen zusammengesetzt. Hier eine Liste der Akteure:

Wesen zwischen Biologie und Mechanik: Golems, Androiden, Automaten, Roboter, das Monster Frankensteins;

Wesen zwischen Leben und Tod: Vampire, Untote, Gespenster, Ahasverus;

Wesen zwischen Mensch und Tier: Werwölfe, Mischformen zwischen Mensch und Schlange, Mensch und Alligator, Mensch und Insekt;

Tiere, die im Linnéschen System nahe beim Menschen stehen: der Affe, oder Tiere, die auf Auge und Tastsinn unorganisch, untierisch wirken: Insekten, Fledermäuse, Reptilien;

schließlich die in sich selbst gespaltenen Wesen: Geisteskranke, Doppelgänger, physisch Deformierte, auch Wesen ohne Schatten.

Zu diesem Rollenkatalog kommen »schwarze Objekte« wie Spiegel, Statuen, Puppen, Masken. Die psychische Verbindung dieser Objekte mit den Horrorfiguren ist einleuchtend.

Die Reaktion auf diese Mischwelt, diesen Zwischenbereich hat E. T. A. Hoffmann in seiner Erzählung *Die Automate* (1814) am Beispiel tanzender Androiden beschrieben: »Schon die Verbindung des Menschen mit toten, das Menschliche in Bildung und Bewegung nachäffenden Figuren zu gleichem Tun und Treiben hat für mich etwas Drückendes, Unheimliches, ja Entsetzliches.« Weiter spricht er von »innerem Grauen« und nennt all diese Figuren »Standbilder eines lebendigen Todes oder eines toten Lebens«.

An Frankensteins Monster läßt sich die Entstehung dieses inneren Grauens beschreiben. Die erste Ebene des Romans (die Walton-Kapitel) beschreibt eine außerordentliche, aber psychisch eindeutige Situation. Das Kapital an dichterischer Glaubwürdigkeit überträgt sich auf die zweite Ebene (die Erzählung Frankensteins). Sie bringt eindeutigen Schrecken, aber auch eindeutige Reaktion des Lesers, der die Ereignisse nur aus der Sichtweise Frankensteins kennt. Erst die dritte Ebene des Romans (die Erzählung des Monsters) löst das Schockerlebnis aus. Das Geschöpf ist häßlich und mißgestalt – die Reaktion des Lesers ist Erbarmen oder Abscheu, Spott oder Mitleid. Das Geschöpf wird zum viehischen Mörder – ein Mörder löst Haß aus. Der Leser, der »mitspielt«, wird also entsprechende Gefühle mobilisieren. Allerdings merkt er schnell, daß solche Gefühle dem Monster gegenüber nicht angebracht sind. Es ist kein Mensch, sondern ein künstliches Wesen. Das aber kann ich weder verabscheuen noch hassen. Andererseits aber ist das Wesen nicht nur eine tote Maschine, ein Mechanismus. Sein Innenleben ist offensichtlich das eines Menschen: wie ein Mensch sehnt es sich nach Zuneigung und Liebe.

Unser übliches Gefühlsreservoir hilft uns in dieser Situation nicht weiter. Es gibt einem solchen Zwitter gegenüber keine angemessenen Gefühle. Das Eingeständnis, daß unser Gefühl versagt, löst den Schauder aus, das Unbehagen, den »Horroreffekt«.

Horrorliteratur beruht also auf einem relativ einfachen Mechanismus. Sie macht sich die Tatsache zunutze, daß jeder Leser bewußt oder unbewußt psychische Energien in seine Lektüre investiert. Lesen ist ein Prozeß, der zwischen Identifizierung und Distanzierung pendelt. Von der simplen Schwarzweißmalerei der Trivialliteratur, in der Identifizierung und Distanzierung problemlos ablaufen, ließe sich dieses Prinzip bis zur großen Literatur verfolgen, in der das Spiel von Identifizierung und Distanzierung ein Spiel auf intellektuelle Distanz ist. Schwarze Literatur aber präsentiert Gestalten und Ereignisse, bei denen sich dieses Spiel als Sackgasse erweist. Sie provoziert Identifikation gegen unseren Willen. Sie läßt uns Gefühle investieren, wo der Verstand sagt, daß für Gefühle überhaupt kein Anlaß ist. Sie lockt uns zu moralischem Engagement bei Situationen, die jenseits von gut und böse liegen. Schwarze Literatur konfrontiert mit Ereignissen und Figuren, die in der Realität keine Entsprechung haben, bei denen unser psychischer Apparat leerläuft. Die Fixpunkte und Konstanten unseres Weltbildes verschwimmen. Schwarze Literatur entführt den Leser in ein psychisches Niemandsland.

Frankensteins Monster selbst erklärt seine außerordentliche Stellung: »des Menschen Sinne«, sagt es, »lassen nicht zu, daß ich ihm wohlgefällig sei«. Das innere Grauen vor dem Monster hat keine moralischen oder ethischen Gründe, ist keine Frage von Wollen oder Nicht-Wollen, von freier Entscheidung oder humanitärer Erziehung. Die psycho-physiologische Organisation des Menschen verlangt eindeutige Objekte, sie *kann* sich mit Zwitterwesen nicht abfinden.

So gesehen erweist sich Frankensteins Monster als philosophisches Modell, an dem Mary Shelley anthropologische Aporien demonstriert: Was ist menschliches Leben, wenn eine biomechanische Konstruktion ebenso lebt? Was ist Freiheit, wenn ein künstliches Wesen wie ein Mensch handelt, und doch an den unsichtbaren Fäden seiner technischen Konstruktion hängt? Was ist das Ich, wenn Frankenstein in dem Geschöpf seinen Doppelgänger erkennt? Was ist Liebe, wenn eine aus Leichenteilen zusammengestückte Kreatur auch Liebe empfindet? Oder (diese Frage hat Mary Shelley allerdings ausgeklammert): was ist Liebe, wenn kein Unterschied ist im Gefühl zu einem Menschen aus Fleisch und Blut und einem Automaten?

Es gibt eine Parallele und einen Gegensatz zum Horror, die beide zeigen, in welche ursprünglichen Bereiche der Psyche das Horrorerlebnis eingreift. Die Parallele ist im Pygmalionismus zu finden, der erotischen und sexuellen Anziehungskraft von Puppen (Schaufensterpuppen) oder auch in Praktiken wie der symbolischen Nekrophilie. Den Gegensatz findet man im Witz. Auch er bringt in Situationen, die es eigentlich nicht geben dürfte, für die keine adäquate psychische Reaktion vorhanden ist. Das Lachen überspringt das tote Gleis unserer Gefühle. So gesehen ist der Horror der gefühlsselige Bruder des Witzes, der in dieser Verwandtschaft der Intellektuelle wäre. Außerdem: das Lachen ist auch der psychologische Notausgang, den sich der Leser oder der Kinobesucher bereithält, um aus der Welt des Horrors herauszukommen. Dem Lachen widersteht kein Grauen. Darum auch gibt es im Horrorroman als Folie und Kontrast wohl Gemüt, liebliche Landschaften und Glück, aber es gibt keine Heiterkeit, kein Lachen. Horror ist todernst.

Anderthalb Jahrhunderte nach dem Erscheinen des *Frankenstein* scheint es, als sei jetzt das Lachen die angemessene Reaktion auf die Alpträume unserer Ahnen geworden. Das Lachen oder ein mitleidiges Lächeln. Was sind die Vampire gegen die lebenden Toten, die in den Kühlschränken von Spezialkliniken lagern? Was ist Frankenstein mit seinen laienhaften Praktiken gegen die Technik der Organtransplantation, gegen persönlichkeitsverändernde Drogen, gegen Gehirnoperationen, bei denen aus Tobsüchtigen freundliche Schwachsinnige werden? Die Wirklichkeit scheint den Horror zu überholen. Nur: inzwischen hat der Leser schon wieder einen neuen psychologischen Zugang zur schwarzen Literatur gefunden.

Auch die schwarze Literatur hat ihre Epochen. In einer ersten, grob gesehen: von 1780 bis zur Mitte des 19. Jahrhunderts, versucht die schwarze Literatur ganz direkt, die Nacht- oder Schattenseite der menschlichen Existenz darzustellen, die Fragwürdigkeit des Ich und die Fragwürdigkeit der Welt. Die schwarze Romantik gehört in diese Epoche. Eine zweite Epoche schreibt Horror, gibt aber zum Schluß eine rationale Erklärung. Hierher gehören Jules Vernes *Schloß in den Karpathen,* Erzählungen Conan Doyles, Romane von Gaston Leroux, auch die Romane, die Psychologie und Spiritismus ins Spiel bringen. Wie diese zweite Horrorepoche versucht, das Horrorerlebnis mit einem rationalen Schlußschnörkel zu legitimieren, so hat auch die gegenwärtige dritte Horrorwelle ihre ideologische Selbstrechtfertigung parat, Horror wird erlebt als schwarzer Humor: *Frankenstein, wie er mordet und lacht.* Horror wird erlebt als Pop oder Spiel, als kulturhistorisches Dokument oder als Kunstprodukt. Erst diese verfremdende Interpretation oder Zubereitung erlaubt dem Einzelnen, sich so archaischen Gefühlen wie Angst oder Schauder genüßlich hinzugeben. Das Grauen, das wir bei der Lektüre des *Frankenstein* vielleicht empfinden, ist ein Grauen »als ob«.

»Wieder einmal«, so schrieb Mary Shelley im Vorwort zur dritten Auflage des *Frankenstein* (1831), »heiße ich meine scheußliche Brut hinauszugehen und zu gedeihen.« Die scheußliche Brut nahm die Autorin beim Wort. 1823 hatte William Godwin eine zweite Auflage erscheinen lassen, 1823 aber eroberten Frankenstein und sein Monster auch die Bühnen. Am 26. Juli wurde im »English Opera House« eine Theaterbearbeitung von Richard Brinsley Peake uraufgeführt: *Presumption; or the Fate of Frankenstein.* Weitere melodramatische Bearbeitungen erschienen im »Coburg« und im »Royalty«. Das »Surrey«, das »Adelphi« und »Davis's Royal Amphitheatre« präsentierten die Geschichte Frankensteins als Burleske. Im Jahre darauf gibt es zwei neue dramatische

Fassungen im »English Opera House« und im »Covent Garden«. Eine vierte Burleske gibt es im »Olympic«.

1826 erobert das Monster Paris. An der Porte St. Martin wird eine französische Bearbeitung von Merle und Anthony gespielt: *Le Monstre et le Magicien,* die wenig später auch wieder ins Englische zurückübersetzt wird. Als burleske Figur taucht Frankenstein im »Theâtre de la Gaieté« auf. Schon 1825 ist er über den Atlantik nach New York gekommen und ein Jahrhundert darauf, 1927, wird in Preston, Idaho, auch eine originalamerikanische Fassung aufgeführt, Peggy Webblings *Frankenstein.* Nach diesem Stück entsteht der erste Frankenstein-Film, in dem Boris Karloff zum erstenmal als Monster über die Leinwand stakt. Seitdem sind Dutzende von Frankensteinfilmen gedreht worden, ist der Name »Frankenstein« auf das namenlose Geschöpf übergegangen, eine späte Reverenz vor der unauflöslichen Verstrickung, die Schöpfer und Geschöpf aneinanderfesselt, die der namenlosen Kreatur den Namen ihres Schöpfers auf die Stirn drückt. Als Big Frankie ist Frankenstein zum Spielzeug amerikanischer Teenager geworden. Für 4 Dollar und 95 Cents kommen die Einzelteile ins Haus. Der moderne Frankenstein braucht sie nur zusammenzukleben.

Big Frankie ist die eine, die prosaisch-skurrile Manifestation eines modernen Mythos, die andere, die poetisch-philosophische Manifestation, ist das geschundene und gequälte Fleisch der Maske Boris Karloffs, die das Wahrzeichen der Internationalen Surrealistischen Ausstellung in Paris, 1938, war. Wer wollte entscheiden, wohin Frankenstein und sein Monster wirklich gehören?

Dokumente

Mary Shelley im Vorwort zur dritten Auflage des *Frankenstein* (1831):

»Der Abend verging über diesem Gespräch und selbst die Geisterstunde war verstrichen, bevor wir uns zur Ruhe zurückzogen. Als ich mein Haupt auf mein Kissen bettete, schlief ich nicht, noch hätte man sagen können, daß ich dachte. Ohne daß ich wollte, ergriff und leitete mich meine Vorstellungskraft und gab den sich folgenden Bildern, die in mir entstanden, eine Lebendigkeit, die weit über die gewöhnlichen Grenzen der Träumerei hinausging. Ich sah – mit geschlossenen Augen aber mit scharfem geistigen Gesicht – ich sah den bleichen Schüler der unheiligen Künste neben dem Ding knien, das er zusammengesetzt hatte. Ich sah die gräßliche Erscheinung eines ausgestreckten Menschen, und dann, wie sie beim Arbeiten irgendeiner starken Maschine Zeichen von Leben gab und sich mit ungelenker halb-lebendiger Bewegung rührte. Die Erscheinung mußte schrecklich sein, denn höchst schrecklich mußte die Wirkung jeder menschlichen Bemühung sein, den staunenswerten Mechanismus des Schöpfers der Welt nachzuahmen. Sein Erfolg würde den Künstler erschrecken, von Entsetzen gepackt würde er vor seiner entsetzlichen Schöpfung fliehen. Er würde hoffen, daß der schwache Lebensfunken, den er gespendet hatte, sich selbst überlassen, wieder verglimmen würde; daß dieses Ding, das so wenig vollkommene Beseelung erhalten hatte, wieder zu totem Stoff werden würde. Er würde im Glauben schlafen können, daß die Stille des Grabes die kurze Existenz dieses häßlichen Leichnams, in dem er die Wiege des Lebens gesehen hatte, für immer auslöschen würde. Er schläft, aber er wird geweckt, er öffnet die Augen: Da! das schauderhafte Ding steht neben seinem Bett, öffnet seine Bettvorhänge und schaut ihn mit gelben, wässrigen, doch fragenden Augen an.

Ich öffnete meine in Entsetzen. Die Vorstellung hatte mich so gepackt, daß mich ein Schauer der Angst durchlief. Ich wollte das gräßliche Bild meiner Phantasie mit der Wirklichkeit um mich herum vertauschen. Ich sehe es jetzt noch: das Zimmer, das dunkle Parkett, die geschlossenen Fensterläden und das Mondlicht, das sich hindurchdrängte; die Empfindung, die ich hatte, daß rings um mich der gläserne See und die hohen weißen Berge der Alpen waren. Ich wurde meine gräßliche Erscheinung nicht so leicht los, sie bedrängte mich noch immer. Ich mußte versuchen an irgend etwas anderes zu denken. Meine Gespenstergeschichte kam mir wieder in den Sinn, meine lästige, unglückselige Gespenstergeschichte. Ach, wenn ich nur eine erfinden könnte, die den Leser so schrecken würde, wie ich in dieser Nacht geschreckt worden war!

Schnell wie das Licht und ebenso erfreulich war die Idee, die über mich hereinbrach. ›Ich hab's gefunden! Was mich erschreckte, wird auch andere erschrecken, und ich brauche bloß das Gespenst zu beschreiben, das mein mitternächtiges Kissen heimgesucht hat.‹ Am Morgen verkündete ich, daß mir eine Geschichte eingefallen sei.«

Percy Bysshe Shelley: aus einer Kritik des *Frankenstein* im *Athenaeum* (10. 11. 1832).

»Dieser Roman stützt seinen Anspruch darauf, daß er eine Quelle starken und tiefen Gefühls ist. Die ursprünglichen Empfindungen des menschlichen Geistes werden bloßgelegt, und die, die darin geübt sind, gründlich über ihren Ursprung und ihren Lauf zu urteilen, werden vielleicht die einzigen sein, die in vollem Maße die Bedeutung der Handlungen, die aus ihnen entstehen, mitempfinden. Aber, da diese Empfindungen auf der Natur beruhen, wird wahrscheinlich jeder Leser, der nur irgend etwas außer einem neuen Liebesroman erträgt, eine entsprechende Saite in seiner tiefsten Seele berührt fühlen. Die Gefühle sind so zärtlich und so unschuldig – die Charaktere der Nebenpersonen in diesem seltsamen Schauspiel sind in den Schimmer eines so sanften und gütigen Geistes gehüllt – die Bilder der häuslichen Sitten tragen den einfachsten und rührendsten Charakter: die leidenschaftliche Ergriffenheit ist unwiderstehlich und tief. Auch sind die Verbrechen und die Bosheit des einsamen Wesens, obwohl sie in der Tat lähmend und fürchterlich sind, nicht die Frucht irgendeiner unerklärlichen Neigung zum Bösen, sondern sie entstehen unaufhaltsam aus bestimmten Ursachen, denen die Folgen genau entsprechen. Sie sind sozusagen die Kinder der Notwendigkeit und der menschlichen Natur. Darin besteht die eigentliche Moral des Buches, und es ist vielleicht von allen moralischen Lehren, die durch ein Beispiel zur Geltung gebracht werden können, die wichtigste und am umfassendsten anzuwendende. Behandle eine Person schlecht und sie wird verrucht werden. Vergilt Zuneigung mit Verachtung, laß ein Wesen, aus welchem Grund auch immer, als Auswurf seiner Art abgesondert sein, trenne es, das ein soziales Wesen ist, von der Gesellschaft und du bürdest ihm unwiderstehliche Zwänge auf: Bosheit und Selbstsucht.«

Sir Walter Scott, Rezension des *Frankenstein* in *Blackwood's Magazine*, II, 1818:

»So endet diese außergewöhnliche Erzählung, in der der Autor, wie uns scheint, ungewöhnliche Kräfte poetischer Einbildungskraft offenbart. Das Gefühl, mit dem wir das unerwartete und schreckliche und doch – wenn man die Möglichkeit des Ereignisses gelten läßt – sehr natürliche Ergebnis von Frankensteins Experiment gelesen haben, zerrte sogar einigermaßen an unseren starken Nerven... Es ist in unseren Augen kein kleines Verdienst, daß die Erzählung, obwohl ihr Stoff phantastisch ist, in klarem und kraftvollem Englisch geschrieben ist, ohne jene Mischung hyperbolischer Germanismen zu entfalten, in der Wundergeschichten gewöhnlich erzählt werden – als ob es nötig wäre, daß die Sprache so außergewöhnlich ist wie der Stoff. Die Ideen des Autors werden immer klar und kräftig ausgedrückt und seine Landschaftsbeschreibungen erfüllen die hohen Ansprüche der Wahrheit, Frische, Genauigkeit und Schönheit... Im ganzen: das Werk gibt uns eine hohe Meinung von dem ursprünglichen Genie und der glücklichen Ausdruckskraft des Autors. Wenn Gray's Definition des Paradieses – auf einer Chaiselongue zu liegen und neue Romane zu lesen – der Wahrheit nur etwas nahe kommt, dann gebührt dem kein kleines Lob, der – wie der der Autor des ›Frankenstein‹ – das Feld dieses faszinierenden Vergnügens erweitert hat.«

Quarterly Review, 1818. Rezension des *Frankenstein* (zit. nach Maria Vohl etc.):

»Unser Leser wird aus dieser Inhaltsangabe erraten, was für ein Gewebe schrecklicher und widerwärtiger Sinnlosigkeit dieses Werk darstellt. Es ist pietätvoll Mr. Godwin gewidmet und im Geiste seiner Schule geschrieben. Die Träume des Wahnsinns sind in die starke und auffallende Sprache des Wahnsinnigen gekleidet, und trotz der Vernünftigkeit seiner Vorrede läßt uns der Verfasser im Zweifel, ob er nicht ebenso geisteskrank ist wie sein Held. Mr. Godwin ist der Patriarch einer literarischen Familie, deren Hauptfähigkeit darin besteht, den Wanderungen des Verstandes nachzugehen, und die ein seltsames Vergnügen in den traurigsten und demütigendsten menschlichen Nöten findet. Seine Schüler sind eine Art Außenpensionäre von Bedlam und wie die ›wahnsinnige Lisbeth‹ oder der ›wahnsinnige Hans‹ gelegentlich von Krämpfen des Genies oder von Anfällen einer Sprachgewalt heimgesucht, die Menschen mit nüchternem Verstand in Erstaunen und Schauder versetzen.«

Mary Shelley am 9. September 1823 an Leigh Hunt:

»Aber siehe da! Ich war berühmt! – Frankenstein hatte als Schauspiel ungeheuren Erfolg und wurde im ›English Opera House‹ gerade zum 23. Mal gegeben. Der Theaterzettel hat mir großes Vergnügen bereitet, denn in der Reihe dramatis personae kam ——— von Mr. T. Cooke: die unaussprechliche Art und Weise das Unnennbare zu nennen ist ziemlich gut. Am Freitag, den 29. August, gingen Jane, mein Vater William und ich ins Theater, um es zu sehen. Wallack sah als Frankenstein sehr gut aus – er ist zu Beginn voller Hoffnung und Erwartung – am Ende des ersten Aktes. Die Bühne stellt einen Raum mit einer Treppe dar, die zu F.s Werkstatt führt – er geht dorthin und man sieht seine Lampe durch ein kleines Fenster, durch welches ein erschreckter Diener guckt, welcher voller Entsetzen davonrennt, wenn F. ruft: »Es lebt!« – Alsbald stürzt auch F. in Schrecken und zitternder Erregung aus dem Raum, und während er noch seine Pein und seinen Schreck zum Ausdruck bringt, wirft ——— die Tür des Laboratoriums hinunter, springt über die Treppe und zeigt seine unirdische und monströse Person auf der Bühne. Die Geschichte ist nicht gut bewältigt – aber Cooke spielte ——— Rolle außerordentlich gut – sein Tasten, wie wenn er Halt suchte, seine Versuche, nach den Geräuschen zu greifen, die er hörte – wirklich alles, was er tut, war gut ausgedacht und ausgeführt. Es hat mir großen Spaß gemacht und das Stück schien im Publikum atemlose Spannung hervorzurufen – es war das dritte Stück, ein enges Parterre, das zu halbem Preis gefüllt war – und alle blieben, bis es zu Ende war. Sie spielen es sogar jetzt noch.«

Elizabeth Nitchie über Theater- und Filmfassungen des *Frankenstein:*

»Das Monster hatte anscheinend so viele Leben wie eine Katze und jedes Leben verlangte ein anderes Ende. 1823, im ›English Opera House‹, ging es in einer Lawine zugrunde, im ›Coburg‹ in einer brennenden Kirche. 1826 wurde es in Paris und im ›West London Theatre‹ vom Blitzstrahl getroffen. Im ›Coburg‹ sprang es in den Krater des Ätna, im ›English Opera House‹ starb es in einem arktischen Sturm. Im 20. Jahrhundert beging es auf der Bühne Selbstmord, indem es 1927 von einer Klippe sprang, und 1933 wurde es erschossen. Auf der Leinwand wurde es im ersten Frankensteinfilm augenscheinlich in einer brennenden Mühle vernichtet, im zweiten durch eine Explosion – nur um wieder lebendig zu werden und wieder zu Grunde zu gehen: in einem Tümpel kochenden Schwefels, und zum Schluß – hoffentlich! – kam es als Gespenst zurück.«

Boris Karloff über eine geschnittene Szene des ersten Frankensteinfilms (in einem Interview der Zeitschrift *Castle of Frankenstein*):

»*Castle of Frankenstein:* Warum wurde die Szene mit dem kleinen Mädchen geschnitten?

Karloff: Ja, das war das einzige Mal, daß mir Jimmy Whale's Regie nicht gefiel. Wir waren auf den Knien einanderzugekehrt, als der Augenblick kam, wo keine Blumen mehr da waren. Meine Vorstellung von der Szene war, daß er verwirrt an dem kleinen Mädchen hochschauen und dieses sich in seiner Vorstellung in eine Blume verwandeln würde. Ohne Bewegung sollte er es sanft hochheben und es ins Wasser setzen, genau wie er es mit den Blumen getan hatte. Aber zu seinem Entsetzen würde es versinken. Gut, Jimmy ließ es mich hochnehmen und DAS *(heftige Bewegungen)* tun, über meinen Kopf, was eine brutale und überlegte Handlung wurde. Durch keine Kraft der Phantasie konnte man das unschuldig machen. Der ganze Gefühlsausdruck der Szene – für mich wenigstens und ich bin sicher, daß sie auch so geschrieben war – hätte völlig unschuldig und unbewußt sein sollen. Aber im Moment, wo man DAS tut, ist es ein überlegtes Ding – und ich bestand darauf, daß dieser Teil entfernt wurde.«

Gordon Rattray Taylor, aus: *Die Biologische Zeitbombe*. G. B. Fischer, Frankfurt, 1969:

»(Mary Shelley) sah auf bemerkenswerte Weise die vollkommen künstliche Erschaffung eines menschlichen Lebewesens – eines menschenähnlichen, wie wir es nennen sollten – durch einen Wissenschaftler voraus... Noch war es ein Phantasiegebilde, aber heute werden die Wissenschaftler immer zuversichtlicher, daß künstliches Leben erschaffen werden kann... Dem Laien mag die Vorstellung, künstliches Leben zu erzeugen, sehr phantastisch erscheinen, als reines Hirngespinst; wenn er es aber für möglich hält, so erscheint es ihm doch vermessen oder sogar gottlos. Beide Positionen wurden im Jahre 1965 auf dramatische Weise herausgefordert, als Professor Charles Price, der neugewählte Präsident der ›American Chemical Society‹, öffentlich den Vorschlag machte, die Erzeugung künstlichen Lebens zu einem nationalen amerikanischen Ziel zu erheben.«

Filmographie (in Auswahl)

R = Regie, B = Buch, D = Darsteller

1931 »Frankenstein« R James Whale. B Garrett Fort und Francis Edward Garagoh nach dem Stück von Peggy Webbling. D Boris Karloff, Colin Clive, Mae Clarke, John Boles, Frederick Kerr
1935 »The Bride of Frankenstein« R James Whale. D Boris Karloff, Colin Clive, Valerie Hobson, Elsa Lanchester
1939 »Son of Frankenstein« R Rowland V. Lee. B Willis Cooper. D Boris Karloff, Basil Rathbone, Bela Lugosi
1942 »The Ghost of Frankenstein« R Erle C. Kenton. B Scott Darling nach einer Erzählung von Eric Taylor. D Lon Chaney jr. (als Monster), Bela Lugosi, Ralph Bellamy
1943 »Frankenstein meets the Wolfman« R Roy William Neill. B Curtis Siodmak. D Lon Chaney jr., Ilona Massey, Bela Lugosi
1944 »House of Frankenstein« R Erle C. Kenton. B. Edward T. Lowe. D Boris Karloff (als Dr. Niemann), Lon Chaney jr., John Carradine (als Dracula)

1948 »Abbott and Costello meet Frankenstein« R Charles T. Barton. B Robert Lees. D Bud Abbott, Lou Costello, Lon Chaney jr., Glenn Strange (als Monster), Bela Lugosi
1957 »The Curse of Frankenstein« R Terence Fisher. B Jimmy Sangster. D Peter Cushing, Christopher Lee, Hazel Court
1958 »Frankenstein 1970« R. Howard W. Koch. B Richard Landau und Georges Worthing Yates. D Tom Duggan, Jana Lund, Boris Karloff, Charlotte Austin
1958 »Revenche of Frankenstein« R Terence Fisher. B Jimmy Sangster. D Peter Cushing, Francis Mathews, Eunice Gayson
1960 »Frankensteins Daughter« R Richard Cunha. D Sandra Knight, Sally Todd, John Ashley

Bibliographie

Ausgaben des Frankenstein: London, 1818 in drei Bänden. Zweite Ausgabe, London, 1823 in zwei Bänden. Dritte, revidierte Ausgabe, London, 1831 in »Bentley's Standard Novels«, Nr. 9
Neuere Ausgaben: London, 1969; mit einer Einführung von M. K. Joseph (Oxford English Novels). London, 1912 u. ö., zuletzt 1967; mit einer Einführung von Robert E. Dowse und D. J. Palmer (Everyman's Library, Nr. 616). London, 1965; mit einem Nachwort von H. Bloom (Signet Classics)
Deutsche Ausgaben: Leipzig, 1912 (Übers. H. Widtmann). Hamburg, 1948 (Übers. E. Lacroix). München 1963 (Übers. Christian Barth)

Weitere Werke von Mary Shelley: Valperga, or the Life and Adventures of Castruccio Prince of Lucca, 1823; The Last Man, 1826; The Fortunes of Perkin Warbeck, 1830; Lodore, 1835; Falkner: A Novel, 1837

Mary Shelley's Journal, hg. Frederick Lafayette Jones, Norman, 1947 (University of Oklahoma Press)

The Letters of Mary W. Shelley, hg. Frederick Lafayette Jones; Band 1, Norman 1944, Band 2, Norman 1944 (University of Oklahoma Press)

J. O. Bailey: Pilgrims Through Space and Time, New York, 1947
Edith Birkhead: The Tale of Terror – A Study of the Gothic Romance, New York, 1963
Jakob Brauchli: Der englische Schauerroman um 1800 unter Berücksichtigung der unbekannten Bücher. Ein Beitrag zur Geschichte der Volksliteratur. (Diss. Zürich) Weida, 1928
Cecily Mary Callaghan: Mary Shelley's Franken-

stein, a Compendium of Romanticism, Abstracts of Dissertations, Stanford University, 11 (1935/36), Stanford University Bulletin, Sixth Series, 1936

Richard Church: Mary Shelley, London 1928 (»Representative Women«)

John Cohen: Golem und Roboter. Über künstliche Menschen. Frankfurt, 1968 (»Wege zum Wissen«)

Manfred Eimer: Einflüsse deutscher Räuber- und Schauerromantik auf Shelley, Mrs. Shelley und Byron. Englische Studien, 48 (1914/15)

Fantasmagoriana, ou recueil d'histoires d'apparitions, de spectres, revenans etc. Traduit de l'Allemand par un Amateur. Paris, 1811 und 1812

Gespensterbuch, hg. A. Apel und F. Laun, 1810/11

R. Glynn Grylls: Mary Shelley, a Biography, London, 1938

Christian Kreutz: Das Prometheussymbol in der Dichtung der englischen Romantik. Göttingen, 1963 (Palaestra, 236)

La Mettrie: L'Homme machine, Paris 1966 (Libertés, 40)

Julian Marshall: Life and Letters of Mary Wollstonecraft Shelley, 2 Bände, London, 1889

F. H. Amphlett Micklewright: The noble savage in Mary Shelley's Frankenstein. Notes and Queries, 191 (1946)

Milton Millhauser: The noble savage in Mary Shelley's Frankenstein. Notes and Queries, 190 (1946)

H. Moore: Life of Mary W. Shelley. Philadelphia, 1886

Elizabeth Nitchie: Mary Shelley, Author of Frankenstein. New Brunswick, New Jersey, 1953

Walter Edwin Peck: Shelley, Mary Shelley and Renaldo Renaldini. PMLA 40 (1925)

ders.: The Biographical Element in the Novels of Mary Shelley. PMLA 38 (1923)

F. C. Prescott: Wieland and Frankenstein. American Literature 2 (1930/31)

Helene Richter: Rezension zu Maria Vohl (s. u.) Englische Studien 54 (1922)

L. M. Rossetti: Mrs. Shelley's Biography. London, 1890 (»Eminent Woman Series«)

Sir Walter Scott: On Novelists and Fiction, hg. Joan Williams. London, 1968

Percy Bysshe Shelley: The Complete Works, hg. Roger Ingpen und Walter E. Peck. 10 Bände. London, 1965

René Simmen: Der mechanische Mensch – Eine Sammlung von Texten und Dokumenten über Automaten, Androiden und Roboter. Zürich, 1967

Muriel Spark: Child of Light. A reassessement of Mary Wollstonecraft Shelley. Hadley, Essex, 1951

Montague Summers: The Gothic Quest. A History of the Gothic Novel. London, 1938

ders.: A Gothic Bibliography. London, 1941

Helmut Swoboda: Der künstliche Mensch. München, 1967

»The New Frankenstein«. Fraser's Magazine, 1838

Devendra P. Varma: The Gothic Flame, Being a History of the Gothic Novel in England: Its Origins, Efflorescence, Disintegration, and Residuary Influences. London, 1957

Maria Vohl: Die Erzählungen der Mary Shelley und ihre Urbilder. Heidelberg, 1913 (Anglistische Arbeiten, 4)